Se não houver amanhã

JENNIFER L. ARMENTROUT

São Paulo
2020

Grupo Editorial
UNIVERSO DOS LIVROS

1ª reimpressão – 2020

Diretor editorial: **Luis Matos**
Editora-chefe: **Marcia Batista**
Assistentes editoriais: **Letícia Nakamura e Raquel Abranches**
Tradução: **Monique D'Orazio**
Preparação: **Francisco Sória**
Revisão: **Luiz Pereira e Mariane Genaro**
Capa: **Zuleika Iamashita**
Arte: **Aline Maria e Valdinei Gomes**
Projeto gráfico: **Aline Maria**
Diagramação: **Vanúcia Santos**

Dados Internacionais de Catalogação na Publicação (CIP)
Angélica Ilacqua CRB-8/7057

A76s

Armentrout, Jennifer L.
Se não houver amanhã/Jennifer L. Armentrout; tradução de Monique D'Orazio. – São Paulo : Universo dos Livros, 2018.
384 p.

ISBN: 978-85-503-0297-3
Título original: *If there's no tomorrow*

1. Ficção norte-americana I. Título II. D'Orazio, Monique

18-0295 CDD 813.6

Universo dos Livros Editora Ltda.
Avenida Ordem e Progresso, 157 - 8º andar - Conj. 803
CEP 01141-030 - Barra Funda - São Paulo/SP
Telefone/Fax: (11) 3392-3336
www.universodoslivros.com.br
e-mail: editor@universodoslivros.com.br
Siga-nos no Twitter: @univdoslivros

Prólogo

Não conseguia me mexer. Tudo doía – minha pele parecia esticada demais, os músculos queimavam como se estivessem em chamas, meus ossos doíam até a medula.

Eu estava atolada em confusão. Meu cérebro parecia imerso em névoa e cheio de teias de aranha. Tentei levantar os braços, mas estavam pesados, como se cheios de chumbo.

Achei que estava ouvindo um bipe constante e o som de vozes, mas tudo parecia muito distante, como se estivesse de um lado do túnel e todo o resto estivesse do outro.

Eu não conseguia falar. Havia… havia alguma coisa na minha garganta, no *fundo* da minha garganta. Meu braço se contorceu sem aviso-prévio e senti um puxão em cima da minha mão.

Por que meus olhos não se abriam?

O pânico começou a tomar conta de mim. Por que não conseguia me mexer?

Alguma coisa estava errada. Alguma coisa estava *muito* errada. Eu só queria abrir os olhos. Eu queria…

Eu te amo, Lena.

Eu também te amo.

As vozes ecoaram na minha cabeça, uma delas era minha. Definitivamente minha, e a outra...

– Ela está começando a acordar. – Uma voz feminina interrompeu meus pensamentos em algum lugar do outro lado do túnel.

Passos se aproximaram e um homem disse:

– Vou aplicar o propofol agora.

– Esta é a segunda vez que ela acorda – respondeu a mulher. – Uma lutadora e tanto. A mãe vai ficar feliz em ouvir isso.

Lutadora? Eu não entendia o que eles estavam falando, por que eles pensavam que minha mãe ficaria feliz em ouvir isso...

Talvez eu deva dirigir?

O calor atingiu minhas veias, começando na base do crânio e depois me inundando, descendo em cascata pelo meu corpo; logo não havia mais sonhos, nem pensamentos, nem vozes.

ONTEM

CAPÍTULO UM

QUINTA-FEIRA, 10 DE AGOSTO

– Tudo o que tenho a dizer é que você quase transou com *isso*.

Franzindo o nariz, olhei para o celular que Darynda Jones – Dary para abreviar – tinha enfiado na minha cara cinco segundos após entrar no Joanna's.

O Joanna's era um ponto de encontro no centro de Clearbrook desde que eu era um pingo de gente. O restaurante meio que estava preso no passado, existindo estranhamente em algum lugar entre as bandas de cabeludos e a ascensão de Britney Spears, mas era limpo e aconchegante, e praticamente tudo o que vinha da cozinha era frito. Além disso, tinha o melhor chá gelado de todo o Estado da Virgínia.

– Putz, cara – murmurei. – Que diabos ele está fazendo?

– O que parece? – Os olhos de Dary se arregalaram atrás dos óculos de armações brancas de plástico. – Basicamente ele está *trepando* com um balão em forma de golfinho.

Pressionei meus lábios, porque, sim, era o que parecia.

Afastando o telefone do meu rosto, ela inclinou a cabeça de lado.

– O que você estava pensando?

– Ele é bonitinho... *era* bonitinho – expliquei pateticamente, ao olhar por cima do ombro. Por sorte, ninguém mais estava a uma distância próxima o suficiente para ouvir. – E *não* transei com ele.

Ela revirou os olhos castanhos.

– Sua boca estava na boca dele e as mãos dele...

– Tudo bem. – Joguei as mãos para o alto, afastando seja lá o que ela estivesse prestes a dizer. – Entendo. Ficar com o Cody foi um erro. Acredite em mim. Eu sei. Estou tentando apagar tudo aquilo da minha memória e você não está ajudando.

Apoiando-se sobre o balcão atrás do qual eu estava, ela sussurrou:

– Nunca vou deixar você esquecer esse acontecimento. – Ela sorriu quando meus olhos se estreitaram. – Mas entendo. Ele tem músculos em cima de músculos. Ele é meio burro, mas divertido. – Ela fez uma pausa dramática.

Tudo em Dary era dramático, das roupas que ela usava – com frequência eram absurdamente coloridas – até o cabelo muito curto, baixinho nas laterais e formando uma confusão de cachos no topo. No momento, o cabelo estava preto. No mês anterior estava cor de lavanda. Em dois meses provavelmente estaria rosa.

– *E* ele é amigo do Sebastian.

Senti meu estômago se retorcer em nós.

– Isso não tem nada a ver com o Sebastian.

– Aham.

– Você tem muita sorte por eu gostar de você – retruquei.

– Tô nem aí. Você me ama. – Ela bateu as mãos espalmadas sobre o balcão. – Você trabalha neste fim de semana, né?

– Trabalho. Por quê? Achei que você iria para Washington com a sua família no fim de semana.

Ela. Suspirou.

– Um fim de semana? Quem me dera. Vamos ficar a *semana inteira* em Washington. Vamos sair amanhã de manhã. Minha mãe mal pode esperar. Juro que ela, inclusive, montou um itinerário para nós, tipo, com quais museus ela quer visitar, quanto tempo passar em cada um e quando vamos almoçar e jantar.

Meus lábios tremeram. A mãe de Dary era ridiculamente organizada, chegando a ponto de rotular cestas para guardar luvas e cachecóis.

– Os museus vão ser divertidos.

– É claro que você pensa isso. Você é uma nerd.

– Não adianta negar. É verdade. – E eu não tinha nenhum problema em admitir esse fato. Eu queria estudar antropologia na faculdade. A maioria das pessoas tinha vontade de perguntar "o que diabos você vai fazer com um diploma disso", mas havia muitas oportunidades, como trabalhar em investigação forense, em corporações, ser professora e mais. Porém, o que eu queria fazer, na verdade, envolvia trabalho em museus, então adoraria fazer uma viagem a Washington.

– Sim. Sim. – Dary desceu com um pulinho do tamborete de vinil vermelho diante do balcão. – Tenho que ir antes que minha mãe surte. Se passar quinze minutos do meu toque de recolher, ela vai ligar para a polícia e convencer o pessoal de lá de que fui abduzida.

Sorri.

– Me manda mensagem mais tarde, tá?

– Pode deixar.

Acenando para me despedir, apanhei o pano úmido e o passei sobre o balcão estreito. O barulho de panelas tilintando umas nas outras veio lá da cozinha, sinalizando que era hora de encerrar as atividades da noite.

Eu mal podia esperar para chegar em casa, tomar banho para me livrar do cheiro de frango frito e sopa de tomate queimada e terminar de ler o último drama a respeito de Feyre e a corte dos feéricos. Depois eu ia passar para aquele contemporâneo sexy que eu tinha visto o pessoal comentando no clube do livro no Facebook, que eu acompanhava de longe, sem me manifestar. Era alguma coisa sobre realeza e irmãos gostosos. Eram cinco.

Me inclua nessa.

Jurava que metade do dinheiro que ganhava como garçonete no Joanna's eu gastava comprando livros em vez de abastecer minha poupança, mas não podia evitar.

Depois de limpar os dispensadores de guardanapos, levantei o queixo e soprei um fio de cabelo castanho que escapou do meu coque e caiu no rosto. Nessa hora, a sineta em cima da porta ecoou e uma silhueta pequena entrou.

Deixei cair o pano com aroma de limão, tamanha foi a minha surpresa. Uma brisa poderia ter me socado em cheio na cara.

Em geral, a única hora em que pessoas com menos de sessenta anos entravam no Joanna's era nas noites de sexta-feira, depois dos jogos de futebol americano e, às vezes, no fim das tardes de sábado durante o verão. Definitivamente *não* nas noites de quinta-feira.

O Joanna's fazia o grosso do faturamento em cima dos membros certificados da associação de aposentados, que era uma das razões pelas quais comecei a trabalhar como garçonete aqui durante o verão. Era fácil, e eu precisava do dinheiro extra.

O fato de Skylar Welch estar exatamente dentro do Joanna's, dez minutos antes do fechamento, era um choque. Ela nunca entrava aqui sozinha. *Nunca.*

Faróis brilhantes perfuraram a escuridão lá fora. Ela havia deixado a BMW ligada, e eu estava disposta a apostar que seu carro estava cheio de garotas tão bonitas e perfeitas como ela.

Mas nem de perto tão legais quanto.

Eu tinha passado o último *milhão* de anos alimentando um caso raivoso de inveja amarga contra Skylar. Mas a pior parte era que ela era genuinamente doce, o que fazia o fato de odiá-la um crime contra a humanidade, contra os cachorrinhos e os arco-íris.

Caminhando a passos incertos como se esperasse que o piso preto e branco de linóleo fosse se abrir e engoli-la ali mesmo, ela passou os cabelos castanho-claros, loiros nas pontas, sobre o ombro. Até mesmo nas horríveis luzes fluorescentes, seu bronzeado de verão era intenso e impecável.

– Oi, Lena.

– Oi. – Endireitei a postura, esperando que ela não fosse fazer um pedido. Se ela quisesse pedir alguma coisa para comer, o Bobby ia ficar louco da vida, e eu ia ter que passar cinco minutos convencendo-o a cozinhar qualquer coisa que ela pedisse. – E aí, como estão as coisas?

– Normais. – Ela mordeu o lábio pintado de brilho rosa-chiclete. Parando perto dos bancos vermelhos de vinil, ela respirou fundo. – Vocês estão quase fechando, né?

Afirmei balançando a cabeça, devagar.

– Daqui a uns dez minutos.

– Desculpa. Não vou demorar. Na verdade, eu não planejava parar aqui. – Em silêncio, acrescentei um sarcástico: é mesmo? – As meninas e eu estamos indo para o lago. Alguns dos garotos vão dar uma festa, e nós passamos aqui perto – ela explicou. – Pensei em passar para ver se... se você sabia quando o Sebastian ia voltar para casa.

É claro.

Apertei o maxilar com força. Deveria ter sido óbvio, no momento em que Skylar cruzou aquelas portas, que ela estava aqui por causa de Sebastian; afinal, por que outro motivo ela falaria comigo? Sim, ela era um docinho de menina, mas nós não frequentávamos os mesmos círculos da escola. Na metade do tempo eu era invisível para ela e suas amigas.

Eu não ligava.

– Não sei. – Era mentira. Era para Sebastian ter chegado em casa no sábado de manhã, voltando da Carolina do Norte. Ele tinha viajado com os pais para fazer uma visita aos primos durante o verão.

Uma pontada retorcida espetou meu peito, uma mistura de desejo e pânico – dois sentimentos que conhecia muito bem quando o assunto era o Sebastian.

– Sério? – Surpresa coloria o tom dela.

Encobri meu rosto com uma expressão de indiferença.

– Acho que ele vai voltar neste fim de semana, ou algo assim. Talvez.

– Sim. Acho que sim. – Seus olhos caíram para o balcão enquanto ela brincava com a barra de sua regata preta soltinha. – Ele não... Não tenho tido notícias dele. Mandei mensagem, liguei, mas...

Enxuguei as mãos no meu short. Não fazia ideia do que dizer. Era tudo incrivelmente estranho. Parte de mim queria dar uma de bruxa horrorosa e salientar que, se o Sebastian quisesse falar com ela, ele teria respondido, mas não era o tipo de coisa que eu fazia.

Eu era o tipo de pessoa que pensava as coisas, mas nunca falava.

– Acho que ele anda muito ocupado – disse finalmente. – O pai dele queria dar uma olhada em algumas universidades lá e ele não vê os primos há anos.

Alguém na BMW buzinou, e Skylar olhou por cima do ombro. Minhas sobrancelhas se levantaram enquanto eu rezava em silêncio para que quem quer que estivesse no carro permanecesse lá. Um momento passou, e Skylar colocou os cabelos extremamente lisos atrás da orelha e se virou novamente para mim.

– Posso perguntar mais uma coisa?

– Claro. – Também não era como se fosse dizer "não", mesmo que estivesse imaginando um buraco negro aparecendo na lanchonete e me sugando em seu vórtice.

Um fraco sorriso apareceu.

– Ele está com outra pessoa?

Olhei para ela, me perguntando se eu tinha vivenciado uma história diferente entre Sebastian e Skylar.

A partir do momento em que ela se mudou para Clearbrook – de população *insignificante* –, ela havia se pendurado em Sebastian. Não que alguém fosse culpá-la. Sebastian nasceu maravilhoso e jogando charme para quem estivesse no caminho. Ele e Skylar se juntaram no Ensino Fundamental e namoraram por todo o Ensino Médio, até se tornarem o Rei e a Rainha dos Casais. Tinha me resignado ao fato de que teria de me forçar a assistir ao casamento deles em algum momento no futuro.

Mas então aconteceu a primavera…

– *Você* terminou com *ele* – lembrei-lhe da forma mais suave possível. – Não estou tentando ser cruel nem nada, mas quem se importa se ele estiver com outra pessoa?

Skylar passou um braço fino pela frente da cintura.

– Eu sei, eu sei. Eu me importo. É que simplesmente… Você nunca cometeu um grande erro?

– Milhares – respondi em tom irônico. A lista era maior do que a minha perna e meu braço juntos.

– Bem, terminar com ele foi um dos meus erros. Eu acho, pelo menos. – Ela se afastou do balcão dando um passo para trás. – De qualquer forma, se você o vir, pode avisar que passei aqui?

Era a última coisa que queria fazer, mas concordei porque eu iria dizer a ele. Porque eu era *esse* tipo de pessoa.

Pode. Revirar. Os. Olhos.

Skylar sorriu então. Era real e me fez sentir como se fosse uma pessoa melhor ou algo assim.

– Obrigada – ela disse. – Acho que a gente se vê na escola daqui a uma semana, mais ou menos? Ou em uma das festas?

– Sim. – Coloquei um sorriso na cara que me pareceu frágil e, para quem via de fora, provavelmente meio louco.

Balançando os dedos em sinal de adeus, Skylar virou-se e caminhou em direção à porta. Ela pegou a maçaneta, mas parou e me olhou por cima do ombro. Um olhar estranho cruzou o rosto dela.

– Ele sabe sobre você?

Os cantos dos meus lábios começaram a se virar para baixo. O que havia para saber sobre mim que Sebastian já não soubesse? Eu era positivamente sem graça. Na realidade, eu lia mais do que conversava com as pessoas e era obcecada pelo History Channel e por programas como *Aliens Antigos*. Jogava vôlei, embora não fosse tão boa assim. Sinceramente, nunca teria começado a jogar se não fosse pela Megan me convencendo a entrar para o time quando estávamos no primeiro ano. Não que eu não me divertisse; mas, sim, era tão empolgante quanto um pão branco.

Não havia absolutamente nenhum segredo escondido para ser desvendado.

Bem, eu morria de medo de esquilos. Para mim, eles eram tipo ratos com caudas peludas, e eram *malvados*. Ninguém sabia disso, porque era uma informação superconstrangedora, mas duvidava de que fosse esse o motivo da conversa de Skylar.

– Lena?

Desperta dos meus pensamentos, pisquei.

– O que tem eu?

Ela ficou quieta por um instante.

– Ele sabe que você é apaixonada por ele?

Meus olhos se arregalaram e minha boca secou. Senti o coração tremer e depois despencar no fundo do meu estômago. Músculos ficaram rígidos nas minhas costas, e minhas entranhas se reviraram ao mesmo tempo que um muro de pânico desabou em mim. Forcei uma risada sibilante.

– Eu... Não sou apaixonada por ele. Ele é tipo... um *irmão* que eu nunca quis.

Skylar sorriu de leve.

– Não estou tentando me meter na sua vida.

Mas parecia que estava.

– Eu via o jeito que você olhava para ele quando nós estávamos juntos. – Não havia nenhum aspecto mordaz no tom de sua fala nem julgamento. – Ou talvez esteja errada.

– Desculpe, você está errada – respondi. Achei que eu parecia bem convincente.

Então *existia* uma coisa que achei que ninguém sabia a meu respeito. Uma verdade oculta tão vergonhosa quanto ter medo de esquilos, mas um assunto completamente diferente.

E eu acabava de mentir sobre ele.

CAPÍTULO DOIS

Eu vivia a uns quinze minutos do centro de Clearbrook, em um bairro de onde dava para ir andando até a escola primária onde tinha passado meus dias sonhando acordada. As ruas tinham uma mistura de casas pequenas e grandes e todos os tamanhos entre uma coisa e outra. Eu e a minha mãe morávamos em uma residência de tamanho médio: uma casa que minha mãe mal conseguia pagar só com seu salário de agente de seguros. Poderíamos ter nos mudado para algo menor, ainda mais que Lori tinha saído de casa para fazer faculdade e eu faria o mesmo no ano seguinte, mas não achei que minha mãe estivesse pronta para se desapegar da casa. De todas as memórias e de tudo o que deveria ter sido, em vez do que realmente era.

Provavelmente teria sido melhor para todas nós se tivéssemos nos mudado, mas não tínhamos, e essa já era uma página virada milhares de vezes.

Entrei na garagem, passando pelo Kia usado que minha mãe tinha estacionado ao lado da rua. Desliguei o carro e inspirei o perfume de coco no interior do Lexus prateado com uma década de uso que, um dia, pertencera ao meu pai. Minha mãe não o queria, nem a Lori, então acabou ficando comigo.

E não era a única coisa que meu pai tinha deixado para mim.

Peguei minha bolsa do assento do passageiro e saí do carro antes de, silenciosamente, fechar a porta atrás de mim. Grilos cricrilavam, e um cão latia em algum lugar na rua, que costumava ser sempre silenciosa, enquanto eu olhava para a casa maior, vizinha da nossa. Todas as janelas estavam escuras, e os galhos do grosso bordo oscilavam na frente da casa, farfalhando as folhas.

Dali a um ano eu não estaria naquele lugar, olhando para a casa ao lado da minha como uma perdedora de marca maior. Estaria na faculdade, esperava-se que na Universidade da Virgínia (UVA), minha primeira opção. Ainda iria bombardear as outras faculdades na primavera só para garantir, caso não conseguisse uma admissão antecipada; mas, de qualquer forma, estaria longe dali.

E *isso* seria a melhor coisa.

Dar o fora dessa cidade, me afastar das velhas coisas sempre iguais. Colocar uma distância muito necessária entre mim e a casa ao lado.

Afastando meu olhar da casa, andei pela calçada de paralelepípedos e entrei. Minha mãe já estava na cama, então tentei ser o mais silenciosa possível ao pegar um refrigerante na geladeira e subir para tomar um banho rápido no banheiro do corredor. Poderia ter me mudado para o quarto da Lori, na parte da frente da casa, depois que ela foi para a faculdade. Era maior e tinha seu próprio banheiro, mas meu quarto tinha privacidade e uma varanda incrível no segundo andar que eu não estava disposta a abrir mão por uma infinidade de razões.

Razões nas quais não queria pensar muito.

Uma vez dentro do quarto, coloquei o refrigerante no criado-mudo e larguei a toalha perto da porta. Tirei minha camiseta de dormir preferida desde sempre de dentro cômoda e a enfiei pela cabeça. Depois de ligar o abajur no criado-mudo e inundar o quarto com uma luz suave e amanteigada, peguei o controle remoto e liguei a TV. Coloquei no History Channel e deixei o volume baixo.

Olhei de relance para o mapa-múndi já rabiscado preso com tachinhas na parede acima da minha escrivaninha. O mapa de todos os lugares que planejava visitar um dia. Os círculos vermelhos e azuis desenhados por toda a dimensão do mapa arrancaram de mim um sorriso quando peguei um livro de capa dura preta e vermelha de cima da minha mesa, que agora era basicamente usada para as pilhas de livros. Quando nos mudamos para essa casa, meu pai tinha construído prateleiras em toda a parede onde ficavam a cômoda e a TV, mas essas prateleiras já estavam transbordando de livros havia muito tempo. Havia livros empilhados em todos os lugares vazios no quarto: na frente do meu criado-mudo, de ambos os lados da cômoda e no meu armário, ocupando mais espaço do que as próprias roupas.

Sempre fui uma leitora e li *muito*, geralmente escolhendo livros com algum tipo de tema romântico e um clássico "felizes para sempre". Lori costumava tirar sarro de mim sem parar por causa disso, alegando que eu tinha um gosto cafona para livros, mas eu não ligava. Pelo menos não tinha um gosto pretensioso em matéria de literatura como o dela, e às vezes eu só queria... não sei, *fugir* da vida. Mergulhar de cabeça em um mundo que lidava com questões da vida real para abrir meus olhos, ou em um mundo que fosse alguma coisa, algo completamente irreal. Um mundo de feéricos guerreiros e clãs de vampiros à espreita. Queria experimentar coisas novas, e sempre, *sempre*, chegava à última página me sentindo satisfeita.

Porque às vezes os finais felizes só existiam nos livros que eu lia.

Assim que me sentei na beira da cama, prestes a abrir o livro, ouvi uma leve batida nas portas da varanda. Por uma fração de segundo, congelei e meu coração disparou. Depois me levantei com um salto e larguei o livro no criado-mudo.

Só poderia ser uma pessoa: *Sebastian.*

Depois de destrancar, abri as portas e não havia como deter o sorriso escancarado que percorria meu rosto todo. Ao que parecia, também não havia como parar meu corpo inteiro, pois me lancei pela soleira, braços e pernas em movimento involuntário.

Colidi com um corpo mais alto e muito mais rígido do que de costume. Sebastian grunhiu quando joguei os braços ao redor de seus ombros largos e praticamente enterrei a cara no seu peito. Inalei o aroma limpo familiar do detergente para roupas que a mãe dele usava desde sempre.

Não houve um instante de hesitação sequer de Sebastian, e seus braços me envolveram.

Nunca havia.

– Lena. – Sua voz era profunda, mais profunda do que me lembrava, o que era estranho, porque ele tinha ficado fora só um mês. Porém, um mês parecia uma eternidade quando a gente via alguém quase todos os dias da vida e, de repente, não via mais. Tínhamos mantido contato ao longo do verão, trocando mensagens e até mesmo ligando um para o outro algumas vezes, mas não era o mesmo que tê-lo *ali.*

Sebastian me envolveu no seu abraço e me levantou do chão, fazendo meus pés ficarem a alguns centímetros acima do piso, antes de me soltar de novo. Ele abaixou a cabeça. Seu peito se elevou pronunciadamente contra o meu, disparando uma onda de calor por todo o caminho até a ponta dos meus pés.

– Você sentiu mesmo a minha falta, hein? – ele disse, seus dedos curvando-se nas mechas molhadas do meu cabelo.

Sim. *Meu Deus*, como senti falta dele. Senti falta demais.

– Não. – Minha voz estava abafada contra seu peito. – Só pensei que você era o cara bonitão que servi esta noite.

– Não ligo. – Ele deu risada sobre o topo da minha cabeça. – Não existe nenhum cara bonitão no Joanna's.

– Como você sabe?

– Por dois motivos. Primeiro: sou o único cara bonitão que se atreve a colocar um pé que seja naquele lugar, e não estive lá – disse ele.

– Uau. Falou a modéstia em pessoa, Sebastian.

– Só estou falando a verdade. – Seu tom era leve, provocativo. – E, em segundo lugar, se você achasse que eu era outra pessoa, não continuaria grudada em mim como se fosse velcro.

Ele tinha razão.

Recuei e soltei os braços ao lado do corpo.

– Cala a boca.

Ele riu de novo. Eu sempre adorava suas risadinhas. Eram contagiantes, mesmo que a gente estivesse de mau humor. Não dava para evitar o sorriso.

– Achei que você não voltaria até o sábado. – Eu disse ao entrar no meu quarto.

Sebastian seguiu.

– Meu pai decidiu que precisava estar de volta para o jogo amistoso de amanhã à noite, embora eu nem vá jogar, mas ele já tinha combinado tudo com o treinador. Você sabe como o meu pai é.

O pai dele era o estereótipo do pai obcecado por futebol americano que pressionava, pressionava e *pressionava* Sebastian quando o assunto era jogar. Tanto era assim que fiquei completamente chocada quando Sebastian anunciou que eles estariam fora da cidade durante os treinos de futebol. Conhecendo o pai dele, eu apostava que ele acordava o Sebastian todas as manhãs no raiar do dia para correr e apanhar bolas.

– Sua mãe está dormindo? – ele perguntou enquanto eu fechava as portas da varanda.

– Está... – Eu me virei e dei uma boa olhada nele agora que ele estava sob a luz do meu quarto. Por mais vergonhoso que fosse admitir, e eu nunca admitiria, perdi completamente minha linha de raciocínio.

O Sebastian era... Ele era *lindo* sem esforço. Não era sempre que a gente conseguia falar esse tipo de coisa de um garoto... ou sobre qualquer pessoa, para ser sincera.

Seus cabelos tinham um tom entre castanho e preto, cortado curto nas laterais e mais longos no topo, caindo para a frente em uma onda bagunçada que quase chegava nas sobrancelhas castanho-escuras. Seus cílios eram criminosamente longos, emoldurando olhos da cor do jeans mais escuro. Seu rosto era todo anguloso, com maçãs do rosto altas, um nariz que parecia uma lâmina e uma mandíbula dura e definida. Uma cicatriz cortava seu lábio superior, logo à direita da curvinha bem-formada no centro. A cicatriz foi provocada no nosso segundo ano, durante um treino de futebol americano, quando ele tomou uma colisão que até tirou seu capacete. As ombreiras o pegaram na boca e partiram o lábio superior.

Porém, a cicatriz combinava com ele.

Não consegui afastar meu olhar de suas bermudas de basquete e da camiseta branca simples enquanto ele lançava um olhar pelo meu quarto. Quando ele era mais novo, no Ensino Fundamental, ele tinha sido alto, todo braços e pernas, mas agora havia se preenchido em todos os aspectos, com músculos em cima de músculos e um corpo definido que rivalizava com as estátuas gregas de mármore. Anos jogando futebol americano faziam isso com o corpo da pessoa, eu imaginava.

Sebastian não era simplesmente o vizinho bonito.

A gente fazia isso havia anos, desde que ele tinha se dado conta de que era mais fácil do que entrar pela minha porta da frente. Ele saía pela porta dos fundos da casa dele, entrava no nosso quintal por um portão, e depois era uma subida curta pelos degraus que levavam à varanda.

Nossos pais sabiam que ele conseguia chegar no meu quarto desse jeito, mas tínhamos crescido juntos. Para eles – e para Sebastian – nós éramos como irmão e irmã.

Eu também suspeitava de que eles não soubessem que as visitas eram à noite. *Isso* não tinha acontecido até nós dois termos treze anos, a primeira noite depois que meu pai se foi.

Apoiei a cabeça na porta, mordendo a parte interna da bochecha.

Sebastian Harwell era um dos garotos mais populares da escola, mas esse fato não era muito surpreendente. Não quando ele era maravilhoso. Talentoso. Engraçado. Inteligente. *Legal.* Ninguém era páreo para ele.

Era também um dos meus melhores amigos.

Por motivos que eu não queria examinar muito de perto, ele fazia meu quarto parecer menor quando estava dentro; a cama, pequena demais; e o ar, espesso demais.

– O que diabos você está vendo? – ele perguntou, mantendo a voz baixa ao olhar para a TV.

Olhei para a tela. Havia um cara com cabelos castanhos malucos e desgrenhados gesticulando vivamente.

– Hum... As reprises de *Aliens Antigos.*

– Tá bom, então. Acho que é menos mórbido do que o programa de medicina forense que você vê. Às vezes me preocupo... – Sebastian deixou a frase no ar enquanto me olhava. Sua cabeça inclinada de lado. – Essa camiseta... é minha?

Oh. Ai, meu *Deus.*

Meus olhos se arregalaram quando me lembrei do que eu estava vestindo: a velha camiseta de treino de quando ele era calouro. Alguns anos atrás, ele a tinha deixado aqui por algum motivo, e fiquei com ela.

Como uma perseguidora.

Minhas bochechas ficaram coradas, e o rubor correu pela frente do meu corpo. E havia um monte de corpo à mostra. A camiseta estava caída em um ombro, eu estava sem sutiã. Comecei a enfrentar minha vontade de puxar a barra da camiseta para baixo.

Eu me convenci a não surtar, pois ele tinha me visto com roupa de banho um milhão de vezes. Isso não era diferente.

Mas era.

– Essa é a minha camiseta. – Cílios espessos abaixaram-se, encobrindo seus olhos. Ele se sentou na minha cama. – Fiquei mesmo pensando onde isso tinha ido parar.

Não sabia o que dizer. Fiquei de repente petrificada, colada à porta. Será que ele achava esquisito o fato de eu dormir com a camiseta dele? Porque, sim, era meio que esquisito. Eu não podia negar.

Ele se jogou na cama e depois imediatamente se sentou.

– Ai. Que porr...? – Esfregando as costas, ele virou o corpo na altura da cintura. – Jesus. – Sebastian pegou meu livro e o levantou. – Você está lendo isso?

Meus olhos se estreitaram.

– Estou. Qual é o problema?

– Esse negócio podia ter uma função secundária de arma. Você poderia me atingir na cabeça com isso, me matar e depois acabar em um desses programas de TV a que você assiste no Investigação Discovery.

Revirei os olhos.

– Isso é um pouco exagerado.

– Sei lá. – Ele jogou o livro do outro lado da cama. – Você estava se preparando para dormir?

– Ia começar a ler antes de ser grosseiramente interrompida – brinquei. Afastando-me da porta, me arrastei devagar até onde ele estava esticado de lado, deitado ali como se a cama fosse *dele,* bochecha apoiada no punho. – Mas alguém, não vou dizer quem, agora está aqui.

Seus lábios se curvaram nos cantos.

– Quer que eu vá embora?

– Não.

– Achei mesmo que não. – Ele bateu em um pedaço da cama ao lado dele. – Vem conversar comigo. Me conta tudo o que perdi.

Dando ordens mentais para mim mesma, pedindo para não agir como uma completa idiota, me sentei na cama, o que não era fácil por conta da camiseta. Eu *super* não queria mostrar o que não devia para ele. Ou talvez quisesse mostrar. Mas provavelmente ele não queria.

– Você não perdeu muita coisa – respondi, olhando para a porta do meu quarto. Graças a Deus, eu já a tinha fechado. – O Keith deu algumas festas...

– Você foi a essas festas sem mim? – Ele pressionou a mão no peito. – Meu coração. Está doendo.

Sorri para ele enquanto esticava as pernas, cruzando-as na altura dos tornozelos.

– Fui com as meninas. Não fui sozinha. E daí se fui?

O sorriso dele aumentou um pouquinho.

– Ele fez alguma festa na beira do lago?

Afundando a cabeça, puxei a barra da minha camiseta e mexi os dedos dos pés.

– Não, só na casa dele.

– Legal. – Quando olhei para Sebastian, seus cílios estavam baixos. Sua mão livre repousava na cama entre nós. Seus dedos eram longos e esguios, sua pele era bronzeada de ficar ao ar livre o tempo todo. – Você faz mais alguma coisa? Sai com alguém?

Parei de mexer os dedos, e minha cabeça girou para trás, na direção dele. Que pergunta mais aleatória.

– Na verdade, não.

Uma sobrancelha levantou-se quando seu olhar encontrou o meu.

Mudei de assunto mais que depressa.

– A propósito, adivinha quem parou no Joanna's hoje, perguntando sobre você?

– Quem não pararia para perguntar sobre mim?

Disparei um olhar de tédio para ele.

Sebastian sorriu.

– Quem?

– A Skylar. Aparentemente, ela está mandando mensagens para você e você anda ignorando.

– Não ando ignorando a Skylar. – Ele levantou a mão e afastou a cascata de cabelo da testa. – Só não ando respondendo.

Os cantos dos meus lábios se franziram.

– Não é a mesma coisa?

– O que ela queria? – ele perguntou em vez de responder.

– Falar com você. – Eu me inclinei para trás, na cabeceira, e apanhei um travesseiro para jogar no meu colo. – Ela disse... Ela me pediu para te avisar que está te procurando.

– Bem, olha só para você, fazendo o que mandaram. – Ele parou um instante, seu sorriso agora maior. – Para variar.

Escolhi ignorar o comentário.

– Ela também disse que terminar com você foi um erro.

Sua cabeça virou para trás bruscamente e o sorriso desapareceu.

– Ela disse isso?

Meu coração começou a bater pesado no peito. Ele parecia surpreso. Era uma surpresa boa ou surpresa ruim? Será que ele ainda gostava dela?

– Disse.

Sebastian não se mexeu por um segundo e depois sacudiu a cabeça.

– Bom, sei lá. – Sua mão se moveu com a velocidade de um raio e tirou o travesseiro do meu colo, e o enfiou debaixo da cabeça.

– Fique à vontade – murmurei, puxando a camiseta de novo sobre o ombro.

– Acabei de fazer isso. – Ele sorriu para mim. – Você tem outra sarda.

– O quê? – Virei a cabeça para ele. Desde que me lembrava, meu rosto parecia ter sido atingido por um canhão de sardas. – Não tem como você saber se tenho outra sarda.

– Eu sei. Abaixa aqui. Posso te mostrar onde.

Hesitei, olhando para ele.

– Venha – ele insistiu, curvando os dedos para mim.

Com a respiração rasa, eu me inclinei na direção dele. Meu cabelo escorregou do ombro quando ele ergueu a mão.

Aquele sorriso estava de volta, brincando em seus lábios.

– Bem aqui... – Ele pressionou a ponta do dedo no centro do meu queixo. Respirei fundo. Seus cílios se curvaram para baixo. – Aqui está a sarda nova.

Por um momento, não consegui me mover. Tudo o que conseguia fazer era ficar sentada ali, inclinada na direção dele, sentindo seu dedo tocar meu queixo. Era louco e idiota, porque era o mais suave dos toques, porém senti em todas as células do meu corpo.

Ele baixou a mão no espaço entre nós novamente.

Exalei um fôlego trêmulo.

– Você é... Você é tão tonto.

– Você me ama – disse ele.

Amo.

Loucamente. Profundamente. Irrevogavelmente. Poderia enumerar mais cinco advérbios. Era apaixonada pelo Sebastian desde, puxa, desde que ele tinha sete anos e me trouxe de presente a cobra preta que achou no quintal. Não sei por que achou que eu queria, mas a pegou de lá e largou na minha frente como um gato que traz um pássaro morto para o dono.

Um presente verdadeiramente esquisito, o tipo de presente que um menino entrega para outro, e, de modo geral, isso resumiu nosso relacionamento bem ali. Estava apaixonada por ele, dolorosa e vergonhosamente, e ele basicamente me tratava como um de seus amigos meninos. E me tratava assim desde o início e sempre trataria.

– Mal tolero você – eu disse.

Rolando de costas, ele estendeu os braços acima da cabeça, apertando uma mão na outra e dando risada. Sua camiseta subiu, revelando o abdome reto e aqueles dois músculos de cada lado dos quadris. Não fazia ideia de como ele os tinha conseguido.

– Continue mentindo para si mesma – disse ele. – Talvez um dia você acredite.

Eu não sabia o quanto ele estava perto da verdade.

Quando o assunto era Sebastian e o que eu sentia por ele, tudo o que fazia era mentir.

A mentira era a outra coisa que meu pai tinha me deixado de herança.

Era algo que ele também tinha feito muito, *muito* bem.

CAPÍTULO TRÊS

Era cedo demais para essas merdas.

Em pé atrás da Megan, só esperava conseguir me fundir à parede e ser esquecida. Depois poderia deitar e tirar uma soneca. Sebastian tinha ficado até as três da manhã, e eu estava cansada demais para fazer qualquer coisa remotamente física.

O treinador Rogers, também conhecido como Sargento Rogers ou Tenente Cara Feia Primeira Classe, cruzou os braços. Seu rosto tinha uma carranca permanente. Nunca o tinha visto sorrir. Nem mesmo quando passamos na peneira, no ano passado.

Ele também era o instrutor de treinamento militar, então nos tratava como se estivéssemos no Exército. Hoje não seria diferente.

– Subida nas arquibancadas – ele ordenou. – Dez sequências.

Suspirando, coloquei as mãos nos cabelos para deixar o rabo de cavalo mais apertado, enquanto Megan saltava e ficava de frente para mim.

– Quem terminar por último, compra um smoothie para a outra depois do treino.

Os cantos dos meus lábios se curvaram para baixo.

– Isso não é justo. Você vai terminar em primeiro.

– Eu sei. – Dando risadinhas, ela correu para a arquibancada coberta.

Abaixando, puxei meu short preto de treino e corri também.

A equipe começou a bater nos assentos de metal. Tênis batiam enquanto íamos subindo. Na fileira superior, bati na parede, como esperado. Se não o fizéssemos, tínhamos que começar de novo. E lá fui descendo novamente, olhos focados nas fileiras na minha frente enquanto meus joelhos e braços faziam força. Na quinta rodada, os músculos das minhas pernas estavam queimando, junto com meus pulmões.

Quase morri.

Mais de uma vez.

Depois que acabou e me juntei à Megan na quadra, minhas pernas pareciam geleia.

– Gostaria de um smoothie de morango com banana – ela disse, seu rosto corado. – Obrigada.

– Cala a boca – murmurei, ofegante, lançando um olhar para as arquibancadas. Pelo menos não fui a última. Virei o corpo de volta para ela. – Vou comer no McDonald's.

Megan fez um ruído de desdém pelo nariz e ajustou o short.

– É claro que vai.

– Pelo menos vou comer ovos – ponderei. Provavelmente teria pernas e abdome infinitamente mais torneados se tomasse esse smoothie depois do treino, em vez de comer o sanduíche de ovo e bolinho de batata frita que eu queria devorar loucamente.

Ela enrugou o nariz.

– Acho que esse tipo de ovos não conta.

– Até falar já é um sacrilégio.

– Acho que você não sabe o que essa palavra significa – ela respondeu.

– Acho que você não sabe quando calar a boca.

Jogando os cabelos para trás, Megan deu risada. Às vezes me perguntava como tínhamos nos tornado tão amigas. Éramos dois polos opostos. Ela não lia nada, a menos que fossem dicas de paquera na *Cosmo* ou o horóscopo semanal nas revistas que a mãe dela tinha pela casa. Eu, é claro, lia todos os livros em que conseguia pôr as mãos. Eu iria pleitear um financiamento estudantil, e ela tinha um fundo enorme para a faculdade. Megan só comia no McDonald's se tivesse bebido, o que não era frequente, e eu comia tanto no McDonald's que a moça que ficava no caixa do *drive-thru* de manhã me conhecia pelo nome.

O nome dela era Linda.

Megan era mais extrovertida do que eu, mais disposta a tentar coisas novas, enquanto eu era a pessoa que sempre pesava prós e contras antes de fazer alguma coisa, geralmente encontrando mais contras do que prós em quase *todas* as atividades. Megan parecia ter bem menos do que dezessete anos, muitas vezes agia como uma gatinha hiperativa escalando as cortinas. Ela era simplesmente pateta na metade do tempo. Porém, seu jeito de desligada era só por fora. Ela era um gênio em matemática sem nem precisar tentar. Por fora, ela parecia não levar nada a sério, mas era tão inteligente quanto animada.

Nós duas planejávamos – e esperávamos – entrar na UVA e rezávamos para ficarmos hospedadas juntas, e fazíamos de tudo para dar à Dary a maior canseira possível, com amor, todos os dias da nossa vida.

Decidindo que eu ia pedir dois pratos de bolinho de batata e comê-los bem na cara da Megan, passei na frente dela enquanto andávamos para onde nossa capitã estava esperando.

O treino foi extenuante.

Já estávamos na pré-temporada e era sexta-feira, então era tudo calistenia. Corridas de explosão. Agachamentos. *Sprints*. Saltos. Nada me fazia sentir mais fora de forma do que esses tipos de treino. Estava me arrastando quando encerramos o dia, suando em lugares em que eu nem queria pensar.

– Turma do último ano, preciso que vocês fiquem mais alguns minutos – chamou o treinador Rogers. – As demais podem sair.

Megan me atirou um olhar enquanto nos levantávamos pesadamente. Minha barriga doía um pouco das abdominais, então me concentrei em não me inclinar e chorar como um bebê que estava começando a ganhar dentes.

– Nosso primeiro jogo é daqui a algumas semanas, assim como o nosso primeiro torneio, mas quero que todas vocês saibam, sem restar dúvida, como essa temporada é importante. – O treinador endireitou o boné e puxou a aba para baixo. – Este não é apenas o último ano de vocês. É nessa época que os olheiros vão aos torneios. Muitas das faculdades aqui na Virgínia e nos estados vizinhos estão à procura de calouros jogadores.

Pressionando meus lábios, cruzei frouxamente os braços. Conseguir bolsa de voleibol seria demais. Eu queria. Ia fazer de tudo, mas havia garotas melhores no time, incluindo Megan.

A probabilidade de nós duas conseguirmos uma vaga na UVA era pequena.

– Nunca é demais ressaltar a importância da performance de vocês nesta temporada – continuou o treinador. Seus olhos escuros se demoraram em mim de um jeito que me fazia sentir como se ele tivesse notado exatamente como meus *sprints* tinham sido uma porcaria. – Vocês não vão conseguir uma segunda chance. Não existe uma segunda chance para impressionar esses olheiros. Não há um próximo ano.

O olhar de Megan deslizou na direção do meu, e suas sobrancelhas se ergueram uns dois centímetros. Isso tudo estava só um pouquinho dramático demais.

O treinador continuou falando e falando sobre boas escolhas na vida ou algo do tipo, e então ele chegou ao fim. Dispensado, nosso grupo seguiu para pegar as bolsas esportivas restantes de cores bordô e branco.

Megan bateu o ombro no meu ao estender a mão para pegar a água de cima da sua bolsa.

– Você meio que foi um horror hoje.

– Valeu – respondi, limpando o suor da testa com a palma da mão. – Me sinto muito melhor depois de ouvir isso.

Ela olhou ao redor do gargalo da garrafa, mas, antes que pudesse responder, o treinador gritou meu sobrenome.

– Droga – sussurrou Megan, arregalando os olhos.

Engolindo um gemido, girei no lugar e dei uma corridinha até onde ele estava parado, próximo da rede onde, com frequência, tínhamos que ficar pulando na frente. Quando o treinador usava nosso sobrenome, era muito como nossa mãe gritando nosso nome completo.

A barba grisalha perfeitamente aparada do treinador Rogers era mais branca do que preta, mas o homem estava em boa forma e era bem intimidante. Ele podia correr naquelas arquibancadas na metade do tempo e, no momento, parecia que queria me mandar fazer outra bateria de dez. Se fizesse, seria *Descanse em paz, Lena.*

– Fiquei olhando você hoje – disse ele.

Ah, não.

– Não me pareceu que a sua cabeça estava no treino. – Ele cruzou os braços, e eu sabia que o negócio tinha ficado feio para o meu lado. – Você ainda está trabalhando no Joanna's?

Ficando dura porque já tínhamos tido essa conversa antes, confirmei balançando a cabeça.

– Fiz o fechamento ontem à noite.

– Bem, isso explica muita coisa. Você sabe o que acho de você trabalhar quando tem treino – disse ele.

Sim, eu sabia. O treinador Rogers achava que ninguém que fizesse esportes devia trabalhar, porque era uma *distração.*

– É só durante o verão. – Isso meio que era mentira, porque eu planejava trabalhar nos fins de semana durante o ano letivo. Precisava manter em dia meu fundo para o McDonald's, mas o treinador não precisava saber disso. – Sinto muito sobre o treino. Só estou um pouco cansada...

– Muito cansada, pelo visto – ele interveio com um suspiro. – Você estava se forçando a cada bateria de exercícios.

Acho que não ia ganhar crédito por esse esforço.

Ele ergueu o queixo e olhou para mim por cima do nariz. O treinador era um monstro durante o treino e durante os jogos, mas, na maior parte do tempo, eu gostava dele. Ele se importava com seus jogadores. Se importava *de verdade*. No ano anterior, ele tinha organizado uma arrecadação de fundos para um aluno cuja família tinha perdido tudo em um incêndio residencial. Sabia que ele era contra crueldade com os animais porque o via vestindo camisetas de instituições de proteção. Porém, no momento, não gostava dele de jeito nenhum.

– Olha – ele continuou –, sei que as coisas estão apertadas na sua casa, especialmente com seu pai... Bem, com tudo isso.

Apertando os dentes até meu queixo doer, fixei uma expressão vazia no meu rosto. Todos sabiam sobre o meu pai. Era uma droga viver em cidade pequena.

– E você e sua mãe poderiam fazer bom uso de um dinheiro extra, entendo, mas na realidade você precisa analisar o cenário mais amplo. Leve esses treinos mais a sério, dedique mais tempo, e você vai conseguir melhorar seu jogo este ano. Talvez até mesmo chamar a atenção de um olheiro – ele disse. – Aí você consegue uma bolsa. Menos financiamento. É nisso que você precisa se concentrar: no seu futuro.

Mesmo sabendo que ele tinha boas intenções, queria falar para ele que minha mãe e eu, *e* o meu futuro, não eram da conta dele. Porém, não disse. Mudei o peso do corpo de um pé para o outro, mentalizando o bolinho de batata oleoso.

Minha nossa, eu ia lambuzar aquela delícia com ketchup.

– Você tem talento.

Pisquei.

– Sério?

A expressão dele suavizou um pouco. Ele bateu com uma das mãos sobre o meu ombro.

– Acho que você tem uma chance de faturar uma bolsa de estudos. – Ele apertou meu ombro. – Só fique de olho no amanhã. Trabalhe para isso, e não vai haver nada no seu caminho. Você entende?

– Entendo. – Olhei para onde Megan esperava. – Uma bolsa seria... Ajudaria muito.

Muito.

Seria bom não passar uma década ou mais depois da faculdade tentando sair do inferno do financiamento estudantil – do qual já tinham me alertado.

– Então faça acontecer, Lena. – O treinador Rogers baixou a mão. – Você é a única pessoa que existe no seu caminho.

– NÃO ME IMPORTO COM O QUE VOCÊ DIGA, a Chloe era a melhor dançarina! – Megan gritou de onde estava empoleirada na beira da minha cama. Esperava que os cabelos dela fossem se levantar e se transformar em cobras a qualquer momento e arrancar os olhos de qualquer um que discordasse.

Certo, talvez eu estivesse lendo fantasia demais ultimamente.

– É sério, não dá para sermos amigas se você não concordar! – acrescentou com veemência.

– Não é uma questão de quem dança melhor, mas pessoalmente acho que você está seguindo a linha "loiras unidas".

– Abbi estava esparramada de bruços na minha cama. Seus cabelos eram uma confusão de cachos bem pequenininhos e escuros. – E, sinceramente, sou Time Nia.

Megan franziu a testa e jogou as mãos para o alto.

– Sei lá.

Meu celular tocou na minha escrivaninha, e quando vi quem era, recusei a chamada sem nem pensar duas vezes.

Hoje não, Satanás.

– Vocês realmente precisam parar de assistir às reprises de *Dance Moms*. – Voltei para o meu closet e recomecei a busca por uma bermuda para usar no restaurante. Sufocando um bocejo, queria ter tido tempo para um cochilo, mas a Megan tinha vindo para a minha casa depois do treino e eu tinha só uma hora mais ou menos antes de ter que ir trabalhar.

– Você parece destruída dos pés à cabeça – Abbi comentou, e levei um instante para me dar conta de que ela estava falando comigo. – Você não dormiu ontem à noite?

– Puxa, valeu – respondi, testa franzida. – O Sebastian chegou em casa ontem à noite, então ele passou aqui e ficou um pouco.

– Ooh, o Sebastian – cantarolou Megan, batendo palmas. – Ele te deixou acordada a noite toda? Porque, se deixou, vou ficar chateada por você não ter mencionado isso antes. Também vou querer detalhes. *Todos* os detalhes sórdidos.

Abbi fungou.

– Realmente duvido que exista algum detalhe sórdido.

– Não sei se eu deveria ficar ofendida com essa afirmação ou não – eu disse.

– Não consigo imaginar isso acontecendo – Abbi respondeu com um assimétrico encolher de ombros.

– Não sei como você passa tanto tempo com ele e não sente vontade de agarrá-lo como um leão da montanha raivoso e acalorado – Megan refletiu. – Não seria capaz de me controlar.

Inclinei a cabeça para trás.

– Puxa. – Minhas amigas eram meio estranhas. A Megan, para ser mais específica. – Você não voltou com o Phillip?

– Mais ou menos? Não tenho certeza. Estamos nos falando. – Megan deu uma risadinha. – Mesmo se estivesse com ele, não significa que eu não possa apreciar aquele belo espécime de garoto que vive do lado da sua casa.

– Fique à vontade – murmurei.

– Você já notou como gente bonita só anda com gente bonita? Veja só todos os amigos do Sebastian: Keith, Cody, Phillip. Todos eles são lindos. É a mesma coisa com a Skylar e as amigas dela. Meio que é como os pássaros que migram para o sul no inverno – Megan continuou.

Abbi murmurou para si mesma:

– O que você está falando?

– De qualquer forma, não me envergonho dos meus pensamentos não tão amigáveis assim em relação ao Sebastian. Todo mundo tem uma queda por ele – disse Megan. – Tenho uma queda por ele. A Abbi tem uma queda por ele...

– O quê? – gritou Abbi. – Não tenho uma queda por ele.

– Ah, me desculpe. Seu fogo é pelo Keith. Foi mal.

Girei metade do corpo para ver a reação de Abbi a isso e não me decepcionei.

Abbi se levantou sobre os cotovelos e virou a cabeça na direção de Megan. Se olhares matassem, a família inteira de Megan teria morrido naquele instante.

– É sério, eu poderia bater em você, e já que você pesa, no máximo, trinta e cinco quilos, e eu tenho uns quarenta quilos a mais, vou te quebrar no meio como uma barra de Kit Kat.

Sorri ao me virar de volta para o armário e me pôr de joelhos para mexer nos livros e nos jeans no chão.

– O Keith é bonitinho, Abbi.

– Sim, ele é lindo, mas é que nem gripe lá na escola: todo mundo já pegou – ela comentou.

– Eu não – disse Megan.

– Nem eu. – Encontrando a bermuda, eu a apanhei do chão e me levantei. – Keith anda tentando sair com você desde que você ganhou peitos.

– O que foi, tipo, no quinto ano. – Megan riu e Abbi jogou meu pobre travesseiro nela. – O quê? É verdade.

Abbi balançou a cabeça.

– Vocês são loucas. Não acho que o Keith gosta mais de meninas mais morenas do que de branquelas que nem vocês.

Bufei e sentei na minha cadeira da escrivaninha. O espaldar bateu na beira da mesa, chacoalhando a pilha de livros.

– Tenho certeza de que o Keith gosta de garotas de todas as cores, formatos e tamanhos e um pouco mais – eu disse, curvando o corpo para a frente e apanhando as canetas e os marca-textos que tinham caído da mesa.

Abbi bufou.

– Tanto faz. Não vamos falar sobre a minha atração inexistente pelo Keith.

Eu me virei para Abbi.

– Sabe, a Skylar deu uma passada no Joanna's ontem e perguntou se o Sebastian sabia que eu era apaixonada por ele. – Forcei um riso casual. – Que loucura, né?

Os olhos azuis de Megan se alargaram, ficando do tamanho dos planetas. Não Plutão... mais parecido com Júpiter.

– *O quê?*

Abbi também estava prestando atenção.

– *Detalhes*, Lena.

Atualizei-as sobre o que Skylar tinha a dizer na noite anterior.

– Eu só estava muito cansada.

– Bem, obviamente ela quer voltar com ele. – Abbi pareceu pensativa. – Mas por que ela te faria essa pergunta? Mesmo se fosse verdade, por que você admitiria para ela, a ex-namorada do Sebastian?

– Não é? Eu estava pensando sobre isso mais cedo. – Com a ponta dos pés, fui girando a cadeira lentamente. – Tive bastante contato com ela na época em que ela namorava o Sebastian, mas também não somos amigas, nem nada. Não admitiria meus segredos mais profundos a ela.

Abbi inclinou a cabeça para o lado e parecia que queria dizer algo, mas ficou quieta.

– Ah! Quase me esqueci! – Megan exclamou ao tocar os pés no chão, claramente já no assunto seguinte. Um tom rosa inundava seu rosto em formato de coração. – Ouvi que o Cody e a Jessica estão se vendo de novo.

– Não me surpreende. – Cody Reece era o lançador estrela do time. Já Sebastian era o corredor estrela. A amizade feita no paraíso do futebol americano acontecendo bem ali. E a Jessica, bem... Não era a pessoa mais agradável que eu tinha conhecido na vida.

– O Cody não tentou ficar com você na festa do Keith, em julho? – Abbi perguntou, rolando de costas.

Disparei um olhar de morte para ela, mais poderoso que o laser da Estrela da Morte.

– Eu tinha esquecido completamente *disso*, então obrigada por me fazer lembrar.

– De nada – ela brincou.

– Lembro-me daquela festa. O Cody estava superbêbado. – Megan começou a torcer o cabelo no que parecia uma corda, algo que ela amava fazer desde que éramos crianças. – Ele nem deve se lembrar de ter dado em cima, mas é melhor você ter esperanças de que a Jessica não descubra. Essa menina é territorial. Ela vai fazer do seu último ano no colégio um inferno na Terra.

Eu não estava muito preocupada com a Jessica, porque, era lógico, como ela poderia estar tão ofendida pelo Cody ter dado em cima de mim quando eles nem estavam juntos? Não fazia o menor sentido.

Megan disse um palavrão e se levantou com um pulo.

– Eu deveria ter encontrado a minha mãe há dez minutos. Ela vai me levar para fazer compras de volta às aulas, o que realmente significa que ela vai tentar me vestir como se eu ainda tivesse cinco anos. – Ela pegou a bolsa e sacola esportiva. – Aliás, é sexta-feira e acho que não esqueci do meu lembrete semanal.

Dei um suspiro pesado. Lá vamos nós...

– Já é hora de você arranjar um namorado. A essa altura, qualquer um serve. E bem depressa também. Não um namorado de livro. – Ela se virou para a porta do meu quarto.

Joguei as mãos para o alto.

– Por que você está tão obcecada com a ideia de eu ter um namorado?

– Por que você está tão obcecada por mim? – imitou Abbi.

Ignorei.

– Você se lembra que eu tinha um namorado, né?

– Lembro. – Ela ergueu o queixo. – *Tinha*. No passado.

– A Abbi não tem namorado! – apontei.

– Não estamos falando dela. Aliás, sei por que você não está interessada em ninguém. – Ela bateu do lado da cabeça. – Eu *sei*.

– Ai, meu Deus. – Balancei minha cabeça em negativa.

– Ouça as minhas palavras. Viva um pouco. Senão, quando você tiver trinta anos, morar sozinha com um monte de gatos e estiver comendo atum no jantar, vai se arrepender. E nem mesmo atum dos *bons*. Daqueles genéricos mergulhados em óleo. Tudo porque você passa cada minuto acordada do seu dia lendo livros enquanto poderia estar por aí se encontrando com o futuro pai dos seus filhos.

– Isso é um pouco de exagero – murmurei, olhando de soslaio para ela. – E o que há de errado com atum genérico mergulhado em óleo? – Olhei para Abbi. – É mais gostoso do que ensopado em água.

– De acordo – respondeu ela.

– E realmente não estou interessada em conhecer o futuro pai dos meus filhos – acrescentei. – Acho que nem quero filhos. Tenho dezessete anos. Crianças me deixam apavorada.

– Você me decepciona – afirmou Megan. – Mas ainda te amo, porque sou uma ótima amiga.

– O que eu faria sem você? – Dei um giro na cadeira.

– Basicamente, você é uma bruxa. – Megan me deu um sorriso atrevido.

Pressionei a mão no coração.

– Ai.

– Tenho que ir. – Ela mexeu os dedos no ar fazendo um aceno de despedida. – Mando mensagem mais tarde.

Então saiu do quarto se debatendo. Literalmente. Cabeça para trás, sacudindo os braços e empertigada como um cavalo de apresentação.

– Basicamente? – Abbi balançou a cabeça ao olhar para a porta vazia.

– Nunca vou entender o fascínio dela pelo meu status de solteira. – Olhei para Abbi. – Tipo, de jeito *nenhum*.

– Com ela a gente nunca sabe. – Abbi parou um instante. – Então... acho que a minha mãe anda traindo o meu pai.

Meu queixo caiu.

– Espera. *O quê?*

Abbi se levantou e plantou as mãos nos quadris.

– É isso. Você me ouviu certo.

Por um momento, não sabia o que dizer e demorou alguns segundos para que minha língua funcionasse.

– Por que você acha isso?

– Lembra como estava te contando que ela e o meu pai andaram discutindo recentemente? – Ela foi até a janela que fazia vista para o quintal. – Eles tentam não falar muito alto para eu e meu irmão não ouvirmos, mas as coisas andam ficando acaloradas e agora o Kobe está tendo pesadelos.

O irmão de Abbi tinha só cinco ou seis anos. Tenso.

– Acho que eles estão brigando por ela trabalhar até tão tarde no hospital e, sabe, *por que* ela trabalha até tão tarde. E quero dizer *tarde*, Lena. Tipo, com que frequência as outras enfermeiras têm que dobrar o turno? Meu pai é tão burro assim? – Ela se virou da janela, veio de novo até a cama e sentou-se pesadamente na beirada. – Eu ainda estava acordada quando ela chegou na quarta-feira à noite, quatro horas depois que o turno dela deveria ter acabado, e ela estava em petição de miséria. Os cabelos todos desgrenhados, as roupas todas amassadas como se ela tivesse rolado na cama de alguém e depois voltado para casa.

Meu peito apertou.

– Talvez tenha sido só uma noite difícil de trabalho para ela.

Ela me disparou um olhar suave.

– Ela estava com cheiro de uma colônia que não era a que meu pai usa.

– Isso não é... bom. – Inclinei o corpo para a frente na cadeira. – Ela te disse alguma coisa quando você a viu?

– Então, é aí que está. Ela parecia culpada. Não me olhava nos olhos. Saiu da cozinha o mais rápido possível, e a primeira coisa que ela fez quando subiu foi tomar banho. E esse negócio de banho podia não ser anormal, mas quando a gente soma uma coisa com a outra...

– Caramba. Não sei o que dizer – admiti, torcendo meu short nas mãos. – Você vai dizer alguma coisa?

– O que eu poderia dizer? "Ah, então, pai, acho que a mãe está traindo você por aí, então talvez seja bom dar uma investigada nisso"? Não consigo ver essa história acabando bem. E se, por uma chance de nevar no inferno, eu estiver errada?

Eu me encolhi.

– Tem razão.

Ela esfregou as mãos sobre as coxas.

– Não sei o que acontece entre eles. Eles estavam felizes até, tipo, uns dez anos atrás, e tudo isso foi pelo ralo. – Afastando os cachos do rosto, ela balançou a cabeça. – Eu só precisava contar para alguém.

Com a ponta dos dedos, fui puxando minha cadeira para mais perto dela.

– Compreensível.

Um breve sorriso apareceu.

– Podemos mudar de assunto? Não queria ter que pensar nisso por mais do que cinco minutos de cada vez.

– Claro. – Eu entendia mais do que ninguém. – Sempre que você quiser.

Ela respirou fundo e pareceu se livrar de todos esses pensamentos.

– Então... o Sebastian chegou em casa cedo.

Essa não era necessariamente uma conversa que eu quisesse retomar, mas, se Abbi queria me usar como distração, eu poderia fazer o papel. Dei de ombros e deixei a cabeça cair para trás no mesmo momento em que meu coração idiota deu um pulinho boboca.

– Você ficou feliz em vê-lo? – ela perguntou.

– Claro – respondi, escolhendo meu tom habitual de tédio quando falava sobre o Sebastian.

– Onde ele está agora?

– Na escola. Eles têm um jogo amistoso esta noite. Ele não vai jogar, mas provavelmente o fizeram treinar.

– Você vai trabalhar neste fim de semana? – ela perguntou.

– Vou, mas este é meu último fim de semana por um tempo, já que vão começar as aulas. Por quê? Você quer fazer alguma coisa?

– É claro. Melhor do que ficar presa na tarefa de babá em casa e ouvir meus pais reclamando um com o outro. – Abbi cutucou minha perna com o pé calçado na sandália. – Sabe, odeio até mesmo falar sobre isso, mas você acha que a Skylar podia ter um pouco de razão em perguntar...

– Sobre mim e o Sebastian? Não. O quê? Isso é idiota.

Uma expressão de duvida atravessou o rosto dela.

– Você não gosta mesmo do Sebastian?

Meu coração começou a bater pesado no peito.

– É claro que o amo. Também amo você e a Dary. Amo até a Megan.

– Mas você não amava o André...

– Não amava. – Fechei os olhos e pensei no meu ex, embora realmente não quisesse. Tínhamos namorado quase o ano passado inteiro, e Abbi estava certa: André era incrível e agradável, e me sentia uma FDP por terminar com ele. Mas tentei, tentei mesmo, até tentei ir um passo além (*aquele* passo), mas meus interesses não estavam presentes. – Não estava funcionando.

Ela ficou quieta por um instante.

– Sabe o que eu acho?

Deixei os braços caírem ao lado do corpo.

– Algo sábio e sensato?

– Essas duas palavras significam a mesma coisa, idiota. – Ela chutou minha perna novamente. – Se você não está sendo totalmente sincera consigo mesma a respeito do Sebastian, então, se inscrever para a Universidade da Virgínia é uma ideia inteligente.

– O que ele tem a ver com a UVA?

Ela inclinou a cabeça para o lado.

– Você está dizendo que é uma coincidência que a única faculdade que não está entre as preferências dele é a única faculdade a que você vai se candidatar?

Fiquei sem palavras. Não sabia o que dizer. Abbi nunca tinha insinuado antes que eu tivesse interesse em Sebastian além da amizade. Eu estava confiante de ter mantido esse desejo constrangedor bem escondido, mas obviamente não tão bem como eu acreditava. Primeiro a Skylar, que não me conhecia de verdade, e agora a Abbi, que é quem conhecia?

– A UVA é uma faculdade incrível e tem um departamento também incrível de antropologia. – Abri os olhos e meu olhar se fixou no gesso rachado do teto.

A voz de Abbi suavizou.

– Você não está... se escondendo de novo, né?

O fundo da minha garganta queimou quando pressionei os lábios. Eu sabia do que ela estava falando, e não tinha nada a ver com o Sebastian. Mas tinha tudo a ver com a ligação não atendida antes.

– Não – falei para ela. – Não estou.

Ela ficou calada por um momento e depois disse:

– Você realmente vai usar esse short para trabalhar? Você está parecendo uma garçonete periguete vestida assim.

NA FESTA DO KEITH. VOCÊ VEM?

A mensagem de texto de Sebastian veio bem quando eu estava entrando na garagem de casa depois do trabalho na sexta à noite. Enquanto eu normalmente não dispensava uma oportunidade de ficar perto do Sebastian, estava me sentindo meio estranha depois de toda aquela conversa com a Abbi. Além disso, estava exausta, portanto, pronta para entrar debaixo das cobertas e me perder por algum tempo em um livro. Respondi:

VOU FICAR EM CASA HOJE.

Sua mensagem chegou na mesma hora com um emoji sorridente de um cocô.

Sorrindo, respondi com o mesmo ícone.

Apareceram os três pontinhos enquanto ele digitava e então:

VOCÊ VAI ESTAR ACORDADA MAIS TARDE?

TALVEZ.

Saí do carro e fui até a porta da frente.

ENTÃO TALVEZ EU DÊ UMA PASSADA.

Senti um frio apertado na barriga. Eu sabia o que isso significava. Às vezes, o Sebastian aparecia *muito* tarde, geralmente quando tinha alguma coisa acontecendo em casa com que ele não queria lidar... esse "alguma coisa" geralmente era seu pai.

E lá no fundo eu sabia que, mesmo ao longo de todos aqueles anos de namoro com a Skylar, ele nunca tinha feito isso com ela. Quando algo o estava incomodando, ele me procurava, e eu sabia que não deveria ficar empolgada com isso, mas ficava. E guardei esse fato no fundo do coração.

Segui o zumbido baixo da TV, passando pelo pequeno hall de entrada, que estava transbordando com guarda-chuvas e tênis, e o pequeno aparador, com pilhas de correspondências ainda fechadas.

O brilho da TV projetava uma suave luz piscante sobre o sofá. Minha mãe estava deitada encolhidinha, uma das mãos enfiadas debaixo da almofada. Ela estava um gelo.

Dei a volta na namoradeira, peguei uma manta do encosto do sofá e, cuidadosamente, coloquei-a ao redor da minha mãe. Quando me levantei de novo, pensei no que a Abbi tinha me falado antes. Eu não fazia ideia se a mãe dela estava traindo o pai, mas pensei na minha mãe e em como ela nunca teria traído o meu pai. O mero pensamento quase me fez rir, porque ela o amava como o mar ama a areia. Ele tinha sido o seu universo, o sol que se elevava pela manhã e a lua que tomava conta do céu noturno. Ela amava Lori e eu, mas amava mais o meu pai.

Porém, seu amor não foi suficiente. O meu amor e o da minha irmã nunca foram suficientes. No final, meu pai deixou a gente mesmo assim. Todas nós.

E, por Deus, eu era muito parecida com ele.

Inclusive na aparência, se bem que eu era uma versão mais... comum. A mesma boca. O mesmo nariz forte, quase grande demais para o meu rosto. Os mesmos olhos cor de avelã, mais castanhos do que qualquer outro tom interessante. Meu cabelo era igual ao dele, um castanho que às vezes ficava acobreado na luz do sol, e estava meio longo, passando da altura dos seios. Eu não era nem magra nem gorda; estava presa em algum lugar entre uma coisa e outra. Não era alta nem baixa. Eu era apenas...

Comum.

Não como a minha mãe. Ela era deslumbrante, com seus cabelos loiros e pele impecável. Embora a vida tivesse se tornado mais difícil nos últimos cinco anos, ela perseverava e isso a tornava ainda mais bonita. Minha mãe era forte. Ela nunca desistia, acontecesse o que acontecesse, mesmo que houvesse momentos em que ela desejasse simplesmente empacotar tudo.

Para ela, nosso amor era o suficiente para continuar seguindo em frente.

A Lori ficou com o lado abençoado dos nossos genes, puxando à minha mãe. Loira arrasa-quarteirão nível máximo, com todas as curvas e lábios carnudos para completar.

Porém, as semelhanças iam mais fundo do que o nível físico para mim. Eu era uma *corredora* também, mas não a do tipo saudável; eu fugia. Quando as coisas ficavam muito feias, eu caía fora, exatamente do jeito que meu pai tinha feito. Para mim, era uma arte olhar para o amanhã em vez de me focar no hoje.

Mas também era como minha mãe. Ela era uma *caçadora*. Sempre correndo atrás de alguém que nem sabia que ela estava lá. Sempre esperando por alguém que nunca ia voltar.

Era como se eu tivesse acabado com as piores qualidades dos meus pais.

Um peso tinha se acumulado no meu peito quando comecei a subir as escadas e a me preparar para dormir. Nesse novembro completariam quatro anos desde que o meu pai tinha partido. Não podia acreditar que já fazia tanto tempo. Mesmo assim, parecia ontem, de muitas formas.

Puxando as cobertas da minha cama, comecei a subir, mas parei quando meu olhar recaiu nas portas que davam acesso à varanda. Eu deveria trancá-las. O Sebastian provavelmente não passaria em casa e, além disso, mesmo que ele passasse… não era bom.

Talvez fosse por esse motivo que ninguém mais despertasse o meu interesse.

Porque o André não tinha mantido o meu interesse.

Esfregando as mãos pelo rosto, suspirei. Talvez só estivesse sendo idiota. O que eu sentia pelo Sebastian não poderia mudar o nosso relacionamento. Não *deveria*. Colocar uma pequena distância entre nós, criar alguns limites: isso não seria uma má ideia. Era provavelmente o mais saudável e o mais inteligente a se fazer, porque eu não queria ser nem uma corredora nem uma caçadora.

Já estava saindo da cama antes de me dar conta do que estava fazendo.

Caminhei até as portas e destranquei-as com um clique suave.

CAPÍTULO QUATRO

Acordei mais ou menos com a sensação de que minha cama estava se mexendo e com uma voz sussurrando meu nome baixinho.

Rolei de lado e estremeci quando abri os olhos. Eu tinha pegado no sono com o abajur ligado e podia sentir os cantos duros do livro pressionando as minhas costas. Porém, não estava realmente pensando no livro.

Sebastian estava sentado na beira da minha cama, a cabeça inclinada para o lado e um pequeno sorriso em seus lábios.

– Oi – murmurei, olhando para ele com olhos sonolentos. – O que... Que horas são?

– Um pouco depois das três.

– Você está chegando em casa agora? – Sebastian não tinha hora para chegar em casa. Eu tinha, durante o ano letivo, mas contanto que ele estivesse marcando pontos para o time, os pais dele basicamente o deixavam ir e vir como bem entendesse.

– Estou. Tivemos um jogo louco de *badminton*. O perdedor de cinco partidas tem que lavar os carros.

Dei risada.

– Está falando sério?

– Claro que estou. – O sorriso aumentou um pouquinho. – Keith e o irmão dele contra eu e o Phillip.

– Quem ganhou?

– Você precisa mesmo perguntar isso? – Ele estendeu a mão e sacudiu meu braço de leve. – O Phillip e eu ganhamos, é claro. Eles são fregueses.

Revirei os olhos.

– Uau.

– De qualquer forma, nossa vitória envolve você.

– Hein? – Pisquei para ele.

– Isso mesmo. – Levantando a mão, ele afastou uma mecha de cabelo da testa. – Pretendo deixar o Jeep o mais sujo quanto humanamente possível, e quero dizer deixá-lo parecido com aqueles carros abandonados em *The Walking Dead.* Então que tal irmos ao lago esta semana e acabar com o meu bebê?

Sorrindo, pressionei o rosto no travesseiro. Sebastian, querendo que eu fosse para o lago com ele não deveria significar nada, mas significava. Significava demais.

– Você é terrível.

– Terrivelmente adorável, né?

– Eu não iria tão longe – murmurei, enfiando o braço debaixo do cobertor.

Sebastian inclinou-se para o lado, esticando as pernas em cima das cobertas.

– O que você fez com a sua noite? Leu?

– É.

– Que nerd.

– Que idiota.

Ele riu.

– Como foi o treino hoje?

Franzindo o nariz, gemi.

– Tão ruim assim?

– O treinador acha que eu não deveria trabalhar – falei. – Não foi como da primeira vez em que ele mencionou esse assunto, mas ele falou sobre o meu pai, e isso foi... bem, você sabe.

– Sei – ele respondeu baixinho. – Eu sei.

– Ele disse que achava que eu tinha chance de conseguir uma bolsa de estudos se me focasse mais em jogar.

Sebastian deu um peteleco no meu braço.

– Te disse um milhão de vezes que você tem habilidade na quadra.

Revirei os olhos.

– Você deve dizer isso porque é meu amigo.

– Se fosse por ser amigo, diria que você é péssima.

Deu uma risadinha.

– Sei que não sou terrível, mas não sou nem de perto tão boa quanto a Megan ou metade da equipe. Não há como um olheiro prestar atenção em mim. E tudo bem – acrescentei rapidamente. – De qualquer forma, não estou contando com esse tipo de bolsa de estudos.

– Entendo você. – Seu sorriso começou a escapar. Sua expressão ficou pensativa, e enquanto eu o observava, os vestígios da sonolência desapareceram.

Agarrei as beiradas do cobertor e o puxei debaixo do meu queixo. Um segundo se passou.

– O que está acontecendo?

Esfregando a mão no rosto, ele soltou um suspiro pesado.

– Meu pai... ele realmente está decidido por Chapel Hill.

Da experiência anterior, eu sabia que deveria proceder com cautela nessa conversa. Ele não falava muito sobre o pai e, quando falava, rapidamente chegava ao ponto em que ele simplesmente se fechava sobre tudo. Sempre achei que ele precisava conversar sobre isso. Entendia totalmente a ironia dessa situação, já que não falava sobre o meu pai, mas sei lá.

– Chapel Hill é uma faculdade excelente – comecei. – E é bem cara, né? Se você entrasse com uma bolsa de estudos, seria incrível. Você também ficaria perto dos seus primos.

– É. Eu sei disso, mas...

– Mas o quê?

Ele rolou de costas e enfiou as mãos debaixo da cabeça.

– Não quero ir para lá. Na realidade, não tenho um bom motivo. O campus é incrível pra caramba, mas não estou a fim.

Sabendo como Sebastian era próximo de Keith e Phillip, assim como era próximo de Cody, imaginei que tivesse alguma coisa a ver com eles.

– Para onde os meninos querem ir?

– Keith e Phillip esperam entrar na Universidade de West Virginia. O Phillip quer muito jogar futebol americano no time deles. Acho que o Keith quer ir para lá por causa das festas. – E fez uma pausa. – Acho que o Cody se decidiu pela Penn State.

Durante anos, a Universidade de West Virginia foi a faculdade número um em termos de festas nos Estados Unidos, e eu tinha certeza de que ainda estava entre as cinco mais, então combinaria direitinho com Keith.

– Você quer ir para lá?

– Na verdade, não.

Eu me acomodei e me aconcheguei.

– Para onde você quer ir?

– Não sei.

– Sebastian. – Suspirei. – Você tem que saber. Este é nosso último ano. Você não tem muito tempo. Os olheiros vão começar a frequentar os jogos e...

– E talvez não me importe com os olheiros.

Fechei a boca de repente, porque aí estava: a tal coisa de que tinha suspeitado em relação a Sebastian desde o ano passado.

Ele virou a cabeça na minha direção.

– Você não tem nada a dizer sobre isso?

– Estava esperando você elaborar.

Um músculo pulsou em sua mandíbula enquanto ele me encarava.

– Eu... Deus, mesmo no meio da noite, no seu quarto, ainda nem quero dizer. É como se o meu pai fosse sair do maldito closet e perder a cabeça. Em vez de Bloody Mary, Maria Sanguinária para os íntimos, ele seria Marty Sanguinário.

Respirei fundo.

– Você não... Você não quer jogar futebol americano universitário, né?

Seus olhos se fecharam e vários instantes se entenderam entre nós.

– É loucura, não é? Quero dizer, *sempre* joguei bola. Nem me lembro de uma época em que não estava sendo levado para o treino ou vendo minha mãe limpando as manchas de grama das minhas calças. E *gosto* de jogar. Sou bom jogador – ele disse sem arrogância. Era apenas a verdade. Sebastian tinha um talento dado por Deus para jogar futebol. – Mas quando penso em mais quatro anos acordando de madrugada, correndo e apanhando os lançamentos... mais quatro anos do meu pai baseando sua existência inteira em como vai o jogo... quero começar a beber. Putz, talvez até usar crack ou metanfetamina. *Alguma coisa.*

– Nós não queremos isso – ironizei.

Ele mostrou um sorriso breve que depois desapareceu. Nossos olhares se encontraram e se sustentaram.

– Não quero fazer isso, Lena – ele sussurrou para mim, um segredo que não podia falar em voz alta. – Não quero passar mais de quatro anos nessa situação.

Minha respiração enroscou na garganta.

– Você sabe que não precisa, não sabe? Você não precisa ir para a faculdade para jogar bola. Ainda há tempo para conseguir outras bolsas. Tempo de sobra. Você pode fazer qualquer coisa. É sério.

Ele riu, mas não havia um pingo de humor para isso.

– Se eu decidisse não jogar futebol americano, meu pai teria um AVC.

Eu me contorci para me aproximar mais dele, de forma que nossos rostos ficassem a centímetros de distância.

– Seu pai vai ficar bem. Você ainda quer estudar ciências recreativas?

– Quero, mas não pelos motivos que meu pai acha. – Ele mordeu o lábio inferior e deixou-o escapar dos dentes pouco a pouco. – Ele tem um plano para mim. Eu seria jogador universitário, depois seria selecionado, mas na segunda escolha. Não a primeira. Ele é realista. – Seu sorriso era irônico quando seu olhar deslizou para o meu. – Jogaria alguns anos e depois viraria treinador ou trabalharia com as equipes, usando assim o diploma de ciências recreativas.

O sonho americano aí para todo mundo ver.

– E qual é o seu plano?

Seus olhos se arregalaram, o azul surpreendente e vibrante.

– Você sabe o quanto dá para fazer em ciências recreativas? Eu poderia trabalhar em hospitais, com veterinários ou mesmo em psicologia. A questão não são só as lesões esportivas. Na verdade, quero *ajudar* alguém. Sei que parece idiota e clichê.

– Não é idiota nem clichê – insisti. – De forma alguma.

Um meio sorriso se formou. Depois de um momento, um pouco de luz desapareceu de seus olhos e ele disse:

– Não sei. Ele iria surtar. Seria, tipo, o fim do mundo para ele.

Não tinha dúvidas de que Sebastian estava correto nessa suposição.

– Mas ele iria superar. Ele tem que superar.

Seus cílios encobriram os olhos.

– Ele provavelmente iria me deserdar.

– Não sei se ele iria tão longe. – Meu olhar desviou rapidamente para seu rosto. – É a sua vida. Não a dele. Por que você faria algo que nem está a fim de fazer?

– Sim. – Um breve sorriso apareceu e então ele se mexeu de novo e me encarou. – Você ainda tem esperanças de entrar na Universidade da Virgínia?

Claramente, a conversa tinha chegado ao fim.

– Tenho.

– Posso te fazer uma pergunta?

– Claro.

– É meio aleatório.

Sorri.

– Você sempre é aleatório.

Ele concordou com a cabeça.

– Por que você e o André se separaram?

Pisquei. Não estava certa de tê-lo ouvido direito. Comecei a responder, mas dei risada.

Ele cutucou minha perna com a dele através do cobertor.

– Falei que era uma pergunta do nada.

– É, sim. Hum... não sei. – Droga, eu não ia falar a verdade para ele. *Não deu certo porque estava apaixonada por você.* Era *isso* que não daria muito certo.

Sebastian abriu a boca e a fechou em seguida. Quando olhei para ele, seus lábios estavam pressionados em uma linha apertada.

– Ele por acaso não fez alguma coisa, fez? Tipo zoar por aí e deixar você magoada...

– *Não*. Meu Deus, não. O André era praticamente perfeito. – Meus olhos se arregalaram quando entendi o que ele realmente estava dizendo. – Espera. Você acha que ele fez alguma coisa?

– Não com cem por cento de certeza. Se eu achasse, ele não estaria andando neste exato momento. – Ergui uma sobrancelha. – Só nunca soube por que vocês tinham terminado. Em um segundo, vocês estavam juntos e depois... vocês simplesmente não estavam.

Deixei o cobertor deslizar dos meus ombros.

– Eu não estava com ele do jeito que deveria ter estado, e isso me deixou... desconfortável.

O peito dele subiu com uma respiração profunda.

– Conheço a sensação.

Meu olhar disparou para o dele. Ele estava olhando para o meu teto.

– Você sabe que vou perguntar isso... Por que a Skylar terminou com você? Você nunca me disse.

– Você nunca realmente perguntou. – Seus olhos desviaram-se para mim. – Na verdade, falando nisso, você nunca perguntou sobre nada que tivesse alguma coisa a ver com a Skylar.

Minha boca se abriu, mas eu não disse nada, porque, pensando bem, ele estava certo. Não perguntei sobre a Skylar, porque não queria saber. Apoiá-lo não significava dizer que eu precisava saber de todos os detalhes do relacionamento.

– Eu... achei que não fosse da minha conta – respondi, patética.

Suas sobrancelhas se uniram e os lábios se curvaram nos cantos.

– Não sabia que existia alguma coisa entre nós que não fosse da conta um do outro a essa altura.

Bem...

– A Skylar terminou comigo porque ela sentia que eu não estava dando o meu máximo no relacionamento. Ela achava que eu gostava mais de futebol americano e dos meus amigos do que dela.

– Bem, isso é meio que patético.

– Meio que a mesma razão por você ter terminado com o André, não é? Você não estava a fim dele. Provavelmente não estava dando o seu melhor.

Franzi os lábios.

– E daí? Estamos no ensino médio. Exatamente quanta dedicação temos que dar a um relacionamento?

– Não acho que a gente deva "se dedicar" a um relacionamento – ele respondeu. – Acho que essas coisas deveriam vir naturalmente.

Fiz uma careta.

– Você não é muito profundo com toda a sua experiência mundana? – brinquei.

– Eu *tenho* experiência.

Revirando os olhos, chutei a perna dele debaixo da coberta.

– Era verdade? Que se importava mais com seus amigos e com o futebol do que com ela?

– Em parte – ele respondeu depois de um momento. – Bem, você sabe que não era por causa do futebol.

Pensando bem, não sei o que sentir em relação a isso. Já que eu fazia parte dos amigos dele, ele estava dizendo que gostava mais de mim do que dela? Um segundo depois, percebi que era uma coisa idiota para questionar e eu meio que queria me dar um soco.

– Vou ficar aqui um pouquinho – ele murmurou, levantando a mão. Ele pegou uma mecha de cabelo que tinha caído sobre a minha bochecha. Ao colocá-la de volta atrás da minha orelha, seus dedos se arrastaram sobre a minha pele, e minha respiração enroscou na garganta. Uma onda de arrepios percorreu a minha pele quando ele retirou a mão. – Tudo bem eu fazer isso?

– Tudo – sussurrei, sabendo que ele não tinha visto a minha reação. Ele nunca via.

Apoiando a mão entre nós, ele se aproximou, e senti seu joelho se pressionar ao meu.

– Lena?

– O quê?

Ele hesitou por um momento.

– Obrigado.

– Por quê?

Os cantos de seus lábios se curvaram para cima.

– Só por estar aqui, neste momento.

Fechando os olhos contra uma súbita vontade de chorar, falei a maior verdade que poderia ter dito:

– Onde mais eu estaria?

– ENTÃO MINHA MÃE ME FEZ ESCREVER uma lista com as dez melhores coisas que quero fazer com a minha vida, porque ela acha que é completamente ridículo que esteja prestes a entrar no meu último ano e ainda não saiba o que quero fazer – disse Megan, bebendo seu terceiro copo de chá gelado enquanto mexia em uma cesta de batatas fritas. – O que é hilário, considerando que a minha mãe é basicamente o expresso da loucura, com passagem só de ida.

– Ela não percebeu que você não precisa declarar sua vontade logo de cara? – Abbi estava desenhando o que parecia ser um jardim de rosas em seu guardanapo. – Ou você poderia mudar depois?

– Você acha que ela saberia, sendo uma "adulta" – disse Megan, curvando os dedos em sinais de aspas. – Você também pensaria que ela está de boa com isso, já que terminei o segundo ano com uma média excelente. Vou me sair bem, não importa o que eu escolha estudar na faculdade.

Por trás do balcão do Joanna's, sorri ao cruzar os braços e me apoiar. Por sorte, a lanchonete estava praticamente morta, já que era sábado à noite. Só havia duas mesas postas, e os dois grupos já tinham pedido a conta. Bobby estava em algum lugar nos fundos fumando meio maço de cigarros, e eu não fazia ideia de onde estava Felícia, a outra garçonete.

– Então você fez uma lista?

– Ah, sim. Sim, fiz.

Apanhou uma batata frita.

– Mal posso esperar para ouvir isso.

– Foi a melhor lista de todos os tempos. – Ela colocou uma batata na boca e limpou os dedos em um guardanapo. – Listei profissões incríveis, como prostituição, *striptease*, tráfico de drogas... e não as pequenas coisas. Estou pensando em *heroína*. Ah, por sinal, ouvi que a Tracey Sims está usando H.

– Ok. – Abbi girou no banquinho, inclinando o corpo na direção de Megan. – Não sei se você está falando sobre heroína ou algum outro tipo de H.

– Heroína. Você nunca chamaram assim pela primeira letra?

Balancei a cabeça.

– Não, mas onde você ouviu isso?

– Você sabe que o meu primo saía com ela? – Ela pegou duas batatas fritas... e fez uma cruz. – Ele me disse que ela está usando. Foi por isso que eles terminaram.

Abbi franziu a testa.

– Você está falando sério?

Afastei-me do balcão.

– Deus, espero que não.

Megan assentiu com a cabeça.

– Estou falando sério.

– Isso é tão... tão triste – murmurei, olhando para cima quando a porta se abriu. Quase não podia acreditar no que vi. Eram Cody Reece e o bando, incluindo Phillip, colado ao celular em sua mão. Por que eles estavam ali? Nenhum deles geralmente frequentava o Joanna's, a menos que estivessem com o Sebastian.

– É sim. Quero dizer, o negócio ali é louco – Megan continuou, batendo com a cruz de batatas na beirada da cestinha. Cristais de sal caíram no balcão. – Só não consigo nem imaginar em enfiar uma agulha em mim e injetar alguma coisa. E se isso for me levar a arranhar minha cara, *nem pensar* que vou me voluntariar a isso.

– Espero que não seja verdade. A Tracey é legal. – Os olhos de Abbi se arregalaram ao olhar por cima do ombro, bem no instante em que Phillip avistou Megan.

Ele levou o dedo à boca ao se aproximar pouco a pouco, parecendo ridículo caminhando na ponta dos tênis, o que o deixava com mais de dois metros. Com a pele marrom-escura e um sorriso sedutor que o tinha colocado em apuros mais de uma vez ou duas com Megan, ele era superinteligente como ela. Sorrindo, ele parou bem atrás de Megan.

– Pensando bem, há muitas coisas para as quais não me ofereceria – Megan continuou, deixando a cruz de batata cair dentro da cestinha. – Há muitas coisas que eu não... – Ela deu um gritinho quando Phillip enlaçou o braço ao redor dela.

– Oi, amor. – Ele apoiou o queixo sobre o ombro dela. – Senhorita...

– O que você está fazendo aqui? – Megan fez a pergunta do século ao lhe dar uma cotovelada tão forte que ele grunhiu. – Sério? Você está me perseguindo ou algo assim?

– Talvez. – Ele soltou, apoiando-se no balcão ao sorrir para nós. – Ei, se você não me quer perseguindo você, não faça check-in em todos os lugares que você visita.

Engasguei.

Ela estreitou os olhos para ele.

– Não estou falando com você neste momento. Esqueceu disso?

A pele escura em torno dos olhos dele enrugou quando ele sorriu.

– Você não viu problema em falar comigo ontem à noite.

– Isso é porque eu estava entediada. – Olhando para mim, ela jogou sua trança grossa por cima do ombro. – Você não pode fazer ele sair daqui?

– Não. – Ri.

Abbi se serviu de outra batata e se inclinou para a frente.

– O que diz na sua camiseta? – Ela apertou os olhos. – "Não existe festa como uma George Washington, porque uma festa George Washington não termina até... até as colônias serem libertas e o mundo as reconhecer *uma nação soberana*". Ah, mas que diabo é isso? – Rindo, ela sacudiu a cabeça. – Onde você encontrou essa camiseta?

– Encontrei na rua, perto de uma caçamba de lixo.

Revirei os olhos. Os outros garotos escolheram o nicho dos fundos.

– O que você quer beber?

– Vodca.

– Ha, ha – ironizei. – Que bebida adequada à sua idade você quer?

– Coca está ótimo. – Phillip bateu com a palma da mão no balcão e mudou de assunto. – Megan, meu amor...

Disparei um olhar para Abbi, dei meia-volta e peguei a bebida dele na estação de refrigerantes. Depois peguei o jarro de água gelada e segui para a mesa.

Eu não via o Cody desde a noite na festa do Keith. O calor já estava tomando minhas bochechas, mas endireitei os ombros.

– Oi, pessoal.

Cody olhou para cima primeiro. Os outros dois estavam de cabeça baixa, observando alguma coisa no celular.

– Oi – disse ele.

Colando um sorriso ao rosto, eu me obriguei a não pensar na festa. Tinha que admitir que o Cody era bonito, sem dúvidas, o que tinha me levado às más escolhas de vida naquela noite. Ele tinha uma cabeça cheia de cabelos loiros ondulados e um sorriso fácil que ele mostrava com frequência, incluindo dentes perfeitamente retos e tão brancos que ofuscavam, além de um furinho no queixo. Parecia que o lugar dele era nas praias da Califórnia, puxando uma prancha de surfe atrás dele, e não em Lugar Nenhum, Virgínia.

E Cody *sabia* que era bonito. Essa noção estava gravada naquele sorriso que ele mostrava tão livremente.

– Então, o que vocês estão fazendo aqui? – perguntei enquanto servia a água.

– Essa é uma pergunta que você faz a todos os seus clientes? – Cody passou o braço por cima do encosto do nicho.

– É. Sempre. – Gelo tilintou nos copos. – A minha versão de ótimo atendimento ao cliente.

– Nós estamos entediados. Além disso, o Phillip viu que a Megan estava aqui. – Cody pegou o copo de água. – Eu queria vê-la.

Lancei um olhar por cima do balcão, onde Phillip parecia estar fazendo uma serenata para Abbi e Megan.

– E eu queria ver você.

Minha cabeça girou de volta para ele, e levantei uma sobrancelha.

– Você está chapado?

– No momento, não. – Ele piscou. – Por que isso é difícil de acreditar? Gosto de você, Lena. E não te vejo há um tempo.

– Estive por aí, trabalhando. – Dei um passo ao lado para dar espaço a Phillip que tinha vindo se juntar a eles e se sentou ao lado de Cody no nicho. Rapidamente anotei os outros pedidos de bebidas. – Vocês precisam de cardápio?

– Preciso. – Cody me mostrou aquele sorriso, e minha expressão se tornou insípida. – Gosto de escolhas – ele acrescentou. – Muitas escolhas.

Considerando aquilo uma péssima insinuação sexual, sacudi a cabeça e saí andando.

– Alguém me mate agora – eu disse para as meninas ao pegar a pilha de cardápios.

– Ei, não vá embora ainda. – Megan girou no banquinho. – Enquanto você estava ocupada virando adulta e eu estava ocupada ignorando o Philip, o Keith mandou mensagem para a Abbi e a convidou para sair.

– Ah, sério? – Abracei os cardápios junto ao peito.

– Para ir à festa dele hoje à noite – Abbi esclareceu.

– Ele quer ficar com você – lembrei a ela, já me afastando.

Abbi revirou os olhos.

– Ele pode querer o que quiser, mas isso nunca vai rolar.

– As famosas últimas palavras – murmurou Megan, e então a ouvi dizer. – Temos de ir. Não vou às festas do Keith há algumas semanas.

– Não sei. – Abbi fitou o guardanapo onde ela estava rabiscando. – Tenho a sensação de que, se eu concordar, você vai me fazer passar vergonha.

– Nunca – ofegou Megan.

– Bem, vocês que se resolvam. – Virei e levei os cardápios aos garotos, colocando um na frente de cada. Em seguida, preparei os pedidos de bebidas e levei. – Já sabem o que vão querer?

– Eu sei. – Os olhos castanhos de Cody reluziram e Phillip deu risada. Eu me preparei, sabendo que não tinha nada a ver com o cardápio. – E se eu quisesse experimentar você no jantar?

Inclinei a cabeça para o lado, não inteiramente surpresa. O Cody era... Bem, era simplesmente o *Cody*. Era difícil levá-lo a sério e ele poderia ser, como minha mãe diria, grosseiro como o inferno.

– Deve ter sido a coisa mais absolutamente idiota que ouvi nos meus dezessete anos de vida e nem sei que ser humano ficaria impressionado por essa afirmação.

– *Puuutz.* – Phillip soltou a palavra num suspiro comprido, rindo.

Cody se inclinou para a frente, completamente imperturbável.

– Minhas melhores frases feitas estão guardadas. Quer ouvi-las?

– Não. Não estou nem perto de estar bêbada o suficiente para isso.

– Vamos – Cody insistiu. – Confie em mim, é um verdadeiro talento que tenho.

– Bem, você continua vivendo a melhor vida que puder e vou continuar esperando que faça o seu pedido.

– Ai. – Ele bateu a mão no peito, caindo de costas contra o encosto do nicho. – Você me ofende. Por que é tão malvada?

– Porque só quero anotar os pedidos de vocês para poder voltar ao balcão e fingir que estou trabalhando quando só estou lendo – respondi, com o sorriso mais doce que eu conseguia abrir.

Cody riu ao se aproximar, apanhando o celular das mãos de seus amigos.

– Bem, não vamos te impedir de dar muito duro.

Os garotos finalmente me deram os pedidos, e voltei para o corredor curto, passando pelos banheiros e pelas portas duplas com acesso para a cozinha. Encontrei Bobby no fundo, colocando uma redinha no cabelo, amassando seu coque. Deixei os pedidos e dei meia-volta a caminho do balcão.

– Vocês precisam de mais alguma coisa? – perguntei para as meninas ao pegar a cestinha de fritas vazia.

Abbi balançou a cabeça.

– Não. Acho que vou embora logo, logo.

– Você vai para casa andando? – Olhando por cima do ombro dela para os garotos, Megan suspirou ao olhar para Phillip. – Por que ele tem que ser tão lindo?

– Você tem a capacidade de atenção de um mosquito. Você me pergunta se vou andando para casa e depois começa imediatamente a conversar sobre o Phillip. – Abbi apoiou a cabeça no balcão. – O seu TDAH tem TDAH. E sim, pretendo ir para casa andando. Eu moro, tipo, a cinco quadras daqui.

Megan sorriu ao olhar para ela.

– Você se dá conta de que, na realidade, eu tenho déficit de atenção, né?

– Eu sei. – Abbi levantou os braços, mas manteve a cabeça baixa. – *Todos* nós sabemos disso. Não é preciso ser um profissional para saber disso.

– Alguma vez já te contei sobre uma época em que a minha mãe tinha convicção de que eu era uma daquelas crianças índigo? – Megan pegou a trança e começou a brincar com as pontas. – Ela queria fazer um teste de aura em mim.

Devagar, Abbi ergueu a cabeça e olhou para ela, os lábios ligeiramente entreabertos.

– O quê?

Deixando-as nessa conversa, levei a cestinha até a cozinha e verifiquei os pedidos dos garotos. Quando saí no corredor, avistei Cody apoiado em uma parede em frente aos banheiros.

Meus passos diminuíram.

– O que foi?

– Você tem um segundo?

Olhei para ele com desconfiança.

– Depende.

Depois de passar a mão pelos cabelos loiros desgrenhados, ele largou o braço.

– Olha, eu realmente queria te ver.

– Hã, para quê? – Cruzei os braços e mudei o peso do corpo de uma perna para a outra.

– Precisava falar com você sobre o Sebastian.

Minhas sobrancelhas se levantaram com surpresa.

– Por quê?

– O Sebastian e eu somos bons amigos, mas sei que vocês são mais próximos. Você é tipo a irmã dele ou algo assim.

Irmã? Sério?

– Enfim, queria te perguntar uma coisa. – Ele desviou o olhar. – O Sebastian falou alguma coisa sobre não querer jogar bola? Como eu disse, ele e eu somos próximos, mas ele não quer falar comigo sobre esse tipo de coisa.

Fiquei rígida por uma fração de segundo e depois cruzei os braços. Não havia a menor possibilidade no céu ou na terra de eu trair a confiança do Sebastian. Nem mesmo para o amigo dele.

– Por que acha isso?

Ele então inclinou a cabeça para trás e a encostou na parede.

– É só que ele... não sei. – Cody tirou o braço da cabeça. – Ele não parece muito a fim. Como se preferisse estar em qualquer lugar, menos no treino. Não parecia nem aí com a próxima temporada. Quando ele está no campo, é como se só metade dele estivesse. Ele tem talento, Lena. O tipo de talento que ele nem precisa se esforçar. Tenho a sensação de que ele vai jogar tudo fora.

Mordendo o interior da bochecha, busquei algo para dizer e finalmente resolvi.

– É só futebol.

Cody me olhou como se eu tivesse ganhado uma terceira mão no centro da minha testa, que tinha acabado de mostrar o dedo do meio para ele.

– Só futebol? Você quer dizer o *futuro* dele.

– Bom, isso soa um pouco dramático.

Ele ergueu uma sobrancelha ao impulsionar o corpo para se afastar da parede.

– Talvez eu só esteja imaginando coisas – ele disse depois de um momento.

– Parece que sim – respondi. – Olha, tenho que dar uma olhada no seu pedido, então...

Cody me estudou por um momento e depois sacudiu a cabeça de leve.

– Então, você já cansou do papo furado. Entendi.

Um calor invadiu minhas bochechas. Eu era tão transparente quanto uma janela?

– Vou deixar você aí. – Enfiando a mão nos bolsos do jeans, ele girou e caminhou de volta para a frente da lanchonete, me deixando parada ali, olhando-o de longe.

Limpei minhas palmas estranhamente úmidas no avental e soltei a respiração ruidosamente.

Quando peguei a comida e entreguei para os garotos na mesa, Abbi e Megan estavam prontas para ir embora.

– Vocês vão sair agora? – perguntei.

– Vamos. – Abbi lançou a bolsa sobre o ombro. – Amigas não deixam amigas irem andando para casa sozinhas. Ainda mais se a tal amiga provavelmente fosse pegar carona com estranhos.

Megan revirou os olhos.

– Então, vi o Cody saindo lá dos fundos. Você estava falando com ele?

Confirmei ao pegar o pano de limpeza.

– Ele queria falar sobre o Sebastian.

– Aham – Megan murmurou. – Sabe o que eu estava pensando?

A expressão de Abbi dizia que era o palpite de qualquer um.

Megan levantou ambas as sobrancelhas e baixou a voz.

– Me pergunto o que Sebastian pensaria se descobrisse que a melhor amiga dele está dando uns amassos com o melhor amigo dele. *Drama.*

Inspirei bruscamente. Muito dramática, na verdade. Mas esperava que Deus gostasse de mim o suficiente para que eu nunca tivesse que cruzar essa ponte.

As meninas se foram e voltei minha atenção para o livro que eu tinha enfiado atrás do balcão, escolhendo não ficar pensando demais no que Megan tinha dito. Se eu pensasse, provavelmente começaria a suar frio ou algo assim.

Mal tinha lido uma página quando senti meu celular vibrar no meu bolso de trás.

Dei uma olhada e de repente já não estava mais pensando em Sebastian e o futebol americano ou em Cody e os segredos.

Vi de quem era a mensagem.

Não li mais.

Apaguei sem ler.

CAPÍTULO CINCO

Minha mãe estava na cozinha quando finalmente desci depois de tomar um banho, com meu cabelo ainda molhado nas pontas. Ela estava no balcão azul opaco, servindo café na garrafa térmica. Os cabelos loiros na altura dos ombros estavam lisos de uma forma impressionante, graças à chapinha. A blusa branca que ela vestia não tinha um único vinco amassado.

– Bom dia, querida. – Ela se virou com um sorriso fraco, curvando seus lábios para cima. – Você acordou cedo.

– Não conseguia dormir mais. – Eu estava tendo uma daquelas manhãs irritantes em que eu acordava às quatro da manhã e ficava pensando detalhe por detalhe sobre todas as coisas do mundo. Toda vez que tentava voltar a dormir, alguma outra coisa pintava na minha cabeça, de chamar a atenção de um olheiro da faculdade até o que Cody tinha me dito no sábado à noite. Se Sebastian não queria, será que ele realmente estava jogando tudo pelos ares?

– Você está se sentindo bem? – ela perguntou.

– Estou, só tive um pouco de insônia esta manhã. Tenho treino mais tarde, então achei melhor levantar. – Caminhei até a pequena despensa, abri a porta e observei as prateleiras. – Biscoito?

– Acabou. Compro no meu intervalo do almoço. Vai ser um dia de cereal para você.

Peguei a caixa de cereal genérico e fui até a geladeira.

– Posso buscar mais tarde.

– Não quero que o faça. – Ela me olhou por cima da garrafa térmica. – Não quero que use seu dinheiro em biscoito. Nós temos dinheiro para as compras de supermercado, querida.

Ela me deu um meio-sorriso.

– Mas biscoitos genéricos.

– Sei que temos dinheiro para isso, mas se você não gosta deles...

– Porque esses biscoitos são literalmente uma das piores coisas que você poderia colocar na sua boca – ela interveio e em seguida fez uma pausa. Seu olhar se desviou para o teto. – Bem, há coisas piores.

– *Eca*. Mãe! – gemi.

– Aham. – Minha mãe se dirigiu à mesa, mas não se sentou.

Ela ficou em silêncio enquanto eu colocava algumas colheradas de cereal na boca antes de olhar de volta para ela.

Minha mãe estava olhando através da janelinha sobre a pia, mas eu sabia que ela não estava enxergando o quintal. Não que houvesse muito para se ver. Era só grama e móveis externos de segunda mão que hoje em dia nós quase não usávamos.

Quando meu pai estava presente, ele se sentava lá fora tarde da noite ao longo de todo o verão até o Dia das Bruxas, no outono, acordado e conversando. Antes havia um local de acender uma fogueira, mas tinha desmoronado havia alguns anos, e minha mãe só ficou com ele mais um ano antes de jogar fora.

Ela ficava se apegando, mesmo muito tempo depois que as coisas estavam enferrujadas e deterioradas.

Lori e eu costumávamos nos sentar na varanda e bisbilhotar, mas acho que eles sabiam que nós ouvíamos, porque só falavam sobre coisas chatas. Trabalho. Contas. Férias planejadas, mas nunca tiradas. Reforma dos balcões azuis opacos na cozinha, a qual nunca acontecia.

Pensando agora, no entanto, eu era capaz de apontar o mês em que as coisas começaram a mudar. Era agosto e eu tinha dez anos. Foi quando as conversas deles no pátio tinham se transformado em sussurros que terminavam com meu pai entrando em casa pisando duro e batendo a porta de tela atrás dele e com a minha mãe correndo atrás.

Minha mãe sempre estava correndo atrás do meu pai.

Eu gostava mais da mãe de agora.

O sabor amargo da culpa me consumiu em um gole só, e baixei minha colher. Era terrível pensar nisso, mas era verdade. A mãe de agora fazia o jantar quando podia e fazia perguntas sobre a escola. Ela brincava e passava as tardes tomando sorvete no sofá comigo enquanto assistia a *Dance Moms* ou *The Walking Dead*. A mãe antiga sempre estava em lanchonetes ou restaurantes com o meu pai e, quando estava em casa, ele também estava, então ela estava com ele.

A mãe de antes gravitava em torno do meu pai, a cada segundo de cada dia.

Agora o sorriso tinha desvanecido do rosto dela, e eu me perguntava se ela estava pensando no meu pai, pensando sobre sua vida quando não era uma agente de seguros vivendo de salário em salário, que não passava as noites sozinha.

Minha colher mergulhou na tigela.

– Tudo bem aí, mãe?

– O quê? – Ela piscou algumas vezes. – Sim. É claro. Estou ótima. Por que a pergunta?

Eu a estudei por alguns segundos, sem saber se deveria acreditar. Minha mãe parecia bem, igual a ontem e igual ao dia anterior, mas havia linhas tênues ao redor dos cantos de sua boca e de seus olhos. Sua testa tinha vincos onde antes não havia, e seus olhos, da mesma cor castanha dos meus, porém mais esverdeados, pareciam assombrados.

– Você parece triste.

– Triste não. Só pensando sobre as coisas. – Segurando-me pela nuca, ela se abaixou para beijar minha testa. – Esta noite vou chegar em casa tarde, mas vou estar aqui a tempo do jantar amanhã. Pensando em fazer espaguete.

– E almôndegas? – perguntei, com esperanças pelas almôndegas caseiras de gordura e coisas maravilhosas.

Ela se afastou, balançando as sobrancelhas.

– Só se você lavar a roupa. Há uma pilha de toalhas que precisam do seu amor e da sua atenção.

– Feito. – Desci do meu assento para levar minha tigela e a colher até a pia. Lavei-as e as coloquei no balcão sobre a lava-louças quebrada. – Mais alguma coisa que você precisa que faça?

– Hmm. – Ela se dirigiu para a sala, passando a alça da bolsa sobre o ombro. – Limpar os banheiros?

– Agora você está se aproveitando da minha oferta gentil.

Mamãe sorriu de volta para mim.

– Só lave as toalhas e você vai ganhar as almôndegas.

Eu estava animada *demais* por causa das almôndegas.

– Compro biscoitos *light* para você – acrescentou ela.

– Faça isso e nunca mais vou falar com você de novo!

Ela riu ao apanhar o blazer cinzento do corrimão.

– Você meio que precisa falar comigo. Sou sua mãe. Você não pode fugir de mim.

– Vou descobrir uma maneira de fugir se você passar por essas portas com biscoitos *light*.

Ela riu ao abrir a porta da frente.

– Está bem, está bem. Eles vão estar cheios de todo o açúcar e a gordura que você quiser. Te vejo à noite.

– Te amo. – Cheguei mais perto da porta, mas me apoiei no batente, observando-a descer a calçada de saltos.

Mastigando meu lábio inferior, mudei o pé de apoio. Estava tentando lidar com o desconforto estranho que agitava a boca do meu estômago. Minha mãe disse que estava bem, mas eu sabia que ela não estava. Ela poderia nunca estar, pois, no fundo, embora ela estivesse bem ali, seu coração ainda estava correndo atrás do meu pai.

MANTIVE A CABEÇA NO JOGO durante os diferentes treinos que tínhamos de fazer e enquanto trabalhávamos as técnicas, o que significava que eu não tinha ouvido um sermão do treinador Rogers depois. Deixei o treino me sentindo um milhão de vezes melhor do que na sexta-feira.

Em casa, lavei a camada de suor e depois almocei bacon de micro-ondas e outra rodada de cereal. Eu estava entrando na sala de estar bem quando meu celular tocou na mesa de centro. Gemi quando vi quem era. Mandei para a caixa-postal sem hesitar, peguei o controle remoto e liguei no ID.

Com a maratona de *Mulheres perigosas* passando ao fundo, sentei no sofá e peguei meu livro. Eu tinha terminado o primeiro de uma série na noite anterior e estava nos primeiros capítulos do segundo, mas mal podia esperar para voltar ao mundo da Corte Noturna e dos Grão-Feéricos.

E Rhysand.

Não podia me esquecer dele.

Eu me encostei no canto do sofá, pronta para colocar minha leitura em dia, quando ouvi uma batida na porta. Por um minuto, pensei em ignorá-la e me perder nas páginas do livro, mas, quando houve outra batida, eu suspirei, me levantei e segui para a porta da frente. Espiei pela janela, e meu coração afundou até a ponta dos meus pés quando eu vi quem estava ali.

Sebastian.

Incapaz de lutar contra o sorriso idiota que estava se espalhando por todo o meu rosto, eu abri a porta.

– Oi.

– Está ocupada? – Ele colocou a mão sobre o batente e se inclinou para dentro. O movimento fez seu velho moletom desbotado esticar ao redor dos bíceps de uma forma que atraiu meu olhar.

– Na verdade não. – Dei um passo atrás e o deixei entrar, mas ele continuou na porta.

– Perfeito. Eu estava indo para o lago sujar meu carro inteiro. Tá a fim? – Ele piscou, e puta que o pariu, ele ficava bonito fazendo isso. – Vai ser divertido.

Eu tinha esquecido sobre a vitória no *badminton*.

– Claro. Só me deixa pegar as minhas chaves. – Enfiei os pés em um par de tênis velhos e peguei meu celular e uma bolsa antes de acompanhar Sebastian para fora. – O que você está planejando fazer?

– Você conhece as estradas poeirentas que levam para a área do lago? – ele perguntou. – Achei que elas pudessem causar um pouco de estrago.

Entrei do lado do passageiro e ele se posicionou ao volante.

– Não sei como eu devo ajudar.

Ele encolheu um dos ombros e virou a chave.

– Só queria sua companhia.

Meu estômago vibrou e eu me arrumei mais para atrás, afivelando o cinto e ignorando desesperadamente o sentimento. A luz forte do sol penetrava pelo para-brisa. Sebastian colocou a mão para trás, apanhou o boné do chão, colocou-o na cabeça, puxou a aba bem para baixo e eu... *suspirei.*

Não pude evitar.

Garotos de boné eram meu fraco, e o Sebastian era o mestre nesse visual. Algo naquele boné velho e desgastado mostrava a linha definida do seu maxilar.

Ugh.

Fechei os olhos e disse a mim mesma para parar de olhar para ele. Apenas *em geral*. Talvez pelo resto da minha vida? Ou pelo menos pelo próximo ano ou algo assim. Isso me pareceu um plano válido.

Eu precisava muito tomar vergonha na cara.

Revirei os olhos e abaixei o rádio para ter uma distração.

– Não vou ao lago desde que o Keith tentou fazer esqui aquático com esquis de neve.

Sebastian riu profundamente.

– Deus, quando foi isso? Em julho? Agora parece que foi há uma eternidade.

– Verdade. – Eu me recostei no banco e fiquei mexendo na barra da camiseta. – Foi logo antes de você ir para a Carolina do Norte.

– Não acredito que você não foi lá desde então. É porque ir para o lago só é divertido quando estou com você? – ele brincou, aproximando-se para mexer no meu braço. – Sabe, não tem problema você admitir.

– É sim. É exatamente isso. – Afastei a mão dele e cruzei os tornozelos. – As meninas não são grandes fãs do lago. – Pelo menos isso não era mentira. – Então acha que a Megan e o Phillip vão voltar a ficar juntos?

– Só Deus sabe. Provavelmente. E depois vão terminar de novo. E voltar de novo. – Ele sorriu. – Eu sei que ele quer voltar com ela. Ele é muito aberto sobre isso.

– Legal – murmurei.

Ele arqueou uma sobrancelha para mim.

– A maioria dos garotos não quer admitir esse tipo de coisa para os amigos homens deles – ponderei.

– E você saberia disso porque você é um garoto?

– Sim. Secretamente, eu sou um garoto.

Sebastian me ignorou.

– Acho que, quando a maioria dos caras está realmente a fim de uma menina, eles não se importam com quem fique sabendo. Eles não têm vergonha disso.

Eu ia ter de acreditar nele.

O lago ficava a uns vinte minutos além dos limites da cidade, perto da fazenda da família do Keith, depois de uma série de estradas de cascalho e de terra. Pelo que eu sabia, o lago na verdade margeava a fazenda e também pertencia à família do Keith. Mas eles não o vigiavam, então as pessoas podiam usar sempre que tinham vontade.

Sebastian virou na estrada particular de acesso. Os pneus rolaram sobre o terreno desigual e a poeira levantou no ar, cobrindo o Jeep dentro de instantes.

– O Keith vai ficar louco com você. – Eu ri olhando pela janela. – Mas ele com certeza faria a mesma coisa.

– Caramba, ele levaria o carro dele para um *lamaçal* e depois o traria para mim. Tenho minha consciência limpinha.

Depois de percorrer todas as estradas quase inacessíveis durante cerca de uma hora, minha bunda estava doendo e o Jeep estava completamente irreconhecível. Achei que íamos começar a voltar, mas então vislumbrei o lago entre as árvores.

Um anseio despertou no meu peito. Pensei em voltar para minha casa vazia e silenciosa, que às vezes me lembrava de um conjunto de ossos sem pele nem músculos. Era apenas o contorno de uma casa. Sem preenchimento.

A culpa revirou meu estômago. A casa *tinha* preenchimento. Tinha a minha mãe e a minha irmã, quando ela estava em casa, e minha mãe fazia de tudo e mais um pouco para torná-la um lar de verdade... mas às vezes não dava para negar o que estava faltando.

Minha mãe vivia... Ela vivia uma vida pela metade.

Ela trabalhava o tempo todo, chegava em casa, trabalhava um pouco mais, jantava e ia dormir. Enxaguar e repetir no dia seguinte. Essa era sua vida pela metade.

– Podemos ficar um pouco mais? – perguntei, colocando minhas mãos entre os joelhos. – Ou você precisa estar em algum outro lugar?

– Não. Não tenho mais nada para fazer. Me deixe pegar essas estradas mais algumas vezes, e nós vamos seguir para a doca.

– Incrível – murmurei.

Fiquei quieta enquanto Sebastian dirigia por mais algumas estradas antes de parar no acostamento, perto de alguns arbustos. Desafivelei o cinto.

– Fique parada um segundo – ele disse antes que eu pudesse abrir a porta.

Observei-o, com sobrancelhas erguidas, descer e dar uma corridinha na frente do Jeep. Ele abriu minha porta e curvou-se com um floreio.

– *Milady*.

Ri pelo nariz.

– Fala sério?

Ele estendeu a mão para mim.

– Sou cavalheiro.

Peguei sua mão e o deixei me ajudar a sair do Jeep. Fiz menção de dar um pulo, quando sua outra mão pousou no meu quadril. Surpresa pelo contato, eu dei um impulso para a frente e meu pé deslizou sobre a grama molhada.

Sebastian me pegou, sua mão deslizando pelo meu quadril e envolvendo minha cintura. Ele me puxou para junto dele, contra seu peito. O ar saiu dos meus pulmões com o movimento inesperado. Nossos corpos estavam selados um no outro.

Minha garganta ficou seca no mesmo instante e eu levantei a cabeça devagar. Não pude ver seus olhos, já que estavam escondidos atrás da aba do boné. Meu coração batia tão forte que eu me perguntava se ele conseguia senti-lo.

Estávamos próximos *desse* jeito.

– Tendo problemas? – Ele riu, mas algo pareceu fora de tom. A risada saiu mais grave do que o normal e fez disparar arrepios apertados na minha coluna. – Não sei se posso confiar em você para andar até as docas.

– Ah, fala sério. – Comecei a andar para trás, pois precisava do espaço antes que eu fizesse algo incrivelmente idiota, como, digamos, me esticar, segurar o rosto dele e puxar sua boca na minha.

Então Sebastian sorriu. Foi seu único aviso.

Ele se abaixou um pouco, enlaçou o braço atrás dos meus joelhos e, um segundo depois, eu estava no ar, minha barriga sobre seus ombros. Seu braço apertou meus quadris, segurando-me no lugar.

Com um gritinho, eu agarrei as costas de sua camiseta.

– O que você está fazendo?

– Ajudando você a chegar às docas.

– Meu Deus! – gritei, apertando as costas dele. Meu cabelo caiu para a frente como uma cortina espessa. – Eu sei andar sozinha!

Ele girou e começou a andar.

– Não sei se sabe.

– Sebastian!

– Se você caísse e se machucasse, eu nunca me perdoaria. – Ele passou por cima de um galho de árvore caído. – E então sua mãe ficaria brava comigo. A sua irmã teria que voltar para casa e ela realmente me *assusta*.

– O quê? – gritei, batendo nas costas dele com meus punhos cerrados. – Por que a Lori te assusta?

Ele acelerou o ritmo, deu passos longos e desnecessários que me faziam pular no seu ombro.

– Ela é intensa. É só ela dar aquela olhada para mim e partes que eu não quero que murchem murcham na hora.

Levantei a cabeça. Eu quase não via mais o Jeep. Dei um soco no rim de Sebastian, o que o fez grunhir, e ele devolveu o gesto ao incrementar os pulinhos a cada passo seu.

– Isso não foi legal.

– Eu vou *machucar você fisicamente.*

– Você não faria uma coisa dessas.

Sombras deram lugar à luz do sol, e a terra rochosa e os galhos quebrados se transformaram em grama. O cheiro da terra molhada ia ficando cada vez mais forte.

– Você pode me colocar no chão agora.

– Só mais um segundo.

– O que...

De repente, ele jogou o outro braço para fora e girou, cantando a plenos pulmões:

– *I believe I can fly. I believe I can touch the sky...*

– Meu Deus! – Um riso explodiu de dentro de mim, embora houvesse uma boa chance de que eu fosse vomitar nas costas dele.

– *I think about it night and day!*

– Você é tão idiota! – Dei outra risada engasgada. – Você tem problema?

– *Spread my wings and something, something away!*[1] – Ele parou de repente, e eu escorreguei de seus ombros. Com uma facilidade impressionante, ele me pegou e me puxou para baixo pela frente de seu corpo. Pela frente *inteira* do seu corpo.

Oscilei para trás e caí sentada na grama macia, me apoiando com as mãos espalmadas nas folhas quentinhas.

– Você... você não bate bem.

– Eu me acho bem incrível. – Ele sentou-se ao meu lado. – Nem todo mundo tem o privilégio de ouvir meu talento secreto.

– Talento? – perguntei, boquiaberta, olhando para ele. – Você cantou igual a um urso-polar sendo assassinado.

Ele jogou a cabeça para trás e riu com tanta força que o boné caiu.

---

1 Em tradução livre: "Acredito que posso voar/Acredito que posso alcançar o céu/ Penso nisso noite e dia/ Abrir minhas asas e voar para longe". (N. E.)

– Você só está com ciúmes porque não tem uma voz de anjo igual à minha.

– Você está delirando! – Girei o braço para fora.

Ele tinha uma rapidez absurda, agarrando meu pulso sem fazer esforço.

– Sem brincadeira de mão. *Jesus.* Parece que você tem cinco anos.

– Eu vou te mostrar os cinco anos! – Tentei libertar meu braço, mas ele me puxou ao mesmo tempo e eu perdi o equilíbrio. De alguma forma, e eu não sei e nunca entenderia como, acabei com a metade do corpo em cima dele e a outra metade na grama. Minhas pernas entrelaçaram com as dele e eu estava quase no seu colo, olhando Sebastian olhos nos olhos.

Só que ele não estava olhando nos meus.

Pelo menos não parecia. Notei seu olhar focado na minha boca. Senti um grande frio no estômago. O tempo pareceu parar e eu percebi que todas as partes dele estavam me tocando. Seu braço ainda enlaçado na minha cintura, e a coxa rígida pressionava a minha. Sua camiseta fina estava debaixo da minha palma, e eu senti seu peito forte debaixo dela.

– Eu estou delirando? – ele perguntou, voz ríspida.

Estremeci.

– Está.

Ele ergueu a mão. Prendi a respiração quando ele pegou meu cabelo do rosto e, cuidadosamente, afastou-o dos meus olhos. Ele deixou sua mão curvada na minha nuca.

Segundos se passaram, apenas alguns batimentos cardíacos, e ele fez um som que eu nunca tinha ouvido antes. Era áspero e grave, e parecia vir de dentro dele. Eu estava me movendo sem pensar, baixando a cabeça, a boca... e eu beijei Sebastian.

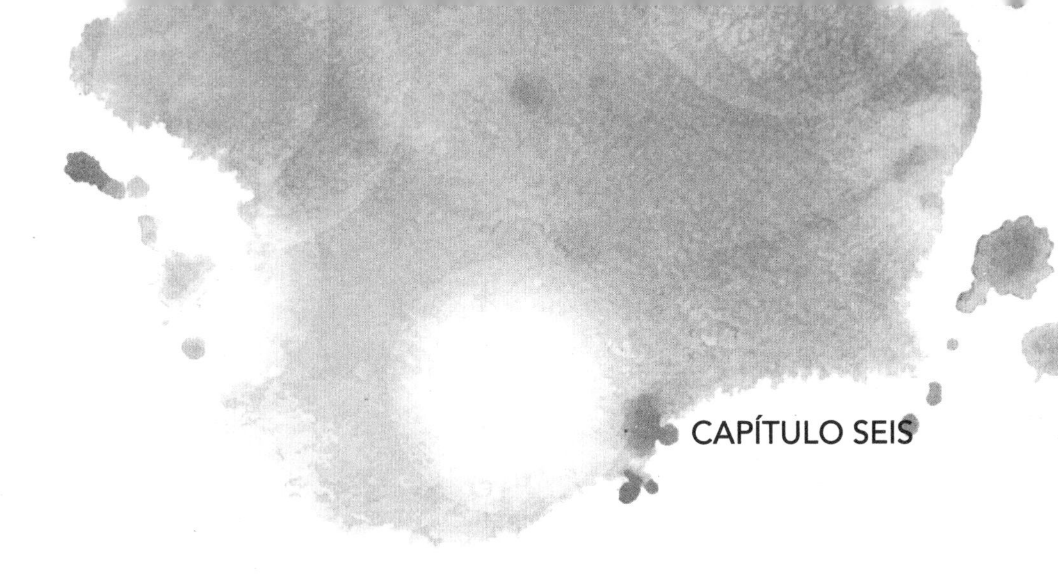

CAPÍTULO SEIS

O beijo foi muito leve, como um sussurro nos lábios. Quase não acreditei que tinha acontecido, mas tinha, e seu braço ainda me envolvia, sua mão ainda estava na minha nuca, puxando as mechas do meu cabelo.

Sua boca ainda estava perto da minha, tão perto que eu podia sentir cada inspiração contra meus lábios, e eu não tinha certeza de estar respirando, mas meu pulso estava acelerado. Eu queria beijá-lo novamente. Eu queria que ele me beijasse. Era tudo o que eu sempre tinha desejado, mas a surpresa me manteve imóvel.

Sebastian inclinou a cabeça para o lado, e seu nariz roçou no meu. Nesse momento, eu sabia que estava respirando, pois tentei retomar o fôlego. Ele iria me beijar? Mais forte desta vez? Mais fundo?

De repente, ele recuou a cabeça com um movimento brusco e, antes que eu me desse conta do que estava acontecendo, estava de bunda na grama, ao lado dele. Não estávamos mais nos tocando. Comecei a falar. Falar o quê, eu não sabia. Meu cérebro tinha parado de funcionar completamente.

E foi então que eu dei conta do que tinha acabado de acontecer.

O Sebastian não tinha *me* beijado.

Eu é que tinha beijado *ele*.

Eu o beijei e... e pelo menor dos momentos na história de todas as histórias... achei que ele ia retribuir o meu beijo. Foi assim que eu senti.

Mas ele não tinha feito isso.

Ele havia me *largado* na grama do lado dele.

Ai, meu Deus, o que eu tinha feito?

Meu coração se alojou em algum lugar na minha boca ao mesmo tempo em que milhares de pensamentos se atropelaram até mim todos de uma só vez. Abri a boca, embora não tivesse ideia do que dizer.

Sebastian levantou-se com um salto, seu rosto pálido e o maxilar rígido.

– *Putz*. Desculpa.

Fechei a boca com força. Ele tinha acabado de pedir desculpas por *eu* ter beijado *ele*?

Então ele pegou o boné do chão e o colocou de volta na cabeça. Não estava olhando para mim quando recuou um passo.

– Isso não... isso não era para ter acontecido, né?

Devagar, elevei meu olhar ao dele. Ele estava me perguntando isso a sério? Eu não tinha resposta para dar, porque, afinal, meus lábios não tinham escorregado e caído nos dele. Com uma respiração ofegante que desceu queimando, eu me foquei na grama verde-viva. Curvei os dedos entre as folhas enquanto suas palavras penetravam na minha mente.

Uma nesga afiada de dor se acendeu no centro do meu peito, fluindo para o meu estômago como um óleo quente e grosso se derramando e recobrindo minhas entranhas.

– Eu, hum, esqueci que devia me encontrar com o treinador antes do jantar – ele disse, virando-se de lado. – Temos que voltar.

Isso era mentira.

Só podia ser.

Ele queria fugir. Eu não era idiota, mas caramba, como doía, pois não conseguia me lembrar de nenhuma outra situação em que ele quisesse fugir de mim.

A dor no meu peito foi para a garganta e me sufocou. Um calor incômodo atingiu meu rosto, reflexo da vergonha profunda que começava a brotar.

Ai, Deus.

Eu ia cair de cara no lago e me deixar afundar.

Atordoada, eu me levantei e limpei a grama do meu short. Não falamos no caminho de volta ao Jeep, e ah, Deus, eu queria chorar. O fundo da minha garganta queimava. Meus olhos ardiam. Precisei de toda a minha força de vontade para não desmoronar bem ali, e meu coração doía de um jeito que era real demais para ele não ter se partido no meio.

Uma vez dentro do carro, afivelei o cinto e me foquei em respirar fundo. Eu só precisava segurar as pontas até chegar em casa. Era tudo o que eu precisava fazer. Quando chegasse, eu poderia me enrodilhar na cama e chorar feito um bebê irritado.

Sebastian ligou o Jeep, e o motor roncou ao ganhar vida. O rádio ligou, um murmúrio de palavras que eu não consegui entender.

– Está... está tudo bem entre nós, né? – ele perguntou, sua voz tensa.

– Está – eu disse, rouca, e tentei limpar a garganta. – Claro.

Sebastian não respondeu, e por alguns segundos, senti seu olhar em mim. Não olhei para ele. Não conseguia, porque havia uma boa chance de eu começar a chorar.

Ele engatou o Jeep e entrou na estrada.

Mas o que diabos eu estava pensando? Nunca na vida eu tinha feito alguma coisa para expressar o que eu sentia por Sebastian. Em geral, fingia indiferença. Mas agora eu o tinha *beijado*.

Eu queria voltar no tempo.

Queria voltar no tempo para sentir aqueles breves segundos novamente porque eu nunca teria a chance de sentir aquilo de novo.

Eu queria voltar no tempo e *não* beijá-lo, porque tinha sido um erro gigantesco.

Eu sabia que nossa amizade e nosso relacionamento nunca mais seriam os mesmos.

NA QUARTA-FEIRA DE MANHÃ, minhas têmporas doíam e meus olhos também, mas eu ainda não tinha chorado. Achei que eu choraria, ainda mais quando mal tinha conseguido forçar goela abaixo o pão com cebola recheado com almôndegas de ontem à noite. Minha mãe percebeu e fez perguntas, mas saí pela tangente dizendo que não estava me sentindo bem depois do treino matinal. Mais tarde, nem consegui ler. Só fiquei deitada na cama, encolhida de lado, olhando para as portas da varanda, esperando pateticamente que ele aparecesse, que mandasse mensagem – esperando alguma coisa. *Qualquer coisa.* E não havia nada.

Normalmente, isso não teria sido um grande problema. Nós não conversávamos todos os dias durante o verão, mas depois do que tinha acontecido no lago? Isso era diferente.

A queimação na minha garganta e o ardor nos meus olhos estavam presentes, mas as lágrimas nunca caíram. Em algum momento no meio da noite, eu me dei conta de que não chorava desde... desde tudo aquilo com o meu pai. De alguma forma, aquilo me fez querer chorar ainda mais. Por que eu não podia me permitir chorar?

Tudo o que eu consegui fazer foi provocar em mim uma terrível dor de cabeça.

Graças a Deus por não ter treino às quintas, porque eu acabaria ganhando outro sermão bem merecido. Depois que minha mãe saiu, eu me arrastei de volta para a cama e fiquei olhando o teto rachado, repassando tudo o que tinha acontecido no lago até o momento em que as coisas saíram errado.

O momento em que beijei Sebastian.

Parte de mim queria fingir que não tinha acontecido. Isso já tinha funcionado antes.

Eu ainda fingia que meu pai não existia.

Mas, quando acordei na quinta de manhã, depois de não receber visitas de Sebastian tarde da noite nem mensagem de texto, eu sabia que precisava conversar com alguém. Eu não sabia o que fazer ou como lidar com isso, e não era provável que essa iluminação simplesmente viesse até mim. Então mandei mensagem para as meninas naquela manhã dizendo que precisava falar com elas. Eu sabia que elas entenderiam a urgência quando vissem que eu não tinha dito o motivo.

Abbi e Megan chegaram tão logo puderam, e eu sabia que Dary também teria vindo se estivesse na cidade.

Megan se sentou na minha cama, suas pernas longas dobradas debaixo do corpo, os cabelos loiros soltos, caindo sobre os ombros. Abbi estava na cadeira do computador, parecida comigo – como se tivesse acabado de rolar da cama e apanhado uma calça de moletom grande demais e uma regata.

Eu já dera o resumo do acontecido, ajudada por um pacote de biscoito Oreo trazido pela Megan. Acho que comi uns três ou cinco enquanto falava. Tá, uns dez. Mesmo assim, eu continuava planejando assassinar o restante do espaguete com almôndegas assim que elas fossem embora.

– Eu só queria dizer que sempre soube que você tinha uma quedinha pelo Sebastian – Megan anunciou.

Abri a boca, sem saber como seu sermão semanal sobre encontrar o futuro pai dos meus filhos poderia ter alguma coisa a ver com o fato de eu gostar do Sebastian.

Megan continuou:

– Como eu já suspeitava da sua enorme obsessão por ele há algum tempo, continuo dando meu sermão semanal na esperança de que uma hora você admita.

Não entendi sua linha de raciocínio. De jeito nenhum.

– É óbvio que eu também adivinhei – disse Abbi. – Quero dizer, da última vez em que a gente se viu, eu até disse alguma coisa.

– Não foi nenhuma grande surpresa quando você terminou com o André – acrescentou Megan. – Você queria muito, muito gostar do André, mas não conseguia porque gostava muito, muito do Sebastian.

Verdade. Eu queria muito gostar do André, e eu *gostava* dele. É só que... Meu coração não estava presente e esse deve ter sido o motivo mais idiota do mundo para dormir com ele, mas achei que, se eu desse um passo além no nosso relacionamento, talvez isso fosse mudar o modo como eu me sentia. Não tinha mudado, e esse foi o alerta que eu precisava para terminar a relação.

Comecei a andar de um lado para o outro na frente do armário.

– Por que vocês não disseram alguma coisa, se era assim tão óbvio?

– Achei que você não queria falar sobre isso – Megan respondeu dando de ombros.

Abbi assentiu.

– Você não gosta de falar de nada, na verdade.

Eu queria negar, mas... era verdade. A maldita verdade. Eu era do mesmo jeito com o Sebastian. Era uma ouvinte, não uma falante. Eu poderia passar horas pensando em algo, mas nunca dando voz a nenhum dos pensamentos.

– Mas vamos superar essa parte por enquanto. Estou tão confusa – disse Megan. – Você disse que fez um barulho, e eu sei de que tipo de barulho você está falando. E que ele te abraçou. Meio que me parece que ele estava a fim.

Minhas mãos se abriram e fecharam ao lado do corpo. Cheia de inquietação, continuei a andar de um lado para o outro na frente da minha cama.

– Eu também não entendo. Quero dizer, realmente não sei o que estava pensando. Tudo estava bem. Ele estava agindo normalmente e nós estávamos brincando...

– *Brincando*? – Megan perguntou, e quando disparei um olhar para ela, ela jogou as mãos para o alto. – Olha, só estou tentando ter certeza de que entendi tudo.

– Não do jeito que você está pensando – respondi, esfregando minhas têmporas. – Bati no braço dele, sabe, só de bobeira, e ele agarrou meu punho. Quando vi, eu estava no colo dele e a gente estava... se *olhando*.

– E foi quando você o beijou? – Abbi cruzou as pernas. – Só um beijo?

Cobrindo o rosto com as mãos, assenti com a cabeça.

– Foi apenas um beijo rápido nos lábios. Não sei nem se dá para considerar um beijo, na verdade.

– Rápido ou não, um beijo é um beijo – opinou Abbi.

– Não sei quanto a isso. – Megan apanhou um Oreo do pacote ao lado dela. – Existem diferentes níveis de beijos. Tem selinho rápido nos lábios, tem o beijo longo de boca fechada e tem... Espera, por que estou explicando os diferentes tipos de beijo para vocês duas? Ninguém neste quarto faz parte do clube da virgindade. Vocês conhecem os diferentes tipos de beijo.

– Ai, meu Deus – gemi, deixando meus braços caírem.

Abbi revirou os olhos balançando a cabeça.

– Vocês costumam ser *ridículas*, mas clube da virgindade? Isso... Não tenho palavras.

Após colocar o biscoito inteiro na boca, Megan falou de boca cheia:

– Então você o beijou brevemente, sem língua, e depois se assustou?

Comecei a andar novamente de um lado para o outro.

– Sim. Foi mais ou menos isso.

Ela pegou o guardanapo e limpou as migalhas pretas dos lábios.

– Ele retribuiu o beijo?

– Não – sussurrei. – Pensei que ele fosse retribuir, mas não fez nada.

Abbi levantou as sobrancelhas.

– O que ele fez? Ficou parado? Enquanto você estava no colo dele?

Encolhendo-me, confirmei mais uma vez.

– Basicamente isso.

As meninas trocaram olhares, e Megan se serviu de outro biscoito.

– Não estou necessariamente surpresa por você o ter beijado. Não quando você baba por ele desde que entendeu que os meninos têm pi...

– Eu sei quando comecei a gostar dele mais do que como amigo – intervim. – Não sei direito o que aconteceu.

– Provavelmente porque você estava catalogando cada segundo em vez de realmente vivê-los. – Abbi se recostou de novo na minha cadeira. – É o que você normalmente faz. Cismada, obcecada, enquanto algo maravilhoso estava acontecendo.

Eu também queria negar, mas ela estava certa. Eu fiz isso. Muito.

– Talvez tenha acontecido, mas falando sério, podemos escolher outra hora para apontar minhas falhas de caráter?

Abbi mostrou um breve sorriso.

– Claro que podemos.

– Talvez você o tenha pego desprevenido – disse Megan. – Deve ser por isso que ele surtou.

– Você acha que esse é o motivo?

– Talvez. Quero dizer, vocês são amigos desde sempre. Mesmo que ele goste de você, provavelmente pegou ele desprevenido. – Ela passou o cabelo por cima dos ombros. – Você disse alguma coisa para ele depois? Espere, nem precisa responder. Eu já sei. Você não disse nada.

Franzi os lábios.

Ela ergueu as mãos.

– Não estou tentando ser ignorante. Só estou ressaltando que se você não fizer ou disser alguma coisa, há uma chance de *ele* achar que *você* acha que cometeu um erro. – Ela olhou para Abbi. – Não é?

– Bom... – Abbi inclinou-se no braço da cadeira do computador. – É. Você sabe que eu te amo, não sabe?

Ah, isso estava indo por um caminho que eu não ia gostar.

– É?

– Então vou jogar mais uma coisa na roda. Alguma coisa para considerar – ela disse, claramente escolhendo as palavras com muito cuidado. – Você beijou o Sebastian. Vamos supor que não tenha sido apenas um beijo de amigos. Tipo, vamos deixar os beijos na boca para as pessoas que têm interesse em ser mais do que amigas.

– De acordo – Megan emendou. – Porque isso seria muito confuso.

– Então você o beijou e ele sabe que não é porque você gosta dele como amigo. Existem duas possibilidades. Uma é o que a Megan disse: ele foi pego desprevenido e agiu esquisito. Agora, está escondido em algum canto por aí.

Eu não conseguia imaginar Sebastian escondido em algum canto por nenhum motivo.

– A segunda opção é que você o beijou e *ele* não achou que aquilo era certo. E aí o clima ficou estranho e ele se afastou o mais rápido possível. Agora ele espera que você esqueça o que aconteceu.

Ai.

Caminhei até as portas da varanda.

– Como se ele quisesse que eu não tivesse feito aquilo?

– Bom, certo... – Ela mordeu o lábio inferior. – Ele não está com ninguém. Nem você. – A voz de Abbi era baixa quando ela continuou. – Vocês têm um absurdo de pontos em comum. Os dois são atraentes...

– Eu pegaria você – comentou Megan.

– Obrigada – falei, rindo com a voz rouca.

– E vocês dois sabem muito um sobre o outro. Só me resta pensar que se você o beijou e ele percebeu que realmente tinha gostado e queria o beijo, ele deveria ter retribuído. Ou ele teria dito algo diferente de "aquilo não deveria ter acontecido".

Com um aperto no peito, puxei a cortina e olhei lá fora. Uma brisa agitou os galhos de um bordo antiquíssimo.

Abbi tinha razão. Sebastian *tinha* dito que aquilo não deveria ter acontecido.

– Porque realmente não existe um motivo para vocês dois não estarem juntos – ela acrescentou. – E eu tenho que pensar que se ele estivesse a fim de você... ele não teria dito que não era para ter acontecido.

Ácidos reviravam no meu estômago e a dor se espalhou por dentro. Como aquela sensação podia ser tão real, como se meu peito estivesse sendo partido ao meio? Respirei fundo, trêmula.

– O que eu deveria fazer? – Deixei a cortina cair de volta ao lugar e me virei para as meninas.

Megan arqueou as sobrancelhas bonitas.

– Eu já teria mandado uma mensagem para ele e perguntado o que diabos está acontecendo.

Uma trepidação explodiu dentro de mim quando considerei fazê-lo.

– Posso ser covarde demais para essa técnica.

– Você não é covarde, Lena – Abbi me tranquilizou. – Entendo por que você não ligaria. Ele é um dos seus amigos mais próximos. Isso é supercomplicado.

Complicado não chegava nem perto.

– Acho que seria inteligente da sua parte dizer alguma coisa – continuou Abbi. – Talvez só mandar uma mensagem e perguntar se está tudo bem. Isso é bastante discreto.

Só de pensar nisso já me dava náuseas.

– Eu me sinto uma idiota.

Megan franziu a testa.

– Por quê?

– Porque... porque eu não deveria nem me focar nesse tipo de coisa. – Caminhei até a cama e larguei o corpo ao lado de Megan. Peguei outro biscoito, mas minha garganta ficou grossa com aquele ardor mais uma vez. – Quero dizer, existem coisas mais importantes para eu me preocupar.

– Como o quê? – Megan questionou. – Paz mundial? Política? A dívida do país? Não sei. Tenho certeza de que há mais coisas. Você assiste ao noticiário. Eu nem sei em que canal passa notícia.

Com um sorriso fraco, balancei a cabeça.

– Eu deveria estar pensando sobre meu último ano de ensino médio e me dedicando bastante às aulas, e também aos treinos de vôlei, já que o cronograma será brutal. Preciso conseguir bolsas de estudo...

– Sabe de uma coisa? Isso é palhaçada. – Megan virou o corpo na minha direção, suas bochechas muito vermelhas. – E daí? Você está pensando em um cara e falando com a gente sobre um cara. Eu sei que você pensa sobre outras coisas. A Abbi sabe disso. Você não precisa andar por aí todo o dia conversando sobre todas as coisas importantes para provar que você não está louca por um menino. E que se dane essa história toda de "meu Deus, ela está louca por um garoto", porque não podemos vencer. Nós, garotas. A gente não pode.

– Ah, não. – Abbi sorriu. – Alguém vai começar a reclamar.

– Pode ter certeza absoluta de que eu vou. Veja só: se a gente pensa em garotos, as outras pessoas (geralmente outras garotas, porque, vamos falar sério, as meninas sabem ser cruéis) dizem que somos fúteis. Não somos pessoas inteligentes e complexas, seja lá que diabo isso signifique. E se dissermos que não nos importamos com um garoto de que a gente goste, somos acusadas de mentir. Ou de sermos estranhas. E se nos concentramos em outras coisas, somos pretenciosas. Literalmente, *não vencemos nunca*. É como se não pudéssemos ter sentimentos ou pensar a respeito deles. É uma palhaçada.

– Não digo isso muitas vezes – falou Abbi, séria –, mas ela tem razão.

– É claro que tenho! – Ela jogou as mãos para o alto. – E tudo isso ainda pode ser dito sobre meninas que gostam de meninas. É só trocar *louca por um garoto* por *louca por uma garota*. Está tudo errado. Você pensa no que está acontecendo com o Sebastian porque ele é *importante* para você, mas a escola também é, o vôlei também, assim como o trabalho e, inclusive, a dívida do país.

Dei risada.

Megan respirou fundo.

– Eu gosto de pensar em garotos, no Phillip, em particular, e eu sou mais inteligente que a maioria das pessoas, especialmente as que me chamariam de louca. Eu posso pensar em garotos o quanto eu bem entender e ainda ter uma vida além disso, então, que se dane. Não se menospreze porque, neste momento, você está focada no que é importante para você neste momento. E calhou de ser um garoto. Amanhã pode ser outra coisa.

Olhando para ela, meio chocada, eu comecei a sorrir.

– Uau, Megan. Eu meio que queria que você repetisse esse desabafo todo para eu gravar.

Ela revirou os olhos.

– Não, porque da segunda vez não vai ser tão bom quanto da primeira.

Abbi empurrou a cadeira com rodas até nós.

– Vou dizer de novo: a Megan está certa.

Deitei na cama, quase aterrissando no pacote de Oreo. Fiquei olhando para o teto, sentindo o aperto no meu peito aliviar um pouco. A tristeza ainda pairava como uma sombra, assim como um caminhão de confusões a respeito do Sebastian, mas tinha diminuído. Por causa delas. Por causa das minhas amigas.

– Gente – eu disse –, estou me sentindo um pouco melhor. Isso significa que eu talvez não coma todas as sete almôndegas que sobraram, encolhida no sofá, chorando.

Abbi tossiu uma risada.

– Bom saber.

– Me dá uma almôndega? – Megan pediu, cutucando o meu braço com a mão. – Acho que me faria bem um pouco de carne com todo o açúcar que acabei de consumir.

Abbi suspirou.

– Tudo bem. Estou prestes a ser superbrega – avisei, sem me mover. – Mas nós vamos ser melhores amigas para sempre, não vamos? Porque eu tenho a sensação de que este não vai ser nosso único episódio de estupidez pura e sem cortes.

Megan deu uma risadinha.

– Isso foi brega, mas, sim, nós vamos.

– Não se esqueça da Dary – disse Abbi, chutando seu pé no meu. – Nós quatro sempre vamos ser nós quatro. Não importa o que aconteça.

CAPÍTULO SETE

Depois que as meninas se foram, peguei meu celular e fui andando até a varanda. Apoiada no peitoril, olhei para a casa de Sebastian. Vi sua mãe no quintal, de joelhos, cavando na terra. Ela estava usando um daqueles chapéus de palha moles, e apenas algumas mechas de cabelo castanho eram visíveis.

Seu corpo inteiro tremeu quando ela espetou a pá no jardim que cercava seu pátio. Várias peônias azuis e vermelhas de cores vibrantes ainda estavam em vasos ao lado dela. Meu olhar desviou para o pátio de tijolinhos, e para o espaço de acender uma fogueira no centro. Não tinha desmoronado como o nosso.

A mãe de Sebastian era silenciosa. Em todos os anos desde que o conheço, e todas as vezes em que eu entrei e saí da casa deles, bem mais de mil vezes, tenho certeza, devo ter conversado uma meia dúzia de vezes com ela.

Ela sempre era gentil, sempre dizia "oi", perguntava como eu estava, como estava a minha mãe e como a Lori estava se saindo na faculdade, mas não passava disso.

O pai de Sebastian falava pelos dois.

Com um suspiro pesado, olhei de novo para o celular. E durante todo esse tempo, Abbi e Megan suspeitaram de que o que eu sentia pelo Sebastian era mais do que amizade. Eu sabia que a Dary provavelmente tinha adivinhado. O fato de que elas tivessem guardado isso para si e não me pressionado era importantíssimo. Elas me conheciam bem demais.

Eu me afastei da proteção da varanda e sentei na minha cadeira, apoiando os pés na beirada do assento. Com o celular apertado nas mãos, eu considerei minhas opções.

Eu poderia ignorar e fingir que nunca tinha acontecido. Essa opção era minha escolha favorita desde, tipo, sempre. Eu poderia jurar para mim mesma que tomaria uma atitude no dia seguinte. Mas eu sabia como eu funcionava. Para mim, o amanhã era sempre cheio de possibilidades e potencial, mas quando chegava, eu empurrava as coisas para o dia seguinte.

Eu não poderia fazer isso.

Mastigando o lábio, abri minhas mensagens e encontrei a última de Sebastian, a da sexta-feira anterior. Meu estômago deu um salto quando digitei as palavras:

Está tudo bem entre nós?

Vários instantes se passaram antes que eu reunisse coragem para apertar "Enviar" e, quando apertei, quase imediatamente desejei não ter feito aquilo. Porém, não dava para voltar atrás, então fiquei olhando para a minha mensagem pelo dobro do tempo. Eu sabia que o treino de futebol americano tinha acabado. Às vezes ele saía com os caras depois. Outras vezes ia direto para casa.

Quando ele não respondeu imediatamente, apoiei minha testa nos joelhos.

Eu ainda estava um pouco surpresa com o fato de eu ter enviado uma mensagem a ele. Minha resposta natural seria não fazer nada, deixar que em algum momento o Sebastian viesse até mim ou deixar as coisas se resolverem sozinhas. Mas eu não podia fazer isso.

Considerei ir até a casa dele para ver se ele estava lá, mas tinha *acabado* de mandar mensagem, então talvez fosse um pouquinho demais. Incapaz de ficar sentada, eu me levantei, saí na varanda e comecei a descer os degraus. Parei no meio do caminho, sem saber o que estava fazendo.

Olhei para o quintal do Sebastian de novo. A mãe dele já tinha quase terminado com as flores. Apenas as cor-de-rosa continuavam nos vasinhos. Girei no lugar e subi as escadas de novo. Entrei e desci para a cozinha a fim de esquentar umas almôndegas. Comi quatro delas, empoleirada no braço do sofá, assistindo ao noticiário.

Quando terminei, Sebastian ainda não tinha respondido.

De volta lá para cima, estômago dolorosamente cheio, fiquei no meio do quarto com meu celular em mãos. Energia inquieta demais pulsava dentro de mim para eu conseguir sentar e ler. Talvez eu pudesse limpar alguma coisa.

Esse era o tamanho do meu desespero para me distrair.

Coloquei o celular na mesa de cabeceira e fui até meu armário. Jeans e livros estavam espalhados por todo o lado. Uma parte das camisas e dos suéteres estava pendurada pela metade nos cabides.

Sim, meu desespero não era desse tamanho.

Fechei a porta e caí de cara na minha cama, o que não fez nada para ajudar meu estômago.

Gemi e murmurei nos meus lençóis:

– Sou patética.

Meu celular apitou e eu fiquei de joelhos imediatamente. Um instante e eu tinha apanhado o celular do criado-mudo. O ar ficou preso nos meus pulmões. Sebastian tinha respondido. *Finalmente.*

Sim. Por que não estaria?

– Por quê? – sussurrei quando o que eu realmente queria era gritar a plenos pulmões. – O que você quer dizer com *por quê*?

Comecei a responder exatamente isso, mas parei; meus dedos suspensos sobre a tela. Meu coração estava acelerado como se eu tivesse corrido *sprints*.

Eu poderia ser direta e apontar exatamente por que estava fazendo aquela pergunta. Eu poderia dizer um milhão de coisas, para ser sincera. Perguntar o que ele achava de eu beijá-lo, ou então perguntar por que ele tinha surtado. Eu poderia perguntar se ele queria que eu nunca tivesse feito nada. Poderia inclusive mandar mensagem dizendo que, quando eu o beijava, eu me sentia em casa.

Não escrevi nenhuma dessas coisas.

Meu celular apitou de novo.

Está tudo bem da sua parte, né?

Não. Não estava.

Eu era apaixonada por ele desde que podia me lembrar, e agora eu tinha medo de que a nossa amizade fosse arruinada e que tudo fosse ser estranhíssimo daqui por diante.

Também não escrevi nenhuma dessas coisas.

Em vez disso eu digitei:

Sim. É claro.

Depois joguei meu celular no travesseiro. Gemendo outra vez, eu caí de costas na cama.

– Sou muito covarde.

Eu estava pronta para ver a Feyre botar tudo para quebrar.

Fechei o livro com um estalo e pressionei minha testa na capa dura e lisa. Meu coração batia forte no peito. Os últimos cinco capítulos tinham sido um ataque cardíaco ininterrupto, e eu pedia aos céus para que o terceiro livro já tivesse sido lançado. Se não tivesse, eu ia ter que me lançar da varanda.

Baixei o livro sobre meu corpo, mudei de apoio na velha cadeira de madeira. Não era exatamente o lugar mais confortável, mas com uma almofada debaixo da minha bunda e com as pernas apoiadas na grade da varanda, era um local perfeito para ler.

Uma brisa morna soprava pela varanda, movendo-se sobre minhas pernas desnudas e erguendo fiozinhos de cabelo na minha nuca. Outro livro repousava no chão ao lado da minha cadeira. Esse era um romance contemporâneo.

Eu não conseguia pensar em um jeito melhor de passar o sábado anterior à volta às aulas do que ficar sem fazer nada além de ler e comer.

Troquei o livro de capa dura por outro de brochura com uma coroa dourada na frente, e o apoiei no meu colo enquanto dava uma olhada rápida no Facebook, pelo celular. Nenhuma mensagem privada. Havia algumas notificações do Snapchat, então vi um dos jogadores de futebol americano, bêbado, tropeçando na calçada ontem à noite. Outro tirou uma foto dele mesmo tomando café da manhã. Havia um *snap* da Dary no Monumento a Washington, seguido por uma série de placas de rua. Ela tinha alguma coisa com placas de rua.

Passei para o Instagram, descendo sem prestar atenção nas selfies e nas fotos de praia em fim de verão. Eu estava prestes a fechar o aplicativo, quando comecei a reconhecer um tema nas fotos recentes de todo mundo. Todas as meninas estavam com roupa de banho. Os meninos estavam de bermuda de nadar. Todos seguravam copos plásticos vermelhos. E todas as fotos tinham sido tiradas à noite.

Keith.

Ele devia ter dado uma festa na noite anterior.

Meu polegar parou quando vi uma foto postada pela Skylar.

Meu coração despencou no peito, e tudo em que eu conseguia pensar era que eu era idiota, muito idiota.

Ela estava sentada na beirada de uma daquelas espreguiçadeiras, as mãos apoiadas para trás. Skylar vestia um biquíni azul-royal que mostrava seu corpo matador. Sentado na frente dela estava Sebastian. Ele estava sorrindo. *Ambos* estavam sorrindo. Eles... eles pareciam lindos juntos.

Fiquei olhando fixo para aquela foto por só Deus sabe quanto tempo. Tempo *demais*.

Por que, pelo amor, por que eu a seguia?

Eu sabia a resposta. Eu tinha começado a segui-la anos atrás porque ela estava namorando Sebastian e, aparentemente, eu era chegada em autopunição. Eu até mesmo curtia as fotos dela só para provar que eu não era uma bruxa invejosa.

Mas eu era uma bruxa invejosa da mais alta ordem.

Não consegui impedir o que fiz em seguida. Rapidamente entrei na conta de Sebastian para ver se havia alguma foto da noite da festa, mas o último post era de três semanas antes. Ele não era muito ligado em mídias sociais, só aparecia esporadicamente e depois sumiu.

Agora eu queria me jogar da varanda por um motivo totalmente diferente.

Sebastian tinha mandado algumas mensagens desde a quinta-feira, mas eu não o via desde o dia do beijo. Não dava para me iludir. As coisas tinham mudado. Quando Sebastian estava em casa, mesmo quando ele estava namorando a Skylar, eu o via quase dia sim, dia não, se não todos os dias. Eu só não o via quando ele não estava em casa.

Então ele estava me evitando.

Soltei um palavrão para mim mesma, desliguei o aplicativo e larguei meu celular em cima do livro no chão. Uma ansiedade nervosa revirava meu estômago, e eu balancei a cabeça olhando para o grande bordo no quintal. Será que ele tinha voltado com a Skylar, apenas alguns dias depois de eu o ter beijado? E por acaso isso era importante?

Não deveria, mas era.

Enojada comigo mesma, abri meu livro, pois precisava me perder em alguma coisa que não estivesse relacionada a mim.

Tinha percorrido algumas páginas quando ouvi passos na escada que levava à varanda. Ergui o queixo e congelei quando vi o topo da cabeça de Sebastian, dividida entre mergulhar de volta no meu quarto e correr até ele de braços abertos.

Não fiz nenhuma das duas coisas.

Coração batendo forte no peito, devagar eu fechei o livro e o vi superar o último degrau. Todo o ar escapou dos meus pulmões.

Ah, fala sério.

Sebastian estava sem camisa. Não era a primeira vez que eu o via semivestido, mas todas as vezes eram como se fosse a primeira.

Peitoral definido, abdome talhado como se ele fosse feito de mármore e quadris estreitos. Ele não era musculoso demais. Ah, não, ele era apenas um exemplo primoroso de como o futebol americano podia fazer bem ao corpo. E ele estava usando um boné. Aba virada para trás.

Eu simplesmente implodi, virei geleca por dentro.

Eu o odiava.

Um canto de seus lábios se curvou para cima enquanto ele caminhava gingando pela pequena varanda.

– E aí, nerd?

Por um momento, não consegui responder. Fui lançada de volta ao lago, eu no colo dele e a boca dele por um breve segundo glorioso na minha. O calor inundou minhas faces e se espalhou para baixo, bem para baixo.

Ai, meu Deus.

Eu precisava me controlar e fazer as coisas como se nada tivesse acontecido. Era isso o que ele estava fazendo. Eu também poderia. Eu precisava, porque, se não pudesse, como poderíamos ser amigos?

Ele olhou para cima e seu olhar encontrou o meu por um segundo antes de se desviar. Pensei ter visto um leve rosado colorir as bochechas dele. Ele estava ruborizado? Talvez não fosse tão bom em fingir como eu achava que ele era.

Tentei recuperar minha voz e abracei o livro na altura do peito.

– E aí, mané, esqueceu de vestir a roupa antes de sair de casa?

Seus olhos reluziram quando voltaram aos meus. Seus ombros relaxaram.

– Eu só fiquei tão animado para vir te visitar que nem quis perder tempo procurando uma camiseta limpa.

– Aham.

– Pensei em mandar mensagem. – Ele se inclinou no peitoril da varanda, perto do meu pé. – Mas achei que você estivesse aqui fora.

– Sou tão previsível assim?

– É.

– Então tá – murmurei, procurando alguma coisa para dizer. – Você… você teve treino hoje de manhã?

Sebastian fez que sim.

– Tive. Até meio-dia. Depois tirei um cochilo quando voltei.

– Dormiu tarde? – perguntei em um tom bastante inocente, mas meu pulso estava acelerado.

Ele encolheu um ombro largo.

– Na verdade não – respondeu ele, e tentei determinar se esse era um código para ter voltado com a Skylar ou ficado com alguma outra pessoa.

A verdade, porém, é que se tratava de uma resposta que não significava nada.

– O Keith acabou bebendo demais e soltando fogos de artifício. – Ele cruzou os braços, trazendo atenção desnecessária para seu peito. – Ainda estou surpreso por ele não ter explodido alguns dedos. Ou a mão.

– Na verdade, eu também.

– Enfim, estou aqui por um motivo. Ele vai fazer um churrasco hoje. Para ser específico, é o irmão dele que vai. Só algumas pessoas vão estar lá – disse ele. – Você deveria ir comigo.

Meu coração começou a dançar em toda parte, gritando *sim, sim, sim!* Meu cérebro se recolheu e imediatamente eu disse a meu coração para calar a boca, porque meu coração era idiota e me fazia fazer coisas idiotas.

– Não sei...

– Ah, vamos. – Ele agarrou meu pé. Tentei recuar, mas ele segurou, envolvendo os dedos no meu tornozelo. Eu me recusava a interpretar o que aquilo significava. – Não tivemos chance de nos ver nos últimos dias, e eu só voltei no fim de semana passado.

É, e eu te beijei e você, obviamente, não curtiu. Ele estava agindo normal, totalmente normal, na verdade. Tanto que eu quase me perguntei se eu tinha alucinado os acontecimentos do lago.

– Fica um tempo comigo. Um tempo regado a cheeseburgers grelhados.

Larguei o livro no meu colo e segurei os braços da minha cadeira.

– Não estou com fome.

– Recusando cheeseburger grelhado? Agora sei que você só está se fazendo de difícil.

Meus olhos estreitaram-se enquanto eu tentava libertar minha perna de novo.

Sebastian baixou o queixo.

– Eu dirijo e você se diverte. Tudo o que você tem que fazer é tirar essa bundinha bonita da cadeira e eu cuido do resto.

Congelei, olhos arregalados.

Ele achava minha bunda bonita?

O sorriso se espalhou no rosto dele e, um segundo depois, seus dedos dançaram sobre a sola do meu pé. Dei um gritinho na mesma hora.

– Para! Para com isso!

Seus dedos pairaram sobre meu pé. Ele ergueu as sobrancelhas.

– Você vem comigo?

Minha respiração saía pesada. Eu estava paranoica achando que ele fosse começar a fazer cócegas no meu pé de novo.

– Você não está jogando justo aqui.

– Por que jogar justo quando eu posso manipular você a fazer o que eu quiser só com cócegas? – respondeu ele, colocando um dedo no centro do meu pé. Minha perna inteira deu um espasmo. – Então é assim que vai ser, Jujuba-Lena?

– *Jujuba-Lena?* – gritei cravando os dedos nos braços da cadeira. Quando foi a última vez que ele me chamou assim? Antes que eu precisasse usar sutiã? – Não tenho mais dez anos, Sebastian.

Suas pálpebras ficaram entrecerradas e os cílios cobriram seus olhos.

– Eu sei que não tem mais dez anos. – Sua voz ficou mais profunda. – Acredite em mim.

Meus lábios se separaram, e suas palavras giraram e giraram na minha cabeça. Ele ergueu os olhos e encontrou os meus. Não havia dancinha no meu coração, apenas uma batida violenta que eu sentia reverberar em cada parte do meu corpo.

Por que você não fez nada quando eu te beijei?

– Vamos comigo – ele disse de novo. – Por favor?

Fechei os olhos. Eu queria ir, mas... se eu fosse, precisaria de retaguarda.

– Posso ver se a Megan e a Abbi podem ir junto?

– Claro que sim – respondeu ele. – O Keith vai ficar em êxtase com essa notícia. – Você sabe, ele está...

– Tentando ficar com a Abbi. Sim. – Inspirei fundo, abri os olhos e então balancei a cabeça afirmativamente. – Está bem.

– Perfeito. – Ele mostrou um sorriso largo e depois baixou minha perna de novo sobre o peitoril. Seus dedos se demoraram alguns segundos e ele soltou. – Sabia que você não conseguiria resistir a mim.

Decidindo fingir que eu não o tinha ouvido dizer isso, coloquei as pernas no chão e peguei os livros e o celular.

– Me dá alguns minutos. – Eu me levantei e entrei no quarto, sentindo minhas bochechas esquentarem. – Preciso avisar a minha mãe.

– Pega um biquíni – ele mandou, afastando-se da grade e sentando-se na minha cadeira.

Pensei em Skylar e seu biquíni e decidi que iria esquecer o meu sem querer.

Depois de colocar meus livros na cama, mandei uma mensagem rápida para Abbi e Megan e depois joguei o celular na bolsa.

Lá embaixo, encontrei minha mãe na cozinha. Havia papéis espalhados na frente dela, alguns soltos e outros grampeados. Seu cabelo loiro estava preso em um rabo de cavalo alto e ela estava usando óculos de leitura, empoleirados na ponta de seu nariz.

– O que você está fazendo? – perguntei ao parar na cadeira ao lado dela.

– Dando uma olhada nas novas leis de subscrição. – Minha mãe ergueu os olhos. – Basicamente, passando meu sábado do jeito mais chato possível. E você? Não trabalha neste fim de semana, né?

– Não. – Deslizei as palmas sobre o encosto da cadeira. – Eu só estava pensando em ir a um churrasco com o Sebastian.

– Parece divertido. – Minha mãe apoiou o queixo na palma e ficou olhando para mim. – Meio que parece um encontro.

– Mãe… – alertei.

– O quê? – Ela arregalou os olhos. – Eu daria cem por cento do meu apoio…

– Ai, meu Deus – gemi, jogando as mãos para o alto e olhando para a escada em um pedido silencioso para Sebastian não decidir mostrar sua presença. – Não é assim. Você sabe disso.

– As mães podem ter esperanças – ela respondeu. – Ele é um bom garoto, Lena.

– Abbi e Megan provavelmente vão estar lá. Assim como outras pessoas. – Eu me afastei da cadeira. – Desculpe arruinar seu sonho.

– Droga. – Ela suspirou pateticamente. – Eu estava pensando em tricotar sapatinhos de bebê para o seu filho com o Sebastian.

– Ai, meu *Deus*. – Olhei para ela boquiaberta, horrorizada, mas não surpresa. Às vezes minha mãe não era muito certa da cabeça. – Você é ridícula e eu estou cercada por gente ridícula.

– Por que se cercar de outras pessoas? – Ela sorriu, olhos fixos na infinidade de papéis na frente dela, e eu sacudi a cabeça. – Quando você acha que vai chegar em casa?

– Não antes do jantar. Talvez à noite?

– Por mim tudo bem. Pelo menos eu não tenho que fazer o jantar esta noite. – Essa era minha mãe, sempre olhando pelo lado bom das coisas, mesmo quando era impossível. – Aliás – disse ela, olhando para cima de novo, me prendendo com aquele olhar de mãe que eu só via quando ia dizer alguma coisa que ela sabia que eu não queria ouvir.

Eu sabia que seria sobre o meu pai.

Fiquei tensa.

– Você precisa começar a atender o seu telefone, Lena. Isso já foi longe demais.

Cruzando meus braços sobre o peito, inspirei pelo nariz.

– Mas não longe o bastante, mesmo.

– Lena – ela alertou. – Você é linda, leal até demais, mas o que aconteceu entre seu...

– Mãe, prometo que vou atender o telefone. Beleza? – Eu não queria ter essa conversa *de jeito nenhum* naquele momento. – Mas preciso ir andando. O Sebastian está me esperando.

Parecia que ela iria dizer mais alguma coisa, mas inclinou a cabeça para trás.

– Tudo bem. Divirta-se, mas tenha cuidado.

Inclinei o corpo para a frente e beijei a testa dela.

– Sempre.

– TUDO O QUE ESTOU DIZENDO é que isso é dois pesos e duas medidas. – Meus pés estavam no painel quente do Jeep de Sebastian. O ar-condicionado estava ligado no máximo, mas mal conseguia derrotar o calor do interior. – Você pode dirigir sem camisa, mas se uma garota dirigisse por aí usando biquíni sem camisa, as pessoas iriam perder a cabeça apaixonada que elas têm.

– E só sei que eu apoiaria cem por cento a ideia de as mulheres dirigirem de biquíni – ele respondeu, uma das mãos apoiadas no volante, a outra jogada no encosto do meu banco. O boné estava virado para a frente, bloqueando o sol, e ele ainda estava sem camisa, com a bermuda de banho e chinelo da Nike.

Revirei os olhos por trás dos óculos.

– É claro.

– Olha, os homens não ligam para esse tipo de coisa. A gente não seria contra uma oportunidade de direitos iguais para nudez. Nunca. – Sebastian diminuiu a velocidade ao se aproximar da saída da interestadual. – Isso é coisa de mulher contra mulher.

Virei a cabeça devagar na direção dele, mas ele estava focado na estrada.

– Eu poderia facilmente ver uma garota chamando a outra de piranha por dirigir com o top do biquíni, e depois falando para o cara no volante sem camisa que ele é gostoso.

Sebastian tinha razão, mas o inferno viraria gelo antes de eu admitir isso. Tirei os pés do painel e me mexi no meu lugar, observando as árvores passarem pela janela como um borrão. Abbi e Megan iriam aparecer de carona com o primo da Megan, Chris, que jogava futebol com Sebastian.

Eu tinha a sensação de que o churrasquinho viraria uma festa de proporções enormes antes de a noite chegar ao fim. Não seria a primeira ou a última reunião a se transformar, em poucas horas, de uma pequena reunião a uma loucura gloriosamente sem controle. *Ainda mais* quando envolvia Keith.

O sol se infiltrava pela massa de árvores em volta da estradinha estreita e cheia de curvas. Quem construiu aquela estrada devia ter seguido uma cobra ou algo assim.

Com a cabeça apoiada no assento, fiquei vendo os bordos mais altos e as samambaias darem lugar a pomares de maçã. Elas se estendiam até onde a vista alcançava, formando fileiras em todas as colinas, e a família de Keith era dona da maior parte delas.

Eu já tinha passado por essa estrada tantas vezes com Sebastian e meus amigos que, de repente eu me dei conta de que seria o último sábado antes do nosso último ano do colégio começar. Eu nunca mais teria outro sábado como aquele, e em um ano, Sebastian e eu não estaríamos mais andando pela estrada familiar a bordo do Jeep dele. Ele não mais apareceria de surpresa na varanda, e a Dary não passaria mais no Joanna's para esfregar minhas más escolhas na minha cara.

Inspirei fundo bruscamente, sentindo meu peito doer.

Ah, Deus, eu de repente queria chorar como um bebê. E não era o momento de chorar, pois todas as mudanças seriam boas. Eu sairia da minha cidadezinha e, se tivesse sorte, a Megan e eu seríamos aceitas na Universidade da Virgínia, e ela ainda iria me lembrar em todas as sextas-feiras à noite como eu iria envelhecer sozinha, cercada de gatos, comendo atum barato enlatado. A Dary apontaria todas as minhas escolhas futuras terríveis pelo FaceTime. Abbi iria a uma faculdade não muito longe e poderíamos nos ver nos fins de semana.

O Sebastian iria para qualquer faculdade que oferecesse uma bolsa de estudos integral para jogar futebol americano, se ele decidisse seguir no esporte e, vamos falar a verdade, ele iria. E continuaríamos mantendo contato. Ligaríamos um para o outro e essas ligações pouco a pouco dariam lugar a mensagens de texto, e essas mensagens se tornariam mais esporádicas até conversarmos só quando estivéssemos ao mesmo tempo na cidade durante as férias.

Nós iríamos nos distanciar, e seria terrível, mas nesse momento, bem nesse segundo, nós teríamos o amanhã. Tínhamos a próxima semana. Tínhamos o ano inteiro. Praticamente a eternidade, falei para mim mesma.

Mas eu ainda não precisaria enfrentar o inevitável.

Sebastian bateu os dedos no meu joelho e eu levei um susto. Olhei para ele.

– Tudo bem por aí? – Ele perguntou.

– Tudo – disse com a voz rouca. Tentei recuperar minha voz.

Uma expressão preocupada se estabeleceu no rosto dele.

– Sobre o que você estava pensando?

Dei de ombros.

– Eu estava pensando sobre como nesta época, no ano que vem, nós dois vamos estar na faculdade. Esse é o último verão, sabia?

Sebastian não respondeu. Ele estava fitando a estrada, o maxilar fechado em um linha dura. Ele ficava assim quando estava bravo ou tinha alguma coisa para dizer, mas estava guardando para si.

Comecei a perguntar em que ele estava pensando, mas ele disse:

– Você sempre vai ser uma parte da minha vida. Você sabe disso, não sabe?

Como eu não esperava essa declaração, eu não sabia como responder.

– Mesmo se formos para faculdades diferentes – ele continuou, como se houvesse uma chance de irmos para o mesmo lugar dali a um ano. – Não vamos virar estranhos. – Era quase como se ele conseguisse ler minha mente. Mas ele me conhecia muito bem. Bem demais. – Isso nunca vai acontecer com a gente.

Eu queria dizer que acontecia com todo mundo, apesar das nossas melhores intenções. Minha irmã jurava que manteria contato com todas as amigas dela que foram para faculdades diferentes, mas agora ela estava no segundo ano e cheia de novos amigos e um novo namorado.

Quando as pessoas nos deixavam e não viam mais a gente todos os dias, elas paravam de querer nos ver. Eu, mais do que ninguém, sabia que era verdade.

Mesmo quando as pessoas diziam que nos amavam.

– Nós sempre vamos ser amigos. – Seus olhos procuraram algo brevemente no meu rosto. – Aconteça o que acontecer.

Droga, eu seria sempre apenas uma amiga?

Sim. Soava como se fosse exatamente isso.

Respirando além do ardor, ignorei a dor oca no meu peito e passei as mãos sobre meu short.

– Sim, capitão.

Seus lábios se contraíram em um pequeno sorriso.

– A Skylar vai estar no churrasco do Keith? – Eu me arrependi de ter perguntado no instante em que as palavras saíram da minha boca.

– Não sei. – A resposta foi abrupta, o que era muito atípico da parte dele.

Mordisquei meu lábio inferior. Ele diminuiu a velocidade e virou para a direita na estrada que levava à casa monstruosa de Keith, vizinha aos quilômetros de pomares. A casa ficava em uma fazenda enorme, e era o tipo de casa que ninguém precisava, a menos que fossem polígamos e tivessem cinquenta filhos.

A família dele tinha dinheiro. Eles cultivavam pomares havia gerações, e eu imaginei que Keith assumiria o negócio da família em algum momento, embora eu soubesse que ele planejava ir para a faculdade e jogar futebol americano, como o Sebastian. Do que eu ouvia, ele já tinha sido aceito na Universidade de West Virginia. Keith tinha o tamanho para jogar na defesa da liga universitária.

A rodovia pavimentada já estava repleta de carros, alguns dos quais eu reconhecia. Não vi a BMW de Skylar e, graças a Deus, nem a SUV de Cody.

– Uma festinha?

Sebastian riu.

– Sim, esse era o plano.

– Tá bom, então.

Ele estacionou o Jeep atrás de um Honda, deixando espaço suficiente entre os veículos para conseguir sair depois. Peguei minha bolsa no chão e depois saí. Fomos andando pelo resto do caminho, ignorando as portas duplas de vidro e seguindo o grande caminho de pedras que levava pela lateral da casa. A cada passo, o som da risada e os gritos ficavam mais altos, junto com os espirros de água. Eu podia sentir o cheiro da carne grelhando, o que fez meu estômago vazio roncar alegremente.

Sebastian estava certo: eu nunca recusaria os cheeseburgers grelhados.

– Ei. – Sebastian cutucou meu braço com o seu. – Quando você quiser ir embora, você me fala, tá? Não vai fugir com ninguém.

– Tenho certeza de que consigo pegar uma carona para casa com qualquer um. Não precisa se preocupar.

– Não estou me preocupando. Só vou te levar para casa quando você estiver pronta.

Ele colocou a camiseta sobre o ombro. Acho que vestir seria muito esforço.

Para alguém de fora, Sebastian podia passar de mandão, mas ele era apenas o tipo de cara que não levava alguém para uma festa e a deixava lá andando sozinha ou tendo que achar um jeito de voltar para casa depois.

– Talvez eu não queira voltar para casa com você. – Passei minha bolsa no ombro. – Tenho certeza de que milhares de pessoas iriam gostar de me dar carona.

– Isso não seria idiota, já que a gente é vizinho?

– Não questione a minha lógica. – Dei a volta em Sebastian e fui andando na frente dele. – E sério, eu não quero ficar esperando para sempre.

– Eu também não quero…

– Droga! – guinchei quando ele chutou a sola do pé que eu tinha acabado de levantar. Dando um giro, bati nele com a minha bolsa.

Ele riu e bloqueou o golpe com os braços.

– Cuidado com onde você pisa.

– Idiota – murmurei, virando de novo para a frente.

– Também não estou planejando ficar até tarde – ele continuou. – Tenho treino amanhã de manhã, um a um com o treinador. – Ele parou um instante. – E com o meu pai.

Eu me encolhi por ele.

– Como tem sido com o seu pai?

– Nem existe tempo suficiente no dia para essa conversa – ele respondeu, e antes que eu pudesse insistir, ele pegou minha mão e me deteve. Fiquei de frente para ele. – Não ficar até tarde por causa do treino e porque… – aqueles olhos azuis vívidos se fixaram em mim – … preciso falar com você.

Meu coração deu um salto. Eu queria puxar minha mão e correr gritando para os pomares… mas isso seria muito estranho.

– Sobre o que você quer falar? – eu perguntei, embora eu soubesse sobre o que era.

– Coisas.

Arqueei uma sobrancelha para ele.

– Não podemos falar agora?

– Não. Mais tarde – disse ele. Ele soltou minha mão e deu a volta em mim. – Depois que eu beber alguma coisa.

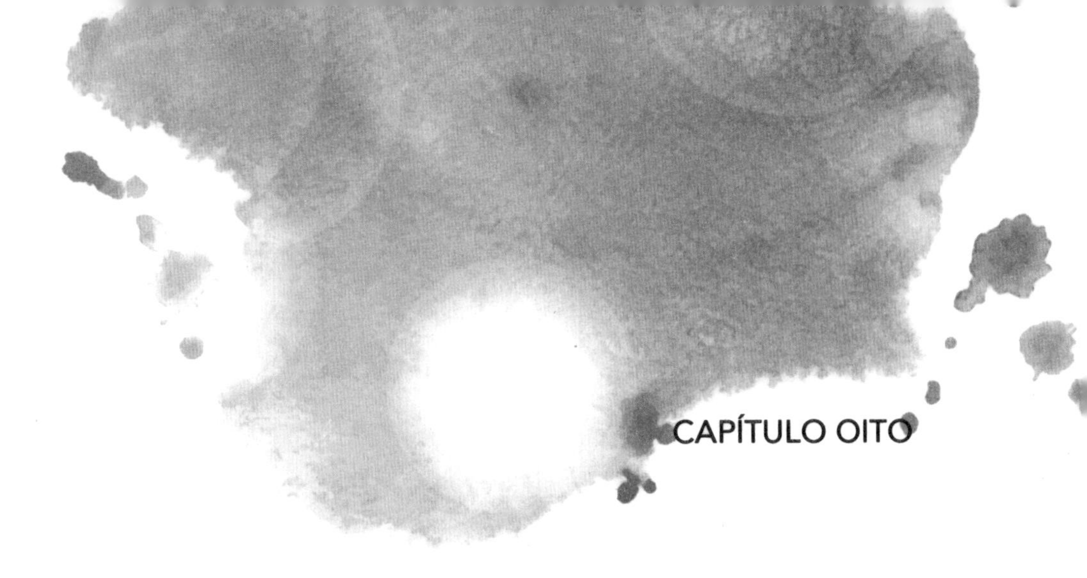

CAPÍTULO OITO

– Esse é meu garoto!

Keith saltou do deque e aterrissou na nossa frente como o Tarzan, se o Tarzan usasse… meu Deus, *sunga?* Keith era um cara grandão – grande como um urso, ombros largos e alto. Sungas não poderiam ter o mesmo CEP que ele.

– Você trouxe a Lena!

Sebastian parou bruscamente diante de mim.

– O que você tá usando, porra?

Tentei não olhar para baixo, mas era como se eu fosse compelida por alguma magia negra e não conseguisse evitar. Eu vi… eu vi *demais*. Recuei um passo, mas era muito tarde. Keith correu ao redor de Sebastian, e, um segundo depois, meus pés tinham se levantado do chão e eu estava prestes a morrer de tão apertado que ele me abraçou. Guinchei como um brinquedinho de morder.

– Faz uma eternidade que eu não te vejo. – Keith balançou os ombros, sacudindo minhas pernas de um lado para o outro. – Quanto tempo faz? – perguntou ele, e eu senti o cheiro do álcool exalando por seus poros.

– Não sei – engasguei, meus braços presos. – Um mês, mais ou menos?

– Nãããão! – ele arrastou a palavra. – Só pode ser mais do que isso.

– Coloque-a no chão – vociferou Sebastian. – Jesus, você está praticamente pelado, cara.

Keith jogou a cabeça para trás e riu. Depois rodopiou e me girou consigo. Sem qualquer aviso, ele soltou e eu me desequilibrei. As mãos de Sebastian pousaram nos meus ombros para me estabilizar.

– Gostaram da minha sunga? – Ele colocou as mãos nos quadris e afastou as pernas e, *ai, meu Deus*, minhas retinas estavam queimando. – Consigo me mover com mais liberdade e ela deixa minha bunda *incrível.* Além disso, verde combina com os meus olhos, você não acha?

– Acho – sussurrei, balançando a cabeça devagar.

Sebastian pôs a mão debaixo da aba do boné e coçou a cabeça.

– Estou oficialmente marcada para a vida inteira.

– Mais para abençoada. Vocês dois estão oficialmente *abençoados* para a vida inteira. – Keith abaixou as mãos: uma no meu ombro e a outra no de Sebastian. Ele nos conduziu para dentro do portão. – Os hambúrgueres estão quase prontos. Vamos também colocar umas salsichas na grelha daqui a pouco. As bebidas estão nos coolers.

A casa de Keith era sempre o lugar em que a festa acontecia. Do outono à primavera, havia fogueiras todo fim de semana nos campos além dos jardins bem-cuidados, e durante o verão, todos se reuniam em volta da piscina que tinha o tamanho do piso térreo da casa. E isso não incluía o pátio de tijolinhos cor de areia que o cercava. Uma dúzia de espreguiçadeiras pontilhavam o pátio, a maior parte delas ocupada por rostos que eu reconhecia da escola. Alguns acenaram quando nos viram.

Os pais dele deviam ter gasto uma grana preta no quintal, um montante que poderia pagar a hipoteca da minha mãe. Além da piscina e do pátio, havia jardins de flores e bancos em toda parte, um fosso de ferradura atrás da casa da piscina, que era maior do que o apartamento de muita gente e uma rede de *badminton* estendida.

Eu não tinha voltado desde a festa em julho.

– Ei. – Keith passou a mão sobre o cabelo raspado, chamando minha atenção. – Sua amiga Abbi vem hoje?

– Vem. – Imaginei a cara da Abbi quando ela visse o que Keith estava usando e quase ri em voz alta. – Ela vai chegar logo e vai ficar muito feliz em te ver.

Ela ia me *matar*.

– Incrível – ele respondeu, parecendo um pouquinho animado demais com a ideia. – Que bom que você veio. Eu estava começando a pensar que você não queria mais ser minha amiga.

Balancei a cabeça.

– Eu ainda te amo, Keith. Só estive ocupada.

– Você nunca pode estar ocupada demais para mim. – Keith começou a andar de costas, seguindo para onde seu irmão mais velho, Jimmy, estava na frente da grelha.

Seu irmão olhou e caiu na gargalhada.

– Puta que pariu, você está usando isso.

Keith empinou o traseiro e o sacudiu para o irmão.

– Acho que nunca vou tirar.

– Que Deus nos ajude – murmurou Sebastian.

Limpando as gotas de suor da minha testa com as costas da mão, dei uma olhada em Sebastian. Estava tão quente que eu já começava a me arrepender dessa coisa toda de não levar traje de banho.

– Ele é *seu* amigo.

– É. – Rindo, ele deu a volta em um vaso colorido de planta.

Olhando para as portas duplas que levavam aos fundos da casa, eu pensei ter visto movimento do lado de dentro.

– Você acha que os pais do Keith estão aqui?

– Deus, eu espero que sim. – Sebastian olhou para a piscina. – Nada é mais hilário do que o pai dele vindo aqui e desafiando todo mundo para um torneio de lançamento de ferraduras.

Deixei minha bolsa perto de várias outras e disse:

– Não acredito que os pais dele aceitam essas festas. Quero dizer, minha mãe é bem tranquila, mas eu não vou ficar dando festas todo fim de semana.

– Acho que o Keith e o Jimmy tiveram sorte no departamento parental. – Ele inclinou o corpo na direção do meu. O boné escondia a metade superior do seu rosto. – Antes que a gente seja interrompido por uma visão perturbadora do Keith, eu...

– Ei? Seb. – Por cima do ombro, vi Phillip aparecer em uma das espreguiçadeiras, sua pele escura reluzindo na luz do sol. – Quando você chegou aqui?

– Há alguns segundos – Sebastian respondeu, virando-se.

Phillip veio gingando até nós. Ele bateu uma palma no ombro de Sebastian e fez um aceno com a cabeça na minha direção. Balancei os dedos para ele.

Os dois começaram a conversar sobre o jogo amistoso e o primeiro da temporada, na próxima sexta, enquanto eu fiquei ali cantando "Que mundo pequeno" na minha cabeça. Algum tempo depois, Keith voltou para depositar um copo vermelho de plástico na minha mão e outro na de Sebastian.

– Só um – disse ele, bebericando a espuma. – Tenho que voltar dirigindo hoje.

Keith bufou.

– Mariquinhas.

– Tanto faz. – Sem se incomodar, Sebastian pegou alguns pratos e nós partimos para comer os cheeseburgers. – Sabe o quarterback da equipe Wood? Ele arremessa muito...

Desliguei-me de novo da conversa enquanto bebia minha cerveja, até que vi Chris aparecer vindo pelo canto da casa. Afastei-me dos garotos e encontrei Megan e Abbi no portão.

– Graças a Deus vocês estão aqui – eu disse. – Eles estão falando sobre futebol americano. Nada além de futebol. Só isso. *Só* futebol.

– Cadê seu biquíni? – Foi a primeira coisa a sair da boca da Megan. Ela vestia uma bermuda e um top de biquíni. Metade do seu rosto estava coberto por óculos de sol pretos enormes. – Você e a Abbi não entendem nada de como se vestir em uma festa que envolva uma piscina.

Os cachos de Abbi estavam divididos em duas marias-chiquinhas.

– Falando sério, ela veio reclamando o caminho todo, sobre tudo e sobre todos.

– Foi um dia longo. – Ela apanhou o copo da minha mão e o levou até a boca, virando pelo menos a metade em um gole impressionante. – Antes de mais nada, aquele idiota ali – ela disse, estendendo, o dedo do meio na direção de Phillip – não me respondeu ontem à noite, e eu sei que ele estava aqui, assim como a Meg, e você sabe como Meg tem uma obsessão por ele há, tipo, dois anos.

Franzi os lábios. Não achei que a Meg Carr fosse obcecada por ninguém, mas, com sabedoria, me mantive em silêncio. Abbi não.

– Eu preciso te lembrar que vocês já terminaram? Quero dizer, você disse que estava conversando, mas isso não significa nada. Abbi inclinou-se para mim, apoiando o braço no meu ombro. – Então, qual o sentido?

– Existe um sentido. Vou chegar lá. – Outro gole profundo na minha bebida. – Ele diz que quer voltar comigo, e eu estou pensando na ideia. Mas se ele quiser voltar comigo, ele deveria, pelo menos, responder às minhas mensagens.

Abbi olhou para mim.

Fiquei em silêncio.

– Então meu primo idiota ali – seu dedo médio mirou Chris, que estava com Sebastian e os garotos –, que, diga-se de passagem, eu amo profundamente, estava mandando mensagens para a Mandi que nem um louco a caminho daqui. E eu tenho certeza de que ele já está meio aceso. Pensei que íamos todos ter uma morte horrível.

Meu estômago afundou de leve. Mandi era amiga da Skylar. Se Mandi estava saindo com o Chris, o que era um desdobramento recente, então ela estaria ali logo mais. Assim como Skylar, porque aquelas meninas viajavam em bandos.

Eu também, mas e daí?

– Essa última parte é verdadeira – confirmou Abbi. – Eu também pensei que a gente ia morrer.

– Finalmente, minha mãe queria que eu fosse jantar esta noite com ela e com o novo namorado dela. Que, por sinal, talvez seja só uns dez anos mais velho do que eu, e isso é nojento.

Olhei de novo para Abbi. Ela estava sorrindo ligeiramente, apesar do que ela suspeitava que sua família estivesse passando.

– Então eu tive que explicar para ela que esse era meu último fim de semana antes do meu último ano no colégio e a última coisa que eu queria era passá-lo com ela e com o cara que seria substituído por uma versão mais nova e mais brilhante dali a um mês.

– Uh-oh – murmurei.

Ela levantou meu copo mais uma vez.

– Isso foi muito bem, mas eu estou aqui, então eu venci. – Ela ergueu o copo em um brinde e o ofereceu de volta para mim.

– Pode ficar. – Acenei para o copo com desdém. – Parece que você precisa mais do que eu.

– Obrigada. – Megan se adiantou e beijou minha bochecha. – Você é minha melhor amiga.

Ela inclinou a cabeça para o lado.

– E quanto a mim?

– Você acabou de dizer que estava me doendo demais. Você foi rebaixada para o segundo lugar – Megan respondeu sobre a borda do copo.

Dei risada.

– Então a Dary está em terceiro lugar?

– Quando Dary vai voltar? – Megan perguntou, olhando ao redor.

– Amanhã – Abbi lembrou-a.

Sua expressão ficou decepcionada.

– Estou com saudade dela. A gente deveria tirar um monte de selfies e bombardeá-la sem parar.

Eu ri.

– Tenho certeza de que ela vai gostar disso.

– Mas, primeiro, como vão as coisas com o Sebastian? – Abbi perguntou, fazendo um aceno na direção dele.

– Bem – respondi rapidamente. – Vamos conversar depois. Tudo bem?

Abbi parecia querer protestar, mas ela deixou passar. Eu queria me divertir um pouco antes de ficar me preocupando com o que o Sebastian queria conversar comigo.

Passamos tempo demais tirando selfies aleatórias com todo mundo na piscina e em toda a propriedade, e as enviando para a Dary dos nossos celulares. Suas respostas inicialmente entusiasmadas tinham morrido, e conhecendo-a, ela provavelmente estava ficando muito irritada lá pela vigésima selfie, que meio que tornava tudo ainda mais divertido.

Mais tarde, Keith agarrou Abbi e girou com ela no colo. Ela pareceu horrorizada com o traje de Keith, mas eu também sabia que ela sentia um divertimento relutante com a situação. Ela se desvencilhou, gemendo sobre como ele parecia um idiota quando sorria. Algum tempo depois, Megan saiu de perto e se uniu a Phillip e a outro cara do outro lado da piscina.

– Ela realmente está pensando em voltar com ele? – perguntei para Abbi.

– Quem sabe? – ela suspirou. – Deus, espero que não. Eles são o Justin Bieber e a Selena Gomez de Clearbrook.

– A diferença é que ninguém quer que eles voltem?

Abbi deu uma gargalhada.

– Grande verdade.

Olhando pelo quintal, tentando me convencer de que eu não estava procurando o Sebastian, avistei Cody perto da grelha, copo na mão e cercado pelo resto dos garotos.

– Quando ele chegou aqui?

– Quem? Ah... Não faço ideia. – Abbi endireitou os óculos rosa-choque. – Muitas pessoas andam aparecendo aleatoriamente. É uma loucura.

Nós duas fomos até o cooler. Abbi pegou um refrigerante enquanto eu pegava uma garrafinha de água de dentro do gelo.

– Então, o Sebastian disse que quer conversar comigo mais tarde.

– Sobre? – Ela abriu a latinha.

– Não faço ideia. Normalmente ele não é tão evasivo. Mas estou pensando que é sobre o óbvio, sabe?

Abbi ficou quieta por um instante e depois disse:

– Você viu a postagem da Skylar no Instagram ontem à noite, né?

Meu estômago deu voltas.

– Vi.

– Talvez ele esteja planejando voltar com a Skylar – ela disse, e eu suspirei. – Ele pode querer dizer que eles vão voltar. Odeio dizer isso, mas depois de toda essa história de beijo, ele deve pensar que precisa te dizer alguma coisa – disse ela, levantando os óculos quando uma nuvem encobriu o sol.

– Bem, ele e a Skylar são o casal perfeito. – Olhei para os garotos. Keith estava balançando os quadris para a frente e dando tapas no ar.

– Você e o Sebastian formariam o casal perfeito.

De repente, eu queria me jogar debaixo dos arbustos.

– Não quero mais pensar nisso. É irritante... eu estou me irritando. De verdade. – Eu me virei para a Abbi. – Estou literalmente me deixando louca.

– Então você deveria encontrar um cara lindo para passar o tempo, até você ir embora para a faculdade.

– Agora você parece a Megan falando – eu disse. – Mas talvez eu encontre alguém para passar o tempo. De preferência, um cara lindo que goste de ler e tenha interesse em história.

– Isso parece coisa para namoro. Eu estava falando sobre ver Netflix e relaxar. – Seu tom era irônico. – Não vamos nos adiantar nas coisas.

Ri enquanto tomava um gole de água.

Abbi se virou enquanto Megan vinha dançando até onde estávamos. Ela parou na nossa frente, erguendo os óculos escuros.

– Pessoal, vocês não vão acreditar no que eu acabei de ouvir.

– O quê? – perguntei, feliz pela distração.

Animação tingia a voz da Megan.

– O Griffith e a Christie acabaram de sair com o Steven para se encontrar com uns caras obscuros da cidade para comprar coca.

Abaixei a garrafa de água. Eu não esperava de jeito *nenhum* que ela fosse nos falar isso.

– Nenhuma surpresa? – murmurou Abbi. – Eles não fizeram isso em julho? A Christie é toda errada. O Keith quase ligou para a emergência.

O queixo de Megan caiu.

– Você sabia disso? É uma coisa que eles fazem normalmente?

– Tão normal que eles vão comprar agora, pelo jeito – ela rebateu.

Eu fiquei pensando naquela coisa toda de eles estarem saindo para comprar cocaína, como se eles fossem a uma loja comprar batata frita e molho.

Jesus, isso era pesado.

Eu não era ingênua, mas fiquei surpresa que *eles* fossem os que sairiam para comprar essas coisas. Sério, eu ficaria surpresa se *qualquer um* que eu conhecesse usasse cocaína ou heroína.

– Bom, merda. – Megan olhou para o copo vermelho. Ele tinha sido reabastecido. – O Phillip está pensando em experimentar nesta noite. Tipo, ele quase foi com eles. Você acredita nisso?

Abbi curvou o lábio.

– Idiota.

– Não é? – Megan tomou um gole. – Eu vou gritar com ele. Volto daqui a pouco.

Minhas sobrancelhas se ergueram enquanto eu a via se afastar.

– Isso é… uau.

– Você acha que o Keith usa?

Enfiei o cabelo atrás da orelha.

– Eu nem sabia que eles usavam, então não tenho ideia.

– Bem, isso explicaria a sunga – ela disse com um suspiro pesado. – A pessoa só poderia estar chapada para pensar que era uma boa ideia.

Eu ri.

– Verdade.

– Oi. – A voz de Sebastian estava no meu ouvido um segundo antes de seu braço se curvar ao redor dos meus ombros. Um sopro de ar escapou de mim.

Seu peito quente e firme pressionava as minhas costas. Uma forte onda de arrepios percorreu minha coluna e meu rosto esquentou.

– Onde você esteve?

Abbi me encarou, sobrancelhas arqueadas.

Rapidamente me foquei na piscina.

– Eu estava bem aqui. Onde você estava?

– Em toda parte – respondeu ele, e ele me girou. O boné estava para trás novamente. Nossos rostos estavam a centímetros de distância, quase tão perto como quando estávamos no lago. Tão perto que eu podia sentir o leve odor de cerveja no seu hálito. – Então, eu tive uma ideia. Uma ideia que me envolve. E envolve você... ficando molhada.

Fiquei boquiaberta. Meu estômago veio parar no chão.

Ai, meu Deus.

– Sério? – Abbi gorjeou. – Mal posso esperar para ouvir mais dessa ideia.

Ai. Meu. *Deus.*

Ele sorriu ao estender a mão e tirar os óculos do meu rosto. Em seguida, ele os colocou no topo da cabeça.

– Bem, eu sou mais o tipo de pessoa que mostra em vez de falar.

Só o que eu consegui fazer foi encará-lo, pois senti que tinha entrado sem querer em uma realidade alternativa – o tipo que só existia nos romances superadultos que eu lia, em que as declarações públicas de amor eram abundantes e os finais felizes, uma promessa. Não consegui me desviar de seus olhos de pálpebras pesadas, tão azuis que quase pareciam surreais. Estávamos tão próximos que eu conseguia ver uma sarda minúscula que ele tinha debaixo do olho direito.

– O que você...? – sussurrei, perdendo minha voz por completo.

Sebastian baixou o queixo ao deslizar seus braços pelas minhas costas, enlaçando-me ao redor de sua cintura. Ele me puxou para junto do seu corpo, e meu coração estava batendo em um ritmo quase mortal.

Aquilo estava realmente acontecendo. Cercados pelos nossos amigos, aquilo estava realmente *acontecendo.*

Sua cabeça inclinada para o lado, e nossas bocas alinhadas.

– Lena, Lena, Lena.

Meus olhos se fecharam com idilismo, e eu senti seu hálito morno nos meus lábios. Cada músculo no meu corpo ficou rígido. Fiquei sem fôlego em antecipação, desejo e necessidade.

Estava acontecendo e, dessa vez, terminaria diferente.

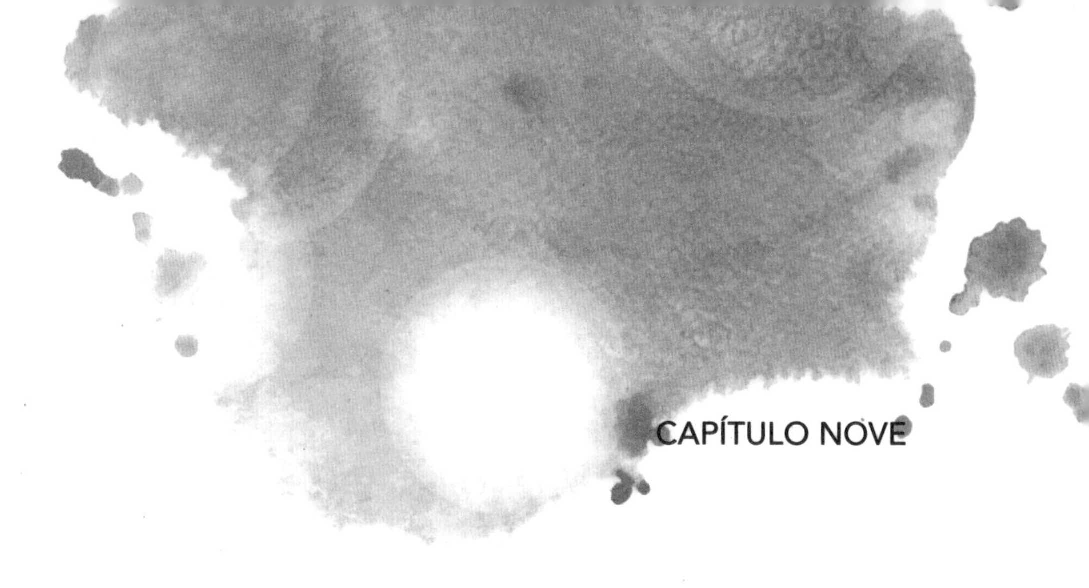

CAPÍTULO NOVE

Minhas mãos pousaram no peito dele e deslizaram para os ombros. Os gritos de riso e a batida da música soava a quilômetros de mim. Sebastian me moveu contra ele, abaixando o corpo e deslizando um braço debaixo das minhas pernas. Ele me levantou e meus olhos se arregalaram.

Sebastian beijou a ponta do meu nariz.

Logo em seguida, eu estava voando no ar, tão repentinamente que eu fiquei chocada demais para gritar.

Atingi a água gelada de bunda, e meus pulmões se trancaram quando eu afundei, braços agitados para cima. Afundei como um búfalo-asiático. Meus pés atingiram o fundo da piscina, e eu fiquei ali por um segundo de descrença.

O que tinha acabado de acontecer? Ai, meu Deus.

Achei que ele fosse me beijar, mas era só uma brincadeira. Era algo que Sebastian faria com sua *amiga*. Ele só estava se divertindo, como se nada tivesse acontecido entre nós na segunda-feira, e eu… eu era uma completa idiota.

Eu sabia que aparência aquilo tudo teria para as pessoas ao nosso redor. Eu, com meus olhos fechados e minhas mãos nos ombros dele.

Eu era uma *idiota*.

E eu ia me afogar.

Pulmões queimando, eu me impulsionei no chão da piscina e irrompi na superfície, espirrando água e xingando:

– Seu *cretino*!

– Ei, eu só estava ajudando você. – Sebastian estava na beira da piscina, um sorriso presunçoso no rosto marcante. – Me pareceu que você precisava esfriar um pouco a cabeça.

– Acho que esse não era o tipo de umidade que a Lena estava esperando – ironizou Abbi.

A cabeça de Sebastian virou bruscamente na direção de Abbi, e Megan, que tinha aparecido ao lado de Abbi enquanto eu estava me afogando na minha própria idiotice, engasgou com sua bebida e girou no lugar, antes de se afastar marchando da piscina. Sua mão espalmou seu rosto.

Afundei de novo abaixo da superfície, imaginando como eu estrangularia a Abbi. Ela estava *morta* na minha mão.

Mais envergonhada do que eu me sentira em muito, muito tempo, nadei até a margem rasa e saí me arrastando da água. Sebastian deu a volta na piscina, com a toalha de praia em mãos.

– Você fica superbonitinha molhada – disse ele.

– Cale a boca. – Subi os degraus largos.

– Eu meio que gosto de você assim.

Dobrando o corpo na altura da cintura, eu passei os cabelos por cima do ombro e o torci. Pingos grossos espirraram e empoçaram debaixo dos meus chinelos encharcados.

– Eu meio que quero bater em você.

– Para que tanta agressão?

Puxei minha camiseta, mas não adiantava. Estava colada ao meu corpo. A única coisa pela qual eu era grata era que minha camiseta não era branca e meu short não era folgado o suficiente para escorregar e cair.

– Vou te mostrar essa agressão na sua cara.

Ele inclinou a cabeça para trás e deu uma gargalhada ruidosa.

– Pode ser que eu goste.

– Ah, você não vai gostar. – Estiquei o corpo e peguei meus óculos de sua testa e os coloquei de novo no rosto. – Acredite em mim.

Keith passou caminhando por perto.

– Você realmente sabe como deixar uma garota molhadinha, Seb.

Meu rosto pegou fogo. Fechei as duas mãos em punhos ao lado do corpo.

– É, vocês dois não fazem a menor *ideia* – Abbi disparou de volta.

As sobrancelhas de Keith se ergueram.

– Ah, linda, eu ficaria de joelhos aqui e agora se você me deixasse te provar o quanto eu sou bom em deixar as garotas...

– Isso é tudo o que eu preciso ouvir para saber que você não faz ideia do que está fazendo. – Abbi ergueu a mão, silenciando-o. – Se você soubesse, não teria que sair aí anunciando.

– Ela tem razão – comentou Sebastian.

Keith riu e esticou o braço para puxar a maria-chiquinha de Abbi.

– Eu posso provar que você está redondamente enganado. Me dá cinco minutos.

– Cinco minutos? – Ela riu sem humor.

Apanhando a toalha da mão de Sebastian, passei com tudo por ele e andei até onde o pátio dava acesso à casa da piscina e ao fosso de ferraduras para evitar alguma coisa como, digamos, dar um soco na garganta dele.

– Isso foi meio idiota, não foi?

Girei e vi Cody em pé ali, uma garrafa na mão. Por que eu não poderia simplesmente me esconder no meu canto e marinar na minha tolice sozinha? Era pedir muito?

– Foi – murmurei.

– Você parece muito brava com tudo isso – ele apontou.

Respirei fundo e levantei o olhar.

– Alguém já te disse que você é muito observador?

Ele riu baixinho, levantando a garrafa.

– Ei, não fui eu que te jogou na piscina como se fosse uma bola de basquete.

Envolvendo a toalha ao redor dos meus ombros, contei mentalmente até dez. Cody não tinha feito nada de errado.

– Então, o que você está fazendo?

– Nada, na verdade. – Ele tomou um gole da garrafa. – Tentando decidir se eu estou a fim de ficar aqui ou de ir a outro lugar.

Se por um lado eu não estava a fim de conversar, também não queria fazer mais nada. Abbi ainda estava discutindo com Keith, e Sebastian estava com Phillip e Megan, perto das espreguiçadeiras.

– O que mais você planejou?

– Não faço ideia. Só não estou muito a fim hoje, sabe? – Cruzando as pernas na altura dos tornozelos, ele se inclinou contra a lateral da casa, olhando na direção da piscina. – Você está sem uma das suas amigas, não está?

Confirmei com a cabeça.

– Dary. Ela está numa viagem familiar em Washington.

– Parece legal. – Pela sua voz, não parecia que ele acreditava naquilo. – Até que horas você pretende ficar aqui?

Estava começando a escurecer, então eu sabia que já passava das oito. Eu já tinha ficado até mais tarde do que previa.

– Não por muito mais tempo. – Basicamente, eu só queria ir para casa e comer os biscoitos que minha mãe tinha comprado.

– É óbvio que você também não está no clima da festa. – Ele virou o corpo na direção do meu. – A gente poderia roubar as chaves do Sebastian e sair para dar uma volta.

Engoli meu resmungo.

– Sim, mas não acho que seria sensato.

– O quê? – Um sorriso brincalhão repuxou seus lábios. – Seria divertido.

– Ahan. – Chutei meus chinelos dos pés. Eu esperava que o caminho de pedra estivesse aquecido com calor suficiente para secá-los. – Em primeiro lugar, tenho certeza de que você não vai conseguir roubar as chaves que estão atualmente no bolso da bermuda dele.

– Você tem tão pouca fé em mim – ele respondeu. – Eu tenho a mão leve.

– Tenho certeza de que sim, mas desde que ouvi que você voltou com a Jessica, duvido seriamente de que ela vá ficar feliz de saber que a gente roubou as chaves do Sebastian juntos – falei para ele. – E eu realmente não quero esse tipo de drama.

– Droga, as notícias viajam rápido, hein? – Cody balançou a cabeça. – A Jessica pode ser meio irritável.

– Essa é uma descrição bem modesta da Jessica – eu disse, rindo um pouco. – Não estou tentando ser malvada nem nada.

– Não, eu te entendo. – Ele cutucou meu braço de leve. – Vamos ter companhia daqui a pouquinho.

Não tive chance de olhar por cima do ombro.

– Ei – Sebastian disse atrás de mim. – Estou interrompendo alguma coisa?

Ficando tensa na hora, eu me recusei a girar e encará-lo.

– O Cody e eu estamos conversando.

– Estou vendo. – Sebastian mudou de lugar e parou do meu lado; tão perto que eu podia sentir o calor irradiando de seu corpo. – Sobre o quê?

– Estávamos planejando coisas nefastas – respondeu Cody.

Sebastian deu uma risadinha.

– E você por acaso sabe o que *nefasto* significa?

– Droga, Seb. – Cody tossiu uma risada. Ele deu um passo ao lado e inclinou a garrafa na minha direção. – Divirtam-se com tudo isso. – Ele então apontou para Sebastian com a boca da garrafa. Ele sorriu. – É bom saber que você tem um treino extra amanhã com o treinador. Você ficou fora o mês inteiro. Não quero que você fique segurando o time.

– Não precisa se preocupar comigo segurando ninguém – respondeu Sebastian.

– Claro, falou – disse Cody, girando no lugar e saindo de perto.

Lancei um olhar para Sebastian.

– Foi meio falta de educação, não acha?

– Na verdade não. Pensei em vir aqui e te salvar de ficar presa em uma conversa com ele.

– Não me lembro de te enviar um sinal de socorro.

– Uau. – Ele entrou na minha frente bem quando as luzes cintilantes penduradas ao longo das árvores ganharam vida. Suas sobrancelhas franziram. – Isso foi um pouco...

– Eu iria com calma com o que você está pensando em dizer – alertei olhando bem para ele. – Escolha suas palavras com sabedoria.

Ele abriu a boca para falar e a fechou em seguida. Virando-se de lado, ele tirou o boné, passou os dedos pelo cabelo e o colocou de novo na cabeça.

– Você está irritada porque eu interrompi vocês dois?

Ah. Claro. *Esse* era o motivo. Senti minhas bochechas esquentando e fiquei grata pelas luzes externas não estarem muito fortes. Uma onda de frustração varreu minha pele como um exército de formigas-lava-pés.

– Sei lá.

– Espere. – Ele riu, mas o tom foi rouco. – Você está, tipo, *interessada* no Cody?

– O quê?

– Você está a fim do Cody? – ele repetiu.

Eu me enrolei mais na toalha. *Não* podia estar ouvindo direito. Eu tinha acabado de beijá-lo, e ele estava me perguntando isso?

– E se eu estivesse?

Ele me olhou como se eu tivesse acabado de admitir que ia largar a escola para buscar uma carreira de artista de rua.

– O Cody é um jogador, Lena. Ele já ficou com metade da escola. Ele voltou com a...

– Eu sei o que ele é, mas o que eu não sei é por que você se importa – disparei de volta, fazendo um esforço para manter minha voz baixa.

Sebastian me encarou, descrença esculpida no seu rosto.

– Você nunca teve interesse nele. Nunca. E agora tem?

Beleza, eu não tinha o menor interesse do mundo no Cody, mas essa conversa era ridícula.

– Por que você está falando sobre isso? Você não estava com a Skylar ontem à noite?

O queixo de Sebastian deu um tranco para o lado.

– O que isso tem a ver com essa conversa que estamos tendo?

Meu ar fez um buraco de fogo no meu peito, e eu conseguia sentir o gosto da amargura metálica e da inveja rançosa, sentimentos que existiam sob a superfície por tempo demais. Sentimentos que eu tinha escondido e fingido que não existiam havia anos. Agora, porém, era como se eu estivesse desnuda, minha pele esfolada e em carne viva, e não havia mais como me esconder.

Ele esfregou a palma sobre o peito, bem acima do coração.

– Na verdade, eu não acredito que estamos tendo essa conversa.

Tive um sobressalto.

– Você não acredita que estamos tendo essa conversa? Foi você que começou e, sabe de uma coisa, eu não estou a fim de falar com você no momento. Estou brava.

– Brava comigo? – Suas sobrancelhas dispararam para o alto. – Sobre o quê?

Soltando a toalha, eu olhei para mim acentuadamente. Uma pequena poça de água tinha se formado debaixo dos meus pés. Eu sabia no fundo da minha mente que ficar zangada por ele ter me jogado na piscina não tinha nada a ver com o ato em si. Droga, ele já tinha feito isso antes. Até *eu* já o tinha empurrado na piscina do Keith algumas vezes. Mas eu queria ficar brava, porque ficar brava era melhor do que sentir vergonha, mágoa e *decepção.*

– Você está brava comigo de verdade por causa disso? – Ele recuou. – Que diabos? Você está...

– Eu te beijei! – No momento em que eu disse essas palavras, um nó se formou no fundo da minha garganta.

Seu maxilar ficou tenso quando ele abaixou a cabeça na direção da minha.

– O quê?

– Eu te beijei na segunda, e foi... foi sem querer. Aconteceu e antes... antes que eu pudesse dizer *qualquer coisa*, você praticamente saiu correndo. E na hora que você me jogou na piscina, eu achei que você fosse me beijar – eu disse, respirando fundo e me sentindo um pouco enjoada. – Foi isso que eu achei que você ia fazer.

Na luz tênue, seus olhos pareciam o oceano à noite, um azul-escuro e profundo.

– Lena, eu pensei...

– Sebastian!

Ele teve um sobressalto ao som da voz de Skylar, e depois olhou por cima do ombro, seu peito subindo e descendo intensamente.

Ah, pelo amor de Deus...

Ela estava caminhando pela calçada, trajando um vestido de alças que chegavam até o alto de suas coxas. Caminhava tão depressa que seus cabelos voaram de cima dos ombros. Parecia que ela estava desfilando em uma passarela.

– Aí estão vocês. Eu procurei vocês em toda parte.

Pressionando os lábios, eu lutei contra o ímpeto de salientar que nós não estávamos necessariamente escondidos e, portanto, não era difícil nos encontrar. Assim, na realidade, ela não precisava nos procurar *em toda parte.*

Skylar tinha aquele sorriso de Miss América no rosto quando veio até nós. Ela colocou a mão no braço de Sebastian, e eu concentrei minha visão no solo.

– Podemos conversar um instante? – ela perguntou.

Fechei meus olhos brevemente, sabendo que ele ia dizer que sim, e era hora de eu pôr um fim a essa conversa antes que mais danos graves fossem provocados. Enfiei os pés no chinelo.

– Preciso ir... ali.

Sebastian virou-se para mim.

– Lena...

– Te vejo daqui a pouco – intervim, forçando um sorriso para Skylar.

Ela sorriu de volta, e eu acho que ela disse alguma coisa, mas não a ouvi acima do zumbido nos meus ouvidos enquanto eu voltava correndo para a piscina, indo imediatamente atrás de Abbi.

– Tudo bem? – Ela estava sentada na beirada de uma espreguiçadeira. Keith estava apoiado na cadeira, e em algum momento ele deve ter decidido que precisava se livrar da sunga, já que ele agora vestia uma bermuda e uma camiseta. Era uma melhoria definitiva.

– Tudo. – Fiz um *hum-hum* no fundo da garganta para recuperar a voz. – Tudo ótimo.

Ela parecia estar na dúvida quando olhou de novo na direção da casa da piscina. Ela abriu a boca, mas eu a interrompi.

– Vamos conversar amanhã.

– Tá bom. – Ela deu um tapinha no espaço ao lado dela. – Sente-se comigo.

Sentei na beirada da cadeira, de costas viradas para a casa da piscina, e eu não olhei por cima do ombro. Nem mesmo uma vez. Enquanto eu fiquei ali, ouvindo a tentativa de Keith e Abbi de superar um ao outro no duelo de palavras, eu disse para mim mesma que tudo o que tinha acontecido com Sebastian não importaria. Esta noite estava um lixo. Mas amanhã seria um dia melhor.

Amanhã tinha que ser.

HOJE

CAPÍTULO DEZ

DOMINGO, 20 DE AGOSTO

Eu não conseguia me mexer. Tudo doía – minha pele parecia esticada demais, os músculos queimavam como se estivessem em chamas, e meus ossos doíam até a medula. Nunca senti uma dor dessas antes. Eu mal conseguia respirar com ela.

Meu cérebro parecia imerso em névoa e cheio de teias de aranha. Tentei levantar os braços, mas estavam pesados, como se cheios de chumbo. Confusão rodopiava dentro de mim.

Achei que estava ouvindo um bipe constante e o som de vozes, mas tudo parecia muito distante, como se eu estivesse de um lado do túnel e todo o resto estivesse do outro. Eu não conseguia falar. Havia… havia alguma na minha garganta, no *fundo* da minha garganta. Meu braço se contorceu sem aviso-prévio, eu senti um puxão em cima da minha mão.

Por que meus olhos não se abriam?

O pânico começou a tomar conta de mim. Por que eu não conseguia me mexer? Alguma coisa estava errada. Alguma coisa estava *muito* errada. Eu só queria abrir os olhos. Eu queria…

Eu te amo, Lena.

Eu também te amo.

As vozes ecoaram na minha cabeça, uma delas era minha. Definitivamente minha, mas a outra...

– Ela está começando a acordar. – Uma voz feminina interrompeu meus pensamentos em algum lugar do outro lado do túnel.

Passos se aproximaram e um homem disse:

– Vou aplicar o propofol agora.

– Esta é a segunda vez que ela acorda – respondeu a mulher. – Uma lutadora e tanto. A mãe vai ficar feliz em ouvir isso.

Lutadora? Eu não entendia o que eles estavam falando, por que eles pensavam que minha mãe ficaria feliz em ouvir isso...

Talvez eu deva dirigir?

A voz de novo, na minha cabeça, e era minha. Eu tinha certeza de que era minha.

O calor atingiu minhas veias, começando na base do crânio e depois me inundando, cascateando pelo meu corpo; logo não havia mais sonhos, nem pensamentos, nem vozes.

QUINTA-FEIRA, 22 DE AGOSTO

NÁUSEA REVIRAVA MEU ESTÔMAGO.

Foi a primeira coisa que eu notei quando a escuridão sufocante que me encobria aliviou novamente. Eu sentia ânsia, como se eu pudesse vomitar, como se *houvesse* alguma coisa no meu estômago.

Tudo doía.

Minha cabeça latejava, descia pela minha mandíbula, mas a pior dor vinha do meu peito. Cada respiração minha queimava meus pulmões, e não parecia me aliviar em nada. Eu precisava inspirar mais vezes para conseguir oxigênio suficiente. Havia um aperto estranho, como elásticos esticados ao redor do meu peito.

Fazendo um esforço para compreender o que estava acontecendo com o meu corpo, eu me esforcei para abrir os olhos. Nada aconteceu de início, como se as pálpebras tivessem sido costuradas, mas eu me esforcei e me esforcei até conseguir descolá-las.

A luz forte me ofuscou, me forçou a perder todo o progresso e a fechar os olhos de novo. Eu queria me encolher. Eu me mexi um pouco, depois parei quando pontadas de dor dispararam pelo meu corpo para cima e para baixo.

O que tinha de errado comigo?

– Lena? – A voz se aproximou. – Lena, você está acordada?

Eu conhecia a voz – pertencia à minha irmã. Porém, isso não fazia sentido, pois ela deveria estar em Radford. Na *faculdade*. Eu acho.

Eu não fazia ideia de que dia era. Sábado? Domingo?

Dedos frios tocaram meu braço.

– Lena?

Tentando de novo, eu abri os olhos, dessa vez preparada para a luz. Minha visão clareou, e eu vi um teto rebaixado, como o tipo que havia na minha classe. Baixando o olhar, eu olhei para a direita e vi Lori sentada em uma das duas cadeiras ao meu lado.

Era ela.

Mas *não era*.

Minha irmã parecia horrível, e ela *nunca* estava com a aparência ruim. Era geneticamente programada para estar sempre incrível, mesmo de manhã; mas, no momento, seu cabelo parecia sujo e tinha sido preso em um coque de qualquer jeito. Seus olhos estavam vermelhos e a pele abaixo dele estava inchada e rosada. A camiseta cinzenta da Universidade Radford estava amassada.

– Oi – ela sussurrou, sorrindo, mas havia alguma coisa de errado com seu sorriso. Era fraco e tenso. – Você está acordada, bela adormecida.

Será que eu estava dormindo há muito tempo? Parecia que sim. Como se eu estivesse adormecida há dias. Só que esse não era meu quarto. Umedeci os lábios. Pareciam secos, assim como minha boca e garganta.

– O que...? – Fiquei sem ar e estava difícil pronunciar as palavras. – O que está acontecendo?

– O que está acontecendo? – ela repetiu, e depois fechou os olhos com força. A pele enrugou nos cantos. – Você está na UTI, em Fairfax. No INOVA – ela disse baixinho, abrindo os olhos e olhando para a porta.

– Eu... eu não entendo – sussurrei com a voz rouca.

Seu olhar disparou de volta para o meu.

– O quê?

Pronunciar as palavras era exaustivo.

– Por que estou... na UTI?

Os olhos de Lori encontraram os meus.

– Você se envolveu em um acidente de carro, Lena. – Um acidente muito... – A respiração dela engatou na garganta, e Lori respirou fundo. – Um acidente muito grave.

Um acidente de carro? Eu a encarei por um instante, depois desviei o olhar dela e voltei para o revestimento rebaixado do teto e para as luzes ofuscantes. Um segundo se passou e eu virei minha cabeça de leve, apertando os olhos diante da dor ferrenha que ricocheteou de uma têmpora à outra. As paredes eram brancas, ladeadas com caixas e contêineres marcados como material perigoso.

A sensação de puxão no dorso da minha mão fez mais sentido. Era um acesso intravenoso. Eu estava sem dúvidas em um hospital, mas um acidente de carro? Procurei algo na minha cabeça, mas... estava cheia de sombras com memórias encobertas por elas.

– Eu... eu não me lembro de um... acidente de carro.

– Jesus – Lori murmurou.

A porta se abriu e eu vi minha mãe. Um homem alto e magro a seguia, usando um avental branco de laboratório. Minha mãe se deteve quase imediatamente, unindo as mãos com força na frente do peito. Sua aparência era tão ruim quanto a de Lori.

– Ah, querida... – Minha mãe chorou já vindo até a cama às pressas.

Uma memória subiu à superfície. Palavras... palavras que tinham sido faladas para mim. *Você me ama o suficiente para entrar na minha casa comigo no colo, passar pela minha mãe e me colocar na cama?*

Alguém tinha dito isso para mim – lá fora, na calçada da garagem da casa de Keith. A voz voltou a mim da escuridão, estranhamente familiar. *Mas só depois de eu parar no McDonald's para comprar nuggets de frango.*

Nuggets de frango?

A memória saiu flutuando assim que se formou, e eu não consegui localizar a quem pertencia a voz ou dizer se era real ou apenas um sonho.

– Graças a Deus. – Minha mãe se curvou sobre mim, beijando minha testa com cuidado e depois meu nariz e então meu queixo. – Ah, graças a Deus. Graças a Deus. – Ela beijou minha testa de novo. – Como você está se sentindo?

– Confusa – forcei. Muito, extraordinariamente confusa.

– Ela não se lembra. – Lori se levantou, passando as mãos nos quadris. – Ela não se lembra de nada sobre o acidente.

– Não é incomum com esses tipos de ferimentos, em conjunto com a sedação pesada – comentou o homem com avental branco. – A memória dela deve voltar totalmente ou com alguns buracos depois que tirarmos tudo do organismo dela.

Sedação pesada?

Minha mãe assumiu o lugar de Lori, sentada no lugar mais perto da cama. Ela pegou minha mão, a com o acesso.

– Este é o dr. Arnold. Foi ele que... – Baixando o queixo, ela balançou a cabeça ao inspirar o que parecia o fôlego preso.

Eu sabia que qualquer coisa que ela dissesse seria muito grave e fiquei olhando para ela. Eu a vi na minha mente, sentada à mesa da cozinha, debruçada em contratos. Ela estava usando os óculos de leitura, e me disse que quando meu celular tocasse de novo, eu tinha que atender. E ela disse mais alguma coisa.

Tenha cuidado.

Sempre.

Quando tinha sido? Sábado. O sábado antes...

O dr. Arnold sentou-se na beira da mesa, cruzando um joelho sobre a colcha.

– Você é uma mocinha de muita sorte.

Focada nele, decidi que iria aceitar as palavras dele, pois eu não tinha ideia do que estava acontecendo.

Minha mãe apertou minha mão e, quando olhei para ela, ela parecia estar à beira das lágrimas. Seus olhos estavam tão inchados e vermelhos quanto os da Lori.

O médico estendeu a mão para a frente da cama e ergueu o prontuário.

– Além de cansada, como você está se sentindo?

Engoli e foi como lixa esfregando uma na outra.

– Cansada. E eu... não estou me sentindo bem.

– Esse provavelmente é o efeito residual da sedação – ela disse, passando os dedos pelo centro da prancheta. – Estamos medicando você com analgésicos fortes no momento, então você pode sentir um pouco de náusea. Dito isso, como está a dor?

– Hum... minha cabeça dói. – Olhei para minha mãe, e ela sorriu de forma encorajadora. – Meu peito está doendo. Tudo... dói.

– Você levou uma pancada e tanto – respondeu o dr. Arnold, e meus olhos se arregalaram. Uma pancada? Eu achei que fosse o acidente. Antes que eu pudesse perguntar, ele continuou: – Você sofreu uma concussão, mas não há indícios de inchaço no cérebro. Enquanto isso se mantiver, estamos fora de perigo nesse departamento. – Ele verificou o prontuário. – Você pode ter se dado conta de que seu braço esquerdo está fraturado. Ficará engessado por algum tempo entre três a seis semanas.

Pisquei devagar. Um gesso?

Mas meu braço *não podia* estar fraturado. Eu tinha treino, e jogos se aproximavam.

Ergui meu braço esquerdo; ele estava latejando. Sim. Definitivamente havia um gesso ao redor do meu antebraço. Meu olhar se voltou de novo para o médico. Nada a respeito disso parecia real.

– Eu... eu não posso ficar de gesso. Eu jogo vôlei.

– Querida. – Minha mãe apertou minha mão delicadamente de novo. – Não precisa se preocupar com o vôlei agora. Essa é a última coisa com que você deveria se preocupar.

Como eu podia não me preocupar? Era meu último ano no colégio. O treinador achava que eu poderia chamar a atenção de um olheiro, e a Megan ficaria muito zangada se eu não pudesse jogar.

O dr. Arnold fechou o prontuário.

– Você teve alguns ferimentos muito sérios, Lena, incluindo trauma no seu peito, que causou um pneumotórax bilateral.

Olhei para ele sem entender. Pneumo o quê?

Ele sorriu de leve, obviamente lendo a minha confusão.

– Basicamente significa que entrou ar na sua cavidade torácica, o que exerceu pressão no pulmão e impediu que ele se expandisse. Frequentemente acontece só de um lado e a punção é tão mínima que a única coisa necessária é extrair o ar.

Eu tinha a sensação, baseada em como as laterais do meu corpo pareciam envolvidas em faixas elásticas, que não era o que tinha acontecido aqui.

– No seu caso, você quebrou costelas dos dois lados e, com isso, perfurou o tórax de ambos os lados, então seus dois pulmões colapsaram e ficaram incapazes de compensar. Por mais que eu enfatize a gravidade da situação, não seria o suficiente. Quando ficamos com os dois pulmões comprometidos, não costumamos ter uma conversa com o paciente depois.

Minha mãe ergueu a outra mão e passou sobre o rosto. Ela parou com os dedos cobrindo a boca.

O médico passou um braço ao redor do joelho.

– Tivemos que operar dos dois lados. – Ele fez um gesto para indicar a localização em seu corpo. – Para remover o ar e selar os vazamentos.

Puxa.

Vida.

– Queríamos dar tempo para seus pulmões se recuperarem, então deixamos você fortemente sedada com o respirador mecânico, mas não queríamos deixar você inconsciente por muito tempo. Você estava pronta para acordar ontem. – O dr. Arnold sorriu novamente.

Eu tinha uma vaga lembrança de ouvir as pessoas falando sobre me acordar, mas alguma outra coisa existia na periferia. Outras pessoas falando. Alguém gritando – não, o grito não era do hospital.

– Como eu disse, você é uma mocinha muito sortuda. Conseguimos remover o tubo de ventilação, mas vamos manter você na UTI por mais um dia ou dois, já que sua pressão sanguínea está um pouco baixa. Queremos ficar de olho nisso.

Eu entendia o que ele estava dizendo e fazia sentido, mas uma grande parte de mim não conseguia acreditar.

– Quando acharmos que você está pronta, vamos passá-la para a recuperação, para monitorar eventuais infecções e inflamações. Vamos começar a fazer exercícios respiratórios com você ainda hoje, e amanhã vamos tirar você dessa cama, fazê-la andar um pouquinho.

Eu mal conseguia processar tudo isso.

– Se tudo correr bem, o que eu acredito que vai acontecer, você estará de volta em casa no início da semana que vem.

Início da semana que vem?

– Você vai ficar um pouco roxa e dolorida por mais algum tempo, e eu acho que o vôlei vai ficar de lado por bastante tempo.

Meu coração afundou. Não. Eu tinha que jogar. Eu poderia...

– Mas você deve ficar cem por cento curada e não deve haver sequelas de longo prazo, com razoáveis exceções. Mas vamos abordar esse assunto mais para a frente. – O dr. Arnold ficou de pé. O que será que ele queria dizer com *razoáveis exceções*? – O cinto de segurança salvou a sua vida. Se os outros estivessem usando...

– Obrigada – minha mãe interveio rapidamente. – Muito obrigada, dr. Arnold. Não consigo expressar o tamanho da minha gratidão... o tamanho da nossa gratidão, pelo que o senhor fez.

Espere um segundo. Havia algo faltando aqui. Algo mais importante do que voleibol e drenos torácicos. Como cheguei aqui? O que aconteceu?

– Os outros? – ofeguei, olhando para Lori.

Minha irmã empalideceu e largou o corpo na cadeira ao lado de onde minha mãe estava.

O rosto do dr. Arnold ficou sem expressão, como se ele tivesse colocado uma máscara no lugar. Ele disse algo sobre quanto tempo esperava que eu fosse ficar no hospital e depois se mandou dali.

Desviei o olhar para a minha mãe.

– O que... o que ele quis dizer sobre os outros?

– Qual é a última coisa de que você se lembra? – minha irmã perguntou quando não houve resposta.

Minha mãe olhou para ela com o olhar intenso.

– Agora não, Lori.

– Sim. – Inspirei superficialmente. – Sim. Agora. – Tentei examinar as lacunas e as partes vazias. Eu me lembrava de ter falado com a minha mãe no sábado, de dizer que eu... – Eu fui... à festa do Keith. – Fechando meus olhos, eu ignorei a dor latejante na minha cabeça. – Eu me lembro...

– Lembra o quê? – minha mãe sussurrou, deslizando lentamente para baixo.

Minha mandíbula bateu quando fechei os dentes. A festa na piscina. Sebastian. Pensando que ele iria me beijar de novo. Sendo jogada na piscina. Falando – não, *discutindo* – com ele depois, então...

– Eu me lembro de estar sentada com... com a Abbi na beira da piscina e... não me lembro de mais nada.

Eu te amo, Lena.

Eu também te amo.

Quem disse isso? Abbi? Megan? Era uma delas. Levantei a mão, frustrada, estremecendo quando o acesso repuxou minha pele.

Minha mãe segurou minha mão e, com cuidado, a levou para seus lábios. Ela pressionou um beijo nos meus dedos.

– Você acabou de receber um balde de informações de uma vez agora. Você deveria estar descansando para poder sair daqui e voltar para casa. Podemos conversar sobre isso mais tarde.

O que o médico tinha dito? O cinto de segurança salvou minha vida, mas os *outros*... ele falou de um jeito que parecia que os outros não... *Ai, meu Deus*. Havia outras pessoas no carro comigo.

– Não. – O sinal sonoro nas máquinas ficou mais intenso, equiparando-se com meus batimentos cardíacos. Tentando me sentar, senti que estava sendo arrastada pela cama. – Quero saber... sobre isso... Quero saber o que... aconteceu... agora.

Lágrimas encheram os olhos da minha mãe.

– Querida, não acho que é a melhor ideia falarmos sobre isso agora.

Alguém gritou – Megan?

– Sim – falei entre dentes. – Sim, é sim.

Minha mãe fechou os olhos brevemente.

– Não sei como te dizer isso.

– Apenas diga – implorei. Meu coração batia tão depressa que eu achei que iria rasgar meu peito. Seria a Megan? Não. Abbi? Não consegui respirar. Sebastian? Ah, Deus, Sebastian tinha me dado uma carona na volta da festa no Jeep dele. Ai, Deus.

Tombei a cabeça para trás, com dificuldade para fazer o ar entrar nos meus pulmões.

Minha mãe cuidadosamente abaixou meu braço.

– Você não estava no carro sozinha.

Ai, Deus. Ai, Deus.

Uma pressão se fez em mim enquanto meus olhos se moviam freneticamente da minha mãe para Lori. Minha irmã olhou para a janela pequena, fechando seus olhos apertados.

– Você estava no carro com a Megan e... e com o primo dela, Chris. O Phillip e o Cody estavam com você também. – Lori piscou me encarando, e então eu as vi: as lágrimas escorrendo por suas bochechas. – Sinto muito, Lena. Eles... eles não sobreviveram.

CAPÍTULO ONZE

– Não – sussurrei, encarando a Lori. – Não. Isso... não está certo.

Baixando a cabeça, ela colocou as mãos sobre o rosto. Seus ombros sacudiam, e um tremor percorria meu corpo. Meu coração estava acelerado, eu lutava para respirar ar suficiente.

– Não – eu disse de novo.

– Sinto muito – respondeu ela.

Desviei meu olhar para a minha mãe.

– Ela está errada. Né? Mãe, ela... ela tem que estar errada.

– Não, querida. – Minha mãe ainda segurava minha mão... segurava forte. – Eles... eles faleceram.

Balançando a cabeça lentamente de um lado para o outro, soltei minha mão. Levantei meu braço esquerdo. Uma pontada aguda irradiou até o meu ombro.

– Eu não... entendo.

Minha mãe inspirou fundo várias vezes e pareceu se recompor. O brilho das lágrimas reluzia nos olhos dela quando se inclinou e repousou as mãos ao lado do meu quadril.

– Você não se lembra de nada sobre o acidente de carro?

Eu tentei naquele momento, tentei de verdade, mas só conseguia me agarrar a fragmentos de conversas. Algo sobre nuggets de frango e eu... Eu poderia, se tentasse bastante, me lembrar de estar na calçada da garagem de Keith, olhando para Cody e pensando alguma coisa e dizendo...

Talvez eu deva dirigir?

Essa tinha sido eu. Eu tinha feito essa pergunta. Eu sabia que era eu. A sensação de mal-estar ressurgiu, de hesitação e preocupação. Eu me vi parando na porta traseira do lado do passageiro de uma SUV – da SUV de Chris. *Talvez eu deva dirigir?*

Não, *não.*

Fechei os olhos com força sentindo um nó de emoção se expandir no meu peito. Eu não entendia. Eu estava sentada com Abbi. Sebastian é que tinha me levado à festa. Como eu tinha acabado no carro com eles? Como a Megan...

Não conseguia pensar nisso. Simplesmente não conseguia.

– O que aconteceu? – falei com voz rouca. – Me contem... tudo.

Vários momentos se passaram.

– A polícia... um policial bateu na porta às onze da noite. Eu ainda estava acordada. Eu estava na cozinha, e quando olhei para fora e vi, sabia que algo tinha acontecido. A polícia não aparece simplesmente... – minha mãe se interrompeu, e eu abri meus olhos. Os lábios dela tremeram. – Ele me disse que tinha sido um acidente de carro muito grave e que o resgate tinha levado você de helicóptero para o INOVA. Que eu precisava ir para o hospital imediatamente.

– Ela me ligou quando saiu. Eu dirigi até aqui durante a noite. – Lori esfregou a mão sobre a testa. – Não nos disseram nada no começo. Ouvimos dizer que dois pacientes foram trazidos para cá. Ambos estavam em cirurgia.

Mexi as pernas debaixo do cobertor fino.

– Dois? Será...

– Foi o Cody – Lori disse, sacudindo a cabeça e olhando para o teto. – Ele faleceu ontem à noite.

Ontem à noite? Domingo?

– Como?

– Não sabemos exatamente. Eu não falei com os pais dele desde que foram chamados ao quarto do Cody – respondeu minha mãe, seu olhar procurando o meu. – Tudo o que sei é que ele teve um trauma grave na cabeça. Acho que não... – Ela soltou a respiração com força. – Não acho que eles esperavam que ele acordasse.

Não. Ele não podia ter partido. Lembrei de conversar com ele na casa do Keith. Ele estava brincando que iria roubar as chaves do Sebastian e dar uma volta. Ele não podia estar... ele não podia estar morto. Cody era... era o lançador. Ele jogaria na partida de sexta-feira à noite, ao lado de Chris e Phillip. Havia rumores de que Cody iria jogar no time da Penn State. Ele tinha acabado de falar comigo, não tinha? Estava brincando e se divertindo.

Mas se Chris e Phillip estavam com a gente também, isso significava... significava que eles não...

Minha boca se moveu, mas não consegui encontrar palavras. Não consegui encontrar em mim a coragem de perguntar o que eu precisava perguntar. Eu não podia enfrentar o que eu queria saber. Um nó se formou no fundo da minha garganta enquanto eu continuava mexendo os lábios, mas não havia som.

Minha mãe tocou meu braço direito, a pressão leve, e ela soltou um suspiro trêmulo.

– A Megan e os outros morreram... Eles acham que morreram no impacto. Nenhum deles estava usando cinto de segurança.

– Como? – perguntei, e nem sabia por que eu estava perguntando. Eu tinha respostas suficientes para entender o que ela estava dizendo. Cody havia partido. Phillip e suas camisas muito, muito idiotas, haviam partido. Assim como Chris.

E Megan... Nós íamos para a faculdade juntas. Talvez até jogar voleibol universitário. Ela era uma das minhas amigas mais íntimas, minha amiga que falava mais alto e era a mais espontânea. Ela não poderia ter partido. Não era assim que essas coisas aconteciam.

Mas Megan partiu.

Todos eles tinham partido.

Lágrimas se reuniram ao redor dos meus olhos.

– Como? – repeti.

Minha mãe não respondeu. Foi Lori quem falou e não olhou para mim.

– O noticiário disse que eles foram lançados do carro. A SUV bateu com a lateral em uma árvore e depois capotou algumas vezes.

O noticiário? Isso passou no *noticiário*?

Eu não tinha ideia do que pensar, exceto que aquilo não poderia ser real. Pressionando a cabeça contra o travesseiro, ignorei a dor fulgurante que disparou pela minha coluna. Eu queria sair da cama. Eu queria sair daquele quarto, me afastar de Lori e da minha mãe.

Eu queria voltar para casa, onde tudo era normal e certo. Onde o mundo ainda girava e estava tudo bem. E todos estavam vivos.

Minha mãe disse alguma coisa, mas não ouvi enquanto fechava com força meus olhos borrados. Lori respondeu, mas suas palavras não faziam sentido para mim. Contei até dez, dizendo para mim que, quando eu abrisse os olhos, estaria na minha cama, em casa, e que isso – tudo isso – seria um pesadelo. Porque não podia ser real. Não poderia ter acontecido.

Megan ainda estava viva. Todos ainda estavam vivos.

– Lena? – intrometeu-se a voz da minha mãe.

Ninguém tinha morrido. Megan estava bem. Assim como todos os outros. Eu ia acordar e tudo estaria normal, estaria bem.

Minha mãe falou novamente e não importava o quanto tentasse, eu não estava conseguindo acordar.

Esse não era um pesadelo do qual eu poderia acordar.

– Eu não quero... mais falar – eu disse, com a voz trêmula. – Eu não... quero.

Fui recebida com silêncio.

Então fiquei ali deitada, mantendo os olhos fechados com força, e disse para mim mesma, de novo e de novo, que aquilo não era real. Nada disso era real.

Isso não poderia ter acontecido com a gente, porque eles não mereciam.

De jeito nenhum.

Um segundo se passou, talvez dois e eu... eu estilhacei como se não fosse nada mais do que um vidro delicado. Houve um som que me lembrava de um animal ferido, morrendo, e levei um momento para me dar conta que eu é que estava fazendo aquilo. Era eu que estava chorando tanto, que não conseguia recuperar o fôlego, não conseguia respirar com a dor que submergia todos os meus sentidos. As lágrimas fizeram arder áreas feridas do meu rosto e bloquearam minha garganta, mas eu não consegui parar.

– Querida. Meu amor – disse minha mãe, suas mãos em mim. – Você precisa se acalmar. Você precisa respirar fundo, devagar.

Mas eu não conseguia, porque eles estavam mortos, e era como uma tempestade violenta de verão explodindo dentro de mim, imprevisível e severa. As lágrimas continuaram chegando e não pararam até haver vozes estranhas no quarto, seguidas por uma pontada de calor nas minhas veias, e as lágrimas acabaram.

Não havia nada.

Muito mais tarde, minha mãe tocou meu braço de novo, e quando abri os olhos, ainda estava no leito da UTI. O cheiro de antisséptico tomava minhas narinas. Máquinas ainda emitiam bipes. Eu estava aqui, e não havia escapatória para o que isso significava.

Minha mãe estava me encarando, seus olhos já não mais cheios de lágrimas. Não achei que ela ou minha irmã tinham se mexido um centímetro enquanto eu permaneci na cama. O sedativo, seja lá o que eles tivessem aplicado no meu acesso, estava lentamente deixando meu corpo.

– Preciso te perguntar uma coisa – disse minha mãe, depois de alguns momentos.

Lori levantou-se da cadeira e caminhou até o pé da cama.

– Mãe, agora não.

Minha mãe ignorou-a e se concentrou em mim.

– Estão dizendo que havia álcool envolvido. Que o motorista... que Cody possivelmente estava alterado.

Minhas sobrancelhas se uniram. Cody estava dirigindo? Isso não fazia sentido. Não achei que ele tivesse ido de carro para a festa do Keith porque ele falou sobre pegar as chaves do Jeep do Sebastian, a menos que...

– No carro de quem a gente estava?

– No do Chris – respondeu Lori. Ela cruzou os braços na frente do peito.

– E... e o Cody estava dirigindo o carro dele? – Nada disso fazia sentido.

Ela assentiu.

Saiu no noticiário que se suspeitava de álcool. Eles até mencionaram a festa na casa do Keith. Pelo visto, a polícia foi lá naquela noite. Foi...

À casa do Keith? Levantei meu braço bom e o acesso repuxou. Deixei-o cair de volta na cama. Por que ele dirigiria o carro do Chris?

Então me lembrei do que Abbi e Megan disseram quando chegaram à festa. Elas achavam que o Chris já estava bebendo e eu não... eu não tinha pensado nisso. Não houve sequer uma faísca de preocupação ou questionamento do que diabos ele estava fazendo dirigindo para a casa do Keith daquele jeito. Eu estava mais... preocupada com o que estava acontecendo com Sebastian.

– Eles estavam bebendo? – minha mãe perguntou.

Eu tinha visto o Cody com uma bebida, um copo de plástico vermelho e uma garrafa. Eu me lembrava disso. Eu me lembrava... eu me lembrava de pensar...

Não tinha muita certeza se ele estava bem ou não, mas os meninos estavam me encarando, e Megan estava me pressionando, falando sem parar sobre os dez nuggets que ela ia devorar. Talvez eu pudesse falar com a Abbi e pegar carona com seja lá quem ela pretendia ir para casa, mas ela estava em uma conversa muito compenetrada com Keith, por incrível que pareça, e eu tinha a sensação de que ela pretendia ir embora a qualquer momento. Havia uma pequena voz no fundo da minha mente, vindo do centro da minha barriga, mas eu... eu estava sendo idiota.

Eu tinha entrado no carro.

– Mãe, ela não se lembra do acidente. Como ela pode responder a essa pergunta? – Lori apontou, mas será que eu realmente não lembrava?

Minha mãe olhou para mim, seu peito subindo e descendo com rapidez, e ela simplesmente perdeu o controle. Seu rosto manchado de todas as cores, ela começou a se levantar, mas de pronto se sentou – caiu – de volta na cadeira.

– O que você estava pensando, Lena?

Abri a boca, minha mente correndo a milhares de quilômetros por minuto. Eu não sabia o que estava pensando. Eu não entendia. Ai, Deus, isso não podia estar acontecendo. Não era para acontecer.

– Mãe – Lori disse, dando a volta na cama.

– Você entrou naquele carro. Foi isso que aconteceu. Você entrou naquele carro, e aquele menino, disseram que andou bebendo. A polícia disse que sentiram o cheiro em todos vocês. E você... você poderia ter morrido. *Eles* morreram. – Minha mãe se levantou de repente e, dessa vez, ficou em pé, fechando o punho no centro do peito. – Eu te amo e estou contando todas as estrelas de sorte no céu neste momento por você estar viva, mas estou muito decepcionada. Eu te criei... seu pai e eu te criamos... para nunca, jamais, pegar o volante depois de beber, ou entrar no carro de alguém que tenha bebido.

– Mãe – sussurrou Lori, suas bochechas molhadas novamente. Assim como as minhas.

– Você sabia que ele estava bêbado? – minha mãe questionou, sua voz falhada.

Talvez eu deva dirigir?

– Não sei. – Minha voz tremeu quando outra memória se libertou. *É sério. Estou ótimo. Eu dirigi por esta estrada milhões de vezes.* Eu conhecia essa voz. Era do Cody – não, *tinha sido* o Cody. Mas não podia ser, porque ele não teria dirigido embriagado com a gente no carro, porque, quem fazia esse tipo de coisa? *Chris tinha feito isso antes, e você nem ligou*, sussurrou uma voz pequena no fundo da minha mente. Mas isso era diferente. Eu não teria entrado no carro. Eu sabia que não teria entrado. E eu não o deixaria dirigir.

Eu não era assim.

Eu não era esse tipo de pessoa.

Eu *não era.*

CAPÍTULO DOZE

A polícia apareceu na terça à noite.

E foi assim que percebi que era terça-feira, três dias depois do sábado. Fazia três dias que meus amigos tinham… tinham morrido e eu estava dormindo. Eu estava viva, mas adormecida.

Policiais entraram no meu quarto de hospital, dois deles. Um medo gelado empoçou no meu estômago. Fiquei petrificada, meu olhar assustado disparava entre minha mãe e os dois homens de uniforme azul-claro e chapéus estranhos. Havia uma enfermeira com eles, e antes que sequer pudessem se apresentar, ela avisou:

– Vocês têm de dez a quinze minutos antes de voltarmos para a próxima rodada de medicamentos. Ela não precisa de aborrecimento agora.

O policial mais velho tirou o chapéu e assentiu com a cabeça, revelando cabelos cor de areia que estavam ficando grisalhos.

– Não vamos demorar muito tempo.

A enfermeira disparou outra expressão séria para eles antes de sair do quarto.

Engoli em seco quando o homem se apresentou para mim e para minha mãe.

– Sou o soldado Daniels. Este é o soldado Allen. – Ele fez um gesto para o homem mais jovem de pele escura, que também tinha removido o chapéu. – Estamos investigando o acidente de sábado à noite e temos algumas perguntas, se você estiver disposta a respondê-las.

– Não sei se ela está pronta. – Minha mãe olhou para mim de um jeito cansado. – Ela só acordou hoje de manhã e descobriu que os amigos dela...

O soldado Allen baixou a cabeça.

– Sentimos muitíssimo pela sua perda. – Ele segurava o chapéu na cintura, logo abaixo do umbigo. – Nós temos algumas perguntas que esperamos que possa responder, assim vamos ter condições de preencher algumas lacunas.

Eu não queria fazer nada daquilo. As lágrimas já estavam se arrastando de volta para os meus olhos, mas limpei a garganta para falar. Na verdade, acho que não tinha escolha.

– Tudo bem.

– Certo. – O soldado Daniels foi até a beira da cama. – Precisamos saber de tudo o que você se lembra. Você acha que consegue falar?

Fechando os olhos, eu queria estar em qualquer lugar que não fosse ali, e não queria falar sobre as memórias que eu estava começando a resgatar. Mas era a *polícia*.

Então eu falei.

Enquanto relatava, comecei a chorar de novo, porque a expressão da minha mãe gritava decepção e sofrimento. Os policiais tinham pouca ou nenhuma reação enquanto enchiam o quarto de perguntas rápidas.

– Foi servido álcool nessa festa?

– Os pais de Keith estavam em casa naquele momento ou tinham ciência de que vocês estavam bebendo?

– Você se lembra de ter visto Cody?

– Chris estava embriagado demais para dirigir o próprio carro?

– Quanto você bebeu?

Sobre algumas dessas perguntas, eu já suspeitava de que eles soubessem as respostas, mas eles estavam verificando para ver se minhas respostas batiam. Quando pararam, senti que tinha de dizer uma coisa. As palavras estavam subindo pela minha garganta.

– Nós... não pensamos que alguma coisa fosse acontecer – eu sussurrei. Voz, alma, coração: tudo em mim parecia desgastado e quebrado. – A gente não pensou.

– As pessoas raramente pensam hoje em dia – respondeu o soldado Daniels, a voz pesada. – Ainda mais os jovens da sua idade. Vemos esse tipo de situação com frequência demais.

E foi... *isso.*

Ainda mais os jovens da sua idade. Como se no fim das contas aquilo não fosse nada. Eles deixaram o quarto, e tudo o que pude fazer foi ficar olhando-os se afastar. O quarto ficou em silêncio. Aquele silêncio terrível que dava nos nervos. Fechei os olhos porque não suportaria olhar para minha mãe, ver ali o que eu sabia que ela estava pensando.

Eu era *esse* tipo de pessoa.

Imprudente.

Irresponsável.

Culpada em todos os sentidos da palavra.

Os medicamentos que colocaram no soro deixavam tudo... mais fácil e eu podia ficar simplesmente ali deitada. Não doía. Eu não precisava falar. Lori e minha mãe ficaram em silêncio, sentadas em suas cadeiras, assistindo às reprises de algum programa na TV.

Meu cérebro não apagou enquanto fiquei naquela situação.

Mas não pensei naquela noite.

Não conseguia pensar nela.

Deitada, sentindo que eu estava flutuando a uns trinta centímetros ou meio metro acima da cama, me lembrei de uma noite diferente.

A última vez em que estávamos todos no lago, em julho.

Era o fim de semana do feriado de 4 de julho, e todos estávamos juntos – todos nós. Alguém tinha levado uma velha churrasqueira, e Sebastian abriu a traseira do Jeep e ligou música alta.

Fiquei sentada com Abbi, Dary e Megan, enquanto Keith tentava usar esquis de neve no lago. Todos estavam rindo, exceto Abbi. Seus olhos... Seus olhos estavam arregalados e ela murmurava sem parar:

– Ele vai se matar. Ele vai morrer diante dos nossos olhos.

Mas Keith não morreu.

Ele caiu e gritou que tinha quebrado a bunda ou algo assim. Ele havia se arrastado para fora do lago, segurando o calção de banho. Phillip e Chris estavam esperando por ele. Eu não me lembrava de ver Cody ali.

E na minha memória, eu estava ocupada observando Sebastian, parado na doca, falando com outro cara. Eu o tinha observado muito naquela noite, porque sabia que ele iria embora logo, mas meu olhar sempre era atraído para ele mais uma vez.

Eu queria mudar o que fiz naquela noite. Queria não ter olhado para ele. Queria ficar olhando para Phillip e Chris. Queria virar a cabeça para a direita e olhar para a Megan. Queria ter ouvido com mais atenção o que ela estava falando sem parar, pois agora eu não conseguia me lembrar. Porém, eu sabia que ela parecia feliz e que estava sorrindo.

E quando ela se levantou para se juntar a Phillip na beira do lago, eu queria chamá-la de volta. E eu queria segui-los, guardar para sempre a visão dos dois, lado a lado, mas não o fiz. Fiquei onde eu estava enquanto alguém do outro lado do lago soltava fogos de artifício.

Tentei mudar minha memória.

Mas então havia Sebastian. Quando o céu se iluminou e o ar estalou, ele passou o braço por cima dos meus ombros. Mais fogos de artifício dispararam no ar em um assobio suave, explodindo em uma cascata de fagulhas vermelho-vivas. Todo o lado direito do meu corpo estava quentinho e pressionado contra Sebastian. Eu estava com a bochecha apoiada na curva de seu ombro vendo o céu lampejar, pois não havia nada de estranho entre nós naquela época, e eu me lembrei de pensar que... que a vida não podia ser melhor do que ali, naquele momento.

E eu não fazia ideia de como estava certa.

Na quarta-feira de manhã, minha mãe deu a notícia.

– Seu pai está a caminho.

– Por quê? – perguntei, olhando para o teto.

– Ele é seu pai – respondeu ela, o tom cansado.

Não servia muito como explicação. Ele era meu pai, mas com toda certeza não tinha agido muito como tal. Por que começar agora?

Um horrível pensamento se formou: se eu estava no hospital desde sábado à noite, na UTI, e agora era quarta-feira, só agora ele estava a caminho?

Esse tipo de coisa era a cara do meu pai. Eu queria rir, mas não podia.

– Ele está vindo de carro, de Seattle – explicou ela, obviamente pensando o mesmo que eu. – Você sabe como ele é. Se recusa a andar de avião. Ele deve estar aqui hoje à noite, amanhã de manhã no máximo.

Eu não conhecia mais meu pai, e no momento eu realmente não tinha cérebro para compreendê-lo. Eu não queria vê-lo, mas também não tinha nada para falar de fato sobre isso.

Eu só queria ser deixada em paz com as minhas memórias em vez de tudo o que tinha mudado. Não queria que essas novas memórias apagassem tudo.

Minha mãe e Lori estavam se revezando para ficar comigo. Uma fazia o percurso de quarenta e poucos minutos de carro até em casa para ver se estava tudo certo por lá, tomar banho e pegar roupas limpas. A outra ficava. Minha mãe não mencionou o que tínhamos conversado com os policiais.

Durante uma das viagens da minha mãe até em casa, Lori me disse que o acidente aconteceu a menos de cinco quilômetros da casa dos pais de Keith. Nem sequer tínhamos chegado à rodovia, o que era uma bênção, apesar de tudo. A estrada sinuosa que levava à fazenda era raramente percorrida por gente que não estivesse a caminho da casa de Keith. Se tivéssemos conseguido chegar na rodovia, poderíamos ter colidido com mais alguém.

Matado mais gente.

Matado outras pessoas que não só nós.

Nessas horas, quando Lori ou minha mãe estava em silêncio, ou quando as enfermeiras vinham verificar meus sinais vitais, pensamentos sobre Megan e os garotos me consumiam, embora eu tentasse desligar tudo da minha mente. Eu queria fazer perguntas. Como estava Abbi? Alguém tinha ligado para Dary, ou ela havia chegado em casa no domingo e se deparado com tudo isso? O que Sebastian pensava? Como estava o treinador... como ele estava lidando com a perda da Megan? Eu era substituível no time. Megan não. As aulas tinham voltado no dia em que eu acordei. Como o resto das pessoas estava levando?

Na UTI, só eram permitidas as visitas de familiares. Isso mudaria depois que eu fosse levada para a recuperação. Do que eu tinha ouvido, o INOVA tinha uma política aberta de visitas. As pessoas podiam ir e vir a qualquer momento, mesmo durante a noite. Mas por enquanto, eu estava grata por ser apenas Lori e minha mãe.

Ver meus amigos me faria pensar sobre o que tinha acontecido, ir além do nível da superfície. E eu não podia. Pensar tornaria tudo real demais, doloroso demais e, enquanto eu estava no hospital, longe daquela vida, eu tentava fingir que estava aqui por qualquer outro motivo que não fosse o verdadeiro.

– O sr. Miller foi incrível com a mãe – Lori disse no fim da tarde de quarta, quando minha mãe estava na lanchonete, onde quer que se localizasse. O sr. Miller era o chefe da minha mãe, o dono da agência de seguros. – Ele deu essa e a próxima semana de folga para ela, sem descontar das férias. Ele pegou todos os dias que ela tinha em haver.

– Que bom – murmurei, olhando fixo para a pequena janela quadrada. Eu não conseguia ver nada além do céu.

Lori estava sentada do outro lado da cama, os braços apoiados no colchão, perto das minhas pernas, que atualmente estavam envoltas em algum tipo de braçadeiras bizarras de pressão. Algo a ver com circulação e prevenção de coágulos sanguíneos.

– O Sebastian me mandou uma mensagem de texto – ela anunciou.

Fechei os olhos.

– Ele anda perguntando de você. Todos os dias. – Ela riu com a voz rouca. – Você sabe, quando fui para casa na segunda-feira pela primeira vez, juro que ele devia estar esperando na janela para ver se eu ou a mãe chegavam. Ele saiu correndo da casa dele antes mesmo de eu ter aberto a porta do carro. Ele está muito preocupado. Assim como a Abbi e a Dary.

Senti um aperto no peito. Não queria pensar nelas. Não queria pensar em Sebastian ou na Abbi e na Dary preocupados comigo quando a Megan não estava mais entre nós. Quando os amigos dele, seus amigos próximos, também tinham partido. Eu não queria *pensar*.

Lori soltou um suspiro irregular, e um momento de silêncio se passou.

– O funeral da Megan e do Chris é amanhã. A família decidiu fazer uma cerimônia só para os dois.

Parei de respirar.

O *funeral* dela era amanhã? Parecia tão repentino. Como se já tivesse acabado antes mesmo de começar. E a família dela não iria só... só enterrar a Megan; também iria enterrar Chris. Eu não conseguia nem... eu não *conseguia*.

– O funeral do Phillip é na sexta-feira e o do Cody é no domingo. O dele está demorando mais porque... – ela deixou a frase no ar.

Abri os olhos. O céu tinha um tom profundo de azul. Era quase de noite.

– Por quê? – coaxei.

Lori suspirou de novo.

– Eles tiveram que fazer uma... uma autópsia nele, porque ele estava dirigindo. Os outros não passaram por isso. Não era necessário, só tiraram amostras de sangue.

Autópsias e amostras de sangue.

Eles estavam reduzidos a isso agora?

– A escola está deixando os alunos irem aos funerais se eles quiserem. Não vão contar falta.

Foi... gentil da parte da escola. Imaginei que haveria muita gente nos funerais. Os garotos eram superpopulares. Megan também. Um pensamento estúpido cintilou na minha cabeça: como jogariam futebol americano na sexta à noite? Era o jogo de estreia. Eles iriam perder três... *três* jogadores do time principal.

Eu aposto que eles teriam uma equipe de psicólogos especializados em luto na escola. Um aluno do segundo ano havia falecido de câncer no ano anterior e eles trouxeram mais profissionais.

– A mãe vai ao funeral da Megan amanhã – disse Lori e eu fiquei rígida. – Não sei se ela vai te dizer antes. Ela não queria que eu te contasse sobre os funerais, mas achei que você deveria saber.

Eu não disse nada.

Vários minutos se passaram. Pareceu uma eternidade, mas não foi o suficiente.

– Você não precisa falar sobre isso agora. Não precisa nem pensar – disse minha irmã, baixinho. – Mas você vai precisar, Lena, daqui a um tempo. Em algum momento, você vai ter que encarar o que aconteceu. Você só não precisa fazer isso agora.

Na quinta de manhã fui transferida para a ala geral de recuperação. Havia equipamentos de aparência menos séria nesse quarto, e mais cadeiras. No meu quarto novo, inclinaram a cabeceira da minha cama para me ajudar a respirar, e depois que passei por várias sessões de tratamentos para respiração, eles me fizeram ficar em pé, caminhar de um lado para o outro pelo corredor. Uma enfermeira caminhava comigo, segurando a parte de trás do meu avental de hospital.

Caminhar era extenuante.

De acordo com o médico, eu não estaria totalmente curada por mais duas semanas e, durante esse tempo, eu ficaria cansada com facilidade, mas eu tinha que continuar me movimentando para garantir que não acabasse com fluido nos pulmões ou com algum coágulo.

Antes do acidente, eu teria ficado apavorada de medo de líquido nos pulmões ou de um coágulo no sangue. Eu pensava que qualquer dor na minha perna ou falta de ar fosse um arauto da morte. Eu ficava procurando os sintomas na internet sem parar.

Agora?

Eu só... eu não me importava.

Enquanto eu arrastava as pernas pelo corredor, pensei em como um coágulo seria rápido. Não seria? Tipo: no segundo em que ele se desprendesse, seria o fim.

Assim como no momento em que o carro acertou a árvore. Foi o fim para Megan, Chris e Phillip. Ali em um segundo e nada no segundo seguinte.

Lori iria voltar para Radford no fim de semana, já que o dr. Arnold tinha certeza de que eu seria liberada no domingo, no máximo segunda.

A vida voltaria ao normal, em sua maioria.

Mas não voltaria.

A vida nunca seria normal.

Minha mãe me disse que foi ao funeral da Megan.

– Foi linda a forma como homenagearam a Megan e o Chris. – Ela fez uma pausa. – Quando você estiver pronta, podemos visitar o local de descanso deles.

Foi tudo o que ela disse a respeito.

Agora ela estava sentada na cadeira perto da janela. O vidro era manchado, como se não tivesse sido limpo havia algum tempo e, por algum motivo, aquilo me fascinava. Era um hospital. Como podia haver moscas mortas no parapeito das janelas?

Minha mãe não tinha me perguntando o que eu estava pensando quando entrei no carro. Depois da explosão emotiva na UTI, ela era um pilar de força. Cabelos loiros arrumados em um rabo de cavalo bem penteado. Calças pretas folgadas. O inchaço nos olhos dela não tinha diminuído, embora eu tivesse a suspeita marcante de que quando ela ia para casa, ou quando eu dormia, ela baixava a guarda.

Ela andava chorando muito.

Como tinha chorado por meses depois que meu pai nos deixou.

– Verifiquei com a escola a caminho daqui – ela me disse, fechando a revista que estava folheando. – Eles estão cientes de que você não vai começar até a terceira semana. – Ela jogou a revista dentro da sacola de pano. – Tenho certeza de que você está pronta para voltar.

Eu não estava nem aí em voltar para a escola. Como eu ia ter vontade de ir para lá quando a Megan não ia voltar? Quando Cody, Phillip e Chris também não voltariam? Nada a respeito disso parecia justo.

Nada sobre o acidente parecia justo.

Tipo como... como eu sobrevivi? Porque, de todo mundo, não deveria ter sido eu.

– Os professores foram incríveis – ela continuou. – Eles estão guardando a matéria e as tarefas. Acredito que o Sebastian vai trazer tudo para casa amanhã.

Sebastian.

Como eu poderia vê-lo de novo?

Como eu poderia ver Abbi ou Dary de novo, porque eu sabia... eu me lembrava o suficiente para saber que eu... eu não deveria ter entrado no carro. Eu não deveria ter deixado Megan entrar. Eu não deveria...

Mexendo-me na minha cama, olhei para o teto e pisquei rapidamente. Lágrimas se reuniram ao redor dos meus olhos. Como ia entrar naquela escola quando todos os outros estavam mortos? Quando Megan não ia estar esperando por mim no meu armário antes de irmos para o treino de vôlei? Quando ela não ia me dar o sermão semanal de sexta-feira do jeito mais desagradável possível?

Quando eu não respondi, minha mãe olhou para os livros que Lori tinha trazido para mim. Estavam empilhados no pequeno criado-mudo.

– Você já leu esses? – ela perguntou. – Se você me der uma lista, posso pegar os que você ainda não leu.

Eu não tinha tocado na pilha de livros. Não tinha certeza se já os tinha lido ou não. Com uma inspiração superficial, eu me foquei na TV. Minha mãe tinha colocado no canal de notícias.

– Os livros estão bons.

Minha mãe não respondeu por um longo minuto.

– Agora você pode receber visitas. Eu sei...

– Não quero visitas.

Minha mãe franziu a testa.

– Lena.

– Não quero... ninguém aqui – repeti.

– Lena, sei que a Abbi e a Dary estão planejando vir ver você. Assim como o Sebastian. – Ela se inclinou para a frente, mantendo a voz baixa. – Eles estão esperando até...

– Eu não quero... vê-los. – Virei a cabeça na direção dela. – Simplesmente não quero.

Seus olhos se arregalaram.

– Acho que vê-los faria muito bem a você, ainda mais depois...

– Depois que a Megan morreu? Depois que Cody e os meninos morreram? – retruquei, meu pulso acelerando. O monitor cardíaco idiota acompanhou o ritmo. – Você acha que seria bom para mim ver meus amigos, sabendo... que eu deixei todo mundo entrar no carro e eles morreram?

– Lena. – Minha mãe se levantou e veio se aproximando da cama. Ela pôs a mão sobre a cabeceira da cama e se inclinou sobre mim. – Você não era a única pessoa responsável naquela noite. Sim, você fez uma escolha péssima, mas você não é a única...

– Eu não estava bebendo – eu disse e vi o sangue sumir do rosto da minha mãe. – Eu me lembro disso. Eu tomei... alguns goles no início daquela noite. Se eles fizeram o teste comigo... quando eu dei entrada, eles teriam visto que eu... que eu não estava bêbada. Então eu... Eu estava sóbria. Eu poderia ter dirigido. – Minha voz falhou. – *Eu deveria* ter dirigido.

Minha mãe se afastou lentamente da cama e largou o corpo em um movimento pesado na cadeira.

– Então por que não fez isso? – Sua voz estava embargada.

– Não sei. – Agarrei a beirada do cobertor, o que fez meu braço esquerdo doer. – Acho que eu... eu não queria...

– Não queria o quê, Lena?

Minha inspiração seguinte doeu.

– Eu não queria... ser a pessoa que faz tempestade em copo d'água.

– Oh. Oh, querida. – Minha mãe colocou a mão sobre a boca e fechou os olhos. – Não sei o que dizer.

Provavelmente porque não havia nada para ser dito.

Agora eu me lembrava de estar do lado de fora do carro. Eu me lembrava de ver Cody estender a mão para abrir a porta do carro e errar a maçaneta, de perguntar se ele estava bem e depois de ceder à pressão ao meu redor.

Eu me lembrava.

Uma batida nos interrompeu. Minha mãe ficou tensa e deixou a mão cair. Olhei para ela e eu... senti nada e tudo em um só momento.

Meu pai estava na porta.

CAPÍTULO TREZE

Eu não via meu pai havia quatro anos.

Da última vez foi na cozinha, sentado à mesa. Ele e minha mãe estavam esperando que eu e Lori voltássemos da escola, e acho que eu sabia o que estava acontecendo no momento em que entrei na cozinha. Minha mãe estava com os olhos vermelhos.

Lori nem estava esperando.

Meu pai agora parecia... ele parecia mais velho, mas bem. Havia mais linhas em torno de seus olhos e nos cantos de sua boca, e seu cabelo estava mais grisalho do que castanho, mas parecia que a vida ia muito bem para ele em Seattle.

Meu pai era empreiteiro. Sua empresa – Casa Sábia Indústrias – era responsável por mais da metade dos lares construídos nas últimas duas décadas. Então o mercado imobiliário caiu de cara no fundo do poço e meu pai teve que fazer cortes e os negócios diminuíram antes de parar – foi então que ele teve de fechar a empresa. O dinheiro parou de entrar. As coisas ficaram apertadas.

E ele não aguentou.

Ele abandonou nós três e foi morar em Seattle, do outro lado do país, para se encontrar ou alguma outra baboseira desse tipo. Pelas últimas notícias que tive, ele tinha começado a trabalhar em alguma agência de publicidade.

Pensei que sentiria algo mais forte do que um leve aborrecimento ou surpresa. Passei anos ignorando as ligações dele. Anos irritada com ele. E agora eu estava apenas vazia. Provavelmente tinha algo a ver com os analgésicos bombeando pelo meu organismo.

Seus olhos cor de avelã voltaram-se para minha mãe antes de se fixarem em mim. Um sorriso assimétrico se formou no rosto enquanto ele vinha caminhando até a cama com passos arrastados. Ele pigarreou e olhou para mim.

– Você parece... Você parece...

Que sofri um acidente de carro? Que tive dois pulmões colapsados, um maxilar e o rosto inchados e um braço fraturado? Que fui a uma festa e tomei uma série de decisões muito ruins que nem consigo repassar na minha cabeça? Que basicamente deixei meus amigos morrerem?

Exatamente como eu me parecia?

Ele parou ao lado da minha cama, sua postura rígida e nada natural.

– Estou feliz em ver você.

O que eu deveria responder?

Levantando-se do seu assento, minha mãe se inclinou e beijou minha testa.

– Vou buscar alguma coisa para comer. – Ela endireitou a postura e lançou um olhar acentuado na direção do meu pai. – Volto daqui a pouco.

Parte de mim queria exigir que ela ficasse porque *ela* queria meu pai ali, não eu, mas deixei-a ir. Lidar com o meu pai não era nem de perto castigo suficiente por tudo o que tinha acontecido.

Meu pai assentiu com a cabeça para ela e depois deu a volta na cama para se sentar no lugar dela. Se Lori estivesse aqui, ela morreria de entusiasmo e ansiedade por vê-lo. Eles ainda se falavam. Não com frequência, mas se falavam.

Ele baixou as mãos entrelaçadas até os joelhos e seu olhar foi até mim. Vários momentos se passaram.

– Como você está se sentindo?

Comecei a dar de ombros, mas minhas costelas protestaram.

– Bem, eu acho.

– Difícil de imaginar que você se sinta bem depois de tudo – disse ele, afirmando o óbvio. – Sua mãe disse que você deve ir para casa neste fim de semana e que o médico espera que você se cure sem nenhuma complicação.

– Isso é... o que ele tem dito. – Deslizei um dedo debaixo do gesso, tentando aliviar uma coceira.

Meu pai ficou em silêncio por vários minutos.

– Não sei por onde começar, Lena. Receber o telefonema da sua mãe foi uma... foi uma das piores coisas que podiam acontecer. Sei que você passou por muita coisa e não quero piorar nada.

– Então não piore – eu disse, com a voz baixa e rouca.

– Mas o que aconteceu poderia ter sido evitado – ele continuou como se eu não tivesse falado e ele estava certo, muito certo, mas eu não queria ouvir isso da boca *dele*. – Não foi só um acidente. Vocês fizeram...

– Você vai... realmente me dar um sermão? – Eu tossi uma risada áspera e depois franzi o rosto. – Sério?

Ombros tensos, ele inspirou visivelmente.

– Eu entendo. Eu entendo, Lena. Não estive por perto, mas tenho ligado para você. Tenho tentado...

– Você foi embora e não tivemos notícias suas por *dois* anos. – Como ele podia ignorar esse pequeno fato? E voltar valsando para minha vida com uma mera ligação?

– Me desculpe – ele foi rápido em dizer e talvez nem fosse sincero, mas nessa hora e nesse lugar, as desculpas eram tão vazias quanto a nossa casa. – Mas eu ainda sou seu pai, Lena.

– Sim, você é meu pai, mas parei de pensar em você dessa forma no… momento em você saiu pela porta da frente e desapareceu por dois anos. – Minhas costelas doíam com cada palavra. – Como… você tem o direito de dizer alguma coisa para mim?

Suas bochechas coraram.

– Lena…

– Não quero… fazer isso agora – falei para ele, fechando os olhos com força e desejando, não, *rezando*, para ele desaparecer. Para tudo isso simplesmente desaparecer. Que eu pudesse sair desse quarto e desaparecer. – Eu não queria falar. Estou… cansada e eu… só quero ficar sozinha.

Meu pai não respondeu, e eu virei o rosto para o outro lado, mantendo os olhos fechados até ouvir seus passos, até que tive a certeza de que ele tinha saído do quarto, como disse que sairia.

E eu sabia que não o veria novamente.

Eu tinha cochilado depois que meu pai foi embora, e medicamentos haviam sido aplicados no meu soro. Eu não fazia ideia se minha mãe ou Lori tinham voltado para o quarto ou se tinham passado algum tempo com meu pai. Era quase garantido que Lori tivesse e, apesar dos meus próprios problemas pessoais com ele, eu não culpava minha irmã. Só porque a nossa relação tinha se feito em pedaços, não significava que o relacionamento deles tivesse que acabar.

Não fazia ideia de quanto tempo tinha dormido. Sabia que não era muito. Dormir em um hospital era quase impossível. Havia muitos ruídos. Máquinas zunindo e apitando. Passos no corredor. Conversa distante. Uma troca de códigos entre os funcionários. Só dormi algumas horas, e quando acordei dessa vez, cheguei a pensar sobre o tempo em que Megan tinha tentado encenar na minha sala uma coreografia que tinha visto no *Dance Moms.*

Ela tinha torcido o tornozelo.

E quebrado o vaso na mesa de centro.

O treinador ficou muito zangado. Ela ficou fora por vários jogos, e eu mal consegui manter o rosto sério quando ele gritou com ela.

Megan era uma tonta.

Um peso apertou o centro do meu peito e não tinha nada a ver com meus pulmões ferrados ou com as costelas doloridas. Segundos passaram enquanto eu fiquei ali e, lentamente, percebi que não estava sozinha.

Sobre o cheiro dos materiais de limpeza e daquele antisséptico esquisito de hospital, senti algo mais fresco. Não era o perfume de baunilha da minha mãe nem a loção de framboesa que Lori usava. Tinha cheiro de ar livre, como pinheiro e cedro.

O ar se acumulou na minha garganta e meus olhos abriram de repente. Virei a cabeça só um pouco, e lá estava ele, sentado na cadeira junto à janela manchada.

O rosto de Sebastian estava virado para o lado. Ele estava olhando pela janela e tudo o que eu podia ver era seu perfil, mas foi o suficiente para me dizer tudo. Uma leve barba cobria o contorno do seu maxilar. Seu cotovelo estava no braço da cadeira, o queixo sobre a palma. Ele estava mais pálido do que eu estava acostumada a vê-lo. Seu cabelo estava uma bagunça, caindo sobre a testa.

O que ele estava fazendo ali?

Eu falei para minha mãe que não queria visitas. Eu não estava pronta para vê-lo, nem Abbi, nem Dary, nem ninguém, na verdade.

Eu não fiz som nenhum, mas ele virou a cabeça na minha direção. Sombras profundas estavam esculpidas na pele sob aqueles belos olhos da cor do céu noturno, e aqueles olhos estavam cheios até a borda. Eles pareciam *assombrados.*

Nossos olhares se encontraram e se sustentaram. Por um segundo, ele não se moveu. Eu nem tinha certeza de que ele estava respirando. Ele apenas olhou para mim como se esperasse nunca mais me ver... e imaginei que, por certo período, ele não esperasse.

O olhar de Sebastian se moveu, fixou-se no meu rosto, demorando-se do lado inchado e arroxeado. Ele abriu a boca, mas não havia palavras. Ele não falou por um longo tempo, e quase desejei que não falasse. Que ele ficasse quieto, porque ouvir sua voz me lembraria do antes, de cada coisa idiota que me preocupava até a noite do sábado. De cada momento idiota que eu tinha perdido. Me lembrar de por que eu tinha saído daquela festa.

– O que... você está fazendo aqui? – sussurrei.

Seus olhos se fecharam devagar e suas feições se contraíram como se ele estivesse com dor. Um momento se passou antes de Sebastian abrir os olhos e havia uma crueza neles que eu nunca tinha visto antes.

– Deus – falou com a voz rouca. – Uma parte de mim quer te perguntar que diabos de pergunta é essa, mas só consigo pensar que você pelo menos está falando. Que ainda está aqui.

Cada músculo do meu corpo ficou tenso. Uma dor abafada se espalhou pelas minhas costelas.

– Eu... eu falei para a minha mãe que não queria ver ninguém.

– Eu sei que você falou. – Sebastian se inclinou para a frente, segurando os joelhos. – Por quê?

– Por quê? – repeti, incrédula.

– Como pode pensar, por um segundo, que eu não viria aqui no instante em que pudesse? Abbi e Dary podem se afastar, mas não existe a menor possiblidade na face da Terra, depois do que aconteceu, de eu não estar aqui. – Ele escorregou para a beirada do assento. – Eu queria... não, eu *precisava*... ver você com meus próprios olhos, provar que você está realmente viva. Que você vai ficar bem.

Meu pulso disparou.

– Você sabe que eu estou bem. Eu sou a única pessoa que está bem.

– Bem? – Seu rosto se contorceu e então suavizou. – Você não deu uma topada o dedão do pé, Lena. Seus dois pulmões colapsaram. Seu braço está quebrado. Você parece que passou pelo inferno e voltou... – A voz dele falhou. – Você poderia ter morrido. Hoje, em vez de ir ao funeral de uma menina que eu conheço há anos, eu poderia estar indo ao *seu* funeral.

Isso calou minha boca.

– Hoje eu vi uma das minhas amigas ser enterrada. Amanhã vou ver o enterro de um dos meus melhores amigos – continuou ele, sua voz embargada e os lábios finos. – No domingo, vou ver mais um dos meus amigos ser enterrado. Em três dias, vou ter assistido a quatro enterros de amigos meus.

Ai, Deus.

– Nunca mais vou ouvir a Megan e tentar descobrir de que diabos ela está reclamando – ele disse, e minha garganta se apertou. – Nunca mais vou ouvir o Cody me dar sermão sobre jogar futebol. Nunca mais vou sentar na classe vendo o Chris colar na prova e me perguntar como ele nunca era pego. Não vou poder relaxar com Phillip e jogar *Madden* de novo. – Sua voz tremeu, e eu queria que ele parasse. – Eu não consegui me despedir de nenhum deles no sábado. Não consegui me despedir de você naquela noite.

Ai, Deus.

– Sabe de uma coisa? Perdê-los é uma coisa que eu ainda não consigo assimilar agora. Nem sei se vou conseguir assimilar um dia. Mas perder você? – Ele endireitou as costas e sua mandíbula flexionou. – Eu jamais ia superar.

Fechando os olhos com força, respirei apesar do nó na minha garganta, que mais parecia uma navalha.

– Não aguento isso.

– Aguenta o quê? – ele perguntou.

– Você... – Inspirei bruscamente. – O que aconteceu, é... é tudo culpa minha.

– O quê? – Ele pareceu surpreso. Deus do céu, ele estava inclusive chocado. – Não era você que estava dirigindo, Lena. Você não sentou naquele volante estando bêbada.

– Isso não... importa – sussurrei de volta.

– Lena...

– Você não entende. – Levantei meu braço bom e coloquei a mão sobre os olhos. Eu não queria chorar na frente dele. Eu não queria chorar de novo. – Eu não... quero mais falar.

Passaram-se alguns instantes e ele disse:

– Não precisamos falar.

Eu contorcia, agitada. Algo estava tomando forma dentro de mim. Alguma coisa feia e confusa e primitiva, poderosa demais.

– Você pode simplesmente ir embora? – perguntei; implorei, na verdade. – Por favor?

Seu olhar sustentou o meu por um instante e então ele se levantou, e eu queria afundar na cama, afundar no nada.

Porém, Sebastian não se foi.

Ele não era meu pai.

Ele não era *eu*.

Ele agarrou a cadeira, levantou-a e a plantou bem ao lado da cabeceira da minha cama, e se sentou. Meu coração bateu pesado. Ele apoiou o braço direito na cama ao lado do meu e então se inclinou e esticou o braço esquerdo de forma que seus dedos pegaram as mechas caídas do meu cabelo, afastando-as do meu rosto enquanto dizia:

– Não vou embora. Pode ficar brava. Pode ficar chateada, mas eu vou ficar bem aqui, porque, quer você se dê conta ou não, você não deveria ficar sozinha. Não vou a lugar nenhum.

CAPÍTULO CATORZE

Sebastian ficou, mesmo que não estivéssemos conversando. Ele tinha ligado a TV e estava assistindo ao noticiário. Não olhei para ele, mas, de vez em quando, eu sentia seu olhar em mim. Esperei que ele falasse alguma coisa, que fizesse perguntas, mas ele não o fez. E ele estava lá quando as enfermeiras entraram no quarto e me forçaram a sair da cama para andar.

Fiquei horrorizada que ele estivesse prestes a testemunhar o esforço absoluto que eu precisava fazer para sair da cama e ainda por cima mostrar a bunda para quem estivesse no quarto, eu travei quando a enfermeira me ajudou a sentar.

Ela franziu a testa quando eu fiquei dura e não me mexia.

– Você está com dor?

Boca fechada, sacudi rapidamente a cabeça. Eu podia sentir o olhar de Sebastian fazendo furos nas minhas costas.

A enfermeira pareceu saber qual era o problema.

– Você se importa de ir ao posto de enfermagem no fim do corredor e nos trazer um copo de gelo? – ela lhe perguntou.

– Sem problemas. – Sebastian se levantou, e eu fiquei olhando fixo para o chão até ele sair do quarto.

– Obrigada – sussurrei.

– Não precisa me agradecer – respondeu ela, segurando firme no meu braço bom. – Ele é seu namorado?

Balancei a cabeça em negativa quando saí da cama.

– Só... só um amigo.

Costumava doer quando eu dizia isso. As pessoas muitas vezes achavam que estávamos juntos, algo que, em segredo, sempre me agradava muitíssimo, mas não senti nada quando coloquei meus pés nos chinelos e comecei a andar. Nenhuma emoção. Nenhuma expectativa doce que geralmente ficava amarga. Nenhuma tristeza por não ser verdade.

Eu estava... só estava vazia.

A enfermeira segurou minha camisola fechada nas costas enquanto andávamos de um lado para o outro no corredor. Depois de alguns passos, meus joelhos não estavam mais tão instáveis e eu definitivamente respirava melhor do que antes. Eu poderia continuar andando, mas a enfermeira me acompanhou de volta ao quarto.

Sebastian ainda estava lá, sentado na cadeira. Ele se levantou enquanto eu me aproximava da cama, um copinho plástico amarelo-claro em sua mão.

– Trouxe o gelo.

– Perfeito – respondeu a enfermeira, ainda segurando a parte de trás da minha camisola. – Você pode colocar na mesa?

Quando Sebastian se virou para fazer isso, a enfermeira segurou a camisola enquanto eu subia na cama. Estava inclinada, então eu ficava sentada. Mantendo minha atenção fixa nas minhas mãos, podia sentir Sebastian se aproximando enquanto a enfermeira pegava os inaladores para o tratamento.

Sebastian também ficou durante esse procedimento.

Então, a enfermeira se foi e ele continuou ali até minha mãe voltar. Fingi dormir enquanto eles falavam aos sussurros sobre nada em especial. Acabei por adormecer, ouvindo vozes que deveriam ser tão familiares quanto o ar que eu respirava, mas agora me soavam estranhas.

FIQUEI SABENDO NA SEXTA-FEIRA À TARDE que não haveria jogo de futebol americano quando Sebastian apareceu cerca de uma hora depois da saída da escola.

Ao contrário do dia anterior, havia uma pequena faísca de *alguma coisa* dentro de mim, quando minha mãe olhou para cima na porta e eu vi Sebastian. Acho que era uma melhoria em relação a não sentir nada de nada.

Sebastian parecia melhor.

Ele ainda não tinha feito a barba, mas as sombras profundas debaixo de seus olhos diminuíram e havia mais cor na sua pele.

Só ele falou sobre a escola e sobre as duas aulas que tínhamos em comum neste ano, sobre Abbi e Dary. Falou sobre tudo, exceto o acidente ou os funerais. Não falei quase nada. Só fiquei deitada olhando fixo para a TV.

Ele veio de novo na tarde de sábado, e houve outra faísca, aquele calorzinho no meu peito que eu queria agarrar e não deixar ir embora, mas... mas não parecia certo.

Posso ter dito no máximo umas cinco frases.

Não encontrava em mim a vontade de falar nada, de dar voz a tudo o que estava dentro da minha cabeça ou ao que estava sentindo... e o que não estava.

Sebastian também apareceu no domingo, seu rosto barbeado, vestindo calça preta e uma camisa branca de botões. Estava com as mangas dobradas e trazia uma sacola de papel-pardo. Eu sabia de onde ele tinha vindo.

– Você parece estar bem melhor – disse ele, ao se sentar na cadeira perto da janela. A sacola de papel oscilava entre seus joelhos. – Cadê sua mãe?

Minha inspiração foi rasa e entrecortada.

– Em casa. Ela... ela vai voltar logo.

– Legal. – Aqueles olhos azuis encontraram os meus por um momento. – Você acha que vai receber alta amanhã?

Meexendo-me na cama inclinada, eu assenti.

Seus cílios grossos baixaram quando ele ergueu a sacola.

– Eu queria te dar isso ontem. Deixei no Jeep sem pensar. – Ele colocou a mão na sacola e então tirou um quadrado grande que eu rapidamente percebi que era um cartão gigante.

Meus lábios se abriram.

– O que... o que é isso?

Apareceu um sorriso inclinado nos seus lábios.

– É um cartão. Tenho quase certeza de que circulou pela escola inteira.

Um cartão.

Um cartão para mim.

Levantei meu olhar para Sebastian. Ele o estava segurando para mim, mas não consegui achar forças para me mexer. Não poderia aceitar. Não era certo. Jesus Cristo, não era certo de jeito nenhum.

Sebastian olhou para mim um momento. O silêncio estendeu-se e seu peito subiu com uma respiração profunda. Ele colocou a sacola no parapeito da janela e chegou mais perto da cama.

– Todos andam pensando em você. – Ele abriu cuidadosamente o cartão gigante, segurando-o na minha frente. – Estão com saudades.

Meu olhar percorreu o cartão rapidamente. Eu podia ver assinaturas ao longo de todo o cartão, embaixo de corações desenhados e alegres mensagens desejando melhoras. Eu vi "Te amamos" escrito em letra cursiva e em letra de forma. Uma onda de culpa girou no meu estômago, enchendo minhas veias com ácido de bateria.

Eles não sabiam?

– Sinto sua falta – Sebastian acrescentou baixinho.

Devagar, ergui os olhos para ele e senti a emoção sufocar minha garganta. Eles sentiam a minha falta e queriam que eu melhorasse, mas não sabiam que eu poderia – deveria – ter mudado o que aconteceu.

Sebastian fechou o cartão, fazendo *hum-hum* no fundo da garganta ao se afastar.

– Vou deixar na sua mesa, tudo bem? – Sem esperar pela minha resposta, ele o apoiou na mesinha ao lado da minha cama.

Olhei para ele. Sebastian permaneceu em silêncio ao aproximar a cadeira da minha cama e se sentar, apoiando os braços nas pernas, e ele tinha um olhar no rosto, como se ele não soubesse o que dizer ou fazer e estivesse tentando descobrir.

– Você... você não precisa ficar aqui – falei para ele e voltei a olhar para as minhas mãos. – Sei que não sou uma boa companhia.

– Não quero ir embora – ele respondeu e depois expirou ruidosamente. – Você quer... Você quer falar sobre isso?

Meu corpo inteiro ficou rígido.

– Não.

Sebastian ficou calado por mais um longo momento.

– A Dary e a Abbi estão sentindo muito a sua falta. Elas estão tentando te dar espaço, mas...

– Eu sei – interrompi. – Eu só... não quero que elas precisem vir aqui. Hospital é uma droga.

– Elas não se importariam.

Eu sabia que não.

– Não importa. Devo estar em casa amanhã.

Ele se moveu na cadeira, recostando-se no espaldar.

– O funeral do Cody foi hoje. Eles o realizaram na igreja grande perto da Route 11. Sabe qual é? Onde a gente costumava brincar de gostosuras ou travessuras – ele explicou. – O lugar estava lotado. Só sobrou lugar para ficar em pé. Quero dizer, todos... todos os funerais foram assim, mas você conhece o Cody. – Ele riu deu uma risada rouca. – Ele teria adorado. Sabe, todas aquelas pessoas...

Pressionando os lábios, cruzei os braços frouxamente. O Cody teria... Ele teria gostado da atenção.

– Os pais dele... – Sebastian não continuou. Tentando reencontrar a voz: – Você conhece o irmão mais novo dele, né? Toby? Ele tem o quê? Doze anos? Treze? Deus. Ele é a cara do Cody. E ele estava... Ele estava bastante chateado. Tiveram que tirá-lo de lá na metade da cerimônia. Ele vai...

Apertando as mãos, olhei para Sebastian. Ele estava a olhar para o espaço em frente à cama, sua mandíbula apertada e a boca, tensa.

– Ele vai o quê?

O peito dele subiu com uma respiração profunda.

– Ele vai ficar bem. Em algum momento.

Não respondi, mesmo que quisesse concordar. Eu queria que Toby ficasse bem, mas como poderíamos saber se isso aconteceria? Ele tinha perdido o irmão mais velho. Como a pessoa supera uma coisa dessas? Como a dor diminui, mesmo ao longo dos anos? Como é que um buraco na nossa vida, o lugar que que pertencia à outra pessoa, vai conseguir ser preenchido algum dia?

Como seguir em frente?

CAPÍTULO QUINZE

Atravessar a porta do meu quarto na segunda-feira de manhã foi mais difícil do que eu poderia ter antecipado.

Minha mãe já estava lá dentro, afofando vários travesseiros bem firmes que tinha comprado, construindo um forte com eles na cabeceira da cama. Por ordens médicas, eu teria que dormir em uma cama reclinável pelos primeiros três dias, já que minha respiração ainda não tinha voltado ao normal, mas como não tínhamos uma cama reclinável, os travesseiros teriam que servir.

Eu sabia que ela havia usado suas folgas em haver no trabalho, mas não tinha muito dinheiro sobrando para sair e comprar travesseiros. Eu tinha me oferecido para comprá-los com o dinheiro da minha pequena poupança, mas minha mãe havia se recusado. O dr. Arnold disse que eu poderia voltar a trabalhar como garçonete assim que tivesse alta geral do meu médico, mas disse que o vôlei ficaria suspenso por algum tempo, obviamente, por causa do braço quebrado.

Não sabia como eu poderia voltar para o Joanna's.

Não sabia como eu poderia voltar para o vôlei.

Não sabia como eu poderia voltar para *qualquer coisa*.

Minha mãe ficou ereta e olhou por cima do ombro.

– Você está bem?

Não.

Eu ainda estava de pé na porta, paralisada, enquanto meu olhar percorria todo o quarto. Tudo estava como antes, exceto a minha mesa com uma pilha de livros e pastas. Sebastian deve ter trazido tudo. Eu teria o resto da semana para me atualizar no que seriam duas semanas de aulas perdidas.

Eu também não sabia se conseguia entrar nesse quarto.

Ainda era o mesmo, enquanto nada mais era igual, e não parecia certo entrar ali quando eu ainda podia enxergar Megan, da última vez em que esteve ali, sentada de pernas cruzadas na minha cama, torcendo o cabelo loiro e comprido entre as mãos e jogando uma bola de vôlei contra a parede enquanto falava sobre Phillip. Eu poderia voltar mais no tempo, vendo-a com treze anos, olhando minhas pilhas de livros, mexendo nos livros adultos, procurando as cenas mais sacanas para ler em voz alta para Dary, cujo rosto ficava da cor de um rabanete. Eu podia ouvir Megan e Abbi discutindo sobre qual era a melhor dançarina em *Dance Moms* ou qual mãe elas escolheriam para vencer uma briga de rua. Meus lábios começaram a se curvar nos cantos.

Nem tive oportunidade de ir ao funeral da Megan.

Fechando os olhos, plantei a mão direita sobre o batente e oscilei de leve.

– Lena?

– Sim – disse entre os dentes, engolindo em seco. – Eu só...

Não sabia mais o que eu era.

Eu estava em casa. Estava viva e estava em casa.

Ninguém naquele carro tinha voltado.

Todos estavam a sete palmos de terra.

– Você deve estar exausta. Você precisa ficar em repouso, não em pé. – Minha mãe puxou a colcha sobre a minha cama. – Venha. É aqui que você tem que ficar.

Minha mãe mexeu comigo até eu subir na cama e ela colocar as colchas sobre as minhas pernas. Então mexeu um pouco mais, trazendo um copo de água e uma lata de refrigerante, junto com uma tigela de batatas fritas. Só depois que eu estava rodeada por tudo o que eu poderia precisar foi que ela saiu do quarto e voltou com alguma outra coisa na mão.

– Eu não queria levar isso no hospital, ainda mais quando você não queria ver ninguém. – Ela caminhou até a cama e estendeu a mão. – A polícia trouxe na quarta-feira quando nenhuma das... nenhuma das famílias disse que era deles.

Era o meu celular.

– Eu o mantive carregado para você. Acho que você tem várias mensagens aí. – Ela olhou para ele. – Não faço ideia de como ele ficou inteiro.

Devagar, peguei meu celular da mão dela e o virei com a tela para cima. Como meu celular tinha sobrevivido ao acidente? O veículo tinha capotado e eu... eu estava segurando meu celular quando Cody bateu na árvore.

Eu me lembrava disso.

Eu estava mandando mensagem para Abbi.

Olhei fixo para meu celular, quase sem ouvir minha mãe dizer que ia descer para fazer algumas ligações. O celular não tinha dano nenhum. Nem uma única rachadura na tela nem nada. Como era possível?

Vi as mensagens não lidas, as ligações e as notificações das mídias sociais. Havia tantas... *tantas*. Ignorei-as e abri minhas mensagens, depois rolei a tela até o nome de Abbi. Não li as mensagens dela. Na caixa de entrada, mirei na mensagem incompleta.

Peguei carona com a Megan. Não quis incomodar.

– Ah, meu Deus – sussurrei, deixando meu telefone cair na cama como se fosse uma bomba prestes a explodir.

Minha mensagem ainda estava ali, esperando para ser enviada. Um pensamento que ficou inacabado. Uma mensagem que nunca chegou ao destinatário. Aquela poderia acabar sendo a última coisa que eu teria escrito na vida. Provavelmente deveria ter sido, mas uma faixa de apenas cinco centímetros de largura havia salvo a minha vida.

Passei as mãos no cabelo, afastando os fios da frente do meu rosto. Fiquei assim por vários minutos, sem me mover. Eu precisava fazer meus exercícios de respiração logo, logo. O inalador estava no criado-mudo. Tirando as cobertas de cima das pernas, virei na beirada da cama com cuidado. Quando eu ficava em pé, parecia que alguém estava apertando minhas costelas no torno, mas ignorei a dor ao caminhar a pequena distância até minha mesa e pegar meu laptop.

De volta à cama, abri a tampa para inicializá-lo e fui direto no Google para digitar o nome do jornal local. O site apareceu e não levei muito tempo para encontrar o que eu estava procurando.

Artigos sobre o acidente.

O primeiro deles, no dia seguinte, tinha uma foto da SUV. Coloquei a mão na boca bruscamente ao olhar para a imagem. A foto era daquela noite. Havia um clarão vermelho e azul na imagem.

Como eles podiam ter autorização para postar uma foto daquelas?

O veículo tinha ficado amassado a ponto de ser quase irreconhecível. O teto afundado, as portas arrancadas. Janelas quebradas. Um lado parecia ter sido aberto como lata de sardinha. Uma lona amarela cobria parte do para-brisa.

Chris estava sentado na frente.

Tirando a mão de novo do laptop, fiquei ali por um segundo, me perguntando como é que eu havia sobrevivido ao acidente. Como um cinto de segurança tinha me protegido *daquilo?*

Nomes não tinham sido liberados quando o artigo foi publicado. As famílias ainda estavam esperando que suas vidas fossem destruídas. Duas vítimas tinham sido levadas de helicóptero para o INOVA. Suspeitava-se de que álcool fosse a causa preliminar.

Voltei na página e vasculhei as manchetes até parar em uma que dizia: "Quatro estudantes da região morrem em acidente relacionado à bebida". Era da terça-feira.

Li o artigo atordoada, como se lesse sobre estranhos, não sobre meus amigos. Estavam listados pelos nomes. Cody Reece, 18. Chris Byrd, 18. Megan Byrd, 17. Phillip Johnson, 18. Meu nome não estava listado. Eu era mencionada como uma menor de dezessete anos, em estado crítico, mas estável.

Todos, menos um, tinham sido arremessados para fora do veículo, e outro parcialmente arremessado. Pensei na lona sobre o assento dianteiro do carona... e não quis pensar em mais nada daquilo.

Continuei rolando e lendo. Relatórios toxicológicos preliminares indicavam que o motorista – Cody – tinha um nível de álcool no sangue duas vezes acima do limite permitido. Na terça-feira, havia quase uma semana, eles estavam aguardando um relatório toxicológico completo e eu... eu vi Cody na minha mente, fazendo menção de pegar a maçaneta na porta do motorista e errando. Ouvi-o dizer de forma tão clara como o dia, como se estivesse sentado ao meu lado, *Jesus. Está falando sério? Só tomei uma.* E eu não queria ler mais, mas não consegui parar.

Eu li por cima o artigo anunciando que a Clearbrook High declinara do jogo contra o Hadley na última sexta-feira por respeito à perda enorme para a equipe de futebol. Eles falavam sobre os meninos, sobre suas marcas em campo. Como Cody tinha esperanças de entrar na Penn State, Phillip planejava ir estudar na Universidade de West Virginia, e o mesmo para Chris.

Outro artigo, publicado ontem, anunciava uma vigília que seria realizada na Clearbrook High, na sexta-feira à noite, depois do jogo de futebol americano, quando Clearbrook iria dar início à sua temporada "agridoce". Mas esse artigo mencionava outra coisa – *acusações*.

Acusações contra... Meu Deus. Li as linhas duas vezes, atônita e sentindo o estômago revirar.

UMA INVESTIGAÇÃO DO ACIDENTE AGUARDA CONCLUSÃO. AS AUTORIDADES LOCAIS REVELARAM QUE TODOS OS OCUPANTES DO CARRO ERAM MENORES E HAVIAM DEIXADO A RESIDÊNCIA DE ALBERT E RHONDA SCOTT. NESSE MOMENTO, ACREDITA-SE QUE OS DOIS ADULTOS ESTAVAM EM CASA NO MOMENTO DA FESTA EM SUA RESIDÊNCIA. SE FORMALMENTE ACUSADOS, ELES PODEM SER JULGADOS CULPADOS DE COLOCAR MENORES EM PERIGO, DE OFERECER BEBIDA ALCOÓLICA A MENORES, DE IMPRUDÊNCIA E NEGLIGÊNCIA CRIMINAL.

Puta merda.

Esses eram os pais de Keith, e eu sabia que eles estavam em casa. Eu os tinha visto dentro da casa, na cozinha. E aquela não tinha sido a primeira festa de que eles tinham ciência.

Atordoada, cheguei ao final do artigo e... e fiz algo que sabia que não deveria, mas fiz mesmo assim. Comecei a ler os comentários sobre o artigo que tinha anunciado seus nomes. O primeiro comentário dizia simplesmente "Orações". O segundo comentário dizia "Que desperdício de potencial. Descansem em paz". O terceiro comentário era "Já vi o garoto Reece jogar. Que maldito desperdício. Com certeza iria para a liga profissional."

"É por isso que, se beber, não se deve dirigir. Muita pena."

"Dirigir naquela estrada sóbrio já é assustador, que dirá bêbados. Idiotas."

Os comentários só... pioravam a partir dali. Pessoas, completos estranhos, comentando como se os conhecessem... como se *nos* conhecessem. Estranhos dizendo coisas muito horríveis, como se não se importassem que os amigos de Cody e de Phillip ou a família da Megan e do Chris poderiam estar lendo aquilo.

"Eles tomaram decisões idiotas. Eles morreram. Fim da história."

"Por que vamos fazer uma vigília para quatro idiotas que encheram a cara e sentaram atrás de um volante?"

"Bem, são quatro pessoas com que não precisamos nos preocupar, pois não vão repovoar a Terra."

"Os pais do anfitrião da festa deveriam ser acusados de assassinato!!!"

"Sentir gratidão por eles não terem matado mais ninguém faz de mim uma pessoa má?"

"Graças a Deus, eles não mataram ninguém. Idiotas."

E os comentários continuavam e continuavam, centenas. Centenas de estranhos fazendo volume, suas observações presas entre "orações" e "pais péssimos".

– Lena? – Minha mãe enchia a porta de entrada. – O que você está fazendo? – Seu olhar foi do meu rosto para o laptop. Rapidamente, ela chegou perto da cama e olhou a tela. Bruscamente, ela apanhou o computador do meu colo e se afastou.

Olhei para ela, trêmula. Meu corpo inteiro estava tremendo. Meu rosto estava molhado. Eu não tinha percebido que tinha começado a chorar.

– Você leu esses comentários?

– Não. – Ela colocou meu laptop na mesa. – Eu dei uma olhada em alguns deles e não precisei ler mais nenhum.

– Você sabe... o que andam dizendo?

– Não importa. – Ela se sentou na beira da cama, ao meu lado. – Não importa...

– É o que as pessoas estão pensando! – Apontando para o computador, fiz um esforço para respirar profunda e regularmente. Eu sabia que precisava me acalmar. – É assim que eles vão ser lembrados, não é?

– Não. Não é assim que eles vão ser lembrados. – Minha mãe passou o braço em volta dos meus ombros. – Porque não é assim que você vai se lembrar deles e nem como as famílias vão se lembrar.

Mas isso não é verdade, porque o mundo inteiro os veria de forma diferente para sempre. Era tudo o que Megan, Cody, Phillip e Chris tinham se tornado agora. Quatro vidas reduzidas aos níveis de bebida alcoólica no sangue e às más escolhas. Agora eles eram isso.

Não estrelas do futebol americano.

Não jovens indecisos sobre que curso fazer na faculdade.

Não uma fera das quadras de vôlei.

Não uma amiga que largaria tudo para ouvir a gente reclamar por causa de um garoto.

Não um garoto que se importava tanto com o futuro do amigo a ponto de fazer perguntas.

Não um menino que tinha o pior gosto do mundo em camisetas.

Não o tipo de gente que sempre fazia a gente rir, não importava o quê.

Em vez disso, eram pessoas com o dobro do limite permitido de álcool no sangue.

Eles eram imprudentes e irresponsáveis.

Eram pessoas que estavam retirando seus genes do mundo.

Eles é que tinham *provocado* os acontecimentos.

Eram jovens *idiotas* que tomavam decisões *idiotas* e tinham morrido.

Elas eram uma lição para os outros.

Só isso que eles eram agora.

Suas vidas inteiras agora eram uma porcaria de um especial vespertino sobre os perigos de misturar álcool e direção. Era só isso.

E eu odiava isso.

Porque era verdade.

CAPÍTULO DEZESSEIS

Eu as ouvi no andar de baixo, aproximadamente trinta minutos depois do fim da aula. As vozes vinham do térreo. Não consegui identificar o que estavam dizendo, mas sabia que minha mãe não faria nada para impedi-las.

Em pânico, eu me levantei da cama e lancei um olhar pelas portas da varanda. Eu conseguiria sair correndo por ali? Era quase risível. Minhas costelas cairiam do corpo se eu tentasse correr, e para onde eu iria? Eu estava presa.

Abbi e Dary estavam vindo.

Cada músculo do meu corpo ficou tenso quando ouvi seus passos pesados escada acima. A dor brotou nas minhas costelas, mas desta vez não mais aplacada pelos analgésicos que o hospital aplicava. Tinham me dado uma receita para usar um remédio em casa, mas eu não havia tomado nada ainda.

Soltei a pasta cheia de lição de casa e tarefas substitutivas. A pressão no meu peito cada vez maior.

Abbi foi a primeira a passar pela porta. Ela parou logo que entrou no meu quarto. Dary estava atrás dela, mas Abbi não se mexeu durante um momento que pareceu uma eternidade. Como se ela não pudesse entrar no meu quarto porque ele representava tudo o que não havia mais ali. Exatamente como eu me sentia.

Seus cachos tinham sido esticados com um coque apertado no alto da cabeça. A pele escura debaixo dos olhos estava inchada. Dary finalmente chegou mais perto dela, entrou no quarto e parecia tão... devastada quanto ela.

O cabelo preto rebelde estava preso com gel para trás. Os óculos de armação branca não faziam nada para esconder como seus olhos estavam inchados. Normalmente Dary estava vestindo algo bizarro. Hoje era só um jeans e uma camiseta folgada com gola em V. Sem cores vivas. Sem vestidos modernosos ou suspensórios.

– Você está com uma cara péssima – disse Abbi, sua voz rouca.

Minha boca ficou seca.

– Eu me sinto... péssima.

O rosto de Dary ficou todo franzido e ela se aproximou para sentar na minha cama. Abbi despencou na cadeira e Dary se inclinou nas minhas pernas, plantando os cotovelos na minha cama e escondendo o rosto nas mãos. Seus ombros tremiam, e eu queria dizer alguma coisa para confortá-la.

– Desculpe. – A voz de Dary era abafada. – Falei que a Abbi e eu iríamos segurar as pontas.

– É verdade. – Abbi puxou as pernas para cima e passou os braços so redor dos joelhos. – Ela me prometeu.

– Eu só... só senti sua falta. – Ela empurrou os óculos para a cabeça e limpou debaixo dos olhos ao endireitar a postura. – E quando a sua mãe disse que você não queria visitas, eu tinha que ver você... para ter certeza de que você estava bem.

– E eu estou tentando não ficar com raiva – disse Abbi, repousando o queixo nos joelhos. – Mas foi uma droga ter que conseguir notícias por intermédio do Sebastian.

– Desculpe. – Inclinei-me para trás, com o cuidado de não deixar os travesseiros escorregarem demais. – O Sebastian meio que... forçou a entrada.

– Você queria espaço. Estou tentando entender isso, mas... – Dary arrastou as costas das suas mãos sob seus olhos. – Foi muito difícil. – Houve uma pausa. – Tudo foi bem difícil.

– Foi sim – admiti baixinho.

– Como você está se sentindo? – Dary perguntou, soltando as mãos ao se sentar ereta.

– Melhor. Dolorida.

Ela escorregou os óculos de volta no rosto.

– E o seu peito? Seus pulmões? É para isso que serve o inalador? – Ela olhou na direção onde estava o aparelho, ao lado de uma pilha de livros.

Confirmei com a cabeça.

– É. O médico acha que tudo vai sarar bem, mas eu tenho que usar o inalador algumas vezes por dia pela próxima semana, mais ou menos.

– E o braço? – Abbi perguntou.

Quando levantei o braço esquerdo, me encolhi.

– Deve sarar bem. Espero que eu tire o gesso daqui a algumas semanas.

Abbi olhou para o meu braço.

– Então... o que vai acontecer com o vôlei?

– Não sei. – Eu me mexi nos travesseiros. – Não pensei nisso, na verdade.

– Quando eu quebrei o braço, tive que usar gesso por, tipo, seis semanas. – Dary franziu a testa. – Deus, eu me lembro de ter deixado entrar hera venenosa no meu gesso de algum jeito. Ugh. Foi uma tortura.

Dei uma olhadela para Abbi. Ela não estava mais olhando o meu gesso, mas o pé da cama.

– Vocês… vocês estão bem?

Abbi riu, mas sem humor.

– Não sei mais o que essa pergunta significa.

– É só… – Dary fechou os olhos e abanou a cabeça. – A Megan era maluca… maluca do melhor jeito. Só é estranho não a ter aqui, não ouvir a voz dela nem a ver ficar empolgada por causa de um gato no quintal ou alguma coisa assim. É só que… nada mais é igual.

– Você se lembra de alguma coisa do acidente? – Abbi perguntou de repente.

Um tremor me percorreu.

– Só um pouquinho. Como *flashes* de conversas.

– Sua mãe disse que você teve uma concussão e que estava tendo problemas para lembrar – Dary disse.

Confirmei com a cabeça.

– Então você não se lembra de nada? – Abbi perguntou novamente, e meu olhar desviou para o dela por um breve instante.

– Não muito – falei e me odiei por isso. – Mas eu… me lembro que ia mandar mandar mensagem para você e falar que… eu estava indo embora.

– Não recebi a mensagem. – Abbi colocou os pés no chão.

– Não tive… chance de enviar.

Dary fechou os olhos.

– Eu sei que você não se lembra, mas você acha que eles… que eles sofreram?

Passando minhas mãos na colcha, soltei um suspiro trêmulo.

– Acho que não. Acho que o Cody também não.

– Ele nunca acordou – Abbi afirmou baixinho.

Sacudi a cabeça, sem saber o que dizer enquanto olhava de uma para a outra. A falta que Megan fazia era uma presença tangível e pesada na sala.

Elas ficaram um tempo: Dary sentada na minha cama, Abbi na cadeira do computador. Falaram sobre a escola e sobre Megan, sobre as músicas tocadas no funeral. Falaram sobre as acusações que os pais do Keith poderiam enfrentar e como ele estava lidando com tudo. Foi Dary quem falou a maior parte do tempo.

Fui passando pela conversa, balançando a cabeça para cima e para baixo e respondendo quando era necessário, mas eu não estava presente; não de verdade. Minha cabeça estava a centenas de quilômetros de distância. Já estava perto da hora do jantar quando elas se levantaram para ir embora, e Dary me deu um abraço de despedida.

Abbi me abraçou com o mesmo cuidado de Dary.

– Eu sei que você precisa de algum tempo, de um pouco de espaço – ela disse, pressionando a testa no lado da minha cabeça. Sua voz era baixa o suficiente para só eu ouvir. – Sei que isso foi difícil para você, mas também foi difícil para nós. Não se esqueça disso. Você precisa da gente neste momento. – Sua voz falhou, e, sobre seu ombro, vi Dary baixar a cabeça. – Nós precisamos de você neste momento.

Ouvi a maçaneta girar e lancei um olhar para a porta. Havia uma sombra do outro lado das portas da varanda. Coloquei o inalador de lado, sentindo meu coração bater irregularmente. A porta se abriu, Sebastian entrou e a fechou atrás de si.

Sebastian estava vestido para ir dormir, com calça de flanela e uma regata branca. Ele ficava bem assim. Ele sempre ficava bem, e eu quase não queria reconhecer esse fato. Como se eu não devesse mais fazer isso.

Como se eu tivesse perdido o direito.

– Não mandei mensagem – ele disse, andando até a cama e se sentando. – Achei que você não fosse responder.

– Então por que você veio?

Seus lábios se curvaram nos cantos.

– Você sabe por quê.

Levantei uma sobrancelha. Antes que eu pudesse responder, ele começou a se mover. Virando de lado, ele subiu na cama e depois ficou deitado de costas. Seus ombros ficaram ao lado dos meus. Seus quadris ficaram ao lado dos meus. O sentido intenso de consciência que sempre acompanhava este tipo de proximidade estava presente. Uma onda de calafrios que percorria minha pele. Não parecia... Não parecia certo. Essa sensação *consciente*. Como se eu não devesse sentir essas coisas depois do que aconteceu. Não era certo.

– O que você está fazendo? – perguntei.

– Ficando confortável – ele respondeu, sorrindo para mim. – Pretendo ficar aqui um tempo.

Meu queixo caiu.

– Não sei se você percebeu isso ou não, mas eu canso muito fácil agora. Deveria estar descansando...

– Você se lembra de quando tinha onze anos e pegou mononucleose? – ele perguntou de repente.

Dei de ombros. Claro que eu me lembrava. Para mim, a febre foi a pior parte. Senti como se minha cabeça fosse explodir. Eu tinha certeza de que tinha pegado da Dary.

– Nossos pais queriam que a gente ficasse longe um do outro. Meu pai tinha medo de que eu pegasse e perdesse o treino da Liga Infantil. – Ele riu baixinho. – Enfim, você ficou chateada porque estava solitária e reclamando um monte porque...

– Eu não estava reclamando – argumentei. – Eu estava presa no meu quarto, sozinha fazia dias, e quando não estava dormindo, estava entediada.

– Você estava doente e não queria ficar sozinha. – Ele fez uma pausa, esperando que eu olhasse para ele. – Você me queria.

Minhas sobrancelhas levantaram e uma onda de calor tomou conta do meu rosto. Ele estava drogado?

– Eu não queria exatamente *você*. Eu só queria alguém...

– Você sempre me quis. – Ele me interrompeu, seu olhar fixo no meu. – Não simplesmente qualquer um, você *me* queria.

Afastando os lábios, tudo o que consegui fazer foi ficar encarando-o por vários segundos. A noite da festa voltou. A gente perto da piscina. Eu pensando que ele ia me beijar. A gente discutindo naquela noite. E eu pensei sobre a segunda-feira anterior àquela noite, no lago. Eu o tinha beijado, mas não me permiti pensar sobre nada daquilo, porque não parecia justo.

– Então você não me querer aqui não tem nada a ver com estar cansada. Eu sei porque você não quer. Ou pelo menos acho que entendo parte do motivo, e nós vamos falar sobre a parte de você me querer mais tarde – ele respondeu, passando o braço sobre o peito. – Mas, agora, quero saber como foram as coisas com a Abbi e com a Dary.

Íamos falar sobre a parte de eu querer Sebastian mais tarde? Esse era um "mais tarde" que eu ia fazer de tudo para não estar presente quando chegasse.

– Não vou embora. – Ele roçou meu joelho com o seu. – Começa a falar.

Depois de alguns instantes, desviei meu olhar para a TV. No fundo, eu sabia que poderia mandá-lo ir embora. Se dissesse que realmente não queria a presença dele, ele iria embora. Ele não ficaria feliz, mas iria. No entanto, enquanto eu fitava a TV, sabia que não queria que ele se fosse. Não queria ficar sozinha. Eu queria meus amigos.

Eu queria Sebastian.

– Foi bom ver as meninas – admiti, minha voz rouca. – Como você descobriu que elas estavam aqui? Estava vigiando a casa?

– Talvez. – Ele riu novamente. – Não, hoje na escola elas me disseram que viriam e que forçariam a barra se fosse necessário. Elas sentiram mesmo sua falta, Lena. Essa última semana foi muito difícil para elas.

– Eu sei.

Ele ficou quieto por apenas um momento.

– A Megan era amiga delas também.

A culpa era como uma serpente que estava apertando meu tronco.

– Também sei disso.

– Sei que você sabe, mas há alguma coisa acontecendo na sua cabeça.

Passei a mão sobre a colcha, sentindo que havia muito mais que eu queria dizer, mas não sabia como fazê-lo.

– Tenho um monte de coisas na minha cabeça no momento.

– Compreensível – ele murmurou. – Eu também tenho um monte de coisas na minha cabeça no momento. É estranho. Tipo, eu acordo pensando em alguma coisa que o Cody me disse. Ou alguma coisa imbecil e ignorante que eu disse para ele.

Fechei os olhos, sentindo a garganta queimar.

– Na aula hoje, alguém disse uma coisa engraçada, e meu primeiro pensamento foi que eu mal podia esperar para contar ao Phillip. Que ele iria adorar a piada. Então me lembrei que não poderia contar – disse Sebastian. – Entrei ontem no refeitório procurando você.

Eu não sabia o que dizer.

– Sinto falta deles, Lena. – Seu ombro levemente pressionado no meu. – E sinto a sua falta.

Abrindo os olhos, deixei meu corpo encostar mais no dele.

– Mas estou aqui.

– Está mesmo?

Pisquei.

– Estou.

Sebastian ficou calado por mais um longo momento.

– É bom falar sobre eles, sabe? Pelo menos é o que os psicólogos de luto têm dito.

Falar sobre Megan e os meninos doía como se eu tivesse levado um tiro no peito, então não conseguia imaginar de que forma seria bom.

Quando não respondi, ele fez a mesma pergunta de Abbi:

– Você se lembra do acidente?

Dei a mesma resposta que eu tinha dado às meninas.

– Só uns pedaços.

Ele assentiu lentamente.

– Você... Você sabe por que foi embora com eles e não comigo?

Um sexto sentido me dizia que ele queria falar comigo sobre algo... sobre algo que eu tinha evitado muito. Eu não sabia como responder a essa pergunta. O raciocínio agora parecia muito idiota. Incrivelmente burro. Mas eu estava cansada de dizer "não sei" e exausta de falar meias verdades e mentiras.

– Você estava com a Skylar e eu... eu não quis incomodar você. – Quando dei uma olhada nele, ele estava me observando como se não fizesse ideia do que eu estava falando. – Não vi você depois que ela apareceu. Não quis ir procurar você. Achei que vocês queriam... privacidade e tal.

Uma emoção que eu não consegui decifrar muito bem perpassou seu rosto e ele virou a cabeça. Um músculo ao longo de sua mandíbula flexionou.

– Porra – ele murmurou, passando os dedos pelo cabelo. Seus dedos amassaram os fios. – Não sei por que você acha que a Skylar e eu precisamos de momentos de privacidade, mas eu teria gostado da interrupção. Achei que você só estivesse se divertindo.

Debaixo das cobertas, cruzei os tornozelos.

– Tá.

– Não. Sério. – Ele soltou a mão e seu cabelo caiu de novo na testa. – A Skylar queria falar comigo sobre... sobre a gente voltar. Passei aquele tempo todo com ela tentando explicar que a gente não ia voltar. Ela ficou muito chateada. Chorando e tudo.

Tive uma descarga de surpresa.

– Você não voltou com a Skylar?

– Não. – Ele riu. – Quando terminamos na primavera, acabou. Já era. Não vou voltar. Nada contra ela, eu ainda gosto dela, mas isso simplesmente não vai rolar.

Havia uma parte em mim, a parte antiga, que queria dissecar cada palavra que ele tinha acabado de dizer. *Tudo* o que ele estava dizendo. Aquela velha parte de mim queria descobrir se ele estava dizendo a verdade ou minimizando a situação para não ferir meus sentimentos.

A parte nova não estava fazendo isso agora.

Sebastian não tinha motivos para mentir sobre esse assunto.

– Quando eu estava falando com ela, recebi uma mensagem de texto da Abbi, dizendo que ela estava procurando você e a Megan. – Desta vez, ele coçou o queixo. – Algumas pessoas que estavam saindo da festa viram o acidente, reconheceram o carro do Chris e voltaram para a festa, já que a estrada ficou bloqueada. Foi quando eu soube que tinha acontecido alguma coisa. Tentei te ligar. Mandar mensagem.

As chamadas não atendidas e as mensagens não lidas continuavam no meu celular sem terem sido notadas.

Ele exalou ruidosamente. Vários momentos se passaram.

– Como você está de verdade?

Essa pergunta simples foi um golpe afiado em mim que ricocheteou nas paredes e abriu uma pequena rachadura.

– Não quero ir para a escola na semana que vem – sussurrei. – Não sei se consigo ver todo mundo quando eu...

– Quando você o quê?

Quando eu sou responsável pela morte dos meus amigos.

Pensar essas palavras fez meu coração pular uma batida e minha garganta se fechar. Eu não estava pronta para voltar para a escola. E não estava pronta para falar sobre a agonia, a dor e toda a *culpa*. Não estava pronta para transformar essas emoções confusas e amargas em palavras. Não sabia como admitir para meus amigos, que eu amava, e para o garoto por quem estava apaixonada durante todo esse tempo, que eu poderia ter impedido o acontecido. Que eu poderia ter feito melhor.

– Tudo bem – disse ele. – Não precisamos falar mais nada.

Um nó se formou.

– Obrigada.

– As coisas vão acabar melhorando. – Colocando a mão entre nós, ele encontrou minha mão esquerda e entrelaçou cuidadosamente seus dedos nos meus. – Sabe como eu sei?

– Como? – Meus olhos estavam ficando muito pesados para eu continuar mantendo-os abertos.

Ele apertou meus dedos.

– Você deixou a porta da varanda aberta.

CAPÍTULO DEZESSETE

Na terça à tarde eu estava sentada no meio da minha cama, olhando para meu celular. Minha mãe estava lá embaixo, tentando cuidar das poucas contas que ela conseguia acessar de casa. Ela havia me dito naquela manhã que falara com o meu pai. Era a primeira vez que ela o mencionava desde sua aparição no hospital.

Ela me disse que ele iria fazer um esforço para ser mais *presente*, seja lá que diabos isso significava.

Eu não esperava que nada fosse diferente. Meu pai ligava esporadicamente e eu não atendia. Quase morrer tinha mudado muitas coisas, mas não isso.

Lançando um olhar para o espaço na cama ao meu lado, pensei na noite passada. Eu não fazia ideia de que horas Sebastian tinha ido embora, porque eu já tinha pegado no sono. Tudo que eu sabia era que, quando acordei naquela manhã, ele tinha sumido.

As coisas vão acabar melhorando.

Será que iriam? Quando acordei de manhã, antes da névoa do sono clarear completamente, eu quase podia acreditar que iriam. Até eu me mexer e sentir uma pontada de dor no peito.

Eu tinha pensado que talvez as coisas estivessem melhores, até lembrar que meus amigos estavam mortos.

Até lembrar que eu poderia tê-los mantido vivos.

Inspirando fundo e bruscamente, eu franzi o rosto de dor ao sentir o ardor percorrer minhas costelas. Engoli com força, me sentindo cada vez mais inquieta e agitada.

O treinador Rogers tinha ligado naquela manhã. Eu não sabia que era ele até minha mãe trazer o telefone para mim, e nesse momento não havia como eu recusar a ligação.

Peguei o telefone com a mão trêmula, o estômago apertado de medo. O treinador era severo. Meninas tinham sido expulsas da equipe por muito menos do que isso em que eu estava envolvida.

Esfreguei a mão na testa. O treinador perguntou como estava me sentindo e eu disse que estava melhorando. Ele perguntou sobre o meu braço, e eu falei que poderia levar várias semanas até tirar o gesso.

Ele foi bem direto sobre a minha posição, e eu fiquei surpresa quando ele me disse que esperava me ver nos treinos e nos jogos. Fiquei chocada quando ele disse que eu ainda tinha um lugar na equipe.

Isso *não* era o que eu esperava do telefonema dele.

O treinador ia trazer uma das meninas da equipe do ano anterior e improvisar. Acho que eu disse que tudo bem.

Ele não perguntou sobre Megan ou os meninos.

Parte de mim queria saber se minha mãe havia conversado alguma coisa com ele, porque como era possível que ele não mencionasse a Megan? Ela era uma parte muito importante no time, melhor do que nossa capitã. Megan iria conseguir conquistar uma vaga em um time universitário.

Teria conseguido.

Megan teria conseguido uma vaga. O telefonema terminou com o treinador me dizendo para me cuidar, e que ele esperava me ver na semana seguinte. Quando desliguei, minha mãe pegou o telefone e eu só fiquei sentada, sem fazer nada, olhando para o meu celular, sabendo que haveria mensagens de texto não lidas e mensagens de voz pendentes. Porém, eu não conseguia pensar nelas – só conseguia pensar no que o treinador tinha falado.

Ele me queria no time, mas eu... eu não conseguia me enxergar voltando para lá. Viajando com o time, sentando no banco, fingindo que eu não tinha começado a jogar vôlei por causa da Megan. Fingindo que estava tudo bem ela não estar mais lá.

Meu olhar se voltou paras as joelheiras no meu armário, e eu soube, bem naquele momento.

Deslizei da cama e fui arrastando os pés até lá. Apoiei meu braço ruim contra as costelas e me abaixei para pegá-las do chão. Joguei-as no fundo do closet, além dos livros e dos jeans. Fechei a porta e recuei um passo.

Eu não precisaria mais delas.

Sábado de manhã, Lori estava sentada à mesa da cozinha, os pés apoiados no assento de outra cadeira. Se minha mãe estivesse em casa, perderia a cabeça, mas ela estava fazendo mil coisas na rua. Normalmente a Lori não vinha para casa nos fins de semana, já que a distância entre Radford e Clearbrook era bem longa, mas minha mãe não queria me deixar sozinha, com medo de meus pulmões murcharem ou algo assim.

Duas semanas depois de sofrer um acidente que tinha posto minha vida em risco, no geral, meu corpo estava começando a parecer normal. Eu ficava sem fôlego fácil, e minhas costelas e braço doíam quase todos os segundos do dia, mas os hematomas no meu rosto tinham sumido e meu maxilar já não doía mais.

E eu estava viva.

Atualmente eu caminhava em círculos ao redor da mesa da cozinha, em parte porque agora eu devia ficar em pé e me mover o máximo possível, e em parte porque eu estava com dificuldade de ficar sentada. Caminhar mexia com as costelas, mas era o tipo de dor à qual eu estava me acostumando.

Lori estava descascando uma laranja, e o aroma cítrico encheu a cozinha.

– Então, você sabia que o pai ainda está na cidade?

Parei, a meio caminho entre a geladeira e a pia. Minha mãe mencionou ter conversado com ele, mas não que ele ainda estivesse na cidade. Presumi que ele tinha voltado para Seattle.

– O quê?

– Sim. – Ela soltou a casca em um papel toalha ao seu lado. – Ele está hospedado em um dos hotéis com suítes. Você sabe, aqueles destinados a, tipo, estadias longas ou algo assim.

– Quanto tempo ele vai ficar?

Um encolher de ombros.

– Não sei. Vou encontrar com ele para jantar hoje à noite. Você deveria vir.

Eu ri e imediatamente me arrependi. A risada doeu.

– Eu passo. Obrigada.

Lori revirou os olhos e cortou uma fatia.

– Isso não é legal.

Retomando a caminhada, ignorei o comentário.

– Como é que ele tem dinheiro para ficar em um hotel? Deve ser caro.

– Ele está indo bem – ela respondeu. – E tem economizado dinheiro. Você saberia se falasse com ele.

– Ah, então ele está indo bem o suficiente para se dar ao luxo de ficar em um hotel por bastante tempo? – Irritada, parei na geladeira e peguei um refrigerante. – *Demais.*

Lori colocou o pedaço final de laranja na boca e olhou para mim.

– E a mãe também não está ganhando tão pouco assim.

– Não tem sido fácil – retruquei. – Você sabe disso.

Entrei na sala e liguei a televisão. Sentei no sofá com cuidado e comecei a passar os canais. Lori me seguiu até a sala, mas, antes que pudesse se sentar, bateram na porta da frente.

– Eu atendo. – Ela girou e desapareceu no pequeno hall.

Não podia ser o Sebastian. Ele vinha todas as noites – Todas. As. Noites – desde a segunda-feira, mas ainda devia estar no treino de futebol americano. Todas. As. Noites.

– Ela está aqui – ouvi Lori dizer.

Um segundo depois, Dary veio através do arco para a sala de estar.

– Oi. – Ela acenou. – Estou entediada.

Meus lábios se contraíram em um pequeno sorriso que parecia estranho, e eu percebi que não sorria desde... desde aquela noite de sábado.

– Então você decidiu vir aqui?

– Sim. – Ela sentou-se na poltrona. – Eu estou tão entediada que pensei em vir e – ela apertou os olhos para a televisão – assistir à Batalha de Antietam com você.

Lori deu uma risada sem humor e se sentou no sofá.

– Você vai desejar ter ficado em casa.

– Duvido. – Dary dobrou as pernas debaixo do corpo. – Minha mãe quer organizar os armários. Você pode pensar que estou exagerando, mas não, eu não estou. Quando cheguei em casa, ela estava esperando com uma *lista*. Então, eu menti e disse que tinha que ajudar você com os trabalhos da escola. Vim andando. Aliás, por que tem que fazer um calor absurdo desse em setembro?

– Aquecimento global. – Lori pegou o controle remoto e silenciou a TV. – Onde está a Abbi?

Eu estremeci. Abbi tinha vindo só uma vez desde segunda-feira, na quarta. Ela não tinha ficado muito e deixou Dary aqui quando saiu. Não tinha mandado mensagem nem ligado depois.

– Ela está com os pais dela – Dary disse. – Eles vão fazer alguma coisa hoje.

Não respondi nada porque eu sabia que era mentira. A mãe dela sempre trabalhava aos sábados no hospital, e da forma como as coisas estavam com os pais dela, eu duvidava de que fossem ter um dia de família.

A banana que eu tinha comido mais cedo azedou no meu estômago. Abbi não queria me ver e não havia muitas razões pelas quais ela poderia estar se sentindo assim. Eu não podia culpá-la por nenhuma delas.

– Você vai começar na escola na segunda ou na terça? – Dary perguntou.

– Fui ao médico ontem. Ele quer que eu vá ao consultório na segunda-feira de manhã, e se tudo estiver de acordo com o que ele espera, eu começo na terça.

Dary passou a mão pelo cabelo curto.

– Aposto que você está pronta para voltar para a escola.

– Na verdade, não – murmurei. Formou-se uma bola de pavor dentro de mim.

Ela franziu a testa.

– Sério? Eu estaria maluca a essa altura, e você gosta da escola.

Eu estava um pouco maluca e eu gostava da escola, mas a escola significava que eu teria que enfrentar todo mundo e...

– Todos estão ansiosos para ver você – disse Dary, obviamente lendo minha hesitação. – Muitas pessoas andam perguntado como você está. Muita gente tem pensado em você.

Tomei um gole do refrigerante enquanto pensava sobre aquele cartão que o Sebastian tinha me trazido. Ainda estava na minha mesa, na sacola de papel-pardo.

– Eu só não... não vou sentir a mesma coisa sem eles aqui. – Admiti uma pequena verdade do que eu estava pensando. Da forma como eu tinha feito com Sebastian na noite de segunda-feira, dizendo a ele que eu não queria voltar para a escola.

Dary baixou o olhar, e seus ombros se levantaram com uma respiração profunda.

– Não é. Realmente não é, mas... está ficando mais fácil.

Estava?

Ela inspirou fundo de novo, e quando falou, sua voz tremeu.

– De qualquer forma, você tirou o atraso da matéria?

Agradecendo a mudança de assunto, eu relaxei.

– Basicamente, sim. Basicamente é só ficar lendo tarefas e fazer exercícios rápidos.

– Que bom. Pelo menos você não precisa se sentir oprimida com a tentativa de recuperar os dias longe da escola. – Ela apoiou o cotovelo no braço da cadeira. – Então, como vão as coisas com o Sebastian?

Lori fez outro ruído anasalado de desdém.

– Ele praticamente vive aqui agora.

Lancei um olhar sinistro para ela.

– Não, ele não vive.

– Eu achava que era ruim antes – minha irmã continuou, me ignorando. – Como ter uma droga de um irmão em casa. Mas agora ele está aqui o tempo todo.

Dary riu.

– Você não fica aqui o tempo todo – ressaltei. – Você não sabe do que está falando.

– Não é hora de usar o seu inalador? – ela brincou, sorridente.

Revirei os olhos.

– Nem sei por que você está me perguntando como as coisas estão indo com o Sebastian.

Dary foi quem deu a fungada desta vez.

– Fala sério, Lena. Só porque eu fiquei fora durante uma semana não significa que eu não sei sobre o beijo e a discussão e… – Ela parou por um segundo e eu fiquei rígida. Ela se recuperou sacudindo a cabeça. – A Abbi já me atualizou.

Provavelmente era uma coisa boa que Abbi não estivesse presente, porque eu meio que queria dar um tapa na parte de trás da sua cabeça.

– Espere. – Lori sentou-se mais para a frente, me encarando. – Você *beijou* o Sebastian?

Abri a boca.

– Beijou – Dary respondeu no meu lugar. – No lago, segundo contam.

– Já não era sem tempo. – Lori se recostou, sorrindo. – Ai, meu Deus, espere até eu vê-lo novamente. Estou tão…

– Não diga nada para ele. Por favor, Lori. Foi um… não sei. Não era para acontecer. Ele não me beijou. Foi só uma coisa aleatória que meio que aconteceu…

– Beijar alguém não é algo que simplesmente acontece, sabe? – Lori inclinou a cabeça para o lado. – Tenho certeza de que você sabe disso.

– Abbi disse que vocês iam conversar a sós depois que ele te jogou na piscina ou alguma coisa? Era para você contar tudo para ela depois. – Dary plantou a bochecha no punho. – O que vocês conversaram? E, fala sério, eu sei que você admitiu para a Abbi e… e para a Megan que você gosta dele, e todo mundo já sabia.

– Na verdade nada. – Suspirei, lançando um olhar pela sala em busca de uma fuga. Era estranho, até mesmo errado, falar sobre

Sebastian depois do que tinha acontecido. Mas ambas estavam me olhando e esperando como se aquilo não tivesse nada de mais. – Quando ele me jogou na piscina, achei que ele fosse me beijar. E fiquei zangada e saí andando. Eu estava conversando com o... com o Cody – falei, perdendo o fôlego ao sentir uma pontada afiada de dor no meu peito. – E ele veio e eu não sei como foi que começamos a discutir. Ele disse uma coisa. Eu respondi com outra e depois eu admiti que achava que ele ia me beijar, mas então a Skylar apareceu e eu saí de perto.

Fiz uma pausa, olhando para Dary.

– Ele me disse que ele e a Skylar não voltaram.

– Não me parece que voltaram. Ele não anda com ela na escola – disse ela, olhando para o teto. Ela franziu os lábios. – Mas eu vi a Skylar indo até ele. Ele não parece muito feliz, sabe? Como se estivesse apenas sendo educado, mas precisasse desesperadamente que a melhor amiga dele de todos os tempos, também conhecida como Lena, pulasse em cena e o resgatasse.

Ela sorriu quando balancei a cabeça.

– Espere um segundo. Vamos voltar um segundo. Você o beijou, certo? – Lori perguntou. – A mãe sabe? Porque, se você acha que ela não sabe que ele entra de fininho no seu quarto à uma da madrugada, é melhor você pensar de novo.

Meus olhos se arregalaram.

– Ela sabe disso?

Lori riu como se achasse que eu precisava de um tapinha na cabeça.

– Acho que ela suspeita um pouco.

Oh.

Isso provavelmente não era nada bom.

– Vocês dois vão se casar um dia que vai ser até nojento de tão fofo – Dary anunciou.

– Eu não sei quanto a isso – protestei, levantando meu braço bom. – Podemos não falar sobre esse assunto?

– Eu tinha mesmo outro motivo para vir aqui. – Dary endireitou os óculos. – Eu estava me perguntando se você queria ir ao cemitério... Posso te levar de carro. – Ela olhou para a minha irmã. – Ou talvez a Lori pudesse levar nós duas?

Fiquei branca, sentindo um aperto no meu peito. Ir ao cemitério? Ver os túmulos do Cody e do Phillip? Da Megan e do Chris? A terra ainda estaria fofa. A grama ainda não vai ter crescido.

– Não sei. – Lori estava me observando. – Está muito quente aí fora e o cemitério fica a uma boa caminhada. Não acho que ela esteja pronta para isso.

Dary pareceu aceitar a desculpa, que era parcialmente verdadeira, pelo menos.

Ela ficou mais algumas horas e depois saiu, prometendo me mandar mensagem depois.

– Obrigada – disse a Lori, depois de ter fechado a porta. – Por essa coisa do cemitério.

Ela assentiu distraída, seu rosto contrito.

– Você não está pronta para fazer isso, e eu não estou falando fisicamente.

Peguei uma almofada e apertei contra o peito, sabendo que ela estava certa.

– Você nem fala sobre Megan ou sobre os meninos. – Ela chegou perto do sofá. – Você não fala sobre o acidente nem sobre coisa nenhuma. Eu sabia que você não queria ir aos túmulos deles.

Túmulos. Eu odiava essa palavra. Era fria e estéril.

– Você sabe que uma hora ou outra você vai ter que ir. – Lori sentou-se perto de mim e colocou os pés descalços sobre a mesa de centro. – Você precisa ir. É um encerramento. Esse tipo de coisa.

Confirmei com a cabeça.

– Eu sei. Eu só... – Um nó se retorceu profundamente no meu estômago. – Posso te perguntar uma coisa?

– Claro.

– Você acha que o que aconteceu é realmente um acidente?

Ela franziu as sobrancelhas.

– Como assim?

– É difícil explicar, mas... foi realmente um acidente? Quero dizer, o Cody estava... Ele estava dirigindo embriagado. – Segurei a almofada perto do meu peito. – Se ele tivesse sobrevivido, não poderia ser acusado de homicídio culposo ou algo assim?

– Acho que sim.

– Então como é que pode realmente ser chamado de acidente? – E não deveria eu ser acusada de alguma coisa porque eu não tinha bebido? Não falei isso em voz alta. – Para mim, um acidente é algo que não pode ser evitado. Isso poderia.

Lori inclinou a cabeça para trás contra a almofada.

– Entendo o que você está dizendo, mas eu... eu não sei o que dizer. Ele não pretendia perder o controle e estragar tudo. Ele não pretendia matar todo mundo e machucar você, mas ele fez isso. As ações têm consequências, não têm?

– Assim como a omissão – murmurei.

Ela ficou quieta por um instante.

– A mãe me contou.

Fiquei tensa.

Um segundo se passou.

– Ela me disse que fizeram um exame para ver se havia álcool no seu sangue quando você deu entrada no hospital, quando fizeram o resto dos exames. Os médicos disseram que você não estava bêbada. Não havia nada no seu organismo.

Fechando os olhos, engoli em seco.

– O que aconteceu, Lena? – Ela girou na minha direção, erguendo uma das pernas. – Você sabe que pode falar comigo, não sabe? Não vou te julgar. Vai te ajudar a falar.

Abri a boca. O desejo de contar para ela era quase esmagador. Mas ela *iria* me julgar. Ela teria que julgar.

Então eu não disse nada.

CAPÍTULO DEZOITO

No domingo à noite, Sebastian arrastou uma das velhas espreguiçadeiras de plástico de dentro do galpão dos pais dele e a colocou ao lado da minha cadeira, na varanda.

Ficamos sentados lado a lado. Ele apoiou os pés na grade da varanda e eu deixei os meus no chão, porque elevá-los tanto assim fazia pressão demais nas minhas costelas.

Estava quente durante o dia, quase como se ainda estivéssemos no meio do verão, mas à noite já havia refrescado significativamente. O clima era assim por aqui. Um dia era como se o verão se recusasse a largar o osso: o vento quente e o ar úmido, e depois, à noite, o outono ia chegando de mansinho, trazendo consigo os ventos mais frios e as folhas caídas, transformando o mundo em tons de laranja e vermelho. No final do mês, as abóboras começariam a aparecer nas varandas. Em dois meses, as conversas sobre o Dia de Ação de Graças e o Natal encheriam o ar. Em última instância, a vida estava em movimento, não com passo de caracol, mas com um movimento veloz que acontecia tão depressa que parecia lento.

– Você não tem nada mais interessante para fazer esta noite? – perguntei. Ele tinha aparecido fazia uma meia hora. Um mês antes, ele estaria na casa do Keith em um sábado à noite. Ou no lago com Phillip e Cody. Apesar disso, aqui estava ele, sentado na minha varanda.

– Na verdade, não.

Mexi no travesseiro atrás de mim.

– Acho que não existem muitas festas acontecendo no momento.

– Há algumas. – Não na casa do Keith, obviamente. – Ele mexeu na garrafa de água entre seus joelhos. – Mas é aqui que eu quero ficar.

Meu coração se encheu em resposta, mas ignorei a emoção agradável que isso provocava e fiz um furo nele.

– Como estão as coisas com o Keith?

– Tem sido difícil. Ele não anda falando muito sobre isso. Acho que ele não pode. Pelo menos é o que os advogados dos pais dele provavelmente aconselharam. – Ele bebeu da garrafa. – Não sei o que os pais dele vão fazer. Existe rumores de que a família do Phillip está planejando processar a do Keith. Que eles estão conversando com as outras famílias. Eu não ficaria surpreso se você acabasse recebendo um telefonema deles.

Vendo as folhas caírem de galhos na brisa da noite, balancei a cabeça em negativa.

– Não quero ser parte disso.

– Não achei que você ia querer. Eu sei que o Keith está se sentindo um lixo por causa disso. Ele se sente responsável.

Brinquei com o aro da minha latinha de refrigerante.

– Mas ele é responsável? Quero dizer, os pais dele sabiam das festas que ele dava lá. Todos nós sabíamos. Eles nunca viram problema nisso. Mas eles também não mandaram ninguém dirigir embriagado. – Parei, pensando por que ele estava dizendo essas coisas. Provavelmente tentando fazer eu me sentir melhor. – Não sei o que estou dizendo. Só estou pensando alto.

A verdade era que, um mês atrás, eu sequer teria pensado em nada disso. Ir a festas, bebendo uma ou duas e indo embora; era a norma.

Nunca pensei que isso aconteceria e eu sabia como parecia idiota. Como essa crença era absurdamente ingênua. E em última instância, era trágica.

Sebastian não respondeu por um longo instante, então olhei para ele. Ele estava olhando para o céu escuro da noite, coberto de estrelas.

– Sabe o que eu penso?

– O quê? – sussurrei, quase com medo de saber.

Ele inclinou a cabeça na minha direção.

– Acho que todos nós somos responsáveis.

Virei a cabeça em sua direção e fiquei imóvel, incapaz de desviar o olhar.

– É só uma coisa que eu tenho pensado muito ultimamente. Eu fui àquela festa. Eu bebi e pretendia levar você para casa no meu carro. Não passou pela minha cabeça que eu colocaria você em perigo, que eu colocaria a minha própria vida em perigo.

– Mas você não ficou bêbado – salientei. – Eu nunca vi você bêbado de verdade e tentando dirigir depois.

– Eu não fiz isso, mas existe mesmo diferença? – ele perguntou. – Duas cervejas? Três? Só porque eu acho que estou bem e tomo uma atitude correta não significa que não fui afetado e não me dei conta. Sem querer parecer um maldito comercial, mas são necessários apenas alguns segundos, não é?

– Certo – murmurei.

– E aposto que o Cody pensou que ele estava bem. Ele não pensou nem por um segundo que sentar atrás daquele volante terminaria do jeito que terminou.

Ele não pensou.

Meu peito doía e não tinha nada a ver com os meus ferimentos. Cody acreditava que ele estava bem para dirigir. Assim como Chris, Megan e Phillip.

– Ele está bem. Sem essa. – Megan pegou minha mão e se aproximou para sussurrar no meu ouvido: – Quero nuggets de frango e molho agridoce.

Engolindo com força, deixei a memória fugir, mas o significado se demorou. Nenhum deles pensou nem por um segundo que havia um problema em Cody dirigir, porque todos tinham bebido. Mas eu? Eu era outra história.

De certa forma, Sebastian estava certo. Todos nós tivemos responsabilidade, em diferentes graus. Todos tínhamos sido incrivelmente negligentes, vez após outra. A questão era que ninguém tinha pensado nesse tipo de coisa até acontecer, até ser tarde demais. Mas no fim das contas, eu era tão responsável quanto Cody. Talvez não legalmente. Mas moralmente, sem dúvida.

E eu não sabia como viver com isso.

– Dary me enviou uma mensagem mais cedo.

Levantei uma sobrancelha.

– Por quê? Ela esteve aqui hoje.

– Eu sei. – Sebastian colocou a garrafa de novo entre os joelhos. – Mas ela está preocupada com você.

– Não deveria. – Me inclinei para o lado; a dor nas costelas ia aumentando. – Estou bem.

Sebastian riu baixinho para si mesmo.

– Você está longe de estar bem, Lena.

– O que você quer dizer com isso?

– Que fingir que a sua cabeça está boa não quer dizer que ela realmente esteja.

Afastando meu cabelo do rosto, vi uma estrela desaparecer atrás das nuvens.

– Você está pensando agora em seguir uma carreira na área de psicologia ou alguma coisa assim?

Desta vez, ele riu.

– Talvez. Acho que sou muito bom nisso.

Minha risada foi irônica.

– Sei lá.

Ele esticou sobre mim, pegou uma mecha do meu cabelo e puxou-a de leve.

– Você consegue dirigir para a escola esta semana? – ele perguntou. – Eu estava falando com o meu pai sobre isso, e ele disse que um dos caras que ele conhece na fábrica teve um pulmão colapsado. Só um. Não queriam que ele dirigisse até estar totalmente recuperado.

– Sim, eu ainda não tinha chegado tão longe nos meus planos. Espero que os médicos não achem ruim eu dirigir.

– Mas e o braço? É só o esquerdo, mas junte isso com os pulmões e talvez você não deva. – Ele soltou o braço e ergueu o olhar para o céu. – Eu moro aqui do lado. Posso te levar para a escola até você estar totalmente recuperada.

– Não é necessário. Tenho certeza de que vou...

– Não sei se é necessário ou não, mas quero te dar carona até você ficar cem por cento.

Olhei para ele. Nossos olhos se encontraram e se mantiveram fixos uns nos do outro.

– Estou bem. Eu posso dirigir.

– Ou talvez não esteja. Talvez seus reflexos estejam lentos porque as costelas estão te matando. Ou talvez você tenha dificuldade para respirar e aconteça um acidente. – Ele se virou na minha direção, e mesmo que estivéssemos em cadeiras separadas, de repente havia pouquíssimo espaço entre nós. – Eu quase te perdi uma vez. Eu não quero que aconteça de novo.

Minha respiração engasgou na garganta e não tinha nada a ver com o estado atual da porcaria dos meus pulmões.

– Mas como eu vou chegar em casa? Você não tem treino de futebol? Eu não tenho treino de vôlei – acrescentei, erguendo o braço de gesso. – Estou fora.

– Tenho quase uma hora entre o fim da aula e o começo do treino. – Sebastian não questionou a história toda do vôlei. E o treinador provavelmente me esperava na terça-feira, mas não ia rolar. – Eu tenho tempo para te trazer para casa. Eu quero te trazer – ele acrescentou, com a voz mais baixa. – E por que não traria? Se fosse o oposto, você insistiria em me trazer.

Ele estava certo, mas nunca seria o contrário, porque ele não era tão estúpido quanto eu. Porém, discutir sobre isso era idiota. Ele morava do lado. Ele ainda era, acontecesse o que acontecesse, meu... meu melhor amigo. Embora talvez não fosse continuar sendo quando soubesse da minha participação no acidente.

Ele fez aquela coisa que me deixava louca: mordeu o lábio inferior e foi soltando devagarinho.

– Tem um assunto sobre o qual precisamos conversar.

– Tem? – Eu fitava sua boca, pensando em como seria o toque dos seus lábios nos meus.

Ele inclinou a cabeça de lado.

– Há muitas coisas sobre as quais precisamos falar.

Claro.

Coisas em que eu não queria pensar.

Afastando-me, cuidadosamente me recostei na cadeira.

– Estou ficando cansada e...

– Não faça isso – ele exigiu em tom suave. – Não se feche para mim.

Meu coração despencou.

– Não estou me fechando para você.

– Sim. Você está se fechando para a Abbi e para a Dary, e a única razão por não ter se fechado totalmente para mim é porque eu não deixei.

– Você é meio irritante – admiti em um murmúrio.

Ele baixou os pés ao chão e colocou a garrafa ao lado da cadeira.

– Tenho que te dizer uma coisa. Você não precisa responder. Você não precisa me dizer nada. Tudo o que você precisa fazer é ouvir enquanto eu esclareço uma questão.

– Eu vou ser sincera agora – falei, de frente para ele. – Não faço ideia de onde você quer chegar com isso.

Apareceu um sorriso inclinado em seus lábios.

– Você vai saber em alguns instantes.

Esperei.

Seu olhar travou no meu.

– Quando nos conhecemos? Com seis anos? Sete?

– Oito – respondi, querendo saber o que isso tinha a ver com alguma coisa. – Nos mudamos para esta casa quando eu tinha oito anos, e você estava lá fora, no quintal, jogando futebol americano com seu pai.

– Verdade, isso mesmo. – Seus lábios se curvavam no canto. – Você estava na varanda me olhando.

Fiquei boquiaberta diante dele.

– Você viu? – Nunca tínhamos falado sobre isso. Por que falaríamos? Então eu nunca soube que ele me viu. Tinha sido no dia seguinte a ele vir e perguntar se eu queria andar de bicicleta com ele.

– Eu vi você. – Ele estendeu a mão e bateu o dedo ao lado do meu braço. – Também ouvi seu pai te dizer para entrar em casa e começar a desfazer as malas. Acho que você respondeu que desfazer malas violava a lei do trabalho infantil.

Não consegui evitar o sorriso.

– Devo ter dito algo assim.

– Foi quando eu me apaixonei por você.

Com um leve sobressalto, eu pisquei uma vez e depois mais uma.

– O q-quê?

Seus cílios baixaram e esconderam seus olhos sob a luz tênue do alto que era apenas uma lâmpada incandescente que estava falhando.

– Fui pego desprevenido quando você me beijou no lago.

Meus olhos se arregalaram. O que estava acontecendo neste exato momento?

– Não senti nenhum tipo de remorso. Não achei ruim. Eu só nunca pensei que você... tinha esse tipo de intenção em relação a mim. – Ele riu de novo, mas desta vez foi autoconsciente, inseguro. – Bem, isso é mentira. Às vezes eu me perguntava. Queria não ter surtado logo depois. Queria ter participado do beijo. Eu queria... queria ter beijado você na piscina. – Seus ombros ergueram e seu olhar se levantou. – Porque eu já queria ter feito isso há algum tempo.

– O quê? – repeti com um jeito idiota.

Sebastian não desviou o olhar.

– Eu não sei quando aconteceu, quando eu comecei a ver você, a realmente *enxergar* você. Na verdade, sabe de uma coisa? É uma mentira descarada. Eu sei, sim. Eu me apaixonei por você no momento em que te ouvi dizer algo ridículo para o seu pai. Eu só não sabia o que isso significava, o que eu estava sentindo. E levei anos para compreender o que significava aquilo que eu sentia. Não entendi até começar a te ver com o André. Foi aí que fez sentido para mim. Eu fiquei... eu não fiquei *nada* feliz. Eu não gostava dele. Achava que você podia encontrar coisa melhor. Não gostei da forma como ele estava sempre te tocando.

Tudo o que eu podia fazer era encará-lo.

– Eu enganei-me por um longo tempo. Disse a mim mesmo que estava sendo tão duro assim com ele porque você era minha melhor amiga. Mas não era só isso. Sempre que eu o via te beijar, queria acabar com a raça dele. Quando eu via que ele estava na sua casa, eu queria interromper. Fazer de tudo para vocês não terem tempo sozinhos. – Ele riu mais uma vez. – Na verdade, eu fiz isso bastante.

Sebastian *tinha* feito isso. Muitas, muitas vezes ele aparecia na porta da varanda sem aviso-prévio, e às vezes eu tinha ficado super, super sem graça. O André costumava ficar furioso, ainda mais quando o Sebastian largava a bunda na minha cama e não ia embora nunca.

– Mas quando você terminou com ele, não foi só alívio que senti. De jeito nenhum. Eu fiquei *feliz.* Quando ouvi você e a Abbi aqui falando sobre terminar com ele, eu me lembro de pensar: "Agora é minha chance".

Tudo em mim ficou imóvel. *Tudo.*

– Mas... mas você estava com a Skylar...

– Foi por isso que terminei com ela. Ela estava certa sobre eu gostar mais dos meus amigos do que dela, mas não era do jeito que ela estava pensando. Era porque eu gostava mais de *você* – disse ele. – Eu pensava em você do jeito que deveria estar pensando nela.

Meus lábios se separaram.

– Mas eu nunca acreditei nem por um segundo que você sentisse o mesmo. Eu não queria arriscar arruinar a nossa amizade. – Sebastian se inclinou novamente, sua cabeça não muito longe da minha. – Quando você me beijou, eu... Putz, entrei em pânico. Meio que estou me sentindo um covarde agora. Eu deveria ter dito algo para você. Não posso voltar no tempo e mudar nada disso, mas quero que saiba que não achei ruim que tivesse acontecido. Só me arrependo de a iniciativa não ter sido minha.

Sebastian respirou fundo.

– Eu queria falar com você sobre isso naquela noite. É por isso que eu disse que precisava conversar com você. E pensando agora, eu deveria ter dito para a Skylar que ela podia esperar. Deus, eu queria mais do que qualquer coisa ter feito isso, porque... porque eu acho que você não teria entrado naquele carro. Quem sabe o que teria acontecido? Mas eu gosto de você, Lena. Você sabe disso. – Ele deu uma risada autoconsciente outra vez. – Eu... Bem, eu *realmente* gosto de você e queria ter te beijado na beira daquela piscina. Eu queria ter te falado como... – ele limpou a garganta – ... como eu tenho uma vontade louca de te beijar já faz muito tempo. Como eu não vejo você como apenas uma amiga.

Eu estava sonhando? Só poderia, porque estava parecendo um sonho. Essas eram as palavras que eu tinha vivido para ouvir desde sempre.

– Acho... acho que sei como você se sente, mas não espero que você diga nada agora – ele disse, seus olhos encontrando os meus de novo e procurando algo atentamente dentro deles. – Eu só precisava que você soubesse.

Eu o encarei, incapaz de processar por completo o que ele estava dizendo.

Digo, eu entendia. De verdade. Ele estava me dizendo que queria ter me beijado. Que queria fazia tempo. Que ele *gostava* de mim. E fazia algum tempo. Fiquei chocada em um silêncio de torpor. Eu estava conquistando o prêmio máximo das fantasias, mas e agora? Agora? Quando eu era tão indigna de ter o que eu queria tanto, entregue a mim em uma bandeja de prata? Agora, quando uma das minhas melhores amigas estava morta, e mais três amigos junto com ela, porque eu... porque eu não fiz nada para impedir?

Balancei a cabeça.

– Por que... por que agora? Por que você... – Minha voz falhou. – Por que você esperou até depois *daquilo*, depois de tudo que aconteceu, para me falar essas coisas?

– Eu não deveria ter esperado.

– Mas agora é, tipo, o pior momento na história do sincronismo. – Pus os pés no chão e me levantei porque precisava colocar um pouco de espaço entre nós. O movimento abrupto causou uma dor lancinante nas minhas costelas. – É sério, Sebastian, uma hora péssima.

– Ou é a melhor – ele disparou de volta, vendo-me dar a volta na cadeira. – E sabe de uma coisa? Esperar é arriscado demais. Não existe uma hora ruim para dizer que se ama uma outra pessoa.

Sebastian me amava. Tipo, amava *amando*? Não era possível. Isso não estava acontecendo agora. Não quando devia ter acontecido *antes*.

Comecei a recuar em direção à porta. Ele se levantou e me seguiu. Minhas costas pressionaram-se contra a porta. Coloquei a mão para trás, mas congelei vendo-o dar a volta na cadeira.

Parando na minha frente, ele colocou a mão no espaço ao lado da minha cabeça.

– O único momento melhor do que esse para eu ter te contado foi o momento em que me dei conta do que eu sentia – disse ele, baixando a cabeça na minha. Meu coração parecia uma britadeira. – Já tive um milhão de momentos depois daquele.

– Não consigo nem sequer processar todas essas informações agora. – Minha voz estava embargada, e meus olhos arregalados enquanto eu olhava para ele.

– Você não precisa. Eu é que precisava colocar as cartas na mesa – Sebastian se inclinou para mim e tocou a boca na minha têmpora. Meu coração trovejava quando fechei os olhos. – O que a espera faz? Nenhum de nós tem a garantia de um amanhã. Aprendemos isso, não aprendemos? Nem sempre temos um depois. – Ele beijou minha têmpora de novo, depois recuou, seus olhos encontrando os meus. – Cansei de viver como se tivéssemos.

CAPÍTULO DEZENOVE

Normalmente eu estaria ao telefone com minhas amigas no mesmo instante. A conversa com o Sebastian era uma emergência de incêndio de nível máximo que eu precisava ventilar até simplesmente começar a repetir e a repetir, falando em círculos.

Mas as coisas não eram mais normais.

Queria ligar para Abbi e Dary. Eu quase tinha ligado no domingo de manhã; porém, fitando o celular até minha visão quase borrar, não tive coragem. Não me pareceu algo que eu deveria fazer. Eu duvidava seriamente de que elas quisessem ouvir meu drama sobre garotos, ou seja lá o que tinha acontecido entre mim e Sebastian.

Sentada na minha cama na segunda à noite, roendo as unhas como se fosse hora do jantar, eu tinha outras coisas na mente.

Eu tinha recebido autorização para voltar para a escola no dia seguinte. Não dava para evitar, embora soubesse que se falasse para minha mãe que eu não estava pronta, ela entraria em contato com a escola. Mas isso significaria que ela faltaria no trabalho. Até parece que ela ia me deixar em casa sozinha por enquanto, e Lori tinha voltado para Radford. Sobrava meu pai, onde quer que ele estivesse, mas ela sabia que eu não estaria de acordo. O chefe dela estava sendo incrível diante de toda essa situação, mas eu não queria colocar o emprego da minha mãe em risco. Então eu iria para a escola no dia seguinte. Eu encontraria todo mundo. Não poderia mais me esconder.

Sebastian me daria carona na manhã seguinte e, meu Deus, eu não queria pensar nele, porque pensava também no que ele tinha falado no sábado à noite.

Foi quando eu me apaixonei por você.

Meu coração pulou um batimento.

Não conseguia pensar nela. Tentei deixar de lado o que Sebastian tinha falado, mas tive tanto sucesso como se estivesse tentando descer as escadas com meus tornozelos amarrados. Um arrepio percorreu minha espinha. Eu me virei para olhar o mapa-múndi acima da minha mesa. Vários anos atrás, eu tinha comprado uma caneta marcadora para circular todos os lugares que eu queria visitar um dia. Sebastian tinha pegado uma marcadora vermelha e começado a usar o mapa também. Muitos dos lugares eram os mesmos. Tínhamos treze ou catorze anos quando fizemos isso.

Ele estava apaixonado por mim esse tempo todo?

Fechei os olhos com força e, por alguns poucos segundos, só por alguns batimentos, deixei as palavras dele penetrarem minha pele, invadirem meus músculos e tatuarem meus ossos. Minha mão direita curvou-se sobre o centro do meu peito, e senti um frio na barriga como se estivesse em uma montanha-russa. Naqueles segundos, vislumbrei o que deveria acontecer – como minha vida teria que ser.

Sebastian me diria que me amava. Nós nos beijaríamos, dessa vez de forma mais profunda e com mais força do que antes. Eu corresponderia e talvez pudéssemos esquecer a vida naquele momento. Talvez as coisas iriam mais longe, e seria glorioso e perfeito. Sairíamos juntos. Ficaríamos de mãos dadas na escola. Iríamos a festas juntos.

Todos iriam sorrir e sussurrar "já estava na hora" uns para os outros. Não conseguiríamos tirar as mãos um do outro e...

Levantei a mão e enxuguei as lágrimas que começavam a encher meus olhos e escorrer pelas bochechas. Escorreguei até a beira da cama e coloquei meus pés no chão. Alguns segundos se passaram e então eu abri os olhos e me levantei. Uma dor afiada se espalhou pela minha caixa torácica e me fez voltar à realidade. Respirei fundo, trêmula.

A culpa se instalou pesadamente no meu peito.

Como eu poderia sequer pensar nesse tipo de coisa? Eu me sentia tão... não sei... egocêntrica. Errada. Não sei como eu deveria me sentir, que atitudes eu deveria tomar nesse momento, mas eu sabia que não merecia uma coisa boa como essa.

Não agora.

Talvez cem amanhãs depois de hoje.

Mas não agora.

– TEM CERTEZA DE QUE VOCÊ ESTÁ PRONTA para fazer isso hoje?

Na mesa da cozinha, ergui os olhos enquanto afastava as migalhas dos meus biscoitos com a ponta dos dedos. Eu não estava com fome, mas me forçava a comer. O café da manhã açucarado revestia minha garganta como se fosse uma lixa.

– Tenho.

Minha mãe estava na pia, vestida para o trabalho em uma blusa azul-clara e uma calça preta. Na superfície, tudo a respeito dela era bem cuidado e controlado, porém seus olhos estavam cansados.

– Se por qualquer motivo você começar a se sentir mal ou exausta, me ligue imediatamente. Eu vou te buscar.

– Eu vou ficar bem. – Eu me levantei, amassei a toalha de papel e a joguei no lixo. – Não precisa passar o dia inteiro preocupada comigo.

– Sou a sua mãe. Ficar preocupada é parte do meu trabalho.

Um sorriso fraco se formou nos meus lábios.

– Mas eu vou ficar bem. O médico disse que eu estava me recuperando e ele não espera que hoje seja um problema.

– Eu sei. Eu estava lá. Mas ele também me alertou que até cinquenta por cento das pessoas que sofreram um colapso pulmonar podem ter um episódio de recorrência.

– Mãe. – Eu suspirei, mas antes que pudesse dizer alguma coisa, ouvimos uma batida na porta da frente. Um segundo depois, ouvimos a porta se abrir. Coração batendo forte, eu me virei em direção à entrada.

– Oi – Sebastian falou de longe. – Sou eu.

Minha mãe sorriu como se o sol tivesse entrado na casa. Passos se aproximaram da cozinha e então Sebastian surgiu parado na entrada, cabelos molhados e a camisa de algodão desgastada que ficava agarrada nos ombros largos.

Ele estava bonito, muito bonito.

Passei as mãos sobre o jeans, de repente nervosa por razões que não tinham nada a ver com ir para a escola. Sebastian tinha vindo no domingo e não havia mencionado a conversa que tivemos no sábado à noite; porém, vestígios dela estavam presentes quando ele me olhava, em cada toque da sua mão ou na pressão da sua perna contra a minha.

– Bom dia – disse ele, entrando na cozinha. – Você está pronta?

Fiz que sim e me obriguei a me controlar.

– Quero que você me faça um favor – minha mãe disse enquanto ele vinha até onde eu estava, de alguma forma petrificada, na frente da pia. – Fique de olho na Lena.

– Mãe – gemi dessa vez.

Ela me ignorou.

– Não quero que ela se sobrecarregue. Este vai ser um longo dia para ela.

Meus olhos se arregalaram ligeiramente quando ele passou o braço sobre os meus ombros. O peso era mínimo, e ele já tinha feito isso um milhão de vezes antes, mas eu estremeci em resposta.

Sebastian sentiu. Eu sabia que ele tinha sentido, porque aquele meio sorriso se formou quando ele olhou para mim.

– Não se preocupe, sra. Wise. Meus olhos vão ficar colados nela.

Ai, meu Deus.

O desejo de me apoiar em Sebastian e de apertar a bochecha no seu peito era difícil resistir, mas eu saí de seu abraço e peguei minha mochila. Passá-la no ombro não foi gostoso, e eu precisava me lembrar disso da próxima vez.

– Melhor a gente ir andando para não se atrasar.

– O mundo é a sua ostra. – Sebastian agarrou a braçada de livros que eu precisaria enfiar no meu armário.

Minha mãe nos seguiu até a porta da frente e me parou antes de eu descer os degraus. Ela apertou minhas bochechas.

– Eu te amo – ela sussurrou fervorosamente. – Hoje vai ser um longo dia. – Seus olhos procuraram os meus. – Por muitos motivos.

– Eu sei. – Aquele nó ardente de lágrimas histéricas estava de volta.

Tirando as mãos do meu rosto, ela se virou e olhou para Sebastian.

– Estou entregando a Lena nas suas mãos.

Me entregando? Fiz uma cara, mas nenhum deles me viu.

– Ela está comigo – ele prometeu, e havia um significado pesado nessas palavras, como se ele estivesse tomando posse de mim, aceitando uma responsabilidade não dita.

– Obrigada – disse minha mãe, dando tapinhas no ombro dele.

Mal me contive de revirar os olhos quando pisei na calçada.

– É melhor a gente ir andando – reiterei.

Rindo para si mesmo, Sebastian desceu os degraus e se uniu a mim. Dei um aceno de despedida para a minha mãe, e comecei a cruzar a calçada da garagem e passei entre as sebes altas em direção à casa de Sebastian.

– Sabe de uma coisa? – falei, mexendo com a bolsa no meu ombro. – Não "estou" com você, seja lá o que isso signifique.

Os passos largos de Sebastian o deixaram na minha frente.

– Sim, você está. – Ele transferiu seu peso para o outro braço, abriu a porta traseira do Jeep e colocou os livros no banco. – Você está comigo por mais tempo que eu tinha me dado conta.

Franzi os lábios e olhei feio para ele.

– Nem sei o que responder a isso.

– Não precisa dizer nada. – Seus dedos deslizaram debaixo da alça da minha mochila. Inspirei de leve quando ele a removeu do meu ombro. – Você parece bem hoje.

Sem esperar por essa, pisquei e olhei para mim mesma. Eu estava vestindo uma camiseta velha, jeans e chinelos que estavam a dias de se desfazer.

– Sério?

– É. Ele colocou minha bolsa na parte de trás e fechou a porta. De frente para mim mais uma vez, ele se aproximou até seus pés estarem quase tocando os meus. Estiquei a cabeça para trás e ele baixou a dele. – Sem hematomas.

Quase não entendi o que ele estava dizendo.

– A maioria já sumiu, mas ainda tem um pouquinho aqui e ali. – Seu polegar tocou o lado esquerdo do meu maxilar, e minha respiração falhou. Seus olhos azuis profundos encontraram os meus. – Agora sumiu.

– Sumiu? – consegui dizer.

– Sim. – Seu polegar viajou pela linha da minha mandíbula. – Era só uma cor azulada fraca, mas eu vi.

Estremeci.

Seu polegar roçou meu queixo e cobriu meu lábio inferior. Ele baixou a cabeça.

– Hoje vai ser difícil – ele falou com a voz rouca, mais profunda do que o normal. – Você vai cansar fisicamente... – Seu polegar passou outra vez. – Vai desgastar você emocionalmente. O primeiro dia para mim... Sim, não há palavras.

Tudo dentro de mim, cada célula e cada músculo, se contraiu e relaxou de uma só vez. Era difícil prestar atenção ao que ele estava dizendo, quando ele me tocava assim. Quando me tocava de um jeito que nunca tinha tocado antes. Do jeito que eu sempre quis que ele tocasse.

– Parece... parece que você andou lendo psicologia de novo – forcei, mas minha voz saiu sem fôlego.

Seus lábios se curvaram em um dos cantos.

– Ou estive falando e ouvindo.

Inclinei a cabeça de lado, sobrancelhas franzindo uma na outra. Comecei a perguntar o que ele queria dizer, mas ele de repente pressionou os lábios no canto dos meus. Foi breve, mais breve do que o beijo no lago – mas me abalou no meu núcleo.

– O que você está fazendo? – perguntei, ofegante.

Ele deu um passo para trás, e seus olhos de pálpebras pesadas me percorreram.

– Fazendo o que eu disse que ia fazer.

Um bilhete estava esperando por mim no momento em que entrei na sala de aula. Nem cheguei na minha carteira antes de o professor fazer um aceno para mim e me entregar um pedaço de papel. Um olhar solidário estava gravado em seu rosto fortemente marcado por linhas de expressão.

– Você precisa passar na secretaria, querida.

Querida? Tinha quase certeza de que nunca tinham me chamado assim em toda a minha trajetória de ensino médio, mas fiz que sim, peguei meu bilhete e saí da classe logo em seguida.

Mantive a cabeça baixa – quando entrava e saía, quando estava no corredor e até mesmo no meu armário, onde Sebastian me ajudou a colocar os livros e a me situar antes de me beijar *de novo*, desta vez no meu rosto, e pegar o caminho para a sua classe.

Todo mundo estava encarando, todo mundo estava sussurrando, e quando cometi o erro de erguer os olhos ao fechar a porta do meu armário, uma menina com quem eu nunca tinha falado veio correndo até mim, me abraçou sem jeito e disparou tagarela um parágrafo sobre como ela sentia muito e como ela estava feliz por eu estar bem. Eu nem sabia qual era o nome dela. E tinha certeza de que ela não fizesse ideia de quem eu era antes do acidente.

Fiquei parada ali, totalmente confusa.

Agora o papel estava amassado na minha mão enquanto eu seguia o caminho até a entrada da escola e empurrava as portas duplas de vidro para entrar na secretaria. Um dos voluntários administrativos estava na recepção, uma mulher mais velha com o batom mais rosa que eu já tinha visto em alguém.

Cheguei perto do balcão.

– Me falaram para vir passar na secretaria. Meu nome é Lena Wise.

– Oh. – Reconhecimento lampejou naqueles olhos úmidos. – Espere um pouquinho enquanto eu os aviso que você chegou.

Avisar quem? Recuei do balcão, tensa. O que estava acontecendo? Observei-a arrastar os pés pelo corredor estreito que levava para todas as salas dos professores e funcionários. Não precisei esperar muito. Um homem alto de cabelos prateados saiu poucos instantes depois.

– Srta. Wise? – Ele caminhou até mim, estendendo a mão. – Eu sou o dr. Perry. Estou com a equipe que foi trazida para a escola devido aos eventos recentes.

Ah.

Ah, *merda*.

– Vamos lá no fundo conversar por alguns minutos, pode ser? – Ele deu um passo ao lado, esperando. Não que eu tivesse muita escolha.

Engolindo um suspiro, caminhei pelo corredor e segui o dr. Perry para uma das salas geralmente reservadas para reuniões com pais. O tipo de sala cheia de cartazes motivacionais idiotas de gatinhos, agarrados em cordas, falando sobre trabalho em equipe.

Larguei minha mochila no chão e sentei em uma cadeira plástica com cuidado. Ele deu a volta na mesa e sentou na minha frente. Um presente óbvio de Dia dos Pais – uma caneca proclamando como ele era o melhor pai do mundo – estava na mesa ao lado de uma pasta fechada com meu nome escrito na etiqueta.

– Posso te chamar de Lena? – ele perguntou.

Concordei e coloquei as mãos entre os joelhos. Meu braço doeu, então eu o tirei e coloquei sobre a mesa.

– Perfeito. – Ele sorriu fracamente. – Como eu disse, meu nome é dr. Perry. Eu tenho meu próprio escritório, mas trabalho para a diretoria de ensino e sou trazido quando é necessário, em certas circunstâncias em que a equipe possa estar sobrecarregada e precisando de conselheiros. – Ele disparou suas credenciais nesse momento, e eram impressionantes. Graduação na Penn State. Pós-graduação na Brown University. Uma tonelada de certificações que para mim pareciam grego. Então a conversa se concentrou em mim. – Como você está se sentindo sobre a volta às aulas?

– Normal – respondi, cruzando os tornozelos. – Eu... estou pronta.

Ele pousou um braço sobre a mesa.

– Deve ser duro perder quase duas semanas e ainda lidar com a morte de seus amigos.

Levei um susto com a franqueza inesperada. Ele foi o primeiro a se expressar sem rodeios dessa forma.

– Eu... Tem sido... – Pisquei. – Tem sido difícil.

– Posso imaginar. A morte de quatro pessoas jovens e inteligentes, que tinham o futuro inteiro pela frente é uma coisa muito difícil de entender, de compreender por completo. – Seus olhos castanhos eram intensos quando ele falava. – E é mais difícil para você. Você estava no carro com eles. Você ficou gravemente ferida, e de acordo com a sua ficha, essas lesões vão afetar o vôlei, correto? Muita coisa aconteceu.

Fiquei tensa e gemi quando a dor disparou pelas minhas costelas. Lancei um olhar para a porta, imaginando como eu poderia sair correndo e fugir.

– Não vamos tocar nesse assunto hoje – ele disse, baixinho. – Você pode relaxar.

Meu olhar disparou de volta para ele.

– Hoje?

– Vamos nos encontrar três vezes por semana durante o próximo mês – ele anunciou, pegando sua caneca de melhor pai do mundo. – Não sei se sua mãe mencionou isso para você.

Minha mãe tinha omitido essa parte *totalmente*. Muito irritada para falar, cruzei os braços sobre minha barriga.

– Normalmente nossas sessões serão nas segundas, quartas e sextas-feiras. Hoje é um pouco diferente, mas vamos nos reunir de novo amanhã e entrar na rotina.

Três vezes por semana? Ah, meu *Deus*. Soltei um suspiro ruidoso e olhei para o teto.

– Acho que isso não é necessário.

Ele tomou um gole de café.

– É necessário e você não é a única com quem a nossa equipe está se reunindo. Você não está sozinha nisso.

Meu olhar disparou para ele, e eu queria perguntar com quem mais ele falava. Era com o Sebastian? Isso explicaria por que tinha sido tão incrivelmente detalhista com algumas das coisas que ele estava dizendo.

Não perguntei, porque achei que ele não podia responder.

– Ninguém vai te julgar por se encontrar comigo.

Eu não tinha tanta certeza, uma vez que estávamos no ensino médio, afinal, e todo mundo julgava todo mundo por tudo.

– E isso é necessário, Lena. Você pode achar que não, e no início pode parecer que esteja fazendo mais mal do que bem. – Seu olhar era inabalável. – Você tem algumas coisas aí que precisa colocar para fora.

Apertando a mandíbula com força, eu não disse nada.

Ele me estudou um momento, e tive aquela sensação desconcertante de que ele me enxergava por dentro, e estava olhando para as *coisas* que eu não queria falar em voz alta.

– A culpa de viver quando todo mundo morre é um fardo pesado para se carregar sozinha, Lena. Culpa de sobrevivente não é brincadeira. Você nunca vai realmente se livrar desse fardo, mas podemos diminuí-lo. Podemos torná-lo suportável.

Soltei o ar devagar.

– Como?

– Eu sei que não parece possível agora, mas sua vida ainda vai continuar. Você vai ter um amanhã pela frente. Uma semana que vem. Um mês que vem. Um ano que vem. E em algum momento, você vai superar.

Não enxergava como isso era possível.

– Eu… eu não esperava que isso acontecesse – sussurrei, apertando brevemente os olhos. – Sei o quanto parece idiota, mas nunca pensei que isso fosse acontecer.

– Não é idiota porque ninguém nunca pensa. Ninguém nunca pensa que vai acontecer com ele – Quando ele fez uma pausa, eu soube naquele exato momento que ele sabia. *Ele sabia.* Meu olhar recaiu na pasta diante dele, e meu coração começou a disparar. Ele tinha falado com a polícia? Com a minha mãe? E quando ele continuou, eu queria me levantar e fugir da sala, mas eu estava plantada na cadeira.

– Eu sei o que aconteceu.

CAPÍTULO VINTE

– *Você não vai para o treino de vôlei?* – *perguntou Dary.*

– Hoje não. – Não detalhei a resposta. O treinador tinha me pego logo após o almoço, quando eu estava no meu armário. Ele me perguntou se eu estaria no treino, e eu disse que ainda estava me cansando com facilidade e que minha mãe me queria em casa.

Não era exatamente uma mentira.

O treinador então me disse que esperava me ver no treino na semana seguinte e fiz que sim. Eu teria oportunidade suficiente para lhe dizer que eu não ia voltar, mas empurrei para outro dia.

Em outras palavras, eu me acovardei.

Sebastian caminhava alguns metros à frente pelo corredor do lado de fora do ginásio, sua mochila jogada sobre o ombro, a minha pendurada na ponta de seus dedos.

– Não é uma má visão – Dary admitiu para mim com um sussurro.

Um sorriso cansado puxou meus lábios. Não dava para eu negar, mas o que eu realmente queria era subir na cama e tirar uma soneca. Eu estava exausta.

Do outro lado de Dary, os dedos de Abbi voavam sobre a tela de seu celular.

– Ele está sendo muito útil, não está?

Surpresa, olhei para ela. Abbi não andava falando muito. Não em química ou no almoço. Todas as outras pessoas estavam conversando. Como a garota de hoje de manhã, muitas pessoas tinham falado comigo ao longo do dia. Recebi muitos abraços, muitos desejos de melhoras de gente que nem conhecia. Outras pessoas não vieram conversar. Jessica e as amigas dela faziam parte desse grupo, mas acho que ela não quis, já que estava namorando o Cody. Skylar não olhou na minha direção durante uma das aulas, mais cedo.

Porém, eu tinha a distinta impressão de que Abbi não estava exatamente feliz comigo e havia uma tonelada de razões para isso.

– Sim, ele tem sido muito... útil.

– É assim que as pessoas chamam hoje em dia? – Dary brincou. – Quando os meninos estão a fim da gente eles são úteis?

– Na verdade me parece um jeito gentil de falar. – O olhar de Abbi estava nas costas de Sebastian. – Mudou alguma coisa entre vocês?

Abri a boca, prestes a contar para elas o que o Sebastian tinha me falado, mas eu parei. Eu tinha certeza de que elas não queriam ouvir.

Abbi apertou os lábios quando saímos pelas portas duplas. O céu estava nublado, e havia um cheiro de chuva no ar.

Olhos arregalados, Dary olhou entre nós.

– Pensei que a gente poderia se encontrar para comer alguma coisa, mais tarde. Tipo... como a gente costumava fazer.

Como a gente fazia com a Megan.

– Não sei – respondi com a voz rouca. – Tenho muito trabalho para colocar em dia.

O meio sorriso de Abbi era amargo, e suas palavras, cortantes, enquanto atravessávamos o estacionamento.

– Claro.

Meu olhar disparou para ela e meu estômago afundou. Abbi deu um suspiro.

– Talvez na semana que vem você já tenha posto mais as coisas em dia? – ela perguntou.

Assenti com a cabeça e respondi em tom baixo:

– Claro.

– Mando mensagem mais tarde. – Dary deu um beijo rápido na minha bochecha e depois na de Abbi antes de sair numa corridinha para onde ela tinha estacionado.

Adiante, Sebastian olhou para mim por cima do ombro. Ele estava quase perto do Jeep... e eu sabia que não tinha muito tempo, mas precisava falar com a Abbi. A pergunta estava borbulhando. Eu sabia que precisava manter a boca fechada, mas não consegui.

Parei inclinando o corpo na direção de Abbi.

– Podemos conversar um minutinho?

Ela ergueu as sobrancelhas ao levantar os olhos lentamente da tela do celular. Seu olhar não era hostil, mas não era exatamente amistoso. Havia uma parede entre nós.

– O que foi?

Com uma respiração superficial, perguntei:

– Você está... com raiva de mim?

Abbi baixou o telefone enquanto inclinava a cabeça para o lado. Por um momento, não achei que ela fosse responder.

– Sinceramente?

Meu coração revirou com força.

– Sempre fomos sinceras uma com a outra.

Ela olhou para as nuvens gordas e balançou a cabeça de um lado para o outro.

– Me deixa fazer uma pergunta.

– Tá.

– O que está acontecendo entre você e ele? – Ela empinou o queixo em direção de Sebastian.

– Nada – respondi rapidamente. – Ele só está me ajudando.

– Sério? É isso que você vai dizer? – Sua mão apertava a alça da bolsa. – Porque eu sei que ele não está só ajudando você.

– Ele está...

– Ele contou para a Skylar que estava a fim de você – ela interrompeu, olhos escuros e duros.

Pisquei.

– Ele disse o *quê*?

– A Skylar contou para a Daniela que ele admitiu que gostava de você e foi por isso que eles terminaram na primavera passada – ela explicou, mudando o apoio do corpo de um pé para o outro. – Que ele não ia voltar com ela, porque ele não podia fazer isso se tinha sentimentos por você. Então você está me dizendo que não tem ideia? Depois de todo esse tempo em que você esteve obcecada por ele discretamente, você não sabe que ele sente o mesmo por você? Que ele não foi direto com você?

– Eu... – recuei, meu olhar encontrando o de Sebastian. Ele estava jogando minha mochila no banco de trás.

– Não acredito que você não ia me contar isso, ainda mais depois de eu saber como você se sentiu em relação a ele. Como você ficou chateada quando o beijou e ele pareceu não estar interessado – ela disse, sua voz falhando de leve. – Eu sou uma das suas amigas mais próximas e eu *ainda* estou aqui. Eu *ainda* estou viva e você não me contou isso... algo que eu sei que é importante.

Ai, meu Deus. Um sobressalto percorreu meu corpo inteiro. Eu não esperava que a conversa ia girar em torno desse assunto.

– Eu só não queria falar sobre isso. Quero dizer, eu queria. Eu queria ligar para você e para a Dary no momento em que o Sebastian me contou como ele se sentia, mas eu não estava conseguindo processar exatamente todos esses acontecimentos. O que ele disse veio do nada e eu nem sabia se ele realmente se sente assim ou se é por causa de... por causa de tudo o que aconteceu – admiti atropelando as palavras. – Depois do que aconteceu, não parece certo conversar sobre o Sebastian como se nada tivesse acontecido.

– É aí que está, Lena. O que aconteceu não aconteceu só com você. Sim, você estava naquele carro, e só Deus sabe o que você viu e pelo que você passou. Eu não tenho ideia. Sabe por quê? Porque você não quer me contar. Não quer contar para a Dary...

– Eu acabei de voltar para a escola. – Engoli, apesar da sensação de navalhas na minha garganta. – Só faz...

– O acidente aconteceu há duas semanas e três dias. Eu sei – Abbi retrucou, seu peito subindo e descendo em movimentos pesados. – Eu sei exatamente quantos dias fazem que a Megan, o Cody, o Phillip e o Chris morreram. Eu sei exatamente quantos dias se passaram desde que eu pensei que você também ia morrer.

Inspirei bruscamente.

– Abbi...

Sua voz vacilou quando ela disse:

– Você entende? Que todos nós pensamos que você também estava morta naquele carro? Ou que você ia morrer como o Cody morreu no hospital? Que eu, a Dary e o Sebastian... – ela apontou o braço na direção dele – acreditamos nisso? E então, quando descobrimos que você estava viva, ouvimos que você nem queria ver a gente?

Lágrimas turvaram meus olhos.

– Desculpa – sussurrei, sem ideia do que mais dizer. – Desculpa. Minha cabeça... É só...

Abbi levantou a mão.

– Uma parte de mim ainda pode relevar que você não quer conversar. Pode até entender sua relutância em falar sobre coisas normais.

E eu sinto muito. Não estou tentando ser uma chata. Eu entendo que você passou por muita coisa. Eu também passei. Assim como a Dary e o Sebastian e o Keith e todo mundo nessa maldita escola, mas o que eu não... – Ele fechou o punho e olhou para o céu, contando até cinco para si mesma. – O que eu não entendo é como você pôde entrar naquele carro, Lena. Como o Cody podia estar bêbado daquele jeito e mesmo assim você entrou naquele carro. Você não estava bêbada. Eu estava com você logo antes de você ir embora e você não estava bêbada, mas entrou naquele carro mesmo assim e deixou o Cody dirigir.

Recuei como se tivesse levado um soco. Eu não sabia o que dizer no começo e depois o choque deu lugar à raiva, uma raiva vermelha e ardente que entrou em erupção dentro de mim como se fosse um vulcão.

– Você e a Megan entraram no carro com o Chris e vieram para a festa e vocês achavam que ele estava zoado. Vocês...

– Achamos que ele tinha usado alguma coisa. Não sabíamos em definitivo – disse ela, abrindo as narinas. – E ele não saiu da estrada e matou quatro pessoas, saiu? Não.

Fiquei de queixo caído. Como eu poderia responder a uma coisa dessas? Ela estava certa, mas também estava muito errada, porque ela tinha sorte – muita sorte – por estar onde ela estava, enquanto eu estava existindo onde estava.

– Ei, tudo bem aí? – Sebastian apareceu do nosso lado. Sua mão pousou nas minhas costas e seu olhar ficou em Abbi. Seu maxilar estava rígido, o olhar inflexível.

– Está. – Abbi respirou fundo. – Está tudo ótimo. Vejo vocês mais tarde.

Ombros tensos, eu a vi dar meia-volta e sair pisando duro para o lugar onde seu carro estava estacionado. Abbi tinha mentido.

Não estava nada bem.

QUANDO CHEGUEI EM CASA, MEU CELULAR estava tocando na mochila. Escorreguei-a de lado, peguei o celular e vi que era meu pai.

– Nem pensar – murmurei e silenciei a chamada. Eu não tinha força mental para isso.

Arrastei-me para o andar de cima e passei a hora seguinte mais ou menos fazendo a lição de casa, o que significava que não fiz muita coisa, porque só conseguia pensar no que Abbi e o dr. Perry tinham falado. Quando minha mãe chegou em casa, eu me forcei a descer. Ela estava acabando de colocar a bolsa na mesa quando cheguei na cozinha com passos pesados.

– Como foi a escola?

– Normal. – Eu me sentei à mesa. – Teria sido melhor se você tivesse me avisado que eu teria uma sessão com um psicólogo na escola.

Minha mãe tirou o blazer.

– Eu não mencionei porque tive a sensação de que você ficaria chateada e eu não queria que você se sentisse assim antes de voltar. Hoje foi duro o suficiente.

– Eu queria que você tivesse me contado, assim eu teria me preparado.

Ela deu a volta na mesa e se sentou na cadeira ao meu lado.

– A escola entrou em contato comigo na semana passada para falar sobre os psicólogos, e eu achei que era uma boa ideia.

– Não tenho tanta certeza – murmurei.

Mamãe sorriu de leve.

– Há coisas sobre as quais você precisa falar e que eu queria que falasse comigo, mas pode ser mais fácil se for com outra pessoa. – Ela parou um instante. – Pelo menos foi o que o dr. Perry disse.

Esfregando a sobrancelha, fechei os olhos.

– Você... Você contou para ele o que conversamos com a polícia?

– Contei tudo o que ele precisava saber – ela respondeu. Seus dedos curvaram-se sobre a minha mão esquerda. – Tudo o que você precisa contar.

Puxei a mão bruscamente e me levantei, agarrando-me à onda de raiva que eu tinha sentido antes quando falei com Abbi.

– Não quero falar sobre isso. Por que ninguém entende? Por que ninguém respeita?

Minha mãe olhou para mim.

– Porque respeitar nem sempre significa fazer o que é certo.

– O quê? – Dei meia-volta e peguei minha bolsa. – Isso não faz o menor sentido. – Então eu segui para as escadas no corredor, preparando-me para subir os degraus pisando duro até chegar lá em cima. – Isso não faz o menor sentido, de jeito nenhum.

– Lena.

Eu não queria parar, mas parei na base da escada.

– O quê?

– Eu não estou brava com você.

Minha espinha travou no lugar.

Minha mãe estava debaixo do arco. A blusa azul fina e bem usada esticou-se nos ombros quando ela cruzou os braços. Pensei no que Lori disse sobre minha mãe não estar indo tão mal assim de dinheiro desde que meu pai foi embora. Se isso fosse verdade, ela teria dinheiro para comprar uma camisa nova, mesmo que ela tomasse extremo cuidado com as antigas.

– No início, fiquei zangada. Aliviada de você estar viva e saber que ia se recuperar, mas zangada porque você tomou uma decisão errada. Mas eu não estou mais com raiva. Estou chateada por causa do que aconteceu e por tudo o que você teve que passar, mas não estou brava com você.

Eu a encarei sem conseguir acreditar que ela estivesse dizendo isso. Como ela poderia não estar brava?

Ela respirou fundo.

– Eu só queria que você soubesse. Acho que você precisa saber.

Eu não sabia o que dizer. Meus joelhos pareciam prestes a fraquejar. Minha mãe não estava com raiva, mas não parecia certo. Ela ainda deveria estar zangada comigo.

Sem consequências.

Corri pelas escadas acima, antes que ela pudesse dizer mais alguma coisa. A porta do meu quarto bateu com força atrás de mim. Eu me escondi no quarto, fingindo focar na lição de casa e só desci para o jantar porque senti o cheiro de frango frito.

Até parece que eu ia recusar frango frito.

Era um pouco depois das sete quando troquei de roupa e vesti um short de dormir e uma regata. Puxando a colcha sobre as pernas, eu pretendia voltar totalmente para os assuntos da escola, mas cochilei sem nem ter aberto o livro de história. Foi uma soneca inquieta, eu acordava a cada quinze minutos mais ou menos, mas da última vez que abri os olhos, ouvi uma porta fechar. Virei a cabeça em direção à varanda. Uma surpreendente explosão de ar frio soprou do outro lado da cama.

Sebastian entrou no meu quarto sem dizer uma palavra.

Gemendo, tirei a mão de baixo da colcha e esfreguei o lado do meu rosto.

– Sabe, o que você faz é tipo invasão de privacidade.

– Não, acho que não. – Ele se sentou ao lado da cama. – Na verdade, só estou sendo cortês.

Abaixei a mão e franzi a testa para ele.

– Como assim?

– Você não precisa levantar para abrir a porta. – Ele piscou e eu detestava como aquilo era sexy. – Estou sempre pensando em você.

Revirando os olhos, eu me virei de forma que minhas pernas estivessem apontando para ele.

– Sei lá. Talvez eu não queira ver você.

– Você poderia simplesmente trancar a porta – ele ressaltou. – Se não quiser me ver, isso é tudo o que você tem que fazer.

Eu poderia ter fechado. Porém, não tinha, porque eu queria que ele me visitasse. Eu queria que ele estivesse aqui, embora eu não devesse, mas eu não iria admitir.

– Você está impedindo as minhas liberdades.

Sebastian virou a cabeça para trás e riu. Alto. Meus olhos se arregalaram.

– Shh. – Minha cabeça girou em direção à porta fechada. – Minha mãe vai te ouvir.

– Tenho certeza de que sua mãe sabe que eu estou aqui todas as noites.

Isso era basicamente o que Lori tinha falado.

– Mas eu duvido que ela saiba que você fica, tipo, para sempre.

– Provavelmente não. – Ele se mexeu, esticando-se na cama, colocando a cabeça nos travesseiros ao lado da minha. – Você estava dormindo? – Só são nove horas.

– Eu estava cansada. Hoje foi... – minha voz sumiu. Droga, como é que eu ia descrever o dia de hoje?

– Foi o quê? – Quando não respondi imediatamente, ele persistiu. – Foi como, Lena?

Suspirei alto, de um jeito pesado e desagradável.

– Foi difícil. Sinto como se eu tivesse noventa anos. Eu precisava de uma soneca já na terceira aula. Minhas costelas doeram o dia inteiro e eu não podia tomar o remédio que o médico me deu porque eu teria apagado na hora.

– E? – ele perguntou, quando fiquei em silêncio.

– E... foi simplesmente difícil.

Sebastian não disse nada, e eu sabia que ele estava esperando que eu continuasse. Vários momentos se passaram e eu tentei de novo.

– Era para eu ter Escrita Criativa com a Megan. Foi... – Engoli em seco. – Não tê-la na classe ou no almoço foi estranho. Eu ficava esperando que ela fosse aparecer e sentar à mesa. Não ir para o treino pareceu errado. Como se eu estivesse esquecendo de alguma coisa a noite toda.

– O mesmo com os meninos. – Sebastian cruzou os braços frouxamente. – Eu espero ouvir o Chris jogar os pesos na sala de musculação. O Phillip dando trabalho para todo mundo. Cody sentado ao meu lado no treino.

Havia tanta... tanta perda, tantas coisas que nunca aconteceriam de novo. Passei o dedo pela beirada do gesso e soltei um suspiro trêmulo.

– Eu tive que conversar com um dos psicólogos especializados em luto.

– Eu também – ele respondeu. – Acho que metade da turma do último ano.

Disparei um olhar para ele.

– Eu tenho que conversar com aquele cara três vezes por semana.

Não havia um lampejo de julgamento no rosto dele.

– Isso provavelmente vai ser bom.

Eu não tinha tanta certeza.

– Você falou com ele? Tipo, conversar de verdade?

Ele ficou imóvel por um momento e depois fez que sim.

– Sim. Ajudou. – Seu olhar encontrou o meu. – Vai te ajudar.

A diferença era que Sebastian não tinha o tipo de culpa da qual eu precisava falar.

– O que estava acontecendo entre você e a Abbi depois da aula? – ele perguntou, virando de lado e ficando de frente para mim.

Meus ombros afundaram. A chegada sorrateira e familiar das lágrimas foi subindo para a minha garganta.

– Nada.

– Não foi bem isso o que pareceu – ele disse. – E sim que vocês duas estavam se exaltando uma com a outra. – Sebastian ergueu o braço e cuidadosamente curvou os dedos ao redor do meu queixo. Ele virou minha cabeça em direção à dele. – Fale comigo, Lena.

Baixei o olhar sentindo o toque dos dedos dele penetrar minha pele.

– Ela está... ela está brava comigo.

– Por quê? – ele perguntou, tirando os dedos do meu queixo. Eles viajaram pelo meu maxilar, disparando um arrepio pela minha espinha.

– Porque eu... porque eu me fechei para ela – admiti, cerrando os olhos. Sua mão ainda estava se movendo, seus dedos mexendo no meu cabelo. – Eu não falei com ela. – Não era o único motivo para ela estar zangada, mas era a única razão com a qual eu conseguia lidar, ainda mais quando ele estava me tocando. – Não foi de propósito. É só que... Eu me sinto responsável.

Sua mão ficou imóvel.

– Lena, você não é responsável. Você não sentou atrás daquele volante.

Deus, ele não sabia. Ele não fazia ideia. Comecei a virar as costas, mas sua mão apertou mais forte. Meus olhos se abriram. Sua mão escorregou do meu pescoço, caindo no espaço escasso entre nossos corpos.

Sebastian estava de lado junto de mim, ligeiramente apoiado no cotovelo de uma forma que seu corpo quase se elevava sobre o meu. Havia um elemento totalmente íntimo nas nossas posições, como se tivéssemos feito isso centenas de vezes. E tínhamos, mas o que ele admitira no sábado à noite havia mudado as coisas. Não éramos apenas dois melhores amigos deitados na cama um ao lado do outro. Ele não era mais apenas o vizinho. Não podíamos mais voltar àquele estágio, não importava de que forma nos comportássemos daqui em diante, e embora fosse o que eu desejei por tanto tempo, era aterrorizante.

– Lena – ele sussurrou meu nome como se fosse uma espécie de bênção.

– Eu não quero mais falar – eu disse. – Eu... Eu quero você aqui, mas não quero falar.

A compreensão era premente. Seu olhar mudou, passou de preocupação a algo mais amplo, mais intenso. Ele mordeu o lábio. Tudo no quarto mudou em questão de um instante. Foi extremo desse jeito. Em um momento, parecia que eu estava prestes a perder o controle e agora eu estava à beira de um precipício totalmente diferente.

Ele disse que me amava, que estava *apaixonado* por mim.

E eu o amava desde... desde sempre.

Não me parecia que eu fosse merecedora. Que eu tivesse ganho o direito de ter essa oportunidade ou essa segunda chance. Que eu devesse estar sentindo minha respiração acelerar ou o calor repentino que percorreu minha pele e inundou meus sentidos.

E talvez ele não quisesse dizer que me amava daquele jeito lindo e infinito sobre o qual eu lia nos livros espalhados por todo o meu quarto. O tipo de amor que era como uma corrente capaz de ligar duas almas, um vínculo inquebrável que prevalecia sobre o pior tipo de circunstâncias, sobre as decisões mais horríveis. Ele obviamente pensava que me amava desse jeito, mas as pessoas acreditavam e sentiam todo o tipo de coisas loucas diante da perda; porém, esses sentimentos iam se esvaindo e ficando menos intensos à medida que a vida voltava ao normal e a dor da perda ia embora.

Mas, agora, eu não queria dar reconhecimento a nada disso ou ao que nos tinha levado a esse ponto em que as coisas já não eram mais as mesmas entre nós. Não queria pensar. Só queria explorar o calor que estava se acumulando no meu ventre, a falta de ar no meu peito que não tinha nada a ver com meus pulmões ou com minhas costelas.

Talvez fosse o fato de ter voltado para a escola hoje. Ou fosse a conversa inesperada com o dr. Perry e saber que ele sabia. Poderia ter sido o confronto com Abbi e o confronto com o fato de que, dentre todas as pessoas, ela sabia que eu tinha saído daquela festa... daquela festa sóbria o suficiente para... para saber o que era certo, *porra*. Poderia ter sido a conversa com a minha mãe.

Talvez fosse porque Sebastian tinha dito que me amava.

Provavelmente todas essas coisas se juntaram em uma só bola destrutiva de coisas erradas, mas eu não poderia... eu não poderia simplesmente, não sei, fingir um pouco? Deixar a fantasia rolar na minha cabeça? Meu pulso estava todo descontrolado, e meu olhar percorria o ângulo das suas maçãs do rosto, descia até a cicatriz em seu lábio.

Levantei a mão, mas parei a centímetros de tocá-lo.

Um pequeno sorriso curvou os cantos de seus lábios para cima.

– Você pode me tocar se quiser. Nem precisa pedir.

Minha vontade de tocá-lo era tão grande, tão gigante, mas eu hesitei. Tocá-lo não era fingir, e como eu voltaria *disso*?

Seu peito se ergueu com uma inspiração profunda.

– Eu adoraria que você me tocasse.

Minha respiração engasgou na garganta.

Timidamente, eu coloquei os dedos sobre seu rosto. Um choque de alegria me percorreu quando senti o tremor que sacudiu seu corpo forte. Sua mandíbula era quase lisa debaixo da minha palma, apenas uma sugestão de barba. Deslizei a mão para baixo, passando o polegar ao longo de seu lábio inferior. Sua ingestão brusca de ar provocou um estremecimento. Ele fechou os olhos quando segui a curva de seu lábio superior, sentindo a textura de sua cicatriz.

Em todos esses anos, e eu nunca o tinha tocado assim. Nunca. Fiquei um pouco perdida no momento, no presente, enquanto passava a mão por sua garganta. Meus dedos percorreram de leve sua pele onde eu senti seu pulso tão acelerado quanto o meu.

Continuei.

Passei a mão espalmada sobre seu peito. Ele fez um som, aquele som grave que era parte um gemido, parte um grunhido, e foi como acender um fósforo na gasolina. Começou um incêndio. Encorajada, desci mais, seguindo o relevo do abdome firme. Seus músculos eram rígidos, claramente definidos como eu sempre soube que eram, como eu só tinha visto acidentalmente e tocado por um breve instante.

Mas isso não foi breve.

Eu levei o tempo que eu quis, roçando apenas um dedo sobre o abdome, e depois dois dedos, mapeando-o, guardando-o na memória.

Continuei.

Meus dedos escorregaram para seu umbigo e desceram, alcançando o cós da calça de flanela que ele estava vestindo. Seu corpo teve outro sobressalto, e ele se aproximou. Sua coxa pressionou a lateral da minha.

Isso não era certo.

Eu não deveria poder fazer isso, mas essa constatação não me fez parar. Lentamente, ergui meu olhar para o seu.

Seus olhos eram azuis como os mares mais profundos que eu nunca tinha visto na vida real, mas tinha circulado naquele mapa acima da minha mesa. De alguma forma, nossos rostos tinham se aproximado mais e mais durante minha exploração. Nossas respirações se misturaram.

Diminuí a distância que nos separava.

O contato da minha boca contra a sua foi tão chocante e eletrizante como tinha sido da primeira vez, talvez ainda mais forte agora. Foi apenas a pressão mais doce e mais suave. Apenas minha boca mexendo-se na dele, e depois a mão dele encontrou minha nuca.

Fiz um som que nunca tinha me ouvido fazer antes, abrindo minha boca para ele. Nesse momento, qualquer controle que estivesse segurando Sebastian foi liberado. Sebastian me beijou, me beijou *de verdade*. Meu coração ameaçou explodir. Sua língua encontrou a minha. Ele tinha gosto de menta e... *dele*. Minha mão encontrou seu quadril e flexionou, o que o incitou a chegar mais perto, embora não tivesse como ele chegar mais perto. Não com minhas costelas doloridas e meu braço imobilizado.

Mas ele me beijou, bebeu dos meus lábios e da minha boca e dos meus suspiros. E ele desceu, mordiscou meu lábio inferior, que arrancou um gemido de mim, e ele foi descendo com beijos pela minha garganta quando deitei a cabeça para trás para dar mais acesso. Ele lambeu e sugou, dando atenção especial para aquele ponto debaixo da minha orelha que fez os dedos dos meus pés se curvarem e meu quadril ter espasmos inquietos. Então ele estava devorando meus lábios mais uma vez, nossas línguas se entrelaçando e o único som no quarto era nossa respiração ofegante.

São sei por quanto tempo nos beijamos. Continuou para sempre, e não havia farsas nem fingimentos cada vez que mergulhávamos de novo um no outro, querendo e implorando silenciosamente por mais. Os amigos *não* beijam amigos assim. Amigos não se agarravam um no outro da forma como estávamos agora, meus dedos cravados no seu quadril e na sua cintura, sua mão firme no meu pescoço, não querendo me soltar mesmo que eu não fosse fugir.

E ainda assim, nos beijamos e nos beijamos.

Quando sua boca se afastou da minha, eu pressionei minha testa no ombro dele. Respirando pesado, coloquei os dedos na sua camiseta. Pelo que pareceu uma eternidade, nenhum de nós se mexeu e, em seguida, ele deitou de novo de lado, curvando a mão sobre o meu quadril. Sua mão se moveu, subindo e descendo pelas minhas costas em carícias longas e suaves, e sua respiração ficou dançando, cálida, sobre a minha bochecha.

E não falamos pelo resto da noite.

CAPÍTULO VINTE E UM

Fiquei olhando para o pôster idiota na parede. Era uma foto de paraquedistas de mãos dadas e, embaixo, em letras grandes, havia uma frase: TRABALHO EM EQUIPE.

Somente um colégio teria um cartaz de pessoas pulando voluntariamente de aviões como um exemplo de trabalho em equipe. Não era o tipo de equipe da qual eu queria fazer parte.

O dr. Perry estava esperando. Ele tinha me feito uma pergunta. Como tinha feito na última quarta e na sexta, e agora era segunda, o início da minha segunda semana de volta na escola, e nada e tudo havia mudado.

A pergunta desta semana era diferente da pergunta da semana passada. Então ele tinha realmente se focado em como eu estava me adaptando a estar de volta na escola e quando eu pretendia voltar para o treino de vôlei, embora eu não pudesse fazer nada. Eu tinha me esquivado dessa última pergunta, como tinha me esquivado do treinador Rogers. Ele perguntou como eu estava lidando com a curiosidade mórbida dos outros alunos. E como eu estava me saindo nas aulas. Ele falou sobre o acidente. Não o que era óbvio na minha ficha, mas como era difícil se permitir desapegar da culpa de sobreviver e como era importante seguir em frente.

Nesta semana, ele perguntou se eu tinha decidido quando iria visitar o túmulo dos meus amigos e afirmou que fazer essa visita era importante para começar o processo de fechamento. Eu não queria responder à pergunta, mas meio que também queria, pois eu não ia falar com meus amigos sobre nada disso, em especial com a Abbi, que aparentemente achava que eu era um ser humano terrível, e eu meio que tinha a mesma opinião sobre mim. Eu não tinha me aberto para Sebastian. Nem mesmo depois da última noite de terça-feira – depois de passarmos nosso tempo juntos realmente conhecendo a boca do outro.

Passei a palma da minha mão direita sobre a quina do braço da cadeira.

– Não consigo pensar neles assim – eu disse finalmente, fitando os paraquedistas sobre o ombro dele. Todos estavam usando macacões com cores diferentes que me lembravam de uma caixa de giz de cera. – Quando eu penso na Megan, ainda penso nela sentada no meu quarto, falando sobre programas de TV. A ideia de ir ao cemitério, onde eles estão agora, eu... – Estremeci. – Eu não consigo.

O dr. Perry assentiu lentamente e levantou sua caneca. A caneca do melhor pai do mundo tinha sido substituída por outra com uma imagem de Elvis Presley.

– Você ainda não superou o trauma do acidente. Enquanto você não superar, não vai conseguir chegar ao estágio do luto.

Minha mão parou de se mexer e eu curvei os dedos pelo braço da cadeira.

– Eu posso fazer você atravessar o trauma. Você quer?

Abaixei o olhar para ele e respirei fundo.

– Eu quero, mais do que qualquer coisa, voltar ao estágio de como as coisas eram antes.

– Mas você não pode voltar a esse estágio, Lena. Nunca podemos voltar. Você precisa aceitar: não importa o que aconteça a partir daqui, seus amigos não vão voltar...

– Eu sei disso – cortei, frustrada. – Não foi o que eu quis dizer.

– O que você quis dizer? – ele perguntou.

– Eu... eu só queria ser quem eu era – forcei, e então foi como se alguma coisa dentro de mim tivesse se destravado, e uma torrente de palavras começasse a ser despejada. – Não quero mais ser *essa* Lena. Não quero pensar *nisso* o tempo todo, e quando eu começo a pensar em alguma coisa, em *qualquer* outra coisa, eu me sinto horrível, porque não deveria. Não quero mais olhar para minha mãe e ver *aquela* expressão no rosto dela. Quero poder voltar a jogar vôlei, porque eu... Eu adorava jogar, mas não posso nem pensar em fazer isso por causa da Megan. Não quero ficar sentada com meus amigos preocupada o tempo todo com o que eles realmente pensam sobre mim. Não quero que eles pensem que eu não entendo como o acidente os afetou com a mesma intensidade. Quero poder acreditar que o Sebastian me ama e que vai ficar tudo bem e que eu posso amá-lo também – despejei, sem saber se o dr. Perry tinha ideia do que eu estava falando, já que nem eu tinha. – Não quero sentir nada disso. E eu sei que não vai passar. Eu sei, quando for para cama hoje à noite e acordar amanhã, que vai ser a mesma coisa, mas eu não quero nada disso.

Seu olhar ficou aguçado.

– Você vê um futuro para si, Lena?

Larguei o corpo de novo na cadeira e apertei os olhos quando senti uma pontada de dor nas minhas costelas. Não era frequente que minhas costelas ainda me incomodassem, mas me jogar em uma cadeira com certeza não era gostoso.

– O que você quer dizer?

– Onde você se vê daqui a um ano?

– Não sei. – E o que isso importava? – Na faculdade, eu acho.

– Estudando história e antropologia? – ele esclareceu. – Conversei com seu orientador. Eles me contaram sobre os seus interesses.

– Sim, é isso que eu vou fazer.

– Onde você se vê daqui a cinco anos?

Meu aborrecimento se incendiou.

– Por que isso importa?

– Importa porque, se você não começar a trabalhar essas questões, você ainda vai estar lidando com elas daqui a cinco anos.

Meus ombros se curvaram. Cinco anos era uma eternidade.

– Você quer superar o trauma e o luto? Você quer se sentir melhor do que está se sentindo agora? – ele repetiu.

Fechando os olhos, confirmei com a cabeça, embora eu me sentisse terrível, mesmo que parecesse tão errado querer me sentir bem.

– Então nós temos que passar pelo trauma para chegar ao luto, e eu prometo, quando fizermos isso, que você vai se sentir melhor. – Ele fez uma pausa. – Mas você tem que trabalhar comigo e tem que ser honesta, não importa o quanto a verdade a deixe desconfortável.

Abri os olhos e o rosto dele borrou.

– Eu não... não sei se eu consigo....

– Este é um lugar seguro para você, Lena. Sem julgamentos – ele insistiu em voz baixa. – E o processo de melhora começa com você voltando no tempo até a festa. Você deve falar sobre o que você se lembra e o que você sabe que aconteceu.

– Não está com fome?

Piscando, levantei a cabeça devagar e olhei para Sebastian. Ele estava sentado de lado no banco ao meu lado. Um braço estava descansando em cima da mesa, o outro apoiado no seu colo. Apenas as pontas de seus dedos tocavam minha coxa. Meu corpo reagiu imediatamente ao seu toque. Uma onda de calor fluiu sobre a minha pele, mas meu cérebro se recolheu da vontade, da necessidade e da antecipação que disparavam pelas minhas veias. Não tínhamos nos beijado desde a última terça, mas ele passava na minha casa todas as noites e me levava para a escola todas as manhãs, mesmo que eu fosse capaz de dirigir. Ele se sentou comigo no almoço e me tocou mais, um pouco aqui e ali. Um roçar da sua mão no meu braço ou na minha cintura, um toque suave na minha lombar ou na nuca.

E eu me deleitava nesses pequenos momentos, embora eu soubesse que não deveria.

– O quê? – falei, sem ter ideia do que ele tinha acabado de perguntar.

– Você ainda não tocou na comida. – Ele olhou incisivamente para minha bandeja. – Bem, se você considerar salada comida.

Salada? Verifiquei meu prato com uma careta. Sim. O prato de folhas verdes era definitivamente uma salada. Eu nem me lembrava de ter pegado quando entrei na fila do almoço. Porém, não era exatamente uma surpresa. Depois de me reunir com o dr. Perry naquela manhã, sabendo que na quarta-feira eu teria que falar sobre tudo o que tinha acontecido, minha cabeça não estava onde deveria estar. A manhã tinha sido um borrão.

Eu teria que realmente falar sobre aquilo, não tinha escolha, e eu não sabia se conseguiria. Mas o dr. Perry sabia. Abbi suspeitava. Eu só conseguia pensar nisso quando olhava para as minhas amigas. Era tudo o que eu ouvia na minha cabeça quando Sebastian chegava no meu quarto à noite e fazia a lição de casa comigo. Era o que eu enxergava quando via Jessica nos corredores entre uma aula e outra – a menina que tinha voltado com Cody. Ela nunca me via, mas eu a via.

Dary riu, o que me fez voltar ao presente.

– Eu queria saber mesmo qual que era a da salada. Acho que eu nunca vi você comer salada sem uma tonelada de coisas fritas em cima.

– Eu não sei. – Eu olhei sobre a mesa para Abbi. Ela, como Dary, tinha uma fatia de pizza e o que parecia ser a salada de repolho no prato dela.

A pizza de Abbi estava meio comida. Ela estava desenhando uma rosa na capa do caderno. Ela quase não falou nada comigo na nossa aula de química e no início do almoço. Ela não estava me ignorando nem nada. Eu não estava presente o suficiente para ser ignorada, para ser sincera.

Olhei ao redor da mesa. Agora éramos uma mistura estranha. Normalmente seria apenas nós: Abbi, Dary, eu e... e a Megan. Poderia haver outros alunos que nós não conhecíamos, mas basicamente éramos só nós. Agora éramos nós e Sebastian e vários jogadores de futebol americano.

E Keith.

Ele estava sentado ao lado de Abbi, quieto como eu nunca o tinha visto. Ele também estava mudado. Não falava mais alto na cara das pessoas como fazia antes. Ele ainda jogava, e ouvi a Abbi contar à Dary, durante o almoço essa semana, antes de o Keith se sentar, que ele tinha sido repreendido no jogo da semana anterior por ter pegado pesado demais no campo.

Agora, sua cabeça morena estava baixa e, de vez em quando, ele virava para ela, sussurrava alguma coisa e ela respondia.

Eles estavam juntos?

Eu não sabia.

Eu não perguntei.

Sebastian chegou mais perto, encostando o joelho no meu. Sua voz era baixa quando ele perguntou:

– Você está bem?

– Sim. – Clareei a voz e forcei um sorriso. – Só estou cansada.

Seus olhos observaram os meus e eu soube que ele não acreditava em mim e que voltaria a esse assunto mais tarde.

– Você vai trabalhar no Joanna's neste fim de semana, já que não vai ter jogo nem nada? – Dary perguntou.

Balancei a cabeça.

– Hum, não. Normalmente eu não iria, por causa do voleibol.

– Então você vai ao jogo fora de casa neste fim de semana?

Balancei a cabeça em negativa mais uma vez. O treinador me deu espaço na semana passada, mas eu sabia que isso não duraria muito. Ele esperava que eu aparecesse hoje.

– Uau. – Dary empurrou os óculos para cima ao olhar sobre a mesa. – Não consigo pensar em um fim de semana em que você não tivesse jogo e não fosse trabalhar no Joanna's.

– Sim. – Fiquei olhando Sebastian cortar no meio seu frango assado ou cozido. Ele o cortou em fatias. – Todos eles foram muito compreensivos. Têm sido muito bons.

– Quem? – Dary perguntou.

Fiz *hum-hum* para reencontrar minha voz.

– O treinador... o treinador foi muito compreensivo.

Sebastian pegou as fatias que ele cortou e despejou-as sobre a minha salada. Meus olhos se arregalaram. Ele tinha mesmo acabado de cortar a minha comida como se eu tivesse dois anos de idade?

– Pronto – disse ele. – Sua salada parece quase comestível agora.

– Ainda assim, nada frito – comentou Dary, sorrindo. – Mas isso provavelmente é a coisa mais fofa que eu já presenciei em muito tempo.

Era ridículo.

Mas era fofo, porque eu sabia que era um gesto carinhoso.

Os cantos dos meus lábios curvaram para cima quando peguei o garfo.

– Será que agora veremos a Lena ganhando comida na boca? – Abbi perguntou.

Levantei a cabeça bruscamente e minhas bochechas pegaram fogo. Abbi estava me encarando, uma sobrancelha levantada.

– Como é que é? – disse Sebastian.

Abbi encolheu um dos ombros e seu olhar se voltou para Sebastian.

– Quer dizer, ela tem que ser levada para a escola. Não pode ir a lugar nenhum sozinha. Temos que ficar medindo palavras quando estamos perto dela. Então, só queria saber se também vamos ter que dar comida na boca dela.

Eu congelei. Coração. Pulmões. Cérebro. Tudo.

– Que porra é essa, Abbi? – a voz de Sebastian era afiada.

Na minha frente, o olhar duro de Abbi falhou um pouco, mas foi apenas uma rachadura no verniz. Sua voz saiu rouca.

– Acho que é uma pergunta válida, e não posso ser a única a pensar isso.

– Abbi – Keith disse, falando alto o suficiente para eu ouvi-lo pela primeira vez durante o almoço. – Fala sério.

Dary ficou dura ao meu lado.

– O quê? Ela é adulta, não é? – Abbi engoliu. Seu lábio inferior tremeu e seu olhar encontrou o meu novamente. – Ela não pode falar por si própria? Não pode intervir e parar com isso?

Franzindo o rosto como se tivesse levado um soco, eu sabia exatamente a quê ela estava fazendo referência. Ela não estava falando sobre essa conversa. Ela estava falando sobre *aquela* noite.

E para mim foi o fim.

Fiquei em pé e me curvei para pegar minha bolsa do chão. Ouvi Sebastian dizer o meu nome, mas não parei. Endireitando a postura, recuei da mesa e me virei sem dizer todas as palavras que estavam queimando na minha pele.

Saí correndo do refeitório, boca fechada com força para eu não perder as estribeiras. Eu não sabia ao certo se perder as estribeiras significava berrar de ódio ou ter um colapso nervoso.

Cheguei até o meio do corredor antes de Dary me alcançar e pegar meu braço bom.

– Ei, espere aí – disse ela, obrigando-me a parar. – Você está bem?

Meu olhar se voltou para o teto.

– Eu estou bem e tenho certeza de que a cabeça da Abbi iria cair de cima do pescoço se ela ouvisse você me perguntando isso.

– A Abbi só está sendo...

– Uma megera? – Terminei por ela e depois me senti mal imediatamente. Ao fechar os olhos, balancei a cabeça. – Não. Isso não está certo. Ela está apenas...

– Ela só está tendo dificuldade para lidar com toda essa situação. – Dary apertou meu braço. – Mas ela não estava sendo boazinha lá dentro.

Afastei o cabelo do meu rosto quando olhei de volta para a entrada do refeitório.

– Ela te falou alguma coisa?

– Sobre o quê?

– Sobre mim e aquela noite... a festa do Keith.

Dary baixou a mão.

– Ela me contou sobre você e o Sebastian meio que terem discutido e alguma coisa sobre ela e o Keith. – Ela parou. – Por quê?

Obviamente, Abbi não tinha falado com ela sobre mim.

– Eu só queria saber.

– Há uma coisa que eu deva saber sobre aquela noite? – ela perguntou.

Agora. Agora eu poderia dizer a ela o que Abbi sabia e ela saberia por que Abbi estava tão chateada. Mas quando abri a boca, não consegui encontrar as palavras.

Um momento se passou e Dary passou o braço ao redor dos meus ombros.

– Tudo vai ficar bem de novo. Eu sei que agora não parece, mas vai ficar. Tem que ficar!

Eu não respondi, porque sabia que só porque a gente queria que uma coisa ficasse bem, com todas as nossas forças, não significava que iria ficar.

– Eu sei que você precisa de algum tempo, de um pouco de espaço – ela disse, pressionando a testa do lado da minha cabeça. – Só quero que tudo volte a ser como era antes – ela sussurrou. – Não podemos ter a Megan de volta, nós nunca vamos tê-la de volta, mas nós podemos voltar. Eu acredito nisso. De verdade.

CAPÍTULO VINTE E DOIS

Segunda-feira literalmente foi um daqueles dias que não acabavam nunca.

Quando tocou o último sinal e fui até meu armário, já estava exausta, porém, ao ver o treinador Rogers caminhando a passos largos na minha direção, eu queria me enfiar dentro do armário.

Lançando uma saraivada de palavrões, empurrei o livro de química para dentro torcendo para que ele não estivesse indo me ver. Que ele só estivesse fazendo uma caminhada vespertina preguiçosa pelos corredores, embalado pelo som de portas metálicas batendo e conversas barulhentas.

Eu estava tirando o livro de história na sequência, quando ouvi o treinador dizer o meu nome, meu nome completo, porque, é claro, seria um daqueles dias.

– Oi – respondi, enfiando o livro na mochila.

– Está indo para o treino? – ele perguntou, ao parar do meu lado.

Querendo estar longe daqui, porque eu não me sentia nem um pouco pronta para essa conversa, eu sacudi a cabeça e fechei a mochila.

– Eu sei que você não pode treinar com essas lesões, mas eu realmente quero você nos treinos, Lena – disse ele. Sem nem olhar, eu sabia que ele estava de braços cruzados. – Seria bom para você... para a equipe.

– Eu sei, mas... – Engoli em seco fechando a porta do armário. – Não posso.

– Você não recebeu alta médica para ficar sentada em um banco? – ele respondeu e eu não sabia se ele estava sendo sarcástico ou não. Vendo a expressão relativamente composta, eu ficaria com "não".

– Tenho certeza de que eu posso... mas eu não vou mais jogar vôlei.

Ele arqueou as sobrancelhas escuras.

– Você está deixando o time?

Sentindo meu estômago afundar, eu assenti com a cabeça.

– Estou. Sinto muito, mas com esses ferimentos e tentando retomar as coisas na escola, vai ser a melhor coisa para mim.

O treinador Rogers balançou a cabeça em um movimento curto de um lado para o outro.

– Lena, você é uma integrante valiosa da equipe. Nós podemos...

– Obrigada por dizer isso. – Mudei o peso do corpo de um pé para o outro, e um grupo de alunos desviou de nós no corredor. – E eu realmente agradeço a oportunidade que você me deu, mas vou perder muitos jogos e muitos treinos. Vou perder o jeito completamente e vai ser melhor para todo mundo.

– Se o seu braço sair desse gesso até o fim do mês, você vai ter outubro inteiro para treinar, e quaisquer torneios em que nós entrarmos – argumentou o treinador. – Você ainda tem chance de chamar a atenção de um olheiro. Lembra como conversamos sobre bolsas de estudos?

– Megan teria conseguido uma bolsa – falei antes que pudesse me conter. – Ela não iria precisar, mas teria conseguido. Não eu.

Seu rosto registrou surpresa.

– Você tem uma boa chance...

– Não é mais algo que eu queira fazer – interrompi, recuando um passo. Por cima do ombro dele, vi Sebastian se aproximando. Suguei uma inspiração superficial. – Desculpe. – Andei alguns passos para dar a volta nele. – Tenho que pegar a minha carona.

O treinador Rogers se virou.

– Você está cometendo um erro.

Se estivesse mesmo, simplesmente colocaria ao lado do último.

– Se mudar de ideia, venha me ver – disse ele. – Podemos dar um jeito.

Eu não ia mudar de ideia, mas assenti com a cabeça e caminhei até onde Sebastian estava esperando.

Sebastian olhou pelo corredor, seu olhar se demorando onde o treinador estava parado.

– Tudo certo?

– Sim. Claro – eu disse, deixando-o pegar a minha mochila. – Estou pronta para ir.

Seu olhar perpassou o meu, e eu pensei por um momento que ele iria dizer mais alguma coisa, mas ele não disse. Enquanto caminhávamos pelo corredor, em silêncio, eu não podia deixar de pensar no que o treinador Rogers tinha falado.

A sensação de estômago revirado aumentou. Será que eu tinha feito a coisa certa? Devo ter feito, porque já era tarde demais se eu não tivesse.

Fiquei sentada à mesa da cozinha naquela noite, empurrando as ervilhas no meu prato com o garfo. Eu não acreditava que minha mãe ainda as colocava no meu prato como se eu tivesse cinco anos e achasse que eu fosse comê-las.

Ela perguntou sobre minha sessão com o dr. Perry, e eu contei em linhas gerais o que estava acontecendo. Ela então perguntou sobre a Abbi e a Dary, já que não via a Abbi fazia algum tempo. Menti dizendo que a Abbi estava ocupada. Ela não perguntou sobre o Sebastian, o que, por alguma razão, me fez pensar que ela sabia muito bem sobre as visitas que ele fazia tarde da noite, mas, por algum motivo ela não tocava no assunto.

– Lori estava pensando em voltar para casa nesse fim de semana – disse minha mãe, cortando sua fatia de bolo de carne que tinha passado o dia inteiro cozinhando na panela elétrica.

– Sério? – Espetei o garfo na carne, com fome, mas sem vontade de comer. – É uma viagem grande para ela.

– É, sim, mas ela quer ver você. – Minha mãe me olhou por cima da mesa. – Ela anda preocupada.

Um pedaço do meu bolo de carne virou pó na minha garganta.

– O pai ainda está por aqui?

Ela ficou só um pouquinho tensa.

– Ele teve que voltar para Seattle. Acredito que ele tentou ligar para você e te ver antes de ir embora.

Encolhi um ombro. Sabe o que era engraçado sobre meu pai? Nada o impediria de me ver se ele realmente quisesse. Sim, eu não atendi as ligações dele, mas ele poderia ter vindo. Minha mãe iria deixar. Então ele poderia ter me visto. Eu também reconhecia como era bizarro que eu estivesse com raiva por ele não tentar me ver quando eu não queria vê-lo.

Eu era uma piada.

– Ele vai voltar. – Minha mãe colocou o copo de volta na mesa. – Por volta do Dia de Ação de Graças. Nós vamos fazer um jantar...

– Como se a gente fosse uma grande família feliz? – respondi, consciente da minha impertinência.

– Lena. – Minha mãe suspirou e colocou o garfo no prato. – Ele é seu pai. Ele é um homem bom, e eu entendo que você tem... questões não resolvidas com ele; mas, no fim das contas, ele é o seu pai.

– Um homem bom? – Eu não podia acreditar que minha mãe estivesse tentando defendê-lo. – Ele largou você, ele largou a gente, porque não conseguia lidar com nada do que estava acontecendo. Tipo, literalmente *nada*.

– Querida. – Minha mãe balançou a cabeça e colocou o braço em cima da mesa. – Foi mais do que o negócio dele ter falido e a gente ficar com problemas de dinheiro. Muito mais do que isso. Eu amava seu pai. Parte de mim ainda ama e provavelmente sempre vai amar.

Pressionando meus lábios, voltei o olhar para o teto. Saber o que eu sempre suspeitei, que ela ainda amava o meu pai, só me irritou mais ainda.

– Tem uma coisa que você precisa entender sobre mim e o seu pai – disse ela, a respiração superficial. – Seu pai, o Alan, ele simplesmente não me amava tanto quanto eu o amava – continuou, largando a bomba como se não tivesse dito nada.

Olhei para ela boquiaberta.

Ela se concentrou no prato e suspirou pesadamente.

– Eu acho... não, eu sei... eu sempre soube. Durante todos esses anos, ele me amava. Ele gostava de mim genuinamente, mas não era suficiente. O Alan tentou, ele tentou mesmo, e não estou dando desculpas para ele, mas o que ele sentia não era suficiente.

Fiquei olhando para ela, sem saber o que dizer, porque eu nunca tinha ouvido nada disso antes.

– Casamos jovens, assim que descobrimos que eu estava grávida da Lori. Era isso que as pessoas faziam naquela época. – Então ela largou outra bomba: – Seu pai não queria ir embora, Lena. Ele me enxergava, enxergava *nós três*, como responsabilidade dele. Só que, se por um lado vocês duas eram responsabilidade dele, eu não era. Eu queria que ele me tratasse como uma igual, como parceira dele, não como responsabilidade.

– O quê? – sussurrei, quase deixando meu garfo cair.

– Eu pedi para ele ir embora. Fui eu que iniciei a separação. – Seu sorriso era triste, um pouco amargo. – Achei que confrontando o que eu sempre soube (que o que ele sentia não era suficiente) e pedindo para ele ir embora pudesse fazê-lo se sentir do jeito que eu me sentia. – Sua risada parecia vidro rachando. – Posso ser uma mulher adulta, Lena, mas de vez em quando a gente ainda acredita em contos de fadas. Pedir para ele ir embora era a última chance. Que talvez ele...

– Fosse acordar e se apaixonar por você? – perguntei, voz estridente. Ela realmente acreditou nisso? Fechei os olhos brevemente. Ela havia pensado que, se pedisse para ele ir embora, teria seu próprio felizes para sempre, como se fosse em um livro?

Ela assentiu com a cabeça.

– Eu achei. E pensando hoje, havia uma parte minúscula dentro de mim que sabia que ninguém podia forçar outra pessoa a nos amar na base da ameaça. As coisas não funcionam assim.

A única coisa que eu consegui fazer foi ficar sentada ali.

– Eu o amo... incondicionalmente. Mas quando eu já não podia mais mentir para mim mesma e não podia mais deixá-lo mentir para si mesmo, eu soube que o casamento tinha chegado ao fim.

Eu me recostei na cadeira, e minhas mãos caíram no colo.

– Por que... por que você não nos contou nada disso?

Aquele sorriso fraco e triste sumiu.

– Orgulho? Vergonha? Quando nos divorciamos, você ainda era muito pequena para esse tipo de conversa. A Lori também, embora ela fosse adolescente. Não é algo fácil de se falar, admitir para as filhas jovens que você ficou com um homem que não te amava do jeito que deveria.

– Mas eu… – Mas eu sempre acreditei que meu pai simplesmente tinha se acovardado e ido embora. – Foi você que o fez ir embora?

– Era a coisa certa, e eu sei que deveríamos ter sido mais sinceros com vocês duas, mas… – Ela deixou a frase no ar, olhando para o quintal pela janela. Seus dedos se curvaram sobre a boca e ela piscou rapidamente. – Mas nem sempre fazemos as escolhas certas. Nem mesmo quando somos adultos e deveríamos saber melhor das coisas.

Como um relógio, a porta da varanda abriu um pouquinho depois das oito. Eu não estava dormindo. Eu estava olhando fixamente, e sem prestar atenção, no meu livro, relendo o mesmo parágrafo pela quinta vez. Nada estava se fixando na minha cabeça desde o jantar.

Sebastian sorriu quando me viu.

– Bela camiseta – disse ele quando fechou a porta atrás de si.

– Minha camiseta é incrível. – Era uma preta do Deadpool, grande demais.

Ele vagueou em direção à cama com passadas longas. Senti um frio intenso na barriga.

– Sim, mas quando você veste minha camiseta velha do uniforme é melhor.

Corando, afastei do rosto uma mecha solta de cabelo.

– Joguei fora.

– Claro que jogou. – Ele largou o corpo na cadeira do computador do jeito que Abbi costumava fazer, quando ela ainda gostava de mim. – O que você andou fazendo?

– Não muita coisa. – Eu o vi levantar as pernas e colocar os pés ao lado do meu quadril. Ele estava descalço, sempre descalço. Soltei meu marca-texto no caderno. – Você?

– O de sempre. Treino. – Ele cruzou os braços sobre o peito. – Eu também tomei banho.

Abri um sorriso.

– Bom para você.

Inclinando a cabeça para trás, ele deu risada.

– Eu vivo uma vida emocionante.

Meu olhar desviou para ele e nossos olhos se encontraram e ficaram fixos por um instante. Um calor líquido escorregou pela minha garganta e se acumulou no meu peito, depois se espalhou muito, muito devagar. Desviando os olhos, respirei fundo e de maneira comedida.

– Então… hum, minha mãe meio que largou uma bomba em mim hoje no jantar.

– Sobre o quê?

– Ela falou por que o meu pai foi embora. – Mexi no marca-texto. – Você sabe como eu sempre pensei que ele só tinha ido embora porque não conseguia lidar com as coisas, não sabe?

– Sei. – Ele baixou os pés no chão e se inclinou para a frente, todo ouvidos. – Foi por esse motivo, não foi?

Balancei a cabeça.

– Acabei de descobrir que era porque ele não amava a minha mãe de verdade. Tipo, ele amava, mas não estava *apaixonado* por ela. – Falei o que minha mãe tinha contado enquanto empurrava e puxava a caneta. – Loucura, né?

– Putz. – Suas sobrancelhas estavam levantadas. – Como você está se sentindo em relação a tudo isso, já que você e o seu pai…?

Ele não precisou terminar a frase. Eu fiquei com um grande rancor, obviamente, depois que meu pai foi embora. Levantei as mãos.

– Não faço ideia. Ainda acho que estou chocada demais para ficar brava, sabe? Tipo, como ela escondeu isso da gente por esse tempo todo? Mas, ao mesmo tempo, eu me sinto terrível por ela, porque uma parte de mim consegue entender o fato de ela não querer contar para ninguém.

E simplesmente não querer falar sobre esse assunto. Isso, eu consigo entender totalmente.

– Tenho coisas demais na minha cabeça – admiti. – Como se isso fosse explodir. Minha mãe basicamente tinha deixado que eu e até mesmo a Lori pensássemos que meu pai era um lixo. Digo, ele ainda é meio que um lixo, eu acho, por ter se casado com alguém que ele não amava de verdade, mas... eu não sei.

– Hora de clarear a cabeça. – Ele se levantou e veio até mim. Ele pegou meu livro, fechou-o e o colocou na minha mesa.

– Ei – eu disse. – Eu estava fazendo a lição de casa.

– Ahãn. – O caderno, a caneta e o marca-texto se juntaram ao meu livro. Então ele se sentou na cama, na minha frente, um joelho levantado e dobrado, encostado na minha panturrilha. – Então hoje é segunda-feira à noite.

– Sim. – Soltei as mãos no meu colo. – Obrigada por esclarecer. Eu estava tão confusa.

Um canto de seus lábios se curvou para cima.

– Você sabe o que isso significa?

– Eu tenho uma semana inteira antes do próximo episódio de *The Walking Dead*?

– Não – ele respondeu em tom irônico.

Eu o vi colocar a mão direita ao lado do meu joelho esquerdo.

– Hum. Só faltam quatro dias para acabar a semana?

– Bem, sim. Isso também. – Ele se inclinou só um pouquinho, e meus batimentos cardíacos aceleraram em resposta. O horror absoluto do dia desapareceu. – Só que segunda à noite significa outra coisa, alguma coisa muito mais importante, não?

– Que é? – Meu olhar recaiu em sua boca por um breve instante, e eu senti o aperto no meu baixo ventre.

Sua cabeça inclinou ligeiramente para o lado.

– É hora de parar de falar.

– Parar de falar? – repeti como uma boba, sentindo um frio começar no meu peito e descer para a barriga. Ele queria dizer o que eu achava que ele queria dizer?

– Sim. – Ele aproximou seu tronco e eu senti sua respiração dançar pelo meu rosto. – Nomeei oficialmente as noites de segunda como "Segundas Sem Fala". E você sabe o que isso significa?

Minha mão direita se fechou em um punho frouxo.

– O quê?

– Nós fazemos melhor uso da nossa boca e da nossa língua.

Olhos arregalados, eu tossi uma risada.

– Você realmente falou isso em voz alta?

– Falei. Sim, eu falei, e não retiro o que disse. – Ele inclinou-se para perto de mim, e eu fiquei dura quando sua testa encostou na minha. – Não tem vergonha no meu lance.

– Acho que você não tem lance nenhum.

– Ah, eu tenho – ele respondeu em tom suave. – Tanto que você nem ia saber o que fazer com ele inteiro.

Deixei escapar uma risada baixinha.

– Sebastian...

– Esta segunda-feira vai ser diferente. – Sua mão esquerda encontrou a minha direita. Apenas as pontas dos seus dedos roçaram a minha mão. – Posso mostrar como? – ele perguntou, passando os dedos pelo meu braço nu, provocando um tremor intenso, e parando na manga da minha camiseta. – Tudo bem se eu fizer isso?

Tudo *fantástico*, mas eu pensei no que minha mãe tinha me contado durante o jantar. Sebastian e eu éramos amigos desde sempre.

Literalmente. Eu sabia que ele era sincero quando dizia que gostava de mim, que provavelmente ele me amava, mas será que ele amava *de verdade*? Pensei em como ele me levava para a escola, em como ficava preocupado com a minha alimentação e de repente estava me enchendo com todos os tipos de atenção. Não era exatamente como no caso dos meus pais. Eu não estava grávida. Mas eu tinha quase morrido.

– Eu sou uma responsabilidade sua?

– O quê? – ele perguntou.

– Você se sente responsável por mim?

– De que forma?

O que eu estava perguntando para ele?

– Esquece.

– Não. Estou curioso. O que você quer dizer com isso?

Droga. Eu deveria ter mantido a boca fechada.

– Quero dizer, você faz coisas para mim porque sente que precisa fazer, depois do que aconteceu?

– O quê? Não. Eu faço porque eu *quero*.

Essa... essa era a resposta certa, mas não mudava nenhuma das outras coisas. Sua testa moveu-se contra a minha, e sua respiração agora estava nos meus lábios. Eu queria muito cair de cabeça nisso tudo, mergulhar de cabeça e só pensar nas consequências depois.

– Isso é inteligente?

– Acho que é brilhante. – Seus dedos passaram sobre a manga solta da minha camiseta de dormir. – Acho que a última coisa que você precisa no momento é pensar.

Eu duvidava seriamente que o dr. Perry fosse concordar com isso, mas, por outro lado, talvez ele concordasse. Ele falou sobre viver, seguir em frente e enfrentar o trauma e a dor, e ninguém me fazia sentir a vida tão profundamente quanto Sebastian.

Embora eu não tivesse certeza de que o dr. Perry considerasse dar uns amassos como seguir em frente.

Recuando, eu vi um músculo flexionar no rosto dele. Seus olhos observaram os meus.

– Você sabe o que eu penso sobre você.

Meu coração quase saiu pela boca.

– Seb...

– Eu te amo – continuou ele, levando a mão até minha nuca. Fiquei sem fôlego e com a respiração presa, e senti um aperto no coração com essas palavras. – Eu te amo há anos.

– Sebastian – implorei, percebendo que estava à beira das lágrimas.

– E eu sei que agora as coisas estão emaranhadas na sua cabeça, e eu só posso ficar de fora enquanto você mesma as desenrosca, demore o tempo que for. – Seus dedos se entrelaçaram com fiozinhos de cabelo. – Mas tem uma coisa que eu preciso desembaraçar para você agora mesmo. O que eu sinto por você é real, tem sido real...

Meu coração batia tão forte que doía.

– Eu preciso te contar uma coisa.

– Você não precisa me contar nada.

Lágrimas sufocavam minha garganta.

– Você não entende.

– Eu não preciso. – Seu polegar se moveu pelo meu pescoço, uma sensação confortável e energizante ao mesmo tempo.

Balancei minha cabeça tanto quanto pude.

– Por que agora? – perguntei novamente. – Por que...

– Porque fomos idiotas demais para não termos vivido isso antes e porque ainda estamos vivos, no *presente*.

Não sei quem se mexeu primeiro, se foi ele ou se fui eu, ou se fomos os dois ao mesmo tempo, mas nossas bocas colidiram. Seus lábios. Os meus. Enquanto eu apreciava o sabor, meus dedos pousaram no seu peito e minha mão subiu até o ombro. E ele beijou de uma forma que me consumia, acendia um fogo que queimava a minha pele, meus músculos se transformavam em lava e meus ossos, em cinzas. Eram línguas e dentes, e André nunca tinha beijado assim. Nenhum garoto, e isso era assustador e revigorante ao mesmo tempo.

Sebastian distribuía beijos como se tivesse um estoque interminável e minha demanda era alta. De alguma forma, sem saber como, eu estava de costas e ele tinha me deitado com tanto cuidado, com tanta delicadeza.

– Minha vez – ele murmurou sobre a minha boca.

Eu não queria pará-lo.

Sebastian espelhou as explorações que eu tinha feito na semana anterior. Seus lábios mapearam a curva dos meus, sua mão percorreu o centro do meu peito, passou sobre a minha barriga. Um farfalhar estava de volta no meu peito, um bater de asas que acompanhava meu pulso descontrolado. Seus dedos deslizaram debaixo da minha camiseta, os dedos espalmados sobre o meu abdome.

Ele levantou a cabeça, um questionamento em seus olhos, e quando eu fiz que sim, eles se encheram de promessa, uma promessa que eu mal conseguia contemplar, pois era... quase demais.

Agarrei-o, puxei os fios mais longos do seu cabelo, e sua mão subiu, seu toque era como uma pena sobre as minhas costelas, ainda sensíveis, e seus dedos continuaram em movimento. Ofeguei contra sua boca, e ele emitiu um som que fez minhas costas se curvarem, mesmo que o movimento exercesse pressão nas minhas costelas.

Sebastian soltou uma risada baixa e rouca quando tirou a mão dele e eu puxei seu cabelo com mais força.

– Eu não acabei.

Ah, Senhor.

Sua boca se moveu sobre a minha, e seus dedos espertos foram descendo cada vez mais, sobre o cós da minha calça de dormir, parando por apenas um instante avassalador. Meu corpo inteiro ficou tenso de expectativa, e depois sua mão deslizou entre as minhas pernas. Uma sensação selvagem invadiu todos os meus poros. Isso era insano, uma completa loucura, mas eu não me importava. A calça era fina, e era como se não houvesse nada entre mim e a mão dele. Cada parte do meu corpo se concentrou naquela mão e naqueles dedos. Uma descarga de eletricidade percorreu minhas veias e...

Uma porta se fechou no corredor. Meus olhos se abriram bruscamente. Sebastian parou, os lábios acima dos meus, a mão *ainda* entre as minhas pernas enquanto a cabeça virava para a porta. Esperei que ele fosse se abrir com tudo e que minha mãe fosse nos dar os parabéns ou fosse nos matar. Quando não aconteceu nenhuma das duas coisas e a porta continuou fechada, relaxei um pouco.

– Ai, meu Deus – sussurrei, coração agora disparado por uma razão completamente diferente.

Sorrindo como um louco, Sebastian voltou os olhos para mim e ergueu as sobrancelhas.

– Isso teria sido estranho.

– Você acha? – Empurrei seu peito com a mão direita, mesmo que eu quisesse puxá-lo de volta sobre mim. – É melhor você ir andando.

– É. – Sebastian riu e rolou de lado. – Mas, primeiro, quero te pedir para fazer uma coisa.

– O quê?

– Você sabe que a gente não tem treino na quinta-feira antes do jogo, né? – ele perguntou, e eu fiz que sim. – Então eu vou chegar em casa cedo, e meus pais querem jantar com a minha nova namorada.

Congelei. Eu tinha ouvido direito? De jeito nenhum. Mas, quando virei a cabeça em direção a ele e vi o sorriso, aquele sorriso sexy, destruidor de corações, eu sabia que tinha ouvido certo. Uma onda de pensamentos e sentimentos contraditórios me inundaram. Senti um júbilo que era como um balão me levando ao teto, mas fiquei sem ar antes que pudesse alcançá-lo. A culpa cravou suas garras geladas e se agarrou no meu peito.

– Namorada? – sussurrei, sentando tão rápido que senti uma dor lancinante nas costelas.

Ele se apoiou no seu cotovelo, sorrindo.

– Sim, tenho certeza de que é assim que os garotos chamam as garotas que eles beijam e com quem querem fazer outras coisas... – Seu olhar ficou semicerrado. – Namorada.

Ai, meu Deus.

Como... como poderia estar fazendo isso agora, deitada na cama com ele, trocando carícias e vivendo tudo isso, quando Megan acabava de ser enterrada e estava morta porque eu não... porque eu não fiz o suficiente para impedir o que aconteceu?

Eu queria arrancar a minha própria pele, porque nunca me senti mais nojenta e mais egoísta na minha vida inteira.

– Não.

O sorriso brincalhão escorregou de seu rosto marcante, quase bonito demais.

– O quê?

Eu me afastei da cama, levantei e recuei.

– Eu não posso... Não posso ser sua namorada.

CAPÍTULO VINTE E TRÊS

Sebastian me encarava como se eu tivesse falado em línguas.

– Beleza – ele disse finalmente. – Talvez devesse ter perguntado antes. Pode ser que eu tenha me adiantado um pouquinho...

– É, tenho certeza de que a gente tem que perguntar para a outra pessoa se ela quer namorar com a gente.

Os cantos de seus lábios se curvaram para cima.

– Quer ser minha namorada, Lena? – ele perguntou de um jeito doce e provocador.

Meu coração deu um salto no peito como se estivesse pulando em um trampolim. Quanto tempo fazia que eu esperava ouvir essa pergunta? Anos. Juro por Deus, *anos*. E agora ele estava me pedindo em namoro, depois de tudo o que tinha acontecido?

Balancei a cabeça de um lado para o outro.

– Não posso.

– Você não pode o quê?

– Não posso ser sua namorada.

Por um momento, Sebastian não se moveu, e depois ele se sentou com um movimento fluido.

– Está falando sério?

– Estou. – Dei a volta na cama, afastando uma mecha de cabelo do meu rosto. Abri a porta da varanda com tudo e saí, grata pela brisa fria. Fui até a grade de proteção e fechei os olhos com força quando ouvi os passos dele atrás de mim.

– Certo – disse ele. – Fiquei muito confuso agora. Você não pode ser minha namorada? – Quando não respondi, ele veio e parou ao meu lado. – Existe outra pessoa?

– O quê? – Eu quase dei risada. – Não. Não existe ninguém.

– Você pretende ir embora amanhã e não me ver nunca mais?

– Não – falei, franzindo o rosto.

– Então por que não podemos ficar juntos? – Ele inclinou seu corpo na direção do meu. – O que acabou de acontecer ali me diz que você está interessada... que você sente o mesmo que eu. O jeito como me tocou na semana passada... Como ficou brava quando pensou que eu ia te beijar, mas eu te joguei na piscina... Ninguém se sente daquele jeito a menos que queira a outra pessoa. – Sua mão tocou minha lombar, e eu enfrentei o ímpeto de me lançar nele. – A menos... a menos que seja só curtição? É isso o que você quer da gente?

Eu poderia ter dito sim porque teria encerrado toda essa conversa, mas não falei nada.

– Não, a questão não é essa.

– Então qual é?

Passando a mão sobre meu gesso, eu não conseguia acreditar que realmente tinha que dar essa explicação.

– A questão é que isso não parece nada certo. A gente pode superar e ser feliz? Tão rápido assim?

Sebastian ficou quieto por um momento.

– Mas a vida... a vida é assim, Lena.

– Uau – murmurei, desconcertada.

– O quê? Sim, essa é a verdade nua e crua, mas é a verdade. Você não pode parar de viver só porque os outros... os outros morreram.

Eu entendia, mas a questão era que quem não entendia era ele. O que eu sentia não era apenas culpa de sobrevivente. O que eu sentia era mais profundo. Mais amargo.

– Não é tão fácil assim.

– Sim. – Ele curvou a mão ao redor do meu queixo, trazendo meu olhar para o seu. – Sim, é desse jeito, Lena.

Soltando a respiração bruscamente, eu recuei e me afastei.

– Você não entende.

– Você não para de dizer isso. – Frustração incendiava sua voz. Ele me encarava. – E eu estou tentando entender tudo. Compreender. Ser paciente. Estar presente para você. Mas você não fala sobre nada que está se passando na sua cabeça. Não de verdade. E parece esquecer que eu estou passando por tudo isso bem ao seu lado. Eu sei como você se sente.

Fechei a boca com força e cruzei os braços.

– O que aconteceu com os nossos amigos foi um grande despertar para mim. Por mais brega que pareça, não existe garantia de um amanhã ou de um próximo ano...

– Você me fala que eu preciso seguir em frente! Que eu simplesmente preciso lidar com...

– Não é isso que eu estou dizendo! De jeito nenhum.

– Você não precisa dizer exatamente com essas palavras, mas o significado é o mesmo.

– Lena...

– Meu Deus, você está brincando comigo? – Minha voz estridente estava quase no limite do alerta vermelho. – Você está aqui me dizendo que agora pode fazer tudo o que quer fazer, porque agora você tem essa nova visão de vida, e essas baboseiras. Sabe de uma coisa? É *baboseira*.

– Não é baboseira. – Sua voz era baixa.

– Você não quer mais jogar futebol americano, Sebastian. Certo? Você me disse que não quer jogar.

Suas costas estavam eretas como uma vara de pesca.

– Que tal? – Minha mão se curvou em um punho fechado. – Você não quer jogar futebol americano, mas eu aposto que daqui a um ano você vai estar jogando na faculdade porque não quer enfrentar o seu pai. Então não fique aí fingindo que mudou tanto depois do acidente, e amadureceu tanto, e enfrentou todos os seus problemas de cabeça erguida.

Ele ergueu a cabeça. Um momento se passou, como se ele estivesse tentando se recompor.

– Não estamos falando de futebol. Estamos falando de *nós*.

– Como você consegue pensar em *nós* neste momento? – questionei. – Nossos amigos morreram. Eles *acabaram* de morrer. E não vão voltar, e você só consegue pensar em transar… – Inspirei bruscamente.

No momento em que disse isso, eu queria poder voltar no tempo. Eu tinha ido longe demais.

Os olhos de Sebastian se arregalaram com choque. Ele cerrou o maxilar.

– Não acredito que você disse isso para mim. Realmente não acredito.

Nem eu acreditava. De verdade, não conseguia.

Engoli em seco apesar do nó na minha garganta e desejei conseguir fazer meu coração se acalmar.

– Sebastian, eu só…

– Não. – Ele ergueu a mão. – Vou destrinchar essa declaração para você bem rapidinho. Você vai ficar aí e vai me ouvir.

Fechei a boca e fiquei imóvel no lugar. E eu ouvi.

– Nossos amigos estão mortos. Sim. Valeu por lembrar que eu perdi três dos meus amigos mais próximos e quase perdi minha melhor amiga, a menina que eu amo, porra. Não estou tentando passar todos os minutos da minha vida pensando nesse fato, como você... e sabe por quê? Isso não faz de mim uma pessoa terrível. Nenhum deles iria querer que nós fizéssemos isso. Nem mesmo o Cody com todo o ego dele. – Ele deu um passo na minha direção. – A morte deles não significa que morri junto com eles, ou que coloquei minha vida inteira no pause. Sim, só faz um mês e ninguém, *ninguém*, espera que ninguém simplesmente supere. Mas viver a vida e amar alguém não é o mesmo que superar. Isso não significa que ninguém está esquecendo deles. Eu posso viver minha vida e ainda sofrer pela perda deles.

Abri a boca para falar, mas ele não tinha terminado.

– Como você se atreve a insinuar que eu não me importo com eles ou que eu não penso neles em cada maldito dia? O que estávamos fazendo ali dentro... – ele fez um gesto para a porta – ... não é um desrespeito a eles. E sabe de uma coisa? Tenho uma parcela de culpa nisso. É óbvio que você não está pronta ainda. Você não está no momento mental certo e eu pensei que... Eu nem sei mais de nada; mas, sinceramente, eu peço desculpas. Desculpa. – Sua voz ficou rouca e ele passou a mão pelos cabelos. – *O que* eu sinto por você, *o que* nós estávamos fazendo ali dentro, *o que* eu quero fazer com você não tem nada a ver com transar e eu... Eu não acredito que você pudesse pensar uma coisa dessas de mim.

Apertei os olhos com força para segurar as lágrimas que estavam se formando.

– Não sei se você pode culpar o luto por isso – disse ele, e eu senti meu coração falhar. Porque não importa o que tenha acontecido, não importa o que esteja acontecendo na nossa vida, você deveria me conhecer e saber que eu não sou assim.

As lágrimas queimavam. Não importava o quanto eu me esforçasse, as lágrimas conseguiam escapar mesmo assim. Ergui a mão para enxugá-las. Fiquei parada por vários momentos antes de abrir os olhos.

Sebastian não estava mais lá.

Eu nem o ouvi ir embora.

Era quase como se ele não estivesse estado ali.

NÃO FUI PARA A ESCOLA NA TERÇA.

De manhã, falei para minha mãe que eu não estava me sentindo bem. Ela não perguntou o motivo, o que era bom, porque havia vários. Eu não fazia ideia se Sebastian tinha vindo me buscar para ir para a escola com ele. Desliguei o celular, sem querer enfrentar o mundo. Não querendo fazer nada além de me esconder.

Se Sebastian nunca mais falasse comigo outra vez, eu não iria culpá-lo.

Olhando para o mapa em cima da minha mesa, eu sabia que tinha transformado tudo em uma confusão com ele. Eu não estava sendo honesta ou aberta e lhe contando o que eu realmente sentia ou por que motivo meu luto era diferente do dele. Eu não estava sendo honesta ou direta com ninguém, e eu era uma covarde por isso.

Eu era exatamente como o meu pai.

Mas eu não queria ser, então fiquei deitada ali por horas, pensando em *tudo*.

Era um pouco depois da uma hora quando ouvi minha mãe subindo as escadas.

– Queria ver como você estava – ela disse ao entrar. – Você obviamente desligou o celular e eu queria ter certeza de que estava bem.

– Desculpe – murmurei da minha posição patética prostrada na cama.

– Cadê o seu celular?

Fiz um gesto com a mão mole para a mesa e fiquei vendo minha mãe ir até lá e apanhá-lo. Ela o ligou e jogou-o na cama perto das minhas pernas.

– Quando você não estiver se sentindo bem e for ficar em casa, nunca mais desligue o celular. Eu posso precisar falar com você. – Sua voz era severa, e seus olhos, afiados. – Você entende?

– Entendo.

Seus ombros ficaram tensos quando ela cruzou os braços.

– Lena, eu sei porque você não foi para a escola hoje.

– Mãe – gemi, esfregando minha mão pelo meu rosto. Ela devia estar pensando que eu estava irritada sobre os assuntos relacionados ao meu pai, embora eu ainda não soubesse ao certo o que pensar em relação a isso.

Ela se sentou na beira da cama.

– Sebastian passou hoje de manhã para levar você para a escola. Ele estava com cara de que tinha dormido muito pouco ontem à noite e não pareceu surpreso quando falei que você não estava se sentindo bem.

Meu coração idiota inflou no meu peito. Ele ainda tinha vindo me levar para a escola mesmo depois de eu tê-lo insultado verdadeira e grandiosamente.

Houve uma pausa.

– Você acha que eu não sei que o Sebastian vem aqui em casa toda noite?

Cobri meus olhos com a mão.

– Vocês dois tentam ser silenciosos, mas às vezes eu consigo ouvir. Não disse nada porque eu acho que você precisa dos seus amigos neste momento, ainda mais quando eu não tenho visto muito a Dary ou a Abbi – ela explicou. – E porque eu confio no Sebastian.

Eu queria me esconder debaixo da cama.

– Eu confio que você vai fazer escolhas inteligentes no que diz respeito ao Sebastian – ela acrescentou, e eu não sabia se acreditava nela, porque, verdade fosse dita, eu obviamente era uma porcaria em fazer boas escolhas. – Mas eu ouvi uma parte da conversa de vocês ontem.

Ai, *Deus.*

Estremeci.

– Lena – ela disse com um suspiro. – O menino gosta de você desde a primeira vez que ele veio aqui, perguntando se você queria ir andar de bicicleta com ele.

– Eu sei, mãe. – Baixei minha mão na cama e olhei para ela. – Pensei muito nesse tempo em que fiquei na cama a manhã inteira. – Eu acho… acho que ele me ama – sussurrei, meus lábios trêmulos. – Tipo, me ama *de verdade*, e eu… eu não sei se estou pronta para isso agora. Tipo, eu estou. Eu espero por ele desde sempre, mas agora parece errado.

– Querida. – Sua respiração era trêmula quando ela se curvou na minha direção, segurando firme na minha mão. – Você está passando por muita coisa agora. E eu sei que não é só o Sebastian. O treinador Rogers me ligou hoje de manhã. Ele me falou que você saiu do time.

– É que… não era uma coisa que eu queria mais fazer.

– É o mesmo que você sente em relação ao Sebastian?

– Não é isso. Não de verdade. Eu só… não mereço ele… mereço *isso.*

– Por que você diria isso?

Desviei o olhar para o mapa antes de olhar de volta para ela.

– Você sabe por quê.

Seus olhos se arregalaram e se encheram de lágrimas.

– Ah, querida, não diga isso. Você merece a felicidade e merece ter um futuro e tudo o que você sempre quis. Aquela única noite não vai definir sua vida inteira.

– Mas definiu a da Megan e a dos outros – argumentei. – Quando as pessoas falam sobre o Cody, sempre vai ser sob a sombra do que ele fez. O mesmo com o Chris e com o Phillip. – E seria o mesmo em relação a mim, se todo mundo soubesse.

Minha mãe apertou a minha mão, e eu podia dizer pela expressão transtornada no seu semblante que ela não tinha a menor ideia do que me dizer.

Libertei minha mão e ergui um pouco o corpo.

– Eu só quero voltar para aquela noite e fazer as coisas de forma diferente. Eu estava sendo tão idiota, eu fiquei obcecada por coisas tão idiotas... Tudo o que me preocupava antes agora parece não ter o menor sentido.

– Querida, nada que preocupava você antes era sem sentido. – Minha mãe apertou minha mão de novo. – Você só está enxergando as coisas de forma diferente agora.

Na quarta-feira de manhã, Sebastian me levou para a escola. O trajeto foi silencioso e esquisito, e eu não aguentaria repetir a dose. Tentei pegar uma carona com a Dary depois da aula, e no dia seguinte, eu decidi, precisaria ir sozinha. Precisava sentar atrás do volante do meu próprio carro.

Dirigir e ir sozinha.

Cuidar de mim mesma.

Mas, quando fui do meu armário para a secretaria, não estava pensando nem em Sebastian, nem na nossa briga ou no que minha mãe tinha admitido. Eu sabia o que era esperado de mim nos trinta minutos seguintes.

Hoje eu teria que *realmente* falar. Eu precisava, porque tinha que tirar isso do meu peito. Precisava falar alguma coisa; não sabia se faria alguma diferença para melhor ou para pior no fim das contas, mas eu só precisava contar para alguém usando as minhas próprias palavras.

Minhas mãos tremiam quando eu entrei na salinha pequena. Os pôsteres idiotas me pareceram um borrão. O dr. Perry estava na mesa me esperando, com uma nova caneca de café na frente dele, mas eu me sentia nervosa demais para ler as palavras escritas ali. Sabia que era nova por causa da cor laranja, diferente das outras.

– Bom dia, Lena. – Ele se recostou na cadeira, sorrindo, e eu me mexi inquieta na cadeira diante dele. – Fiquei sabendo que você não veio para a escola ontem. Não está se sentindo bem?

Depois de largar a bolsa no chão, sentei na cadeira, rígida como uma tábua.

– Só tive um dia ruim.

– Gostaria de falar mais sobre isso?

Meu primeiro instinto foi dizer não, mas esse não era o propósito das sessões. Então eu lhe falei sobre o que tinha acontecido com Sebastian. Não todos os detalhes, porque, falando sério, seria constrangedor demais. Quando terminei, já me sentia exausta e emocionalmente acabada. E diga-se de passagem, eu mal tinha começado.

– Você acha que o Sebastian está errado por querer seguir em frente?

– Acho. Não. – Eu queria bater a cabeça na mesa. – Não sei. Quero dizer, não. Ele não está errado. Ele pode seguir em frente. Ele pode...

– E você não pode? – interrompeu o dr. Perry.

Sacudindo a cabeça, abri a boca, mas tive dificuldade de dizer o que ele já sabia.

– Por que eu deveria seguir em frente?

Ele colocou a caneca na mesa.

– E por que não deveria?

– Porque a culpa é minha – eu disse, sentindo náusea.

– Acho que o que eu realmente preciso no momento é que você me mostre tudo o que aconteceu naquela noite – ele disse em tom suave. – Acha que pode fazer isso?

– Acho – respondi. – Eu preciso fazer isso. Falar sobre aquela noite. – Lágrimas encheram meus olhos e meu coração bateu pesado no peito. – Eu sabia que Cody estava bêbado e eu... eu poderia tê-lo parado. Eu não estava bêbada.

E então eu comecei a conduzir o dr. Perry ao longo de todos os acontecimentos daquela noite.

Eu me vi parada na entrada dos carros com a Megan. Para mim a festa já tinha acabado. Eu sentia uma dor de cabeça que latejava atrás dos meus olhos. A música, os gritos e as risadas também não estavam ajudando.

Eu só queria ir para casa, e não pretendia procurar Sebastian e dizer isso para ele. Não depois da nossa conversa/discussão e do fato de que eu não o via desde que a Skylar tinha aparecido. Eu não precisava chegar lá e pegá-los no flagra, um tentando devorar a cara do outro.

Um peso incômodo se acumulou no meu estômago.

Deus, eu queria não ter dito nada para o Sebastian. Agora amanhã seria um dia diferente e não seria possível voltar atrás. Nem fingir que tudo continuava igual.

Eu queria muito ir para casa.

– Cadê o Chris? – perguntei.

Apoiando o corpo pesado em mim, Megan fez um gesto com a cabeça indicando onde Cody estava curvado, um braço apoiado em uma porta de carro aberta, conversando com alguém. Chris, o primo dela, estava ao lado de Cody.

– Um dos dois vai nos levar para casa – ela disse, devagar.

Cody ia embora com a gente?

– Estou meio detonada – Megan falou com a voz arrastada, um instante depois.

– Sério? – ironizei em resposta, quase desejando estar no lugar dela naquele momento.

– Só um pouquinho. – Com um suspiro, ela passou o braço ao redor da minha cintura. – Eu te amo, Lena.

Sorri e afastei meu cabelo úmido da frente do rosto.

– Eu também te amo.

– Você me ama o suficiente para entrar na minha casa comigo no colo, passar pela minha mãe e me colocar na cama? – ela perguntou, afastando-se de mim. Ela foi momentaneamente distraída por um barulhinho de grilos. – Mas só depois de eu parar no McDonald's para comprar nuggets de frango?

Eu ri.

– Talvez eu possa ajudar você a comprar os nuggets, mas já não sei quanto a passar pela sua mãe.

Ela deu uma risadinha e olhou em volta, oscilando de leve.

– Espere... você falou para o Sebastian que você ia embora?

– Não tenho ideia de onde ele está – respondi, vendo Cody e Chris caminharem em nossa direção.

Ela bateu as palmas, oscilando para trás.

– Vamos procurá-lo.

– Procurar quem? – Cody perguntou.

– O Sebastian! – guinchou Megan, e eu estremeci.

Cody passou o braço ao redor dos meus ombros.

– Tenho certeza de que ele está com a Skylar. Provavelmente na casa da piscina. – Ele me apertou. – Pensei ter visto os dois indo para lá.

O buraco no meu peito triplicou de tamanho. Cody poderia ter inventado, mas também poderia ser verdade, e... isso também não importava.

Megan se encolheu.

– Beleza, então, não vamos procurá-lo.

– Para mim, fechou – respondi, saindo de baixo do braço de Cody.

Bocejando, Chris se virou e jogou as chaves para Cody. Elas o acertaram no peito e caíram no chão.

– Você consegue dirigir? – ele perguntou. – Estou acabado.

– Consigo. Certeza. – Abaixando-se, Cody apanhou as chaves. – Da próxima vez avisa antes.

– Não é à toa que você é o *lançador* e não o receptor – Chris provocou. – Nenhuma quantidade de aviso antes vai mudar isso.

– Vai se danar – Cody retrucou.

Essa seria a volta para casa mais demorada de todos os tempos.

– Ei, esperem! – Phillip veio correndo da lateral da casa, segurando a parte da bermuda. – Eu vou com vocês.

Megan suspirou ao meu lado.

– E eu tinha pensado que ia fugir.

Eu imaginava que a conversa anterior deles não tinha acabado bem.

– Todos a bordo – disse Cody, estendendo a mão para a porta do motorista, mas errando. A maçaneta escapou da sua mão.

– Ei – disse Chris, do assento da frente. – Cuidado, cara. Tem gente aqui que tem respeito pelo próprio carro.

– Se você respeita o seu carro, por que está deixando que ele dirija? – Phillip deu uma palmada no traseiro da Megan quando passou por ela.

Ela virou de repente e quase caiu, mas eu segurei seu braço e vi Cody abrir a porta, fazendo movimentos estranhos e espasmódicos. Seu rosto parecia corado na luz do interior do carro.

– Você está bem? Para dirigir? – perguntei.

– Por que eu não estaria? – Ele começou a entrar para se sentar atrás do volante.

Parei na porta.

– Você parece um pouquinho bêbado.

Seus olhos se estreitaram.

– Jesus. Está falando *sério*? Só tomei uma.

Recuei, surpresa com seu tom.

– Eu só estava perguntando.

– Ele está bem. Sem essa. – Megan pegou minha mão e se aproximou para sussurrar no meu ouvido: – Quero nuggets de frango e molho agridoce.

– Eca – murmurei, distraída. Mastigando o interior da bochecha, tentei pensar em quantas vezes eu tinha visto Cody com uma bebida na mão. Eu sabia que o tinha visto com uma garrafa. Ou era um copo? Eu realmente não tinha prestado atenção nele.

– Talvez eu devesse dirigir… – ofereci.

Chris gemeu no assento do passageiro.

– Se você quer ir embora agora, só entre no carro, Lena.

Phillip estava subindo do outro lado e Megan veio logo atrás de mim, empurrando.

– Não quero sentar perto dele – ela sussurrou com raiva.

– Estou ouvindo. – Phillip bateu a mão no assento do meio. – E eu prefiro sentar ao lado da Lena, de qualquer forma. Ela é mais legal.

– *Ela é mais legal* – imitou Megan, na voz mais reclamona que eu já tinha ouvido, suas mãos nos meus quadris. – Entra logo, Lena. Estou com fome.

– Estou *ótimo*. – Cody se projetou para o assento dianteiro do SUV. Ele olhou de volta para mim, seus olhos brilhantes na luz. – É sério. Estou ótimo. Eu dirigi por esta estrada milhões de vezes.

Eu não tinha muita certeza se ele estava bem ou não, mas os meninos estavam me encarando, e Megan estava me empurrando, falando sem parar sobre os dez nuggets que ela ia devorar.

– Está bem – Megan disse e deu uma risadinha. – Estou morrendo de fome.

– Fala sério – disse Cody, batendo no volante. – Você está sendo idiota. Entra no carro.

Senti meu rosto esquentar. Ele estava certo. Eu estava sendo idiota. Subi no carro, espremida entre Megan e Phillip. Levei vários instantes para puxar meu cinto de segurança de baixo de Phillip e o afivelar no lugar. As janelas desceram em toda a minha volta e eu peguei meu celular de dentro da bolsa e vi várias mensagens perdidas de Dary.

Megan se apoiou em mim e estendeu a mão apontando o dedo na lateral do rosto de Phillip.

– Ei, você vai comprar nuggets pra mim?

Encostei o corpo no banco e verifiquei as mensagens enviadas pela Dary. Tinha mandado uma foto de uma pintura que parecia ter sido feita por um bebê de dois anos. Embaixo, a legenda:

Isso é arte? Alguma coisa que não estou entendendo?

– Querida, vou te comprar *duas* caixinhas de nuggets – disse Phillip. – E todo o molho agridoce que você desejar.

Tão romântico.

Megan suspirou.

– Você me conhece. Me conhece bem o suficiente para saber que o molho agridoce é o caminho para o meu coração. Por que a gente terminou mesmo?

Fiz uma careta para o celular.

O rádio foi ligado, e quando olhei para cima, a cabeça de Chris já estava caindo de lado. Cody estava bagunçando as estações, passando de uma para a outra tão depressa que eu nem conseguia ouvir quais eram as músicas.

Desligando Megan e Phillip da mente, rezei para eles não tentarem se pegar por cima de mim enquanto eu passava as mensagens da Dary. Outra foto era de um vestido, e Dary dizia que ela estava pensando em fazer um igualzinho. Cheguei ao final de suas mensagens e escrevi:

Você ficaria linda nesse vestido. Voltando da festa do Keith. Te ligo amanhã.

Ar frio entrava pelas janelas, levantando as pontas do meu cabelo. Olhei para cima. Parecia que estávamos seguindo em velocidade bem alta, mas não dava para ver nada do lado de fora do carro. Enviei e comecei a escrever para a Abbi, avisando para ela não se preocupar quando visse que eu não estava mais na festa.

Peguei carona com a Megan. Eu não quis incomodar

– Puta que... – As palavras de Cody foram interrompidas quando o SUV deu uma guinada repentina para a direita, o movimento tão brusco que meu celular escorregou das mãos.

Alguém – *Megan?* – gritou, e estávamos derrapando muito rápido de lado. Rápido *demais*. Fiquei atolada na confusão. Eu não conseguia respirar com a bola de medo e desorientação que estava me sufocando.

O tempo... o tempo ficou lento e veloz demais, as duas coisas de uma só vez.

Joguei os braços para o alto. Tentei me agarrar no banco da frente, mas eu estava de repente no ar. Então estávamos caindo de novo. O impacto abalou cada osso do meu corpo. Um estrondo ensurdecedor de trovão sacudiu o carro. Ouvi o vidro quebrar, estilhaçando como frágeis cacos de vidro. Uma dor intensa explodiu pela lateral do meu rosto quando alguma coisa bateu forte na minha cabeça – um braço... não, uma *perna*.

Estávamos voando, o ar nos levantou, e minha cabeça bateu para trás quando o cinto de segurança me segurou, o tecido cravando na minha barriga e no meu peito. Senti uma chama me percorrer, e minha garganta estava ardendo.

Metal rangeu – o teto. Ah, meu Deus, *o teto* cedeu, e estávamos de cabeça para baixo, e depois para cima, e depois para baixo e eu fui jogada para trás e para a frente, de um lado para o outro. Eu só conseguia ouvir alguma coisa… *alguma coisa* comendo o carro, despedaçando-o, pedaço por pedaço. Uma dor incendiária, branca, ofuscante, e era só isso. A dor. O terror. O voo. Os berros.

E não havia nada.

AMANHÃ

CAPÍTULO VINTE E QUATRO

Sentada na minha cama, olhei para o celular, como tinha feito centenas de vezes desde o acidente. Era pequeno e preto. A tela era tão lisa e perfeita como o dia em que ele foi comprado, enquanto eu me sentia quebrada e estilhaçada.

Fechei os olhos e respirei apesar do ardor que se arrastava pelo fundo da minha garganta. A sessão com o dr. Perry tinha me matado. Exceto na ocasião em que a polícia entrou no meu quarto de hospital, era a primeira vez que eu falava sobre o que tinha acontecido e dava uma voz àquelas memórias.

Achei que falar sobre o que tinha acontecido serviria como algum tipo de epifania. Que as coisas mudariam. Que eu sentiria algum tipo de libertação. Porém, falar abertamente sobre o acidente, sobre tudo o que levou a ele, só me fez querer passar uma escova de aço sobre as minhas memórias.

Eu sabia que Cody não deveria estar atrás do volante. Eu deveria ter dado ouvidos àquela vozinha na minha cabeça e àquela sensação na boca do meu estômago, mas não fiz isso. Se eu tivesse, hoje seria diferente. Amanhã seria como todos os melhores ontens.

Eu só não tinha pensado que alguma coisa iria acontecer.

Abri os olhos e vi meu celular. A pressão no meu peito ficou mais intensa, lembrando-me da sensação de quando eu acordei pela primeira vez depois do acidente. É claro que eu havia usado o celular, enviado mensagem, feito ligações, mas...

Mas ainda havia mensagens não lidas, áudios não ouvidos. Permaneciam no meu telefone: não esquecidos, mas intocados.

Peguei o aparelho e abri as mensagens. Rolei até chegar à dúzia de mensagens não lidas. Todas elas tinham chegado depois do acidente. Abri e li as mensagens do tipo "Meu Deus, espero que você esteja bem!". Abri as numerosas "Que bom que você está bem". As "Manda mensagem". Li todas elas, meu cérebro completamente vazio enquanto eu clicava de uma para a outra, até meu dedo passar sobre o nome de Abbi e da imagem boboca dela usando um chapéu de panda.

Eu nem sabia onde ela havia comprado aquele chapéu.

Abri a mensagem e desci lentamente. A última era de quarta-feira depois do acidente.

Por que você não quer ver a gente? Estamos preocupadas com você. Saudades.

Minha inspiração queimou na garganta. Por acaso Abbi sabia que eu fiquei sem celular no hospital? Isso importava? Eu não queria ver minhas amigas nem tinha aberto as mensagens em mais de um mês. Já nem importava mais se ela quisesse, a essa altura.

Continuei lendo e vi mensagens do sábado à noite. Eram só duas.

Onde você está?
Por favor me responda agora.

A mensagem anterior era de antes de eu sair da festa. Era uma selfie que ela havia tirado de nós e me enviado depois. Nossas bochechas encostadas e nós duas sorrindo. Sobre a nossa cabeças eu podia ver um pedaço do rosto de Keith.

Atordoada, evitei as mensagens da Abbi e voltei para as de Sebastian. Engolindo em seco, abri os recados e passei para os que eu não tinha lido. Começavam exatamente como as de Abbi.

ONDE VOCÊ ESTÁ?

Havia várias outras mensagens, e eu podia facilmente vê-lo disparando-as, uma após a outra.

VOCÊ NÃO FOI EMBORA SEM ME CHAMAR, NÉ?

BELEZA. POR FAVOR, RESPONDA. ESTOU COMEÇANDO A SURTAR. ALGUÉM DISSE QUE ACONTECEU UM ACIDENTE GRAVE PERTO AQUI.

VAMOS. ATENDA O TELEFONE. POR FAVOR.

Meu coração batia pesado no meu peito. Eu sabia que sua men sagem de voz era uma das muitas ainda não ouvidas no meu celular.

Fechando mensagens, continuei descendo pela lista. Meu polegar pairou sobre os recados da Megan. Eu via que a última mensagem enviada por ela tinha um anexo. Eu já sabia o que era. Uma foto do vôlei na qual ela havia desenhado uma cara. Ela tinha feito isso depois do treino um dia. Nem sei por quê, mas a Megan era assim. Ela simplesmente fazia as coisas.

Uma grande parte de mim queria ler suas mensagens, mas eu não podia lidar com esta situação: ler as palavras dela, ver o que era antes e não poderia mais ser dali em diante. Passei por todas as mensagens de texto e fui para os áudios.

Eu os ouvi.

A chamada perdida da Lori aconteceu depois de a minha mãe ter ligado para ela, provavelmente. Em sua mensagem, ela disse que estava a caminho e que me amava. Ela parecia bem, até mesmo calma, quando falava. Não se assemelhava em nada à mensagem de Abbi recebida no sábado à noite, quando ela estava me procurando, ou à de Dary no domingo seguinte. Eu mal conseguia entender o que Dary estava dizendo.

Havia mais mensagens de amigas, que eu via todos os dias no treino de vôlei, e outras mensagens de pessoas com quem eu não falava desde que tínhamos frequentado as mesmas aulas no ano passado. Eram vozes de estranhos, mas suas mensagens eram as mesmas.

Eu mal conseguia enxergar o botão de excluir ao final de cada mensagem. Lágrimas enchiam os meus olhos, e minha mão tremia quando cheguei à última que eu tinha passado sem ouvir. Era uma mensagem de Sebastian, daquele sábado à noite.

Todos os músculos nas minhas costas ficaram tensos quando apertei o play. Houve apenas alguns segundos de silêncio e então ouvi sua voz:

– Atenda o telefone. Vamos, Lena. Por favor, atenda a droga do seu telefone. – Sua voz ficou rouca com um traço de pânico depois de uma pausa. – Você não está no carro. Deus, por favor me diga que você não está naquele maldito carro. Deus, por favor me diga que você não está naquele maldito carro.

A mensagem terminou. Largando o celular, pressionei as palmas nos meus olhos. A voz de Sebastian parecia a mesma de quando eu acordei pela primeira vez no hospital e o vi.

Ele parecia destruído.

Porque ele sabia, naquele momento, fez aquela chamada, lá no fundo ele devia saber, que eu não ia retornar a ligação. Que eu estava naquele carro junto com Cody, Phillip, Chris e Megan.

Minhas mãos estavam úmidas quando as arrastei sobre o rosto. Tudo dentro de mim parecia ferido, esfolado. Uma noite mudou a nossa vida irrevogavelmente. Uma escolha tinha alterado o curso do que todos nós deveríamos nos tornar.

O que eu teria feito diferente naquela noite se eu soubesse que não haveria amanhã? *Tudo.* Eu teria feito tudo diferente.

CAPÍTULO VINTE E CINCO

Havia abóboras nas varandas. A árvore no quintal havia adquirido tons de laranja-queimado e vermelho, assim como os bordos que ladeavam as ruas e cercavam a escola. As decorações de Dia das Bruxas tomavam as vitrines das lojas no centro.

As faixas do baile da escola enchiam os corredores. Uma onda de animação percorria as salas de aula e o refeitório, com as conversas da turma do último ano sobre danças, festas e vestidos.

O ar estava mais frio agora. Mangas longas e cardigãs substituíam as regatas, mas eu ainda usava meus chinelos. Eu continuaria usando até a neve beijar o chão.

Estava preparando minha inscrição para a seleção antecipada da Universidade da Virgínia.

Fazia duas semanas que eu tinha tirado o gesso do braço. Agora, de vez em quando, só havia uma pontada de dor na minha costela, e eu era capaz de dormir de lado. Estava respirando normalmente. Só havia se passado pouco mais de dois meses desde o acidente e…

E as pessoas já estavam esquecendo.

A vida estava em movimento.

Falar com o dr. Perry sobre o que tinha acontecido na noite do acidente, sobre como eu suspeitava de que Cody tinha bebido muito, mas mesmo assim entrei no carro, diminuiu um pouco do peso sufocante que carregava comigo, mas não tudo.

Quando falei que finalmente tinha ouvido os áudios e lido as mensagens, ele me disse que era um progresso. Eu estava dando alguns dos passos certos, mas ainda não tinha acontecido um despertar repentino ou algum tipo de clareza depois que voltei à noite do acidente e, na realidade, me forcei a encarar abertamente as decisões que eu tinha tomado.

Eu tinha duas escolhas naquela noite.

E tinha feito a errada.

O dr. Perry tinha dito, na sessão da quarta-feira:

– Algumas pessoas podem tentar dizer ou até mesmo podem acreditar que o que aconteceu naquela noite de agosto não é culpa de ninguém além de Cody porque ele é que estava dirigindo. Podem até dizer que nada disso tem a ver com culpa, mas não é o caso. Sabe por quê?

– Por quê? – eu tinha perguntado.

– A culpa não é sobre fazer alguém se sentir terrível por suas ações e não é sobre ferir os sentimentos das pessoas. Ações e falta de ações têm consequências. Se não aceitamos a responsabilidade ou a culpa por elas, estamos correndo risco de repeti-las – ele explicou. – Todo mundo que estava lá, que viu vocês saírem, que sabia que estavam bebendo, e até mesmo os pais, que permitiram que circulasse bebida na festa. Mas também é parcialmente culpa sua.

Parcialmente.

Não completamente.

Parcialmente.

"Parcialmente" não me parecia nem um pouco diferente de "completamente", mas o que ele disse no fim da sessão, o que ele reiterou no encontro da sexta-feira seguinte, foi que eu não era a única pessoa parcialmente responsável. E essa ideia eu guardei comigo.

Não significa que as coisas mudaram. Como se algum tipo de alavanca mágica tivesse sido puxada, e eu, de repente, aceitasse tudo. Pelo menos, as coisas eram mais reais, as memórias eram mais agudas e mais claras.

Mas então, depois da sessão de quarta, os pesadelos começaram.

Eu estava de volta ao carro, jogada de um lado para o outro. Às vezes sonhava que estava na pista que ligava a propriedade à estrada e não tivesse entrado no carro, mas eu sabia o que ia acontecer com os meus amigos. Parecia que meus pés tinham sido cimentados no chão, e eu ficasse falando para mim mesma que deveria ir chamar alguém, avisar a alguém que todos eles estavam prestes a morrer, mas não conseguia me mover. Eu ficava congelada no lugar até acordar, ofegante. Em muitas noites eu acordei com a garganta ardendo, com minha mãe segurando meus ombros. Só então percebia que eu tinha gritado.

O dr. Perry estava certo. Acho que aqueles diplomas todos que ele emendava no nome tinham muito a ver com isso. Eu ainda estava traumatizada pelo acidente, pelas lembranças que eu mantinha para mim mesma, e falar sobre elas levava o acidente para o primeiro plano dos meus pensamentos.

E eu pensei muito.

A sessão de sexta-feira e a seguinte, de segunda, basicamente foram aulas sobre terapia de exposição. Voltar. Reviver. Cada vez ficava um pouco mais fácil dizer as palavras que eu precisava dizer, mas na sexta seguinte, alguma coisa finalmente se encaixou.

Meus amigos estavam mortos.

Eles realmente estavam mortos, e nenhuma quantidade de culpa iria trazê-los de volta. Nada nunca os traria de volta ou desfaria o que agora tanto estranhos quanto amigos pensavam sobre eles. Nada impediria os processos contra a família de Keith ou as acusações legais cabíveis. Nada impediria os advogados de entrar em contato comigo e com a minha mãe semana sim, semana não.

No final da sessão, meu rosto doía por causa das lágrimas que eu tinha tentado segurar, mas não tinha conseguido. Tive que esconder o rosto pelo resto da tarde porque era muito óbvio que eu tinha passado a manhã chorando.

O dr. Perry estava coberto de razão sobre o processo do luto.

Eu ainda não tinha começado o processo, tão cega pelo trauma do acidente e consumida pela culpa que me queimava. Eu não tinha me livrado de nenhuma das duas coisas. Não havia nem começado.

Aqueles dias, aquelas semanas, foram duras. Focar nas aulas se tornou difícil por um motivo totalmente distinto. Eu tinha saudade deles: da Megan e de sua hiperatividade, de Cody e sua arrogância, de Phillip e seu sarcasmo, e de Chris e seu jeito fanfarrão.

E sentia saudades das minhas amigas que ainda estavam aqui. Sentia uma falta terrível.

Dary ainda estava tentando desesperadamente tornar as coisas normais, e Abbi mal falava comigo.

Desgastava-me ver meus amigos começando a superar enquanto eu estava presa no penhasco, meio dependurada. Havia uma corrida pela frente, e eu ainda estava na primeira etapa. Dary e Abbi falavam sobre os vestidos do baile que elas comprariam no fim de semana, uma viagem para a qual eu havia sido convidada, mas implorado para não ir. Elas eram tão... normais, tão cotidianas, e eu não era nada disso, porque estava presa na dor crescente que só agora eu estava vivendo.

E, oh Deus, eu sentia muita falta do Sebastian.

As coisas estavam difíceis entre nós. Ele estava por perto, mas nosso relacionamento não estava mais como antes. Ele ainda se sentava na nossa mesa durante o almoço e falava comigo. Sebastian não me ignorava nem fingia que eu não existia, mas todas as interações com ele eram superficiais. Ele estava com a guarda levantada, muros intactos.

Nada era mais o mesmo.

Eu o havia feito sofrer.

Eu havia me feito sofrer também.

E ele nem sabia a total extensão disso tudo.

Meu coração parecia que ia cair do peito quando Skylar apareceu na nossa mesa na segunda-feira. Sebastian estava sentado com Griffith e Keith, que estava, como era comum ultimamente, ao lado de Abbi. Uma vez eu tentei perguntar para ela se eles estavam se vendo, e ela simplesmente sacudiu a cabeça para mim como se eu já devesse saber.

Mas naquele momento eu não estava pensando nisso, porque conseguia ouvir o riso de Skylar e as risadas graves de Sebastian, e isso chamou minha atenção.

Foi quando eu me apaixonei por você.

Sebastian tinha balançado a cabeça em afirmativo para alguma coisa que ela disse e, depois, lentamente, ele virou a cabeça na minha direção. Nossos olhares se encontraram, os seus sombrios, e depois ele desviou, apertando a mandíbula com força. Skylar riu de novo.

Ele disse que me amava, mas parecia que também estava seguindo em frente. Seguindo para Skylar, e seus belos sorrisos e consciência limpa.

DEPOIS DA ESCOLA, NA TERÇA, eu estava me arrastando pelo estacionamento até o meu carro. Eu tinha chegado cedo naquela manhã, então estava lá no fundão do estacionamento, perto do campo de futebol americano. O sol brilhava, aquecendo o que normalmente seria um dia frio de outono, e eu estava pensando em como era o clima perfeito para os treinos. O treinador Rogers gostava que a gente corresse na pista no final, e era muito mais fácil sem o sol do verão fritando a gente.

Porém, eu não iria me juntar a eles para a corrida depois da aula. Eu não sentia falta desses treinos, mas sentia falta do jogo. Engraçado como eu costumava me convencer de que a única razão para eu jogar fosse a Megan. Agora eu sabia que não era verdade.

Suspirei e apertei o passo. Estava no meio do estacionamento quando ouvi meu nome, uma brisa que carregava a voz de Sebastian. Virei e o vi correndo em minha direção. Ele estava pronto para o treino antes do normal, de calça justa com bermuda de nylon por cima.

Meu coração acelerou quando olhei para ele, apertando os olhos.

– Oi – coaxei.

– Oi. – Seus braços estavam ao lado do corpo. – Então, eu tinha uma pergunta. Eu queria ter perguntado na hora do almoço, mas esqueci.

– Sim?

– Você vai ao baile da escola? – ele perguntou.

Pega de surpresa, eu sabia que estava olhando para ele boquiaberta. Ela ia mesmo me convidar para ir com ele? Sério? Depois do que eu tinha dito a ele? Depois de não falar comigo realmente por quase um mês? Mas, se ele fosse me convidar, não importava o quanto isso fosse inesperado, eu não poderia recusar. Eu não recusaria, mesmo que não tivesse nada que ir a um baile quando eu...

Engolindo a culpa rançosa, balancei a cabeça.

– Não, eu não tenho planos de ir.

Seus olhos azuis estreitaram-se de leve.

– É seu último baile na escola. O último.

– Eu sei. – Realmente, eu tinha a *sensação* de que era meu último ano para jogar vôlei e ir ao baile. Mas não era. Não para mim. Porém, para Megan e para os outros, tinha sido.

– Então você vai simplesmente ficar em casa? – Ele olhou por cima do ombro brevemente, e então seu olhar pousou em mim.

Eu soube bem ali que ele não ia me convidar para o baile. Uma onda de calor esquentou minhas bochechas. É claro que ele não ia. Por que ele faria isso? Fiz *hum-hum* para reencontrar minha voz.

– Sim, eu vou ficar em casa.

Sebastian me encarou.

– Era só isso que você queria me perguntar? – questionei, desviando o olhar de seus olhos e depois me focando em seu ombro.

– Era. – Sebastian começou a recuar em direção à escola. – Eu só estava curioso. – Ele começou a se virar... e depois olhou para mim. Um momento se passou antes de ele dizer: – Vejo você mais tarde, Lena.

– Tchau – sussurrei, observando-o se virar e correr. Essa tinha sido a conversa mais longa em semanas.

Estou apaixonado por você.

Parada no estacionamento, fechei os olhos com força. Um carro buzinou ali perto.

Ele tinha me amado, e eu... eu tinha estragado nossa amizade e posto um fim a um possível futuro entre nós... antes mesmo de começar.

Dary se apoiou no armário ao meu lado. Seu laço de bolinhas combinava com os suspensórios brancos e azuis.

– Você tem hora marcada com o dr. Perry hoje?

– Tenho. – Peguei meu livro de história. – Nessa semana e na próxima, só tenho hora marcada na segunda e na sexta. Depois acho que novembro eu encerro com ele.

– É uma notícia boa, então?

Confirmei com a cabeça e fechei a porta do armário.

Acho que era uma boa notícia. Quer dizer, ou o dr. Perry achou que eu estaria em uma situação mental melhor, ou o tempo que ele poderia dedicar a mim simplesmente tinha chegado ao fim. Eu sabia que, em um dos telefonemas de acompanhamento entre ele e minha mãe, ele tinha mencionado que poderia me fazer bem continuar com uma terapia externa, mas eu tinha certeza de que nosso plano de saúde não cobria esse tipo de coisa, e que nós realmente não tínhamos dinheiro para isso.

Eu esperava estar bem até lá.

Mas essa ponte eu ainda não ia cruzar.

– Posso perguntar algo? – Quando eu fiz que sim, ela disse: – O que está acontecendo entre você e o Sebastian? Há semanas que eu me pergunto isso, mas você fica toda esquisita quando o nome dele é citado, então eu não disse nada.

Puxei a alça da minha mochila por cima do ombro.

– Não há nada acontecendo.

– Sério? Porque ele só falava em Lena, vinte quatro horas por dia, sete dias por semana e então, de repente, ele não está mais sentando ao seu lado e eu não tenho visto vocês dois conversando mais.

– Ele só está ocupado. Eu também – menti e me virei.

Dary caminhou ao meu lado em direção à entrada da escola.

– Então, eu ouvi um boato – disse ela, falando cada palavra com cuidado. – Fiquei me questionando se te contava, porque eu não queria te deixar chateada, mas eu também não queria que você fosse pega de surpresa caso fosse verdade.

Os músculos das minhas costas ficaram tensos. Ela poderia estar fazendo referência a *inúmeras* coisas.

– O quê? – Nós paramos no final do corredor, junto à parede com uns trabalhos de arte realmente terríveis. Eu não fazia ideia de por que alguém desejaria exibi-los. – Que boato?

Dary mordeu o lábio e mudou o peso do corpo de um pé para o outro.

– Eu ouvi... Bem, a Abbi que ouviu e me contou, então...

– Espere. Abbi ouviu um boato e contou para você e não para mim? – Minha exasperação ecoou na voz.

– Sim. – Dary suspirou.

– Ela não poderia simplesmente me dizer?

– Ela poderia, mas vocês duas não são exatamente as melhores amigas agora, e eu acho que ela sabia que eu iria te contar – Dary refletiu, e depois apontou: – E você também não está fazendo muito esforço para reparar a ponta quebrada.

Abri a boca para discordar, mas Dary estava certa. Eu não estava fazendo muito de nada.

– Tá. O que ela ouviu?

– Ela estava com o Keith depois do treino...

– Esses dois estão juntos? – eu perguntei.

Dary levantou um ombro.

– Quem é que sabe? Acho que eles estão, mas a Abbi não quer que ninguém saiba, porque, bem, você sabe como a Abbi é, mas eles vão ao baile acompanhados, mesmo que ela vá pegar uma carona comigo. Você está sendo uma perdedora por não ir, mas eu sei que o Keith a convidou. – Ela respirou fundo e falou apressada: – Ela estava com o Keith depois do treino, e o Sebastian estava com eles. A Skylar também estava. Não *com eles* mas ela estava lá.

Meu coração foi esmagado.

– Abbi ouviu a Skylar e o Sebastian falando sobre o baile. Ela disse que parecia que eles iam juntos. – Dary parecia desconfortável. – Abbi disse que não tinha certeza pelos fragmentos que ela ouviu, mas comentou que era o que parecia. E da última vez que você se abriu a respeito dele, disse que ele contou que te ama. Então eu pensei que você precisava saber.

Abri a boca, mas não tinha palavras, porque isso não deveria ser uma surpresa para mim. Embora parecesse que eu acabava de ser pisoteada no peito por um coturno, eu é que tinha afastado Sebastian.

Não era de admirar que ele me perguntasse se eu ia. Agora ele poderia ir com a Skylar e não se preocupar se eu ia vê-los juntos, bem-vestidos e perfeitos.

– Legal – murmurei, piscando rapidamente.

– Sério? É só isso que você tem para dizer?

Balancei a cabeça, atordoada.

– Sim, acho que é bom para ele... para eles – menti. Era o que eu poderia fazer de melhor naquele momento.

Era só o que eu poderia fazer.

CAPÍTULO VINTE E SEIS

– Como foi voltar a trabalhar neste fim de semana? – o dr. Perry perguntou na segunda de manhã, como ele fazia em todas as segundas-feiras pela manhã.

Era a última semana de outubro. O baile seria naquele fim de semana. O grande jogo. O grande baile. Normalmente eu não teria começado a trabalhar no Joanna's até o meio ou o fim de novembro, mas já que eu não jogava mais vôlei, eu tinha decidido que pelo menos eu poderia voltar a ganhar dinheiro.

– Nada de mais. – Meus braços estavam em volta dos meus joelhos. – Um pouco estranho, voltar. A Felícia, uma das outras garçonetes, fez um bolo para mim. Foi legal.

– Bolo de chocolate, espero – disse ele, e sorriu quando confirmei com a cabeça. Hoje não havia caneca. Apenas uma garrafa térmica prateada. – Você fez o que te pedi neste fim de semana?

Pressionando os lábios, sacudi a cabeça.

Uma paciência infinita preencheu sua expressão. Eu não entendia como ele conseguia.

– Como as coisas têm sido com os seus amigos?

Ele fazia essa pergunta todas as segundas, pois, em todas as sextas, eu tinha como uma das minhas "tarefas" me abrir com meus amigos, mas em nenhum dos fins de semana conseguia encontrar coragem.

Relaxei um pouco as mãos que estavam segurando meus joelhos.

– A Dary continua igual. Ela só quer que todo mundo aja igual a sempre, sabe? Ela só quer que nós todos sejamos amigos. Não é que ela queira esquecer a Megan ou algum dos garotos, mas eu... eu acho que ela não quer pensar mais nisso. Então é difícil pensar em trazer isso de volta à tona.

– Falar sobre o que você está atravessando nesse momento não é trazer as coisas de volta à tona – disse ele, e eu não sabia bem se concordava. – E a Abbi?

– Ela não disse nada sobre eu não estar bêbada desde aquela primeira vez, mas ela mal fala comigo. – Minha tristeza se derramava como uma chuva torrencial, porque eu sentia tanta falta de Abbi quanto de Megan. Eu não podia trazer uma amiga de volta e não fazia ideia de como resolver as coisas com a outra. – Não sei se já te disse isso, mas eu... toquei no assunto de como ela chegou na festa com o Chris e como pensava que ele já estava bebendo antes. – Me mexi na cadeira, desconfortável. – Ela disse que não era a mesma coisa porque ninguém morreu quando ela estava no carro.

– Bem, muitas vezes é difícil para as pessoas admitirem que elas também já fizeram escolhas que potencialmente poderiam ter transformado vidas, mesmo que não tenham recebido as consequências dessas ações. É ainda mais difícil para as pessoas olharem para si mesmas e reconhecerem que não são perfeitas, que às vezes, na vida delas, elas também foram *essa* pessoa. Que elas também tomaram decisões que poderiam ter terminado em desastre.

O dr. Perry cruzou uma perna sobre a outra.

– Algumas pessoas simplesmente têm sorte. Outras, não. Mas algumas aprendem, mesmo quando não sofrem. Elas veem situações como a sua, que servem como um balde de água fria e um alerta de que elas é que poderiam estar no lugar, o que cria muito conflito interno. Isso é difícil de reconhecer. É sempre mais fácil apontar as falhas nos outros e ignorar as nossas. – Ele tamborilou de leve a ponta da caneta na mesa. – Depois há os que nunca aprendem uma lição sequer na vida, mas são sempre os primeiros a julgar.

Mordi minha unha.

– Porém, o julgamento está na ponta da língua. Eu poderia ter ido embora. Poderia ter tentado pegar as chaves do Cody. Eu poderia ter voltado para a festa e encontrado Keith ou Sebastian ou...

– Sim, você poderia ter feito isso. Você poderia *não* ter cedido à pressão dos seus amigos e decidido que não ia entrar no carro com eles. Você poderia ter conseguido convencer a Megan a ficar. Poderia não ter dado certo e o acidente, acontecido do mesmo jeito. Você poderia ter tirado as chaves dele, ou ele poderia ter ignorado você e entrado naquele carro mesmo assim. – Ele parou um instante, com um suspiro pesado. – Cody foi um grande peso sobre você. Você não sabe se teria conseguido pegar aquelas chaves, ou se ele teria esperado enquanto você saísse para encontrar alguma outra pessoa.

– Mas eu poderia ter tentado – sussurrei, colocando os pés no chão.

– Você poderia, Lena, mas você não o fez. O que você fez foi se perguntar se ele estava bem. Você não ouviu aquela voz interna que te alertou quando ele respondeu, mas... – Ele suspirou. – Vou ser muito sincero com você agora. Tudo bem?

Enruguei o nariz.

– Você não foi honesto comigo esse tempo todo?

Um breve sorriso apareceu.

– Você fez algumas escolhas ruins naquela noite. Você entende totalmente e aceita. Você não está se iludindo e ainda não criou uma história revisionista dos eventos na sua cabeça. Você poderia ter se convencido de que não havia nada que pudesse ter feito, mas você não escolheu esse caminho. Você sabe o que aconteceu, e o que poderia ter acontecido, mas não aconteceu. Isso nunca vai mudar. Você vai ter que aprender a viver com as decisões que tomou, aceitá-las, aprender com elas, crescer com elas e se tornar uma pessoa melhor por causa delas.

Esfreguei a mão no rosto, feliz por não ter me preocupado em aplicar rímel naquela manhã, porque estaria todo nas minha bochechas agora.

– Mas como eu chego a essa parte em que eu aceito a decisão que eu tomei? Que eu me torno essa pessoa magicamente melhor? Quando eu paro de me sentir o pior ser humano do planeta?

– Você não é o pior ser humano do planeta.

Disparei um olhar duro para ele.

Ele arqueou uma sobrancelha e levantou uma das mãos.

– Mas grandes mudanças acontecem devagar... e, também, de uma só vez.

– Isso não faz sentido.

– Um dia você vai apenas perceber que atravessou essa parte da sua vida e que aceitou o que não pode ser mudado. Vai ser nesse momento que você terá superado. Vai parecer que aconteceu de repente; mas, na realidade, foi um trabalho contínuo.

Meus olhos se estreitaram.

– Isso não foi exatamente útil.

O dr. Perry sorriu de uma maneira que dava a entender que, um dia, eu mudaria de opinião.

– Um bom lugar para começar é se abrir para as pessoas de quem você gosta.

Uma explosão de pânico acendeu-se no meu estômago.

– Você tem uma escolha. Ou você continua do jeito que está com eles, sempre preocupada com o que eles vão fazer se descobrirem.

Sabemos que isso é exaustivo e que já está prejudicando suas amizades. – Ele estava certo. – Ou você pode se abrir com eles.

– Mas e se... e se eles me odiarem? – perguntei.

– Então, para começar, eles nunca foram verdadeiramente seus amigos – ele respondeu. – Podem ficar bravos no início e até decepcionados, mas, quando alguém é um amigo de verdade, quando se importa realmente com você, eles te aceitam apesar das falhas e dos defeitos.

Comecei a mordiscar meu dedo novamente. Eu não tinha certeza se o que eu tinha feito era algo que pudesse ser considerado *simplesmente* uma falha.

– Como vão as coisas entre você e o Sebastian? – ele perguntou.

Uma tristeza pesada atingiu minhas veias. Pensei em como eu o vi com a Skylar outro dia, o boato que Dary ouviu, e balancei a cabeça, porque não era importante. Ele tinha ido almoçar no Joanna's no sábado, depois do treino, como ele fazia antes... antes de tudo. Ele pediu torta e leite, mas não foi como costumava ser.

– Não tão boas assim – eu disse finalmente. – Eu quero falar para ele, mas aí eu penso: e se ele me odiar depois? Eu sei que você diz que, nesse caso, ele nunca terá sido meu amigo mas ele *era*. Ele era meu melhor amigo, e o que fiz...

O olhar direto do dr. Perry encontrou o meu.

– Há uma coisa que quero que entenda. Você não matou seus amigos, Lena. Você tomou uma decisão ruim naquela noite. Eles também tomaram decisões ruins naquela noite. Mas você não os matou.

DEPOIS DAS AULAS, FECHEI A PORTA do meu armário e joguei a alça da mochila sobre meu ombro. Uma dor abafada se espalhou sobre o meu braço, mas eu mal demonstrei quando virei e comecei a andar pelo corredor. Os rostos eram um borrão. Todos tinham sido um borrão o dia todo, enquanto minha sessão com o dr. Perry repetia e repetia na minha cabeça.

Como já sabia que, tecnicamente, não tinha matado meus amigos, as palavras de despedida do dr. Perry não me tranquilizaram realmente. Eu não dirigi embriagada naquela noite, mas eu não tinha feito tudo o que estava ao meu alcance para parar Cody. Então eu não era legalmente responsável. *Tecnicamente*, o ato não tinha sido cometido por mim.

Porém, eu era moralmente responsável.

O que eu estava descobrindo era um fardo pesado para carregar, porque como a gente se livrava desse tipo de culpabilidade? Eu não sabia se conseguiria algum dia, mas estava disposta a tentar.

Não tinha ido almoçar, pois meu estômago estava embrulhado e retorcido com nós de ansiedade pelo que eu planejava fazer. Dary me mandou mensagens enquanto eu estava escondida na biblioteca, e disse a ela que estava bem, só precisava estudar para um exame.

Sabia o que precisava fazer quando chegasse em casa, mas só de pensar nisso eu tinha vontade de vomitar nos meus sapatos. Talvez fosse por isso que, quando desci as escadas e cheguei ao saguão principal que dava acesso ao estacionamento, eu parei perto das portas duplas do pequeno ginásio. Talvez eu estivesse adiando. Talvez fosse outra coisa.

Olhando através das janelas pequenas, eu senti os músculos do meu estômago se apertarem ao ver as meninas fazerem sequências de corridas pela quadra. O treinador Rogers estava ao lado da rede, gritando ordens. As paredes e portas grossas silenciavam boa parte do som de sua voz grave. Só havia mais algumas semanas na temporada. Eu estava prestando atenção. A equipe teve um bom ano e provavelmente chegaria até as semifinais.

Eu deveria estar aí dentro.

No momento em que esse pensamento terminou, fechei os olhos com força para me proteger da onda repentina de arrependimento. Eu poderia ter jogado nas últimas semanas, desde que tinha tirado o gesso. Eu poderia...

Eu poderia ter feito muitas coisas.

Mas era tarde demais para isso. Eu tinha feito minha escolha de deixar a equipe e não podia voltar, mesmo que sentisse falta de jogar. Quando eu estava na quadra, meu cérebro desligava. Eu não ficava obcecada por Sebastian. Não me estressava com a minha mãe e nem com meu pai ausente. Eu só ficava ali, focada na bola, no meu time.

– Eu posso jogar de novo – eu sussurrei, e meu corpo teve um espasmo. Surpresa, eu abri os olhos. A equipe estava perto das arquibancadas. Eu *podia* jogar de novo. Tentar entrar em uma equipe universitária. Eu poderia não conseguir chegar, mas poderia tentar. Eu poderia...

O som dos passos me tirou dos meus pensamentos. Mão apertando a alça da minha bolsa, eu voltei e olhei pelo corredor.

Era Keith.

Eu não o tinha visto durante todo o dia. Ele estava vestido como se estivesse voltando de um banquete, de calças escuras e camisa branca social. Sua bolsa esportiva estava no ombro, e as chuteiras, penduradas em uma de suas mãos.

Nossos olhares se conectaram e seus passos ficaram mais lentos.

– Oi – disse ele, olhando para as portas atrás de mim. – O que você está fazendo?

Sem ideia de como explicar o que eu estava fazendo ali, eu dei de ombros.

– Está indo para o treino?

– Sim. – Ele parou na minha frente, e não havia como eu deixar de notar o contorno vermelho nos seus olhos. – Eu tive um compromisso com meus pais e... e... os advogados. Levou a maior parte da tarde.

Meu estômago afundou quando me lembrei de que Keith estava lidando com um conjunto diferente de consequências daquela noite. Como eu poderia ter esquecido?

– Como... como estão as coisas nesse sentido?

Levantando a mão livre, ele esfregou os dedos na cabeça.

– Não estão... É, não estão nada boas. Nosso advogado está aconselhando-os a fazer um acordo. Sabe, multa e serviço comunitário para evitar a prisão. – Ele inspirou fundo e soltou a mão. Tem também os processos civis, sabe?

Assenti, sem saber o que dizer.

– Posso perguntar uma coisa?

– Claro – eu disse.

Um músculo flexionou-se ao longo de sua mandíbula quando ele desviou o olhar, que em seguida reencontrou o meu.

– Por que você não quis participar dos processos? Você ficou gravemente ferida. Você estava naquele carro.

Sem esperar essa pergunta, eu fiquei sem saber o que responder.

– Eu... eu só não pensei que era a coisa certa a fazer. – E não era. Eu não tinha bebido naquela noite. Eu é que deveria ser processada. – Eu só não queria ser parte disso.

Ele assentiu lentamente, e um longo momento se passou.

– Meus pais não são pessoas más. Eles nos deixavam beber em casa porque achavam que era mais seguro. Que a gente não ia sair dirigindo... – Eu sabia de tudo isso. – O Cody poderia ter ficado comigo. Ele sabia que a gente tem a política do sofá livre. Todo mundo poderia ter ficado. Esse era o acordo. Se divertir, mas não dirigir embriagado. – Keith falou um palavrão para si mesmo. – O Cody sabia disso.

Senti um aperto no peito. Os pais dele não eram más pessoas. Eram pessoas que, eu achava, só não tinham pensado nas consequências. Eles eram boas pessoas que tinham tomado uma série de decisões ruins, no que dizia respeito a permitir que todo mundo frequentasse a casa deles.

– Eu sei.

– Não sei… Não sei o que vai acontecer. – Seus ombros se curvaram. – Quer dizer, eles vão perder a fazenda, os pomares, tudo. – Ele olhou por cima do meu ombro, balançando a cabeça. – Não sei por que eu vou ao treino. Tipo, que merda, qual é o sentido? Merda.

– Sinto muito – falei de repente.

Uma centelha de surpresa subiu sorrateiramente pelo rosto de Keith e depois foi levada com descrença. Sua boca se mexeu como se ele estivesse prestes a dizer alguma coisa, mas ele não disse. Então eu soube. Eu soube nesse momento que ele não podia entender por que ou como eu estava me desculpando, e isso fez sentido para mim com a força de um caminhão em movimento.

Keith era como eu.

Ele culpava sua família.

Ele se culpava.

Ele não via sentido em fazer as coisas que fazia antes.

Ele tinha esses sentimentos, embora, ao mesmo tempo, ele quisesse defender sua família e se defender. Não era justo, pois Keith não tinha feito nada. Ele não merecia isso, mas ele…

Keith era *exatamente* como eu.

Eu nunca tinha visto até esse momento. Sabia que Abbi já tinha percebido, mas porque eu estava tão apegada à minha própria culpa, minha própria dor, eu nunca enxerguei Keith. Nunca enxerguei Abbi ou Dary. Nunca enxerguei Sebastian. Nunca enxerguei que a escola inteira estava sofrendo. Eu só via a mim mesma.

Keith baixou o queixo.

– Eu… Eu tenho que ir. – Ele passou ao meu lado. – Vejo você mais tarde, Lena.

– Tchau – sussurrei, virando-me enquanto ele se afastava. Observei-o ir embora e fiquei ali muito tempo depois que ele desapareceu de vista. Uma centena de pensamentos diferentes estavam disparados na minha mente de uma só vez quando comecei a andar pelo corredor, mas uma pergunta permanecia entre as outras.

Eu era uma boa pessoa que só tinha feito uma escolha ruim?

NA MINHA VARANDA, EU ANDAVA de um lado para o outro, esperando Sebastian chegar em casa depois do treino. Ele não tinha me mandado mensagem, mas eu tinha mandado para ele, sentada no meu carro depois da aula, e perguntado se ele iria passar em casa. Meu coração estava disparado durante toda a volta para casa. Ele não tinha vindo ao meu quarto desde aquela noite.

Passava um pouco das quatro quando ele respondeu e disse que viria. Embora eu pudesse respirar com muito mais facilidade agora, estava uma pilha de nervos.

Puxando as laterais do meu cardigã na frente do corpo, fui até o canto da varanda e espiei a frente da casa, fôlego preso na garganta. Seu Jeep agora estava lá. Meu olhar se desviou para cima, e vi uma luz em seu quarto. Quando ele tinha chegado em casa? Eu não fazia ideia. O treino podia durar horas.

Enquanto eu estava ali, pensei que não queria ter comido o prato inteiro de espaguete no jantar, porque agora eu sentia vontade de vomitar.

Queria falar com Sebastian primeiro, porque o conhecia há mais tempo. E, bem, ele disse que me amava. Eu provavelmente tinha arruinado essa parte com a porcaria insensível que eu tinha cuspido nele, mas ele merecia saber do acontecido.

Assim como Abbi e Dary.

Elas seriam as próximas.

Eu precisava superar essas conversas.

A luz se apagou e eu soltei um gritinho, mas não consegui me mexer. Fiquei no topo das escadas que levavam ao quintal até ver a porta dos fundos se abrir e Sebastian sair no pátio de tijolinhos.

Mesmo de onde eu estava, na luz fraca, eu percebia que ele tinha se dado ao trabalho de tomar banho. Seu cabelo estava molhado, penteado para trás de um jeito que ressaltava suas maçãs do rosto definidas e proeminentes. Ele usava calças esportivas, do tipo de cintura baixa, e um agasalho térmico.

Deus, ele era de tirar o fôlego. Desejei que ele não tivesse parado para tomar banho e, em vez disso, viesse cheirando a suor, e sua pele tivesse manchas de terra e grama.

Quem eu estava enganando? Eu ainda o achava deslumbrante.

Sebastian atravessou o pátio, parou na beirada e olhou para cima. Ele pareceu completamente congelado por um segundo, talvez por perceber que eu estava lá fora esperando por ele.

Depois ele caminhou pela lateral da casa e cruzou os portões, e meu pulso ficou todo descontrolado. Ele veio pelo canto da casa e começou a subir os degraus.

Só então eu me mexi.

Recuando pouco a pouco, eu apertei uma das mãos na outra. Sua cabeça apareceu no pé da escada e então ele estava bem na minha frente, alto, seus cautelosos olhos azuis da cor do mar, como estavam desde a última vez em que ele esteve aqui.

Seus olhos se fixaram aos meus.

– Estou aqui.

– Podemos... entrar? – perguntei.

O olhar de Sebastian desviou para a porta e ele hesitou – e isso doeu, porque ele nunca tinha hesitado antes –, mas em seguida ele confirmou com um movimento curto da cabeça.

Fui até a porta e abri, deixando-o entrar antes que ele mudasse de ideia. Dali eu fui para a cama e sentei na beirada. Sebastian pegou a cadeira do computador.

– Keith disse que viu você logo antes do treino – ele disse.

– Nós... só conversamos por alguns minutos.

Sebastian esperou, e quando eu não disse mais nada, um músculo saltou em seu maxilar. Com a boca seca, foquei meu olhar no mapa e falei a coisa mais idiota de todas que poderia ter saído da minha boca, o que não era pouco.

– Como estão as coisas entre você e a Skylar?

Silêncio e então:

– É isso que você queria falar comigo esta noite? Sobre ela?

– Não – eu disse imediatamente. – Ignore essa parte. Nem sei por que eu perguntei.

– Claro que não – ele murmurou.

Eu vacilei.

– Eu preciso te contar uma coisa. Bem, eu preciso primeiro pedir desculpas pelo que eu te disse, hum, da última vez em que veio aqui. Aquilo não foi certo.

– Não – ele respondeu. – Não foi, não.

Estremeci, mas continuei.

– Eu sei que aquilo entre a gente não tinha nada... não tinha nada a ver com sexo propriamente dito. – Meu rosto pegava fogo. – E eu sei que você sente falta dos seus amigos tanto quanto eu, e eu não deveria ter insinuado nada do tipo.

Sebastian não respondeu, então eu direcionei meu olhar para ele. Ele me observava intensamente com aqueles olhos, sua cabeça inclinada de leve. Então ele falou:

– Você precisou de um mês para pedir desculpas?

– Não deveria ter precisado. Eu queria ter falado com você antes, mas... – Engoli em seco. – Não tenho uma boa resposta, só que eu estou me esforçando muito para resolver minha cabeça com o dr. Perry, então eu precisava te contar a verdade. E não sei como você vai se sentir depois. Você pode sair daqui desta vez e nunca mais falar comigo. Você pode acabar me odiando. – As lágrimas se acumularam na minha garganta. – Mas eu preciso te contar uma coisa.

Uma mudança recaiu sobre Sebastian. Como eu o conhecia muito bem, eu notava. Uma parede caiu e ele se inclinou para a frente, apoiando os antebraços nos joelhos.

– Eu nunca poderia odiar você, Lena.

Meu coração estilhaçou em um milhão de pedaços com a doçura quase brutal dessas palavras. Ele não fazia ideia. Nenhuma. Ele poderia me odiar. Isso era real. No entanto, apesar disso, respirei fundo e disse:

– Quando entrei no carro na noite em que Cody decidiu dirigir, eu... Eu não estava bêbada. Eu poderia tê-lo impedido. Eu não fiz nada.

CAPÍTULO VINTE E SETE

Sebastian não se mexeu. Ele não falou nada pelo mais longo instante. Seu olhar constante não desviou do meu rosto até que ele finalmente disse:

– O que aconteceu naquela noite não foi culpa sua, Lena.

– A culpa é parcialmente minha – eu disse, usando a frase do dr. Perry. – É por isso que eu não falei sobre o que aconteceu esse tempo todo. Eu deveria ter parado o Cody. Eu deveria ter parado. Mas eu não parei.

Ele endireitou o corpo. Aquele músculo no seu maxilar flexionou de novo. Outro silêncio cheio de significado se estendeu até meus nervos ficarem à flor da pele.

– Pode me falar o que você precisa falar, Lena.

Meus lábios se moveram sem som no início, e depois eu levei alguns segundos para conseguir elaborar as palavras do jeito certo. Eu queria fazer o que o dr. Perry tinha me dito para fazer: voltar e começar do começo, não importava o quanto fosse difícil.

– Depois que você e eu... Depois que conversamos na festa, eu fui e fiquei com a Abbi e o Keith. Eles estavam no meio de uma conversa intensa. Não sei sobre que assunto. Parecia que eles estavam discutindo e flertando ao mesmo tempo. Fiquei sentada com eles durante um tempo, mas não bebi nada. Só água e eu acho... Não, eu tenho certeza de que tomei uma Coca. Aí começou a ficar tarde, e eu só queria ir embora.

Naquela noite, sentada em uma cadeira ao lado da Abbi, eu só estava pensando em Sebastian, nele desaparecendo com a Skylar, sem ter ideia de que, em uma questão de horas, nada disso importaria.

Tomei outro gole de ar e não olhei para ele, pois ele sabia por que eu não tinha voltado para procurá-lo, como eu havia prometido.

– A Megan também estava pronta para ir para casa. Ela estava faminta e queria nuggets de frango. Nem sei como o Cody decidiu ir também. A Megan e eu estávamos andando com o Chris e, de repente, o Cody estava ali junto. O Chris estava em uma situação deplorável. Alguém disse que ele estava bebendo desde o período da tarde, e ele disse que estava cansado demais para dirigir. Cody pegou as chaves e no início me pareceu estar bem. Juro que ele parecia. Porém, eu me lembro de vê-lo tentando abrir a porta do carro e errando a maçaneta.

Fechei os olhos e falei apesar da dor.

– Perguntei se ele estava bem para dirigir e ele disse que sim. Na verdade, ele me pareceu meio irritado com a pergunta. Eu não queria entrar no carro. Acho que era um instinto. Eu só fiquei ali parada e depois o Chris me dizia para entrar no carro, e a Megan estava me empurrando, e o Phillip começou a brincar como ele sempre brincava, e o Cody disse que ele só tinha bebido uma naquela noite, mas eu sabia... *eu sabia*... que não era verdade. Mas ele disse que estava bem, e eu... eu não queria ser *aquela* pessoa, sabe? Aquela chata que fica reclamando de qualquer coisa boba.

Lágrimas encheram minhas pálpebras.

– Mas acho que eu me tornei um tipo diferente de pessoa, pois deveria ter tentado pará-lo. Eu sabia que ele tinha bebido mais de uma. O rosto dele estava vermelho. Eu não deveria ter entrado no carro, pois ele não estava bem para dirigir, e Deus... aconteceu tão rápido. Mandei uma mensagem para Dary e estava prestes a enviar uma mensagem para a Abbi falando onde eu estava. O rádio estava ligado. Estava tocando música. Eu me lembro do vento entrando pelas janelas. Eu me lembro de pensar que estávamos indo rápido e depois ouvi o Cody gritar e a Megan berrar. E foi... e foi isso. – Soltei um suspiro trêmulo. – Então, veja só, eu poderia ter feito qualquer coisa. Poderia tê-lo impedido de dirigir. Ficado para trás. Eu mesma poderia ter dirigido. Mas eu só fiz a coisa errada, e eu...

Eu não sabia mais o que dizer.

Eu estava exausta e só queria deslizar de cima da cama e me esconder embaixo dela, mas tudo o que eu consegui fazer foi me sentar e esperar que a raiva desaparecesse. Parte de contar essas coisas para ele era lidar com a reação que ele teria depois.

Lentamente, eu abri os olhos e olhei para Sebastian.

Seu rosto estava pálido e tenso. As mãos estavam apoiadas nos joelhos, os nós dos dedos esbranquiçados.

– Você... você se lembra do acidente?

Confirmei com a cabeça.

– Até eu ter perdido a consciência. Alguma coisa atingiu a minha cabeça, e eu me lembro do carro bater na árvore e tombar. Lembro do carro capotando. Foi... foi a coisa mais assustadora que eu já vivi na vida. Eu achei... – Minha voz sumiu. Sebastian tinha que saber o que eu tinha pensado.

Eu pensei que ia morrer.

– Jesus. – Ele fechou os olhos com força. E, em seguida, disse: – Eu sabia.

– O quê? – sussurrei.

Ele se inclinou para a frente outra vez, a cadeira rangendo debaixo do seu peso.

– Eu sempre soube que você não estava bêbada naquela noite.

– Eu não entendo.

Suas mãos deslizaram de cima dos joelhos.

– Acho que só te vi bêbada uma vez, e não foi em uma festa. Foi quando a Megan te desafiou a beber a garrafa de vinho que sua mãe tinha esquecido dentro do armário. Você ficou bêbada demais para subir as escadas, e a Megan teve que vir te carregar para a cama.

Um sorriso choroso encontrou meus lábios. Maldita Megan. Eu tinha esquecido desse show de horrores regado a vinho.

– Eu vomitei.

– Vomitou, sim. – Ele inclinou a cabeça com um sorriso tristonho. – E assim que eu subi com você para o quarto, eu tive que te carregar para o banheiro, onde você virou um vulcão de vômito.

Meu Deus.

Sebastian tinha me segurado com um braço ao redor da cintura, e Megan puxou as mechas do meu cabelo para tirar do rosto. Isso tinha sido há dois anos.

Também foi a primeira e a única vez que eu fiquei bêbada.

Por alguma razão, eu nunca pensei que Sebastian sequer lembrasse disso.

– Eu sei que você não bebe mais do que alguns golinhos e, a menos que tivesse decidido mudar esse hábito naquela noite, eu sabia que você não estaria bêbada.

– Então... – Umedeci os lábios, atordoada. – Você suspeitou esse tempo todo que eu estava sóbria e que entrei no carro mesmo assim?

Sebastian fez que sim.

– Eu não sabia se você realmente se lembrava do acidente ou não. Você disse que não se lembrava, e já que não conseguia falar a respeito dessas coisas, eu imaginei que você não tivesse memórias sólidas. Mas saber que você as tem? Putz...

Fiquei chocada.

Seu olhar encontrou o meu.

– Eu provavelmente teria entrado no carro.

– O quê? – Meu corpo inteiro deu um tranco e eu comecei a me levantar, mas meus joelhos amoleceram.

– Eu provavelmente teria feito a mesma coisa – disse ele. – Merda. Eu sei que teria. Teria aceitado a palavra do Cody, e teria entrado no carro exatamente como você fez. Nem sei se eu teria pensado nisso tanto quanto você pensou.

– Não, você não teria. Sebastian, você poderia tê-lo parado. Você...

– Eu tinha bebido naquela noite e estava planejando levar você para casa – ele interrompeu, desabando de volta em sua cadeira. – Eu já te disse isso antes. Eu poderia ter sido o Cody. Sei que poderia ter sido. Beber algumas cervejas, achar que estava bem e pegar o volante. Não consigo nem contar quantas vezes fiz isso.

Comecei a dizer que não era a mesma coisa, mas era, e eu não sabia o que fazer ou dizer. Eu esperava que ele ficasse furioso e decepcionado comigo, mas sua expressão não me demonstrava nada dessas coisas, nem suas palavras ou ações.

Ele se levantou, andou até a cama e sentou-se ao meu lado. Ele não disse nada. Nesse momento, ele não precisava dizer.

Eu me dei conta, enquanto ele me olhava, que ele realmente sabia da verdade todo esse tempo. Ele sabia que eu poderia ter tomado uma atitude melhor, que eu deveria ter tomado, mas ele também tinha sido honesto consigo mesmo. Ele também sabia que tinha passado por uma situação parecida e feito más escolhas, mas, como disse o dr. Perry, ele teve sorte. Ele nunca teria que pagar as consequências dessas decisões.

Isso não tornava certo o que ele tinha feito.

Isso não tornava certo o que eu tinha feito.

Mas ele não estava me julgando e ele nunca tinha me julgado. Durante todo esse tempo, eu morri de medo do que ele pensaria de mim, e ele já sabia. Ele sabia e ainda estava disposto a me apoiar. Ele *sabia* e, *ainda* assim, havia dito que me amava.

Meus ombros foram abaixando centímetro por centímetro.

– Você não me odeia? Você não está com desgosto de mim ou decepcio...

– Pare. Eu nunca poderia pensar essas coisas, Lena. Não sobre você.

Uma onda de alívio surgiu em mim, tingida de uma profunda tristeza que começava a mostrar suas garras afiadas. Minha voz saiu embargada quando eu falei.

– Mas como? Eu mesma fiquei decepcionada comigo. Eu me o-odeio.

– Você cometeu um erro, Lena. – Ele inclinou-se para mais perto. – Foi isso que aconteceu. Não foi você que os matou. Você cometeu um erro.

Um erro que custou a vida de algumas pessoas.

Estremeci, levando minhas mãos ao rosto. Alisando as palmas sobre minhas bochechas, eu desejei que as lágrimas fossem embora, porque eu estava cansada de chorar.

– Lena – disse ele, voz baixa e áspera. – Vem cá.

Sebastian estendeu a mão.

Eu estava me movendo antes de pensar sobre o que estava fazendo. Minha mão dobrou-se na dele, e quando ele me puxou no seu colo, um joelho de cada lado dos seus quadris, meus braços envolveram sua cintura.

Ele segurou meu rosto com as duas mãos e, sem dizer uma só palavra, beijou minha bochecha uma vez e depois duas, e beijou também cada lágrima que caía. Foi o tempo de meu coração bater uma vez.

Desabei. Meu peito escancarou-se.

Ele fez um som no fundo da garganta e depois puxou meu rosto no seu peito. Lágrimas escorreram pelo meu rosto, umedecendo a frente de sua camisa em poucos segundos. Seus braços me envolveram e ele me abraçou forte e apertado enquanto eu chorava pela Megan, pelos garotos, por Abbi, por Dary e por mim mesma.

Ficamos deitados lado a lado na cama, nossos rostos separados por apenas alguns centímetros. Já era tarde, bem depois da meia-noite, e a manhã veio e foi embora rápido demais, mas nenhum de nós dormiu. Tínhamos sussurrado um para o outro até depois de as lágrimas terem secado. Contei-lhe sobre a culpa, como ela pesava sobre mim, sobre como não havia nada que eu quisesse mais do que voltar para aquela noite e fazer escolhas diferentes. Contei sobre os pesadelos e como minha mãe sabia da verdade, como eu sabia que ela estava decepcionada, mas não expressava. Admiti desejar que eu não tivesse desistido do vôlei. Eu disse a ele como conversei com Keith naquele dia e o que eu tinha percebido. Falei até mesmo sobre a Abbi.

Sebastian ouviu.

– Você vai falar com elas? – ele perguntou. – Com a Abbi e a Dary?

– Eu preciso. – Meus braços estavam dobrados contra o peito. – Não vai ser fácil, mas eu preciso falar. – Mexi as pernas. – A Abbi te falou alguma coisa sobre o acidente?

– Não. Nada além do que todo mundo já disse. Nada sobre você. – Ele se aproximou mais. – Abbi ficou muito próxima do Keith, e acho que ela o está ajudando a lidar com todas as coisas que têm a ver com ele. – Sebastian cobriu a pequena distância e enlaçou os dedos em uma mecha do meu cabelo que havia caído sobre o meu rosto. –

O que está acontecendo com o Keith é muito diferente. Ninguém culpa você ou a sua família. Eles não sabem o que você me contou, e mesmo se soubessem, acho que a maior parte das pessoas entenderia que você cometeu um erro.

Um erro fatal.

– Mas com o Keith, todo mundo acha que a família dele forneceu o álcool. Eles eram os adultos, e essa situação está arruinando a família dele de verdade – explicou Sebastian, baixinho. – Ninguém fala, de fato, nada para o Keith, mas ele está passando por um momento complicado. Não querendo ser chato, mas ele está permitindo que os amigos dele o ajudem e...

– E eu não fiz isso – completei, me sentindo nojenta. Eu nem sequer tinha pensado no que o Keith estava enfrentando.

Sebastian passou um dedo sobre a maçã do meu rosto e, com isso, atraiu meu olhar para ele. Alguma coisa, eu não sabia exatamente o que, tinha mudado entre nós. Era quase palpável, e eu acho que aconteceu quando ele beijou minhas lágrimas e me abraçou durante os piores momentos da noite.

– Você realmente não vai ao baile neste fim de semana? – ele perguntou.

A mudança de assunto me fez pensar na Skylar.

– E você?

– Eu ia com alguns dos meus amigos.

– Não com a Skylar?

Ele ergueu as sobrancelhas bruscamente.

– Não. – Ele riu. – Por que você pensaria nisso?

Senti minhas bochechas esquentarem.

– Vocês andam conversando de novo.

– A gente sempre conversou – ele respondeu, brincando. – Na verdade, ela vai com alguém da Wood.

– Sério? – Fui tomada pela surpresa. – Ouvi que vocês dois iam juntos ao baile.

Ele levantou uma das sobrancelhas.

– A gente falou sobre isso, mas não íamos juntos. – Seu olhar encontrou o meu. – Ela sabe que eu não vou reatar com ela, e você também deveria saber disso. Só porque as coisas... não aconteceram do jeito que eu esperava, não significa que eu vou brincar com outra pessoa.

As coisas não acontecendo do jeito que ele esperava tinham a ver comigo. Eu sabia disso.

Sebastian passou o polegar no meu maxilar.

– Sempre há o baile de formatura.

Gostei da forma como ele disse isso.

– Tem o baile de formatura.

Ele ficou em silêncio por algum instantes e depois disse:

– Obrigado por esta noite.

Franzi a testa.

– Você está me agradecendo?

– Sim. – Sua mão deslizou do meu ombro e deu um apertinho. – Você estava carregando isso com você o tempo todo, mas agora não está mais sozinha. Você me contou. Você vai falar com a Abbi e com a Dary. Você realmente não está mais sozinha nessa.

Um sorriso cansado repuxou meus lábios.

– Então não era eu que deveria estar agradecendo você?

– Não. Eu não fiz nada. Só ouvi.

Mas teve um poder incrível.

– Foi tudo você – ele acrescentou.

Sebastian meio que estava certo. Muito tinha acontecido pelos meus esforços.

Meu sorriso sonolento se alargou. Naquela noite... falar com Sebastian foi algo muito importante porque ou poderia deixar o que eu tinha feito me destruir, ou poderia aprender a conviver com isso.

Era a única escolha que eu poderia fazer nesse momento, e eu tinha que tomar a decisão certa dessa vez.

Era o que eu ia fazer.

CAPÍTULO VINTE E OITO

Na quarta-feira de manhã, o dr. Perry ficou tão entusiasmado com o meu progresso que ele me deu uma nova tarefa. Duas, na verdade, sem contar a conversa que eu precisava ter com Abbi e Dary.

– Há duas coisas que eu gostaria que você fizesse – disse ele. – As duas são incrivelmente importantes para o processo do luto. Em primeiro lugar, quero que você dedique um dia por semana para o luto.

Franzi as sobrancelhas.

– Tipo, o dia inteiro?

– Não o dia inteiro, a menos que você sinta necessidade disso – ele esclareceu. – Pode ser só uma hora ou várias horas. O que quero que você faça nesse dia é passar o seu tempo se lembrando dos seus amigos. Olhar fotos antigas, visitar as contas de redes sociais, se ainda estiverem disponíveis, escrever sobre eles. Quero que pense neles, que se lembre deles e processe esses sentimentos. Acha que pode fazer isso?

Eu poderia. Seria difícil, especialmente olhar as fotos e ver as últimas postagens, mas eu poderia fazer.

– Sofrer pela perda deles não é fácil, ainda mais para você. Em especial porque você sente a responsabilidade em relação ao que aconteceu. E nunca é fácil sofrer por aqueles em cuja morte, em última instância, você teve uma participação. – Ele apoiou os braços na mesa. – Vejo muita raiva e incerteza quando trabalho com famílias que perderam entes por overdose. O que você precisa se lembrar, no fim das contas, é que essas pessoas eram amigos seus. Não importa o que tenha acontecido, você se importava com eles, e você pode, sim, sofrer a perda deles.

Assentindo devagar, eu disse:

– Eu posso fazer isso.

– Que dia? – ele emendou na sequência.

– Hum. – Enruguei o nariz. – Poderia ser nas noites de domingo? – Também refleti que as noites de domingo já eram depressivas de qualquer jeito.

– Por mim tudo bem. A segunda coisa que quero que você faça, na verdade, é um compromisso.

Levantei uma sobrancelha.

– Até o final do ano, quero que você visite o túmulo deles.

Meu estômago afundou imediatamente assim que o pensamento cruzou minha mente.

Um olhar compassivo encheu seus olhos.

– Eu sei. Quando a gente vê as sepulturas tudo fica muito definitivo, mas acho que, para você, é necessário. Você não pôde participar do funeral deles. Visitar o túmulo pode proporcionar para você ainda mais do que apenas fechamento.

Senti uma pressão apertar meu peito, mas assenti.

Eu posso fazer isso.

Porque eu tinha que fazer.

Porque eu tinha tomado a decisão de não permitir que as minhas escolhas feitas no dia 19 de agosto definissem minha vida ou a arruinassem.

ESTAVA MUITO NERVOSA NA HORA DO ALMOÇO, mas me forcei a comer o que eu achava que era lasanha, mas que parecia um calombo de queijo e carne moída. Sebastian voltou a sentar perto de mim, mas estava de costas. Estava no meio de uma conversa profunda com um dos garotos a respeito de bebidas hidratantes, ou alguma coisa assim. Keith estava prestando atenção.

Era a oportunidade perfeita.

– Então, hum, queria saber se vocês gostariam de ir comer alguma coisa depois da aula? – perguntei para Abbi e Dary, falando de um jeito tão desconfortável como se eu estivesse convidando alguém para um encontro.

Os olhos de Dary imediatamente se iluminaram por trás dos óculos.

– Acho que seria ótimo. – Ela olhou para Abbi. – Não tenho planos.

– Não sei. – Abbi estava descolando as camadas de lasanha com o garfo. – Acho que não vou estar com fome.

Dary curvou os ombros.

Eu estava preparada para isso.

– Poderíamos ir àquele lugar dos smoothies – sugeri, sabendo que Abbi nunca recusaria um smoothie fresquinho. – Não precisamos ir a um restaurante nem comer nada.

O rosto de Abbi estava tenso, mas seu olhar encontrou o meu. Meu lábio inferior tremeu quando inclinei para a frente e sussurrei:

– Por favor. Eu queria muito falar com vocês.

Seu queixo suavizou, e eu prendi a respiração, pois eu realmente achava que ela fosse me dispensar, mas logo ela fez que sim.

– Tá.

A onda de alívio que senti quase me varreu da cadeira enquanto Dary batia palmas como uma foca superanimada.

– Obrigada – sussurrei para ela.

Abbi não respondeu, mas fez um aceno afirmativo com a cabeça, e isso já era alguma coisa. Era suficiente por enquanto.

SMOOTHIES EM MÃOS, NOS ENCONTRAMOS em um dos estandes na parte de trás do pequeno restaurante. Abbi estava sentada em frente a mim e Dary. Eu tinha escolhido o Bom e Velho – um smoothie simples de morango. Dary foi mais criativa e escolheu algo com manteiga de amendoim na receita. Abbi pediu de manga.

Se Megan estivesse aqui, ela teria ignorado o smoothie e partido direto para os pães de folha, alegando que ela estava atrás de proteína.

Dary estava falando desde que nos sentamos, e no momento em que ela ficou quieta, Abbi perguntou:

– Então, por que você queria que a gente viesse aqui?

Eu tinha parado com o canudo a caminho da boca.

– Tem que ter um motivo?

– Não – Dary respondeu ao mesmo tempo que Abbi disse "sim".

Abbi elaborou um segundo depois.

– Há meses que você não quer fazer nada com a gente, então estou achando que existe um motivo.

– Isso é não é inteiramente verdade – Dary afirmou em tom suave.

– Talvez para você, mas eu quase não a vi. – Abbi encheu a boca de smoothie e engoliu.

– Tá. – Ergui a mão. – Essa eu mereci. Não fui uma boa amiga nos últimos meses. Eu sei disso. É por isso que eu queria conversar com vocês duas hoje. Eu… eu queria falar sobre o acidente. Sobre o que aconteceu naquela noite.

Dary deixou cair o braço sobre a mesa.

– Você não precisa falar. – Girando o corpo na minha direção, seus olhos já estavam brilhando. – Não precisamos fazer isso.

– Mas eu preciso. – Meu olhar encontrou o de Abbi. – Eu preciso tirar isso do meu peito.

E então eu comecei.

Falei o que eu tinha contado para Sebastian, e foi mais fácil simplesmente porque era a terceira vez que eu voltava aos acontecimentos daquela noite. Agora era menos doloroso me transportar de volta para aquele lugar. Apesar disso, não era mais fácil olhar para Abbi ou Dary nos olhos. Eu me forcei a fazer isso, pois Abbi já sabia a verdade e Dary poderia suspeitar, mas eu aceitei aquele peso amargo do silêncio e o coloquei na mesa entre nós, esperando que elas entendessem onde minha cabeça estava desde o acidente. Apesar disso, em nenhum momento eu esperei receber perdão ou aceitação.

Conforme eu falava, Dary empurrou os óculos para cima e cobriu o rosto, e eu sentia seus ombros tremerem de vez em quando. Continuar quando eu sabia que estava sendo difícil para ela era como andar sobre vidro quente estilhaçado.

– Estou tentando resolver tudo isso – terminei, sentindo minhas forças exauridas. – Sei que o fato de eu estar lidando com a minha culpa não é justificativa para excluir vocês da minha vida e eu... eu também nem espero que vocês aceitem nada disso. Eu só precisava ser honesta.

Abbi não estava olhando para mim. Ela parou de olhar quando eu cheguei na parte de perguntar ao Cody se ele estava bem para dirigir. Ela estava mexendo no canudinho, seus lábios apertados.

Minha garganta queimava.

– Eu sinto muitíssimo por tudo isso. É só o que eu posso dizer. Sei que não muda nada, não reescreve o que aconteceu, mas eu sinto muito.

Dary baixou as mãos. Seus olhos brilhavam.

– Eu não sei o que dizer.

– Você não precisa dizer nada – respondi, trêmula.

Ela enxugou as bochechas.

– Sabe, eu suspeitava. Quero dizer, eu sabia que você não bebia muito e sempre me perguntei por que não era você que estava dirigindo, mas eu... É uma droga ficar nessa situação. Não querer entrar em conflito com as pessoas, mas desejar fazer a coisa certa.

Abbi permaneceu em silêncio.

– Eu devia ter feito a coisa certa – eu disse.

A respiração de Dary a fazia estremecer inteira.

– Sim, você deveria.

Recostando-me na cadeira, soltei as mãos no colo. O que eu poderia dizer além disso? Além da verdade? Eu sabia, quando decidi entrar nessa, que poderia perder a Dary, como eu tinha certeza de que eu tinha perdido a Abbi.

Então Abbi finalmente falou:

– Você cometeu... um erro. Um puta de um erro – disse ela, ainda encarando a bebida amarelo-viva. – Mas você *só* fez isso. Você cometeu um erro.

Minha respiração enroscou na garganta. O que senti, eu não conseguia descrever. Não era exatamente uma absolvição, mas era algo poderoso.

Dary olhou para mim, as bochechas úmidas. Ela não disse nada, mas um momento se passou, e ela se inclinou para a frente e apoiou a cabeça no meu ombro. Um tremor se apoderou de mim, ameaçando me dominar.

– Tudo bem – Dary disse com a voz rouca. – Tudo bem. Então, eu gostaria de uma batata frita agora, e esse lugar não vende.

Uma risada chorosa escapou de mim.

– Batata frita parece a ideia perfeita.

Abbi sacudiu a cabeça e, com isso, as duas tranças grossas balançaram nas laterais de seu pescoço.

– Você acabou de beber um smoothie inteiro e quer batata frita?

– Preciso de sal neste momento. Preciso de toneladas de sal.

Abbi revirou os olhos.

– Sabe – Dary disse, levantando a cabeça de cima do meu ombro –, eu ainda te amo. Só queria que você soubesse disso.

Lágrimas subiram pela minha garganta e as suprimi, mas não confiava em mim mesma para falar, por isso, simplesmente fiz um aceno afirmativo com a cabeça.

O assunto na mesa mudou e, quando saímos da loja de smoothies, eu estava quase normal. *Quase* como era antes.

Mas eu ainda precisava conversar com a Abbi cara a cara antes de que elas partissem em busca das batatas.

Parei ao lado do meu carro.

– Abbi, você pode esperar um segundo?

Acenando um adeus para Dary, ela virou o corpo e ficou de frente para mim. Da mesma forma como havia acontecido lá dentro, uma parte dessa parede caiu. Não uma parte grande, mas uma parte.

– Eu sei que as coisas ainda estão estranhas entre nós, mas eu queria te perguntar sobre os seus pais. Como estão as coisas com eles?

Abbi abriu a boca e eu me preparei para alguma resposta irônica ou atravessada, mas ela disse:

– Minha mãe parou de "trabalhar até tarde". – Ela acrescentou as aspas com sinais dos dedos. – E eles não estão mais discutindo nem de perto como antes. Não sei se ela admitiu alguma coisa ou não, mas acho que estão tentando fazer dar certo.

Inclinei o corpo de novo na lateral do carro.

– Isso é bom, não é?

– É. Acho que sim. Pelo menos não temos que ouvir aqueles dois tentando não se matar. – Ela jogou a trança por cima do ombro.

– Fico feliz em saber disso. Sério.

Ela assentiu de novo e depois respirou fundo.

– Preciso te contar uma coisa, tá?

Fiquei tensa.

– Tá.

– Desculpa o que eu disse sobre ter entrado naquele carro com o Chris bêbado e não ser a mesma coisa. Eu sei que era a mesma coisa, e você estava certa… eu só tive sorte. – Ela engoliu em seco. – E eu realmente peço desculpas por ter dito aquilo para você. Eu não deveria.

Fechei os olhos com força por um breve instante.

– Tudo bem – eu disse, porque estava tudo bem.

– Eu… não fiquei com raiva por você ter entrado naquele carro. Tipo, eu estava com raiva. Acho que todo mundo ficaria com raiva no início. Mas o que mais me irritou foi o fato de você ter se fechado para mim. Você se fechou para todos nós.

– Eu sei – sussurrei. – É verdade.

– Você tem alguma ideia de como a gente se sentiu com isso? Eu não sabia como te ajudar. Você não deixava que eu ou qualquer outra pessoa sequer tentasse entender o que estava acontecendo, e foi o que mais me deixou contrariada. Eu perdi a Megan e pareceu que eu tinha perdido você também.

– Desculpa. Não foi minha intenção. Eu só…

– Eu entendo. Você não estava no seu estado de espírito normal, e eu… eu deveria ter feito o que a Dary fez. Deveria ter te dado espaço. – Ela abaixou o queixo. – Então eu peço desculpas por isso.

– Você não precisa pedir desculpas. – Dei um passo em direção a ela. – Não quero mais desculpas. Só quero que as coisas fiquem… bem entre nós.

– Eu também. – Abbi então deu um passo à frente e me abraçou. Foi rápido, não como costumava ser, mas era melhor do que nada e era um começo. Ela recuou. – Preciso ir andando, mas eu te mando mensagem depois e você vai responder, né?

– Vou.

Abbi me deu um sorriso rápido e logo estava se afastando, e eu meio que senti vontade de chorar, mas essas lágrimas teriam sido muito diferentes das lágrimas de antes.

Muito diferentes.

NA QUARTA-FEIRA À NOITE, SEBASTIAN estava sentado na cama, ouvindo enquanto eu contava como tinha sido a tarde com Abbi e Dary, e depois falei sobre o que o dr. Perry queria que eu fizesse.

– Foi uma semana e tanto para você – disse ele, quando eu terminei.

Eu estava sentada ao lado de Sebastian, pernas cruzadas, com um travesseiro por cima do colo.

– Foi mesmo.

– Como você está se sentindo depois de falar com elas?

Encolhi os ombros e segurei o travesseiro com mais força.

– Melhor. Aliviada. Pelo menos agora elas sabem de tudo. Eu sei que isso não muda nada, e sei que as duas estão decepcionadas, mas agora as cartas estão na mesa entre a gente e, sim, é um alívio – repeti.

– Entendo o que você está dizendo. – Ele inclinou a cabeça para o lado. – Às vezes, decepção vale o preço da verdade. – Ele apertou o travesseiro, e um sorriso pequeno começou a brincar no seu rosto. – Sabe, naquela nossa discussão, você disse uma coisa que era verdade.

Minhas sobrancelhas se levantaram.

– Acho que eu não disse nada que fosse verdade.

– Não. Você disse. – Ele tirou o travesseiro do meu colo e o colocou atrás dele. – Você estava certa sobre eu não contar ao meu pai a respeito do futebol americano.

Ah. Droga. Esqueci que eu tinha jogado isso na cara dele. Devo ter bloqueado da minha mente.

– Falei com o meu pai.

Tive um sobressalto.

– Sério?

– Sério. – Ele me olhou através dos cílios grossos. – E as coisas não se saíram exatamente bem.

Ajoelhada, eu cheguei mais perto dele.

– O que aconteceu? Me conte *tudo*.

Um breve sorriso apareceu no seu rosto quando me sentei na frente dele.

– Conversei com ele há algumas semanas, na verdade. Não tem muita coisa para falar. Só fui sincero.

– E só agora você está me contando isso? – Bati no braço dele. – Sebastian!

– Ei. – Ele pegou minha mão, rindo. – A gente não estava exatamente conversando muito nos últimos tempos, e você estava lidando com outras questões.

– Verdade. – Mas eu me senti mal, porque eu deveria ter tirado minha cabeça do meu próprio mundo por tempo suficiente para dar apoio a Sebastian. Não tinha como eu alterar o passado, mas poderia apoiá-lo agora.

– Ele surtou. Disse que eu não estava pensando direito e que o acidente tinha bagunçado a minha cabeça. Mas eu contei a verdade a ele: no momento, jogar futebol não era minha prioridade. – Ele baixou nossas mãos unidas sobre seu joelho. – Expliquei que eu estava pensando assim já fazia algum tempo.

– Nossa.

– Ele não falou comigo por uma semana inteira. – Sebastian riu e eu me encolhi. – Mas ele parece estar tentando aceitar. Ele finalmente voltou a falar comigo, e eu acho que minha mãe anda ajudando-o a assimilar.

Apertei a mão dele.

– Isso é enorme.

– É verdade – ele murmurou, mordendo seu lábio inferior. – Parece que meu pai não está a fim de entrar numa espiral descendente em relação a isso, então é algo bom.

Sorrindo eu perguntei:

– Então agora que você decidiu oficialmente não jogar futebol americano universitário, para que faculdade você está pensando em ir?

– Meu Deus, agora eu tenho muito mais oportunidades – disse ele, seu olhar passando por cima do meu ombro até o mapa sobre a minha mesa. – Posso ficar aqui e estudar na faculdade aqui perto por um ano, ou talvez possa tentar entrar na Virginia Tech ou... – Seus olhos azuis se fixaram nos meus. – ...Universidade da Virgínia. – Os côncavos em suas bochechas ficaram rosados quando fiquei boquiaberta. – Ou algum outro lugar. Quem sabe? Ainda tenho um pouco de tempo. Enfim... – ele disse, estendendo-se na cama. Ele puxou minha mão. – Quer assistir a um filme?

Observei seu perfil por um momento e depois assenti com a cabeça.

– O que você quiser.

O sorriso de resposta me aqueceu, e lhe deixei me puxar para eu ficar deitada ao seu lado. Estendi a mão, peguei o controle remoto de cima do criado-mudo e passei-o para Sebastian. Ele começou a consultar a lista de filmes grátis.

– Ei – eu disse.

Ele virou aqueles olhos lindos para mim.

– Estou orgulhosa de você. Eu só queria dizer isso. Estou muito orgulhosa de você.

O sorriso se transformou em outro radiante e permaneceu assim no rosto dele pelo resto da noite.

CAPÍTULO VINTE E NOVE

O Joanna's estava morto na noite do baile, tanto que Felícia praticamente me enxotou porta afora às nove horas.

Depois de pendurar meu avental, saí do restaurante e entrei no meu carro. O caminho até em casa foi rápido e, quando eu já estava na entrada da garagem, dei uma olhada no meu celular e vi uma mensagem de Dary que mostrava Abbi e ela com os vestidos bonitos, debaixo de um portal florido. Elas estavam naquela pose de casais, com o braço da Abbi passado por trás da cintura de Dary. Eu tinha mandado mensagem para as duas mais cedo, desejando que elas se divertissem. Dary respondeu imediatamente com um coração e uma carinha sorridente. E meia hora depois dessa última mensagem, Abbi escreveu uma resposta simples que espantou o peso das minhas veias.

QUERIA QUE VOCÊ ESTIVESSE AQUI.

Isso era um começo – um *grande* começo – em reparar a nossa amizade. E eu queria estar lá porque teria me divertido com elas, mas aquela noite eu planejava fazer algo que não fazia já há algum tempo.

Ler um livro.

E eu mal poderia esperar.

Eu ia ler enquanto comia pelo menos meio pacote de salgadinho de cebola. Talvez até o pacote inteiro. Eu não ia me repreender por não ir ao baile. E eu não pensaria em Sebastian no baile, muito provavelmente cercado por garotas.

Sebastian tinha passado em casa na noite anterior, depois do jogo. Não houve beijos nem conversas sobre o acidente ou sobre o pai dele. Apenas estudamos juntos.

Eu não fazia ideia sobre que caminho as coisas tomariam entre nós, ou a que ponto chegaríamos, se continuaríamos juntos ou se iríamos nos separar. Provavelmente sempre haveria uma parte de mim que iria querer mais, mas eu estava emocionada por ter meu melhor amigo de volta. Isso era... isso era bom o suficiente.

Desci do carro, andei até a frente da casa e estendi a mão para a porta, mas ela se abriu antes de eu sequer tocá-la.

Minha mãe estava ali na entrada, fazendo um gesto para eu entrar.

– Venha. Rápido.

Franzindo a testa, entrei apressada e fiquei boquiaberta assim que minha mãe tirou minha bolsa de mim.

– O que está acontecendo? – Olhei ao redor, meio esperando ver meu pai à espreita no corredor mal iluminado.

– Nada. – Minha mãe sorriu e segurou minha mão para me puxar até a sala de estar. Em seguida, ela pegou um amontoado de roupas e praticamente jogou nas minhas mãos. – Suba até o banheiro e vista isso.

– O quê? – Olhei para o que eu estava segurando. Parecia minha blusa térmica grande demais e uma legging preta que eu tinha quase certeza de que minha mãe tinha lavado enquanto eu estava no trabalho, porque essas roupas deviam estar sujas e jogadas no chão do meu quarto. – Não estou entendendo nada.

– Não faça perguntas. Só vá. – Ela me conduziu em direção às escadas e eu deixei que ela praticamente me empurrasse para cima. – Vou ficar esperando você no hall. Você tem quinze minutos.

Parei do lado de fora do banheiro e dei uma risada surpresa que pareceu um latido.

– Por quê? Isso é estranho... e você está...

– Entre no banheiro – Minha mãe mandou com um sorriso. – Ou vai ficar de castigo.

– O quê? – Ofeguei outra risada. – Você ficou louca?

Minha mãe cruzou os braços.

– Vou arrastar você para dentro e eu mesma vou te trocar.

– Meu Deus. Está bem, está bem.

Peguei a trouxa de roupas e entrei no banheiro, sem fazer a menor ideia do que ela estava pretendendo ou por que eu tinha que me trocar naquele momento. Será que eu estava fedendo tanto assim a frango frito? Eu quase não tinha feito nada no Joanna's, mas tomei um banho rápido mesmo assim, como eu sempre tomava quando chegava em casa. Prendi o cabelo em um coque, assim não precisava me preocupar em secar depois. Vesti as roupas e descobri que o embolado incluía um par de meias grossas. Vesti e puxei até as canelas.

Minha mãe estava me esperando no corredor.

– Você já vai me dizer do que se trata? – perguntei, puxando as mangas da minha blusa.

– Não. – Ela girou no lugar. – Siga-me.

Muito mais do que curiosa, eu a segui de volta para o andar de baixo e entrei na cozinha.

– Calce esses tênis. – Ela fez um gesto para um par perto da porta. – E depois vá lá fora.

– Estou um pouco assustada no momento. – Calcei meus tênis. – Tipo como se eu estivesse prestes a entrar numa armadilha.

– Ué, mas por que eu faria isso com a minha filha?

Disparei um olhar para ela por cima do ombro, mas abri a porta mesmo assim e parei de repente.

Sebastian estava esperando do lado de fora, no pátio que minha mãe nunca mais usava, vestido como eu, com exceção das leggings. Ele estava de moletom e uma touca de lã cinza. Olhando sobre o ombro de Sebastian, me pareceu que o quintal dele estava mais claro do que o normal, mas então eu vi o que ele estava segurando nas mãos.

Um corsage – um minibuquê de rosas em flor, de um vermelho vibrante e orvalhado, composto com mosquitinhos e folhas frescas.

Eu arrastei meu olhar para o dele.

Um sorriso tímido repuxava seus lábios.

– Já que você não foi ao baile, pensei em fazermos alguma coisa melhor.

Meu cérebro se esvaziou completamente de pensamentos.

– Comportem-se. – Minha mãe nos lançou um olhar demorado. – Divirtam-se.

Com olhos arregalados, eu me virei para Sebastian enquanto minha mãe fechava a porta atrás de nós.

– Pensei que você ia ao baile.

Ele sacudiu a cabeça e veio andando até mim.

– Não. Nós sempre podemos ir ao baile de formatura, não acha?

Nós. A forma como ele disse isso...

– Certo – sussurrei.

– Posso? – ele perguntou, e num estupor idiota, eu ergui o braço. Ele deslizou o corsage pela minha mão esquerda e prendeu no meu pulso. – Fica bem em você.

Piscando rapidamente, fiz um pequeno aceno negativo com a cabeça.

– Obrigada.

– Você ainda não pode agradecer. – Pegando minha mão, ele me levou dali, onde o piso de cimento estava rachado, até o portão entre nossos quintais. – Então eu pensei em uma coisa que seria muito melhor do que um baile.

Com um nó na garganta, eu o segui, absolutamente atônita.

– Na verdade, tenho vontade de fazer isso há algum tempo e pensei que seria a chance perfeita. – Ele abriu o portão e me puxou para o outro lado. – O que você acha?

Fiquei boquiaberta quando me deparei com aquela visão diante de mim. Luzes cintilantes estavam penduradas de um galpão até as árvores, lançando um brilho suave no pátio estreito. No centro, a alguns metros do pátio, havia uma barraca. Uma luz se acendeu lá dentro.

– Acampamento? – sussurrei.

Sebastian soltou minha mão, colocou as suas nos bolsos e fez que sim.

– Lembra de como a gente fazia isso quando era criança?

– Lembro. – Claro que eu lembrava. – Todo sábado à noite. Ou o seu pai ou o meu vinha aqui e montava tudo para nós.

– A gente assava marshmallows. – Ele me deu um cutucão de leve com seu ombro. – Até aquela vez que você pôs fogo no cabelo.

– Eu não pus fogo no cabelo! – ri, e foi uma risada real e profunda que me chocou e me fez ficar quieta. Quando eu tinha rido assim pela última vez?

– Eu me corrijo. Foram apenas alguns fios. Dá na mesma. – Ele se inclinou na minha direção desta vez, e eu me virei de leve, encostando a lateral da cabeça no seu braço. – Não vamos assar marshmallows desta vez, mas vai ser tão bom quanto.

– O quê? – Minha voz era rouca.

– Você vai ter que esperar para ver – ele respondeu. – É uma surpresa.

– Outra?

– Outra.

Meu Deus.

Erguendo minha mão direita, eu esfreguei a palma sobre os olhos. Lágrimas suaves estavam presas nos meus cílios.

– Você está bem?

– É claro. – Me controlei ao dar um passo adiante e olhar para a porta dos fundos. – Onde estão os seus pais?

– Eles saíram juntos. Vão chegar em casa mais tarde.

– E eles sabem disso?

Ele riu.

– Sabem. Minha mãe queria ficar e tirar fotos da gente na frente da barraca, já que ela acha que a gente trapaceou e assim ela não vai ter fotos nossas no baile do colégio.

Outra risada irrompeu de mim, sacudindo meu corpo inteiro. Quando o riso se foi como cinzas ao vento, eu vi Sebastian me olhando nas luzes cintilantes.

– Senti falta desse som – disse ele, inclinando seu corpo na direção do meu. – A sua risada. Senti mais falta do que eu até mesmo me dei conta.

Sentindo-me um pouco sem fôlego, levei meu olhar ao seu.

– Eu também.

– Que bom. – Seus olhos procuraram os meus e então ele soltou um suspiro pesado. – Pronta para dar uma olhada na barraca?

Brincando com um cordão de mosquitinhos no corsage, comecei a segui-lo até que, de repente, floresceu uma suspeita, e eu parei para olhar para Sebastian.

– Você... falou com a Felícia?

Ele sorriu, mãos ainda enfiadas nos bolsos, obviamente satisfeito consigo mesmo.

– Talvez.

– Você falou! – Meus olhos se arregalaram. – Foi por isso que ela me liberou duas horas mais cedo. Como você fez isso?

– Quinta-feira à noite eu passei lá e pedi – disse ele, olhos cintilando na luz tênue.

– E obviamente você falou com a minha mãe.

Ele fez que sim mais uma vez.

– Alguns dias atrás. Ela disse, literalmente: "Você é um menino muito doce". Não que precisassem me falar isso.

– Você *é* um menino doce.

Rindo, ele levantou a aba da tenda.

– Você primeiro.

Tirei meus tênis sem usar as mãos e me abaixei para entrar na barraca. Dentro, eu conseguia ficar em pé. Não se podia dizer o mesmo de Sebastian, então ele se ajoelhou ao meu lado. Quando inalei o cheiro de mofo, fui imediatamente inundada por memórias das longas noites de verão passadas em uma barraca muito menor.

Havia um colchão inflável no chão, junto com dois sacos de dormir e um edredom que eu reconhecia vagamente da casa de Sebastian. Havia travesseiros empilhados de um lado do colchão. Uma pequena lanterna de LED estava em cima de uma mesa dobrável de plástico. Uma pilha de comida esperava no canto – batatas, refrigerantes, potes de plástico e até mesmo um pacote de salgadinho de cebola.

Foi basicamente quando eu soube que amaria Sebastian para sempre.

Ele estendeu a mão para as comidas, pegou um recipiente e abriu a tampa.

– Minha mãe fez brownies de marshmallow.

Senti água na boca.

Brownies de marshmallow? Isso me parece o paraíso.

– São incríveis. – Ele tampou de novo e pegou outro. – Da última vez que ela os fez, eu comi tanto que achei que fosse vomitar.

Dei risada e fiquei vendo-o abrir outra tampa. Essa tinha morangos e pedaços de melancia.

– Fui eu mesmo que cortei – disse ele, sentado na beira do colchão. – Acho que eu mereço um tapinha na cabeça só por ter feito isso.

Sorrindo, dei batidinha no topo do gorro e depois olhei pela barraca novamente. Uma onda de emoção fechou minha garganta. Isso era incrível, perfeito e tão incrivelmente atencioso da parte dele.

Eu meio que senti vontade de chorar.

– Isso é...

– O quê? – Sebastian olhou para mim.

– Obrigada. – Larguei o corpo no colchão ao lado dele. Inclinando o corpo para a frente, apertei as bochechas dele. – Muito obrigada. Nunca esperei que você fosse fazer algo assim, e eu sei que eu não...

– Não diga isso. – Ele envolveu as mãos nos meus pulsos. Nossos olhos se encontraram. – Não vamos ter nada disso hoje. De jeito nenhum. Somos só você e eu e uma tonelada de calorias esperando para serem consumidas. Nada mais. Sem passado. Nada.

Simplesmente parei de pensar. Naquele mesmo instante. Naquele lugar.

E eu só *agi*.

Cobrindo a distância entre nós, beijei Sebastian nos lábios, deixando para trás não apenas a enorme gratidão, mas tudo o que eu sentia por ele. Não houve nem um momento de hesitação nele. Uma das mãos se moveu para minha nuca, e ele saiu do colchão, ajoelhando na minha frente. Sua boca era macia e firme de uma só vez, e quando meus lábios se afastaram, o beijo se aprofundou.

Foi ele que, algum tempo depois, se afastou, e quando ele falou, sua voz era deliciosamente embargada.

– Acho que era melhor a gente começar a comer.

– Tudo bem. – Eu teria concordado com quase tudo a essa altura.

Nós nos afastamos e eu comecei a mexer nos pacotes de salgadinhos e nos potes com tampa. Enquanto comíamos, falamos sobre absolutamente nada importante, e foi *glorioso*, pois fazia muito tempo desde a última vez em que pude simplesmente... simplesmente *existir*. Desde a última vez em que pude falar sobre meu programa de TV favorito ou os livros que estavam no meu quarto, ainda não lidos, e ouvir Sebastian ir e voltar falando sobre o que ele gostaria de estudar na faculdade, sem que minha mente ficasse presa no passado.

Quando eu já estava cheia de tanto comer, e Sebastian começava a fechar os pacotes, eu perguntei:

– Vamos realmente dormir aqui fora?

Sebastian deu uma risadinha.

– Claro que sim. – Inclinando a cabeça na minha direção, ele ergueu as sobrancelhas. – A menos que você não esteja confortável.

– Estou confortável – eu disse. E eu estava e não estava ao mesmo tempo, pois ficar ali fora com ele a noite toda não era nada igual a como quando éramos crianças.

Ele baixou os cílios.

– Você tem certeza disso?

– Sim. – Escorreguei mais para baixo. – Só estou aqui me perguntando como nossos pais podem concordar com isso.

– Eles confiam em nós.

Ri sem humor.

Sebastian se arrastou pelo comprimento do colchão e se esticou de lado.

– Quero que você saiba que eu não espero que você fique aqui a noite toda – disse ele. – Você pode ficar por quanto tempo quiser e ir embora a hora que quiser.

Relaxando ao lado dele, pensei que fazia muito tempo que eu não me imaginava passando uma noite em uma barraca novamente. Quando éramos crianças, eu não o imaginava sem camisa, ou pensava em coisas que agora estavam passando pela minha cabeça. Girei de lado e fiquei de frente para ele. Eu não tinha ideia de por quanto tempo eu ficaria, mas sabia, no fundo, que não importava o que eu decidisse fazer esta noite, Sebastian estaria de acordo.

Sem expectativas.

Exceto uma.

Senti minhas bochechas esquentarem antes que eu sequer pronunciasse a pergunta.

– Tudo... tudo bem se eu me considerar sua namorada?

O sorriso que percorreu seu rosto impressionante quase roubou meu fôlego.

– Estou tentando te chamar de minha namorada desde que eu percebi que gostava de garotas.

Minha felicidade borbulhava, e eu não deixei que nada a sufocasse. Nada. Me esticando sobre o espaço mínimo que havia entre nós, encostei a mão em seu peito, acima do coração. Sua mão curvou-se sobre a minha. Minha coragem se elevou e me fez dar um grande passo a me permitir fazê-lo.

Mantive os olhos abertos e disse o que eu queria ter dito por muitos anos. Palavras que, por um tempo, eu pensei que já não merecia.

– Eu te amo – falei. – Eu amo você desde que me lembro.

Sebastian se mexeu no mesmo instante.

Uma das mãos formou uma concha sobre minha bochecha, e então estávamos nos beijando. Não havia nada de habilidoso nesses beijos. Nossos lábios e nossa boca colidiram. Ele tinha gosto de chocolate e sal, e quando o beijo se aprofundou, ele se aproximou ainda mais.

Sebastian passou um braço debaixo do meu corpo e nos fundimos um no outro, peito com peito, quadril com quadril. Ele me rolou de costas e continuou, e nossas mãos eram ávidas, deslizavam debaixo das roupas, pele com pele, com um ímpeto inebriante.

Minhas mãos percorriam o comprimento de suas costas e a lateral do seu corpo. Sua mão viajou pelo meu quadril, sobre minha coxa. Ele enlaçou minha perna na sua cintura, nos fazendo ficar ainda mais próximos, embora eu não pensasse que isso era possível. Sua blusa saiu e depois a minha. E então estávamos realmente pele com pele, de um jeito que nunca tínhamos feito antes.

Tremores intensos percorreram minha pele quando os pelos curtos e ásperos do seu peito tocaram em mim. Uma sensação desenfreada atingiu meus sentidos.

– Não foi por esse motivo que fiz isso esta noite – disse ele, sua voz diferente de tudo o que eu já tinha ouvido dele antes. – Não precisamos fazer nada. Nós não...

– Eu sei. – Curvando minha mão ao redor de sua nuca, eu abri os olhos. – Eu sei.

Puxei sua boca de volta na minha, e dessa vez, quando nos beijamos, algo havia mudado. Foi desinibido e com mais... com mais *propósito*, e eu me senti selvagem do jeito mais maravilhoso. Eu não fazia ideia de que caminho essa noite seguiria, onde acabaríamos, mas eu confiava nele. Ele confiava em mim.

– Eu te amo – sussurrei na sua boca.

Sebastian fez um som, profundo e áspero, na minha boca, e seus quadris se encaixaram entre minhas pernas e seu peito mais uma vez estava pressionado no meu. Ele se mexeu e eu estava caindo, nadando, me afogando em sensações.

E eu vivia.

Eu amava.

E estava tudo bem, mais do que *bem*.

Era lindo.

Era a *vida*.

CAPÍTULO TRINTA

Folhas marrons flutuavam de galhos próximos quase nus, caindo ao chão silenciosamente. Era a quarta antes do Dia de Ação de Graças, e na segunda, eu tive minha última sessão com o dr. Perry.

Eu tinha minhas tarefas.

E as seguia de forma obediente.

Eu tirava os domingos à noite para realmente me lembrar dos meus amigos e, Deus, no início não tinha sido divertido. Desde o acidente, eu evitava olhar para o Facebook ou Instagram deles, ou qualquer foto em que eu aparecesse junto com eles. Eu não havia lido suas mensagens antigas no meu celular ou os e-mails.

No primeiro domingo, eu só aguentei uma meia hora antes de jogar meu velho álbum de fotos de lado. Eu não chorei. Eu não tinha ideia do porquê, especialmente porque meus olhos eram um parque aquático com vontade própria. Na segunda noite de domingo, quando entrei nos perfis das redes sociais, não consegui segurar. Ver suas últimas postagens me matou.

Megan tinha postado sobre *Dance Moms* naquela tarde de sábado. Era nisso que ela estava pensando, sem fazer ideia de que iria morrer naquela noite, e eu acho que foi isso que mais mexeu comigo. Nenhum de nós tinha nem mesmo a menor ideia de que nossa vida estava prestes a ser irrevogavelmente transformada.

Cody tinha feito uma postagem no Instagram na noite anterior, uma foto dele segurando um copo vermelho, sorrindo para a câmera. Ele estava com o Chris. Ambos estavam tão alegres e tão felizes. Eu em concentrei no sorriso deles, pois era o que precisava ficar na minha memória.

Phillip tinha compartilhado um vídeo de pegadinhas, exibidas com a legenda: "Rachei o bico". Essas foram suas últimas palavras na internet. *Rachei o bico.*

A pior parte de ver os perfis foi percorrer todas as mensagens deixadas por outras pessoas depois do acidente. Todas as palavras de luto e tristeza, o #DescanseEmPaz e o choque que foi deixado no rastro de suas mortes.

Aquilo acabou comigo de novo.

Eu havia passado a maior parte da noite sentada no sofá comendo chocolate, nos braços da minha mãe, falando sobre eles. Acordei na manhã seguinte esperando me sentir um lixo, mas eu me sentia um pouco melhor.

Um pouco mais leve.

Mas eu ainda não havia visitado os túmulos.

Quando saí da sala com os piores cartazes motivacionais de todos os tempos, o sorriso que recebi do dr. Perry era tão real quanto os outros do passado, mas tinha sido um pouco diferente.

Havia confiança nesse sorriso.

Não esperança ou aprovação, mas confiança. Em mim.

Confiança de que eu encontraria fechamento e algo semelhante a paz. Talvez eu já tivesse encontrado um pouco de paz. No momento, sentia mais tranquilidade do que jamais teria imaginado possível.

Sebastian estava sentado na velha cadeira de madeira, seus pés apoiados no cercado da varanda. Eu estava sentada de lado sobre seu colo, minhas pernas curvadas sobre o braço da cadeira. Uma manta de chenille macio estava jogada sobre nós.

Estávamos lendo.

Juntos.

E havia algo tão nerd e perfeito sobre o que estávamos fazendo que eu poderia ter me apaixonado de novo.

Fechei o livro paranormal que eu estava lendo, coloquei-o no colo e olhei para Sebastian. Ele estava exibindo seu rosto de concentração. Sobrancelhas franzidas. Lábios pressionados em uma linha fina. Era bonitinho. Pra lá de bonitinho. Ele estava lendo uma história em quadrinhos, e a segurava aberta com uma das mãos. Seu outro braço envolvia minha cintura, debaixo do cobertor. Seus dedos se moviam continuamente no meu quadril, desenhando um círculo lento, como se para eu saber que, embora ele estivesse focado no livro, estava plenamente consciente de mim no seu colo.

Porém, eu queria mais atenção.

Pressionando meus lábios na sua bochecha suave, sorri assim que o ouvi fechar o livro com um estalo. Seu braço apertou em volta de mim.

– O que você está fazendo? – ele perguntou.

– Nada. – Beijei a linha dura de seu maxilar.

Ele virou a cabeça na direção da minha.

– Então eu gosto da sua ideia de "nada".

Dessa vez eu o beijei na boca, e ele retribuiu de um jeito que me fez desejar que minha mãe não estivesse em casa.

Deslizando minha mão ao longo de sua bochecha, recuei só o suficiente para apoiar minha testa na dele.

– Que horas é o jantar amanhã?

– Seis. Tem certeza de que você não quer vir? – A família ia passar o jantar de Dia de Ação de Graças na casa dos avós dele. – Você é mais do que bem-vinda. Eles adorariam ver você.

– Eu sei. – Arrastei o polegar em sua mandíbula. – Eu quero ir, mas meu pai vai estar aqui amanhã. Minha mãe ficaria maluca se eu tentasse estar em qualquer outro lugar.

Ele beijou o canto da minha boca.

– Verdade. – Outra pausa, para que ele pudesse beijar o outro lado da minha boca. – Estou um tanto surpreso porque sua irmã não está aqui olhando para nós e desenhando corações no ar com os dedos dela.

Eu ri.

– É só porque minha mãe precisa dela na cozinha fazendo tortas.

– Acho que precisamos visitar essa cozinha – ele disse depois de uma breve pausa.

– Acho que você vai mudar de ideia depois de experimentar a torta da minha irmã. – Enlaçando o braço em seu pescoço, apoiei a bochecha no seu ombro, e ele deu risada. – Não sei por que a minha mãe está deixando que ela faça a torta. Meio que parece um castigo.

Outra risada retumbou no seu peito.

– Vou trazer pra você um pouco da torta da minha avó.

– Abóbora?

– Abóbora e nozes.

– Mmm. – Meu estômago roncou. – Parece incrível. Você me traz um pouco de chantilly gostoso? Minha mãe compra marcas genéricas e é uma porc...

A porta da varanda se abriu e eu ergui a cabeça com surpresa, meio esperando ver minha irmã ou minha mãe. Mas era meu pai.

Meu pai.

Era meu pai saindo do meu quarto e entrando na varanda enquanto eu estava esparramada no colo do Sebastian.

Puta merda.

Meu corpo inteiro sacudiu quando fiz um esforço para me levantar. O que eu consegui fazer foi cair do colo de Sebastian e quase acertar a cara no chão depois que minhas pernas ficaram enganchadas no cobertor. A última coisa que eu queria era meu pai, mesmo que ele fosse exímio no espetáculo do pai ausente, entrando quando eu estava esparramada no colo do meu namorado.

Sebastian baixou o queixo e me ajudou a desvencilhar as pernas do cobertor. Eu sabia que ele estava escondendo um sorriso, e eu ia lhe dar um tabefe na cabeça.

Os olhos castanhos do meu pai migraram de onde eu estava em pé para onde Sebastian estava se levantando.

– Sua mãe mencionou que vocês dois estavam se vendo.

Foi assim que ele me cumprimentou, *nos* cumprimentou.

Eu não o via nem falava com ele desde a visita ao hospital, e essa foi a primeira vez que o assunto saiu da sua boca.

Não fiquei exatamente surpresa.

Sebastian caminhou ao redor da cadeira e estendeu a mão para o meu pai.

– Oi, sr. Wise.

Meu pai apertou a mão de Sebastian e deu um leve sorriso.

– Sebastian, meu garoto, é bom te ver.

– Digo o mesmo – respondeu Sebastian, encerrando o aperto de mão com o meu pai e encontrando a minha. Nossos dedos se entrelaçaram, e ele apertou minha mão gentilmente.

Um calor atingiu minhas bochechas.

– Eu não sabia que você estava aqui. Achei que você não viria até amanhã.

– Cheguei agora há pouco – ele explicou. – E eu esperava falar um pouco com você a sós enquanto sua mãe e sua irmã estão ocupadas destruindo a cozinha.

Sem saber ao certo se eu queria falar a sós com ele, eu hesitei por um momento. Então eu assenti, pois eu poderia superar tudo isso logo de uma vez. Meu pai não ia a lugar nenhum, pelo menos não no próximo dia, ou no outro.

– Tudo bem. – Olhei para Sebastian. – Mando mensagem mais tarde.

Seus olhos procuraram os meus e ele continuou segurando minha mão. A preocupação franziu suas feições. – Tem certeza?

– Tenho – respondi a ele em voz baixa. – Está tudo bem.

Sebastian parecia relutante, não que eu pudesse culpá-lo. Ele sabia que a palavra *tensa* não era suficiente nem de perto para descrever a relação que existia entre mim e meu pai, mas ele baixou a cabeça e pressionou um beijo na minha bochecha.

– Tudo bem. Vou ficar esperando.

Ele se despediu do meu pai e desceu a escada, me deixando sozinha na varanda com meu pai. Sem saber o que dizer ou fazer, eu me abaixei e peguei o cobertor para dobrá-lo.

Já que minha cabeça estava tão envolvida no acidente e todas as coisas relacionadas a ele, eu não tinha realmente me dado muito espaço para refletir sobre o que minha mãe tinha admitido e tudo o que isso significava.

– Como você está? – ele perguntou, apoiando-se na grade da varanda.

– Bem.

– Você e o Sebastian estão mesmo juntos? – Ele riu assim que terminou de falar. – Bem, espero que seja o caso, já que eu peguei vocês em flagrante.

Minhas bochechas ficaram vermelhas, e lutei contra o desejo de salientar que minha mãe já tinha contado para ele, mas não queria mais... não queria mais ter tanta raiva, tanta mágoa. Embora o dr. Perry e eu nunca tivéssemos falado sobre o meu pai, eu sabia o suficiente para ter consciência de que, se eu tinha que superar o acidente de agosto, tinha que superar, bem, toda essa situação com o meu pai.

– Sim, começamos oficialmente a... hum, nos ver não faz muito tempo – eu disse finalmente, olhando para os tênis desgastados que o papai estava calçando. – Estou... muito feliz com ele. – Uma descarga de culpa me atravessou como uma flecha. Admitir felicidade ainda era difícil. Provavelmente seria difícil por muito, muito tempo.

– Ele é um bom garoto. Não posso dizer que estou surpreso. Sempre achei que vocês dois acabariam juntos.

Minhas sobrancelhas levantaram.

– Sério?

– Bem, eu *esperava* que vocês fossem acabar juntos – ele esclareceu. – Como eu disse, ele é um bom garoto. Ele vai ser um bom homem.

Mudei o peso do corpo de um pé para o outro.

– Você parece muito melhor – disse ele, rapidamente mudando de assunto. – Sem gesso e sem hematomas. Em pé e se movimentando por aí. Fico aliviado por ver isso.

Segurando o cobertor na altura do peito, olhei para o meu pai; olhei de *verdade*. Sua aparência era a mesma de quando ele entrou no hospital, lá em agosto. Um pouco mais velho e um pouco mais cansado, mas tinha a mesma postura rígida. A conversa ainda era artificial.

Para ser sincera, ele meio que sempre tinha sido assim. Quando éramos menores, Lori é que era a garotinha do papai. Eu era a garotinha da mamãe. Lori e eu sempre escolhíamos lados quando íamos ao restaurante, ao zoológico ou ao parque de diversões. Ela escolhia meu pai. Eu ficava perto da minha mãe. Ele e eu nunca tínhamos nos conectado de verdade, e não era culpa dele. Eu poderia ter atendido o telefone quando ele ligava, ainda mais depois que minha mãe me falou por que ele foi embora. E ele provavelmente poderia ter sido um pai melhor para mim e se recusado a recuar quando eu estava sendo uma pirralha mimada.

Seus olhos, iguais aos meus, sustentaram o olhar.

– Eu estava preocupado com você.

– Estou melhorando. Eu não estou... cem por cento, mas estou melhorando.

Ele sorriu levemente, mas a tristeza permaneceu nos seus olhos.

– Eu sei que você está. Você é muito forte e eu não acho que se dê o devido valor por isso.

– Não sei. – Eu me sentei na cadeira, colocando o cobertor no meu colo. – Se eu fosse mais forte, eu provavelmente não acabaria na situação em que acabei.

Ele pareceu considerar a minha fala.

– Talvez essa parte seja verdade, mas você tinha que ser forte para superar.

Pressionando meus lábios, eu assenti.

– Você é mais forte do que eu – disse ele, e eu tive um sobressalto de surpresa. Meu pai não estava olhando para mim. Ele colocou as mãos na grade e olhou para o quintal. – Você sabe de uma coisa que seu avô costumava falar o tempo todo e que eu odiava? Ele sempre dizia: "Amanhã vai ser um dia melhor". Toda vez que eu estava chateado com alguma coisa ou algo de ruim acontecia, ele falava isso. "Amanhã vai ser um dia melhor". No início eu não odiava. De jeito nenhum. Eu vivi dessa maneira por muito tempo. – Ele se virou devagar e me encarou. – Você entende o que quero dizer?

Meu olhar se voltou para o tênis novamente. Fiquei em silêncio.

– Toda vez que alguma coisa ficava difícil ou dava errado ou não era o que eu queria, eu falava para mim mesmo que amanhã as coisas ficariam melhores. Só que não deixava nada melhor. Não resolvia o que estava errado. Se eu estava desconfortável com alguma coisa, ou se eu simplesmente não queria fazer, o amanhã sempre chegava e eu continuava sem ter feito.

Fechando os olhos para me proteger da pontada repentina, soltei um suspiro duro.

– Mas é um bom sentimento, não é? Viver a vida falando que amanhã vai ser um dia melhor, sempre que acontece alguma coisa ruim. Sempre que nos enchemos de decepção. Mas o dia de amanhã nunca é garantido. – Ele parou para respirar fundo. – Querida, você aprendeu essa lição jovem demais.

Nós quatro vamos ser sempre nós quatro.

Não importa o que aconteça.

Já não seríamos mais nós quatro. Nunca. Meu pai estava certo. Eu sabia que o dia de amanhã nunca estava garantido.

– Nem sempre temos o amanhã. Às vezes não é por causa de uma morte. Às vezes, são as decisões que tomamos por nós mesmos. – Ele levantou a mão e esfregou o rosto, um hábito que eu percebi naquele instante que eu havia herdado dele. – Odeio essa frase porque é como eu levava as coisas com você. Amanhã eu iria resolver o que estava quebrado entre nós. Mas, quando o amanhã chegava eu nunca resolvi.

Os meus olhos começaram a arder.

– Eu... eu não acho que eu tenha facilitado para você.

– Não importa. – Tom ríspido, ele prosseguiu e disse: – Eu sou seu pai. Isso cabe a mim. Não a você. Então eu quero... Quero que o hoje seja o amanhã que eu fico adiando. O que você diz?

Meu pai estendeu a mão e, por um longo momento, tudo o que eu pude fazer foi olhar fixo, e depois eu soltei o cobertor e coloquei a mão na dele.

CAPÍTULO TRINTA E UM

Sentada no quarto, segurei meu celular no peito e olhei para o mapa em cima da mesa. Os círculos que Sebastian e eu tínhamos desenhado foram ficando todos borrados conforme eu inspirava trêmula e dolorosamente.

Enfim eu tinha conseguido.

Eu havia lido as mensagens de Megan.

Havia várias delas, já que meu celular estava programado para guardar as mensagens até eu ser forçada a deletá-las.

As lágrimas que tinham brotado e caído haviam se misturado com o riso enquanto eu lia algumas das mais aleatórias e sem sentido. Eu queria pegar o celular e vê-la uma última vez. Queria ver a Megan *verdadeira*. Não uma foto. Não um conjunto de letras e frases.

Mas eu sabia que não poderia.

As memórias teriam que ser suficientes.

Exalando o ar pesadamente, coloquei meu celular na mesa e liguei--o no carregador. Empurrei a cadeira com rodinhas para trás e a virei de frente para a porta do closet. Estava entreaberta, transbordando de roupas e livros.

Quando saí para a escola no dia anterior, eu tinha dado um grande passo. Um passo que não tinha sido designado pelo dr. Perry, mas que eu sentia que seria uma das melhores formas de honrar a memória de Megan, ou pelo menos de fazer o que era certo em nome dela.

E certo para mim.

Saí da cadeira e fui andando na ponta dos pés até o closet, minhas meias grossas fazendo barulhinhos pelo chão. Abri a porta, me ajoelhei e empurrei os jeans amontoados para o lado. Cuidadosamente, empurrei a pilha de livros contra a parede e me inclinei para a frente. Estendi a mão às cegas, sabendo que tinha encontrado o que eu estava procurando no momento em que meus dedos as alcançaram. Com meu prêmio em mãos, eu me sentei e olhei para baixo.

Minhas joelheiras estavam esfoladas de deslizar no assoalho do ginásio, mas tinham durado meus quase quatro anos de vôlei. Durariam pelo menos mais um ano.

No dia anterior, eu tinha visitado o treinador Rogers depois da aula.

A temporada tinha chegado ao fim, mas ele conhecia as diferentes ligas amistosas que aconteciam durante todo o ano no condado. Uma delas começaria em fevereiro, e eu planejava ir para as peneiras, o que significava que precisava entrar de novo em forma, e o treinador me preparou um plano para que isso desse certo.

Eu não conquistaria uma bolsa de estudos, mas estava disposta a fazer os testes em qualquer faculdade que me aceitasse. Minhas esperanças ainda eram a Universidade da Virgínia, e eu ainda tinha um pouco de espera antes de descobrir se tinha conseguido uma admissão antecipada.

No dia seguinte, eu chegaria ao ginásio da escola e correria de bom grado até as arquibancadas com essas joelheiras. E o faria pensando que Megan ficaria... ficaria *orgulhosa* de mim.

Mas o dia de hoje ainda não havia chegado ao fim.

Hoje estava apenas começando.

Eu estava sentada no Jeep, observando as colinas verdejantes e ondulantes no horizonte das sepulturas e lápides de pedra. Árvores desfolhadas pontuavam a paisagem. Uma camada fina de neve formava um carpete sobre o chão.

O inverno tinha chegado rápido e com força, espalhando gelo sobre a grama e congelando as rodovias. Era 19 de dezembro, exatamente quatro meses depois de tudo ter mudado.

Não fui eu que planejei assim. Vir ao cemitério nesse dia era mais como um acidente. Agora, porém, sentada no Jeep quentinho e olhando pela janela, eu imaginava que fosse um tanto adequado que eu terminasse aqui nessa data.

Engoli com força olhando para o cemitério.

– Hoje encontrei as minhas joelheiras.

– Não acredito que você conseguiu encontrar alguma coisa naquele armário – ele brincou, e um pequeno sorriso se abriu nos meus lábios. – Vou com você amanhã.

Virei o rosto para ele e meu olhar imediatamente se conectou com seus olhos azuis.

– Não precisa fazer isso. Tenho certeza de que ficar sentado no ginásio ou correndo de um lado para o outro nas arquibancadas é a última coisa que você quer fazer.

– Se eu não quisesse, não teria oferecido – ele retrucou. – Além do mais, não estou aqui para dar apoio moral. É muito possível que você caia e se machuque.

– Você que sabe. – Revirei os olhos e meu sorriso se estendeu um centímetro, antes de sumir de novo quando concentrei meu olhar nos túmulos silenciosos. Eu ainda tinha dificuldades de aceitar uma oferta de ajuda, pois era isso que Sebastian estava fazendo. Ele estava se oferecendo para estar lá comigo, *por* mim, porque ele sabia que seria difícil, tanto física como emocionalmente. Exatamente como ele sabia que o que eu estava fazendo naquela ocasião não seria fácil.

E eu não iria me fechar para ele. Uma das coisas que tinha aprendido era que, quando alguém oferecia a mão, a gente pegava. E às vezes era difícil enxergar a oferta ou aceitá-la, mas a vida era mais fácil quando a gente conseguia.

– Certo – sussurrei. O silêncio caiu entre nós.

Sebastian curvou a mão sobre meu joelho.

– Você está pronta para fazer isso?

Desviando o olhar da janela, eu assenti.

Ele me observava atentamente.

– Não precisamos fazer isso hoje. Podemos voltar...

– Não. Se eu não fizer isso hoje, vou continuar protelando até amanhã e nunca mais vou fazer. – Pensei no meu pai, nas ligações telefônicas semanais que agora tínhamos instituído, mesmo quando nenhum de nós tinha nada para dizer. Nosso relacionamento era, de fato, um trabalho em andamento.

– Certo. – Inclinando-se para a frente, ele deslizou a mão na minha nuca e trouxe minha boca na sua. O beijo foi doce e breve. Ele recuou. – Você está bonita com o meu gorro.

Dei risada e coloquei a mão no gorro cinza de lã que eu tinha pego no quarto dele. E Sebastian estava usando um preto agora.

– Sério?

– É claro. – Ele puxou os lados para baixo, a fim de ajeitá-lo.

Meu sorriso sumiu e meu olhar desviou para o para-brisa. Inspirei fundo. Um estremecimento me percorreu e eu girei de novo para Sebastian.

– Você não está fazendo isso sozinha – ele sussurrou, olhos intensos e o corpo imóvel. – Eu estou aqui. Abbi e Dary estão aqui.

E minhas amigas estavam. Elas vinham no carro atrás de nós, esperando que eu abrisse a porta e saísse. As coisas tinham melhorado entre mim e Abbi. Estávamos fazendo coisas juntas novamente, falando uma com a outra como se fôssemos amigas de verdade, e eu sabia que em algum momento voltaria a ser como antes. Eu sabia em cada parte do meu ser. Só precisava de um pouco mais de tempo, pois quando havia excluído Abbi do meu mundo, eu a magoei de verdade. Fazer os reparos nessa situação definitivamente levava tempo.

Da mesma forma como assimilar e processar tudo isso levava tempo.

Viver quando os outros morriam não era algo que a gente acordava um dia e superava, mesmo que às vezes parecesse que era assim. Mesmo quando eu me dava conta de que tinha passado um dia inteiro ou talvez dois sem que eu pensasse na Megan ou nos meninos. E às vezes eu ainda me sentia culpada. E às vezes eu ainda chorava quando pensava em tudo o que eles poderiam viver e todas as oportunidades que tinham sido apagadas do futuro deles em questão de segundos.

A questão é que era preciso tempo, família, amigos e amor para aceitar o fato de que a vida seguia em frente. A vida continuava, e não podíamos ser deixados para trás vivendo em um passado que não existia mais.

Mas a outra culpa que eu carregava dentro de mim? Essa ainda era um trabalho em andamento, mais difícil de desenredar e muito mais complicado de resolver. Aceitar meu papel naquela noite era algo que ainda causaria dor por algum tempo. A culpa era algo que eu teria que remover de mim. E deixaria algumas cicatrizes, mas eu ainda estava aprendendo a conviver com o papel que desempenhei naquela noite, com o meu silêncio, e estava aprendendo a viver com o fato de que era uma lição, não para mim, mas para os outros.

O passado e o futuro dos meus amigos tinham sido apagados em segundos. O meu também poderia ter sido apagado, e todos aqueles comentários nos artigos de jornal poderiam estar falando sobre mim e, de certa forma, alguns deles falavam. Eu sabia que nunca poderia voltar e mudar alguma coisa daquela noite. Eu só poderia *melhorar*. Eu estava viva, eu ainda estava aqui.

Tinha consciência de que não poderia voltar e começar de novo. Não poderia reescrever o meio da história. Só o que eu podia fazer era mudar o amanhã, contanto que houvesse um amanhã.

Engolindo com dificuldade, envolvi os dedos enluvados na maçaneta da porta. Uma lufada de ar frio entrou quando abri a porta e desci, esmigalhando cascalho debaixo das botas.

Olhei para o cemitério e deixei o ar frio e com cheiro de neve encher meus pulmões. Portas de carro se abriram e se fecharam ao meu redor. Pelo canto dos olhos, vi Abbi e Dary se aproximando. Um segundo depois, os dedos de Sebastian encontraram os meus, e eu sabia, quando dei o primeiro passo, que, embora o amanhã não estivesse garantido, nunca prometido, haveria muitas possibilidades.

Agradecimentos

Escrever um livro nunca é fácil. Escrever *Se não houver amanhã* foi o processo mais distante possível de simples. A história de Lena é comum demais e muitos de nós já estivemos no lugar dela. Alguns de nós tomamos decisões melhores. Alguns simplesmente tiveram sorte e não precisaram enfrentar as consequências das escolhas feitas. Espero que a história de Lena ajude a evitar mais histórias como a dela.

Este livro não seria possível sem a minha incrível agente Kevan Lyon. Um enorme obrigada a meu editor Michael Strother (por que conheço tantos Michaels?), à equipe editorial da Harlequin TEEN, minha assessora de imprensa Siena e todos na Harlequin que tocaram este livro e tiveram uma participação no processo de trazê-lo à vida. Obrigada a Taryn Fagerness, responsável por fazer este livro ser traduzido para tantas línguas. Obrigada a Steph, por ser uma ótima assistente e amiga.

Sarah J. Maas: te amo! Obrigada. Erin Watt: vocês são incríveis. Obrigada. Brigid Kemmerer: obrigada e eu não sei como não nos vemos com mais frequência. Uma rápida mensagem antes de partir, para Jen, Hannah, Val, Jessica, Lesa, Stacey, Cora, Jay, Laura K. e Liz Berry, Jillian Stein, Andrea Joan e todos na JLAnders: vocês são demais.

Você pode ter reconhecido um nome neste livro: Darynda Jones, a incrível criadora da série Charley Davidson e de muito mais. Obrigada por me deixar roubar seu nome e por apoiar uma causa incrível nesse meio-tempo.

Nada disso seria possível sem você, o leitor. Obrigada.

TIPOGRAFIA SERIF GOTHIC E GARAMOND